KATE CHRISTENSEN

Das Ehespiel

KATE CHRISTENSEN

Das Ehespiel

ROMAN

Aus dem Amerikanischen
von Kristina Lake-Zapp

DROEMER

Die amerikanische Originalausgabe erschien
2011 unter dem Titel »The Astral« bei
Doubleday, a division of Random House, Inc., New York.

Besuchen Sie uns im Internet:
www.droemer.de

FSC
www.fsc.org
MIX
Papier aus verantwortungsvollen Quellen
FSC® C083411

Redaktion: Kathrin Wolf
Umschlaggestaltung: Network! Werbeagentur GmbH
Umschlagabbildung: ©plainpicture/Magnum,
the plainpicture edit/Christopher Anderson
Satz: Sandra Hacke
Druck und Bindung: CPI books GmbH, Leck
ISBN 978-3-426-19942-8

2 4 5 3 1

Für Brendan

Bringt mir eine Axt und einen Spaten,
Bringt mir ein Leichentuch;
Hab ich mein Grab erst gerichtet,
Mögen Wind und Sturm ruhig toben.
Ich werde dann dort unten liegen, kalt wie Lehm.
Auch wahre Liebe muss vergehn!

William Blake: *Song: My Silks and Fine Array*

Auch wenn du sie geliebt hast wie dich selbst,
Wie ein Selbst aus reinerer Erde,
Ob ihr Scheiden auch den Tag verdunkelt,
Allem Lebendigen den Liebreiz raubt;
Im Herzen wisse,
Wenn Halbgötter gehen,
Kommen die Götter.

Ralph Waldo Emerson: *Give All to Love*

TEIL EINS

Kapitel eins

Giftiges Wasser, durchzogen von Gold wie der schillernde Bauch eines auf dem Rücken schwimmenden Fischs: Sonnenuntergang über dem Newtown Creek. Der Märzwind trieb schwarz-rosa Wolkenfetzen über den Himmel. Unter mir warf das strudelnde Wasser kleine Wellen. Auf der anderen Seite der kurzen Wasserstraße die flachen stillen Ufer von Hunters Point, ein Kirchturm und niedrige alte Lagerhäuser. Ein leerer Frachtkahn schipperte den Seitenarm entlang zum East River und in Richtung der langgezogenen Insel mit den glitzernden Wolkenkratzern. Ich stand hinter dem Maschendrahtzaun, den die Stadt aufgestellt hatte, um Leute wie mich davon abzuhalten, ins Wasser zu springen.

Ich hatte Hunger und brauchte dringend ein Bad und etwas zu trinken. In meinem Rücken drängten sich die dunklen Schatten von Greenpoint, verfallene Gebäude, Lager sowie Tanks aus den Liegenschaften der ehemaligen Raffinerien. Still und leise fütterten sie den unterirdischen Ölteppich, der unter dem ganzen Viertel lag und mitsamt seinen hochtoxischen Bestandteilen langsam in den Creek sickerte. Vor Jahren hatte ich diesen Ort »das Ende der Welt« genannt. Damals war er noch verschmutzter gewesen, eine hoffnungslose Ödnis, doch die Bezeichnung passte nach wie vor.

Während ich also dort stand und durch den Maschendrahtzaun starrte, sickerten mir einige meiner Verse, die ich längst vergessen geglaubt hatte, wie Rinnsale ins Bewusstsein. Vom Netzmuster des Zauns inspiriert, setzte ich die aufblitzenden Satzfragmente, die mir plötzlich wieder einfielen, zusammen: »Verzaubert vom weichen Klang deiner Stimme / Die leise sich windet in mein Gehör / Mit Tentakeln aus Damast.« Und: »Deine einst sonnengebräunten Schenkel, grünspanverwittert.« In meinen Ohren klangen die Zeilen nichtssagend und tot. Alles, was ich hörte, war *Luz, Luz, Luz* – schwache Klopfsignale eines sterbenden Herzens. Liebeskummer war eine physische Angelegenheit, ein Sehnen in der Brust, eine zurückschnappende Spannvorrichtung, die einen schmerzhaften blauen Fleck hinterließ. In letzter Zeit ging mein Atem verhalten, als hätte man mir ins Zwerchfell geboxt und als wartete ich nur darauf, wieder richtig Luft zu bekommen. Doch die Luft kam nicht. Normalerweise kannte ich alle meine veröffentlichten Gedichte auswendig, doch falls noch mehr dieser toten Zeilen irgendwo in meinem Hirn existierten, entwischten sie durch die Maschen meiner Erinnerung wie pfeilschnell dahinflitzende Schwärme winziger Fische, entwischten, sobald ich sie packen wollte.

Ich wandte mich um und kehrte den am Wasser gelegenen Lagerhäusern den Rücken, um den Weg zurückzugehen, den ich gekommen war, die Manhattan Avenue entlang, vorbei an der Absteige, in der ich jetzt lebte. Vorn im Fenster neben dem Eingang stapelten sich nackte Matratzen. Mein Weg führte mich an Ramschläden voller alter Radios vorbei, an gebrauchten Puppen und Cowboyhemden. Ich passierte einen Eisenwarenladen, mexikanische Bodegas, Spirituosenläden und den Zulieferbetrieb für JK-Restaurants, einen verlassenen Klotz mit einem verbogenen Metallzaun davor. Es folgten kleine Stände mit Kisten voller Wurzelgemüse, die sich am Gehsteig aneinanderreihten, und schließlich mit Girlanden geschmückte Metzgereien. Ich überquerte die Kreuzung Greenpoint Avenue und ließ den schäbigen McDonald's sowie den heruntergekommenen Starbucks gegenüber der arabischen Zeitungskioske hinter mir. Dann kam ich an dem alten Associated-Supermarkt vorbei, dem mit den sexy Polinnen an der Kasse, die ihre Münder zu einem sinnlosen Schmollen verzogen, während sie Einkäufe eintippten. Die Uhr draußen am Bestattungsinstitut Smolenski war auf sechs Uhr dreißig stehen geblieben, beide Zeiger wiesen abwärts, geradewegs Richtung Hölle.

Von der Manhattan Avenue bog ich nach rechts ab und strebte auf das blinkende Neonlicht im Fenster von Marlenes Bar zu, eine der letzten Alt-Männer-Kneipen im Viertel. War ich mit siebenundfünfzig ein alter Mann? Ich ging schon jahrelang dorthin. Die Bar hatte eine verrostete Stahlblechdecke und immer noch die Original-Wandvertäfelung mit den Elchgeweihen. Für zwei Dollar gab es Bier vom Fass in kleinen, eisgekühlten Krügen. Das einzige Zugeständnis an das neue Jahrtausend war ein Flachbildfernseher in der Größe eines Kleinwagens.

»Hallo, Harry«, sagte George, als ich reinkam. Eine ausdruckslosere Stimme hatte ich noch nie gehört. Bestimmt wurde er nicht bis in die frühen Morgenstunden von seinen Gefühlswallungen wach gehalten, zumindest hatte er nie etwas in der Art erwähnt. Für drei Dollar bekam man hier einen knappen Fingerbreit Whisky eingeschenkt, nie einen doppelten. So lief das nicht in Marlenes Bar.

George hatte ein pockennarbiges Gesicht in der Farbe grauen Lehms, dünnes farbloses Haar, das er in einer

Welle dicht an seinen Schädel klatschte, und kleine hervortretende Augen. Tagsüber verdiente er seinen Lebensunterhalt in der Fischhalle der Acme Smoked Fish Corporation in der Gem Street, und abends stand er hinterm Tresen. Die Bar bot ihm Sozialkontakte, die er ansonsten nicht gehabt hätte, wie er mir irgendwann einmal mit sympathischer Offenheit anvertraut hatte. Marlene ist übrigens seine Schwester.

Ich setzte mich auf einen Barhocker in der Mitte des leeren Tresens. Den Whisky, den George mir rüberschob, kippte ich in einem Zug hinunter, so dass mir gleich schon ein bisschen wärmer wurde. Meine Mutter war Irin, mein Vater Engländer, doch der Whisky eint die widerstreitenden Fraktionen in mir. Ich mag die rauchigeren, teureren, älteren Single Malts, doch die billigen Blended Malts tun es genauso.

»Wie läuft's, George?«, fragte ich, als er mir den zweiten Whisky hinstellte.

»Könnte nicht besser sein«, antwortete er. »Und selbst, Harry?«

Ich sah ihm in die Augen. »Könnte nicht besser sein.«

Marlenes Bar hatte täglich von zwölf Uhr mittags bis in die frühen Morgenstunden geöffnet, und fast immer traf man hier Stammgäste, vor allem viele Frauen aus dem Viertel, die sich wie die Hühner auf der Stange am Tresen aneinanderreihten, rauchten, verstohlene Blicke um sich warfen und immer besoffener wurden. Doch heute Abend hatten George und ich die Bar für uns. Getrennt durch eine Barriere aus zerschrammtem Holz – er, der hinter der Theke ausschenkte, ich trinkend davor –, gaben wir ein Bild ab, wie man es überall auf der Welt findet: zwei einsame Männer, die sich unterhielten und einander dabei nicht in die Augen sahen. »Neulich Abend konnte ich die Fernbedienung nicht finden«, sagte

George. »Hab mich dumm und dämlich gesucht und die ganze Wohnung auf den Kopf gestellt. Sogar im Kühlschrank hab ich nachgeguckt.«

»Was wolltest du denn anschauen?«

»Eine von den Sendungen, die ich so gerne mag«, sagte er. »Die mit den Ärzten. Da suche und suche ich also, und plötzlich klingelt das Telefon. Ich greife danach, drücke auf den Knopf und frage: ›Hallo?‹ Leider war's gar nicht der Hörer, sondern die Fernbedienung. Also musste ich das Telefon suchen. Irgendwann hab ich's oben auf dem Kühlschrank gefunden, wo ich's auf der Suche nach der Fernbedienung abgelegt hatte. Manchmal hat man wirklich den Eindruck, als würde einem die Welt einen Streich spielen.«

»Und das ist nicht immer witzig«, sagte ich. »Übrigens, Luz hat mich rausgeworfen.«

»Was? Tatsächlich? Wann denn?« Er wirkte ehrlich schockiert. Langzeitehen wirken auf andere wohl ungefähr so beständig wie geographische Formationen. Wenn sich so ein Paar dann trennt, ist es, als sei Fudschi oder Fidschi über Nacht verschwunden.

»Ist noch nicht lange her«, sagte ich.

»Nun«, erwiderte er, »das ist hart. Echt hart. Und wo wohnst du jetzt?«

»Ich hab mir ein Zimmer in dem Hotel unten am Newtown Creek genommen.«

Er legte den Kopf schief und stellte noch einen Whisky vor mich hin. »Der geht auf mich.«

»Danke, George.« Ich hob mein Glas. »›Blind wie alte Weiber taumeln wir durchs Leben/ Mit hohen Hacken übers Kopfsteinpflaster.‹« Das war eine Zeile aus einem meiner älteren Gedichte, denen, die meiner Erinnerung so zugänglich waren wie mein eigener Name.

»Klar doch«, erwiderte er. Er war es gewohnt, dass ich mich für den Barden des Viertels hielt. Mit verschränkten

Armen blickte er auf die zerschrammte Oberfläche der Theke. »Die Pflastersteine auf der West Street sind aus Holz, nicht aus Lehm, wusstest du das?«

»Ja, das sind die in der Nähe der Noble Street«, erwiderte ich. »Wenn man nah genug rangeht, kann man die Jahresringe der Bäume erkennen. Ich habe ein Gedicht darüber geschrieben. ›Konzentrische Kreise, Botschaften bejahrter Schatten‹.«

»Ich hatte schon Angst, sie würden Feuer fangen, als der Terminal Market vor ein paar Jahren in Flammen aufgegangen ist.«

»Ich auch«, erwiderte ich. »Hätte der Wind ins Landesinnere geweht, hätte er das ganze Viertel in Brand stecken können. So was geht blitzschnell – ein Stück glühende Asche hätte gereicht.«

Luz und ich hatten unsere Gesichter an die Fensterscheibe gedrückt und zugesehen, wie die riesige alte Lagerhalle niedergebrannt war.

George sah mich an. »Richtig, du wohnst ja im Astral«, sagte er. »Das muss beängstigend gewesen sein.«

»Ja, war es.«

George fuhr sich mit der Zungenspitze über die Oberlippe. »Vielleicht ist es besser, dass du da raus bist. Ich habe gehört, da wuchern Pilze in den Badezimmern, und die Betten sind voller Wanzen. Der Hauswart soll im Keller ein Studio haben, wo er junge Asiatinnen fotografiert.« Den letzten Satz sagte er ohne einen Hauch von Anzüglichkeit. George schien alles Sexuelle aus seinem Gehirn verbannt zu haben, um sein Leben so unkompliziert wie möglich zu gestalten. Kluger Mann.

Die Tür öffnete sich. Karina kam herein und stürmte durch die Bar auf mich zu. »Hi, Dad!«, rief sie. »Ich dachte mir schon, dass du hier bist. Ich wünschte, du würdest dir ein Handy zulegen.«

»Wozu sollte ich das brauchen?«, fragte ich, als sie mir einen Kuss auf die Wange drückte. »Du weißt doch, wo du mich findest.«

»Ein Bier, bitte«, sagte sie zu George. Dann, an mich gewandt: »Ich habe mir Sorgen um dich gemacht. Wie geht es dir?«

»Könnte nicht besser sein«, antwortete ich hoffnungsfroh. Auch wenn ich mich geschmeichelt fühlte, war mir klar, dass meine Tochter nicht zufällig hier war. Sie war gerade fünfundzwanzig geworden, doch anders als andere Mädchen in ihrem Alter interessierte sie sich, abgesehen von ein paar asketischen Leidenschaften, für rein gar nichts. Am meisten faszinierte sie das »Containern« oder »Dumpstern«, im allgemeinen Sprachgebrauch auch »Freeganismus« genannt. Mit schöner Regelmäßigkeit durchwühlte sie Berge von Müll und verteilte ihre Ausbeute – »hervorragende Lebensmittel und Kleider« – an die Armen, zu denen ich, wenn ich es mir recht überlegte, inzwischen selbst zählte. Ihre Versuche, die Welt vor den Auswüchsen der Abfallproduktion zu retten und die Armen vor Mangel und Not, wurde noch von ihrer unerschütterlichen Vorstellung bereichert, sie allein sei für das Wohlergehen ihrer Familie verantwortlich.

Karina sah genau wie ich aus: typisch englisch/irisch. Rotes Haar, helle Haut, blaue Augen – ganz anders als ihre olivenhäutige, schwarzhaarige, mexikanische Mutter mit den dunklen Augen. Trotzdem, Karinas Gesicht kam ganz nach Luz: die ovale Form, die großen Augen, die stumpfe Nase und dann dieser hochkonzentrierte Ausdruck. Wie der eines vor Wachsamkeit zitternden Tiers. Allein sie jetzt anzusehen, versetzte mir einen Stich ins Herz.

»Komm schon«, drängte sie. »Raus mit der Wahrheit.«

»Die Wahrheit«, sagte ich, während sie einen Schluck von dem bitteren Schaum nahm, »die Wahrheit ist, dass das Leben weitergeht, bis du verreckst, ob es dir gefällt oder nicht.«

»O Dad«, sagte sie. Sie schien mich gar nicht gehört zu haben. »Ich wünschte, du würdest zu mir ziehen. Dieses Hotel ist doch eine Todesfalle, wo sich die Kerle gegenseitig auf dem Gang abstechen.«

»Vielen Dank«, sagte ich innerlich schaudernd. War es jetzt schon so weit gekommen, dass mich meine eigene Tochter für unfähig hielt, auf mich selbst achtzugeben? Natürlich war es das. Vom Tag ihrer Geburt an hatte sie nichts anderes getan, und abgesehen davon hatte sie recht. »Danke, Karina, aber wirklich, was kümmern mich die anderen?«

»Ich hab doch dieses kleine Extrazimmer«, erwiderte sie beharrlich.

»Wann hast du das letzte Mal von deinem Bruder gehört?«

»Hector? Er ruft nie an.«

»Ich habe ihn schon seit einer Weile nicht mehr erreicht. Die einzige Nummer, die ich von ihm habe, ist die eines mehr oder weniger allgemein zugänglichen Telefons, und wenn ich da anrufe, ist nie jemand bereit, ihn mir an den Hörer zu holen. Ständig ist er bei irgendeiner Versammlung, oder er arbeitet oder er schläft.«

»Warum versuchst du überhaupt, ihn zu erreichen? Mich rufst du nie an«, beschwerte sich Karina.

»Weil ich mir Sorgen um ihn mache. Um dich nicht.«

»Könntest du nicht einfach mal anrufen, um Hallo zu sagen? Da fahre ich extra die ganze Strecke bis nach Greenpoint, nur um dich ausfindig zu machen, und Hector macht sich nicht mal Mühe, an das verdammte Telefon zu gehen!«

»Ich mache mir Sorgen um ihn«, wiederholte ich. »Um dich sorge ich mich nicht.«

Sie lachte. »Okay, okay. Aber mal ehrlich, vermutlich ist er einfach nur beschäftigt.« Sie nahm noch einen Schluck von ihrem Bier. »Dad, bitte zieh bei mir ein. Bitte. Du lebst mit Junkies, Landstreichern und Geisteskranken unter einem Dach. Das ist gefährlich!«

»Mir gefällt's«, widersprach ich. »Fürs Erste erfüllt das Hotel seinen Zweck. Und ich will nicht nach Crown Heights. Das ist nicht meine Gegend. Ich kenne dort niemanden, und es ist zu weit weg von Marlenes Bar. Trotzdem vielen Dank für das Angebot.«

»Dann besorg dir bitte ein Handy. Ich habe jede Menge ausrangierter Mobiltelefone in der Schublade. Alles, was du brauchst, ist ein preiswerter Vertrag. Du kannst aber auch ein Prepaid-Handy nehmen.«

»Ich habe kein Geld«, sagte ich. »Hast du deine Mutter in letzter Zeit gesehen?«

»Ich komme gerade von ihr. Sie wollte, dass ich ihr dabei helfe, ein paar Sachen auszusortieren.«

»Meine Sachen«, bemerkte ich tonlos.

»Sie sagt, du willst sie nicht mehr haben.«

»Ich will«, sagte ich, »dass sie genau dort bleiben, wo sie sind. So lange, bis ich sie wieder benutze.«

Das brachte unser Gespräch für einen Moment zum Verstummen. Hinter mir auf dem riesigen Flachbildschirm blickte eine wohlfrisierte Latina in einem blauen Jackett in die Kamera und verlas mit üppigen roten Lippen und mit cooler, sexy Kompetenz die aktuellen Ereignisse. Sie erinnerte mich an Luz. Aber im Moment erinnerte mich alles an Luz, sogar die Elchgeweihe über der Bar. Bei ihrem Anblick dachte ich an unsere Kurzreise in die Adirondack Mountains, die wir anlässlich unseres zwanzigsten Jahrestags unternommen hatten. Über unserem Bett in der Hütte, die wir für eine Woche gemietet hatten, hatten Elchgeweihe gehangen. Luz hatte mich gebeten, sie von der Wand zu nehmen und im Schrank zu verstauen oder besser noch nach draußen zu schaffen, wo sie hingehörten. Sie fand sie abstoßend, grausam. Dass ich ihrem Wunsch nicht entsprochen hatte, weil es mir nicht zustand, so mit dem Eigentum anderer Leute umzuspringen, wurde sogleich in ihrem hypothetischen Ehe-Schwarzbuch unter all meinen übrigen Vergehen vermerkt. Zumindest war ich stets davon ausgegangen, dass es hypothetisch war, aber vielleicht hatte sie wirklich alles irgendwo aufgeschrieben. Wenn das tatsächlich stimmte, fragte ich mich, was sie damit anfangen wollte, jetzt, da wir unsere Beziehung beendet hatten. Es auf einem privaten Flohmarkt verscherbeln? Oder als Anti-Ehemanifest veröffentlichen?

»Tja«, sagte ich, »mach dir deswegen keine Gedanken. Besuchst du Hector morgen mit mir?«

Karina hob ihr Glas, blickte in ihr Bier, als wäre es Pisse, und stellte es dann wieder ab. »Ich habe morgen viel zu tun.«

»Komm mit mir«, drängte ich. »Der Müll kann warten.«

»Darum geht es nicht. Ich schreibe einen Artikel für ein Online-Magazin und muss mich an den Abgabetermin halten. Ich werde den ganzen Tag dafür brauchen, schließlich habe ich den heutigen Nachmittag damit verplempert, meine Eltern aufzuspüren und mich zu vergewissern, dass es ihnen gutgeht.«

Bevor ich mich bremsen konnte, rutschte mir heraus: »Dann geht es deiner Mutter also gut.«

»Natürlich geht es ihr gut«, erwiderte meine Tochter. »Es würde ihr selbst inmitten eines Atomkriegs gutgehen. Aber unter der Oberfläche … Du weißt schon.«

»Ja, ich weiß«, sagte ich, zu traurig, um noch etwas hinzuzufügen.

George hatte sich ans hintere Ende der Theke verzogen und konzentrierte sich auf die Nachrichten oder tat zumindest so, während er sich mit dem kleinen Finger Ohrenschmalz aus dem Gehörgang pulte. Ich gab ihm ein Zeichen und deutete auf mein Whiskyglas. Er nickte und kam mit der Flasche zu mir.

»Dad, ich finde diese ganze Sache entsetzlich«, sagte Karina. »Ich ergreife für niemanden Partei, das schwöre ich, ich liebe euch beide, und das Ganze geht mich auch gar nichts an, aber stimmt es, dass du ein Verhältnis mit Marion hast? Nein, sag nichts. Ich will es nicht wissen.«

»Hat deine Mutter dir das erzählt?«

»Na ja, das ist doch wirklich ein Klassiker. Männer haben immer Affären mit Frauen, denen sie häufig begegnen: mit Frauen aus dem Freundeskreis, mit der Schwester ihrer Ehefrau, deren bester Freundin, mit Kolleginnen oder mit den Frauen ihrer Freunde ...«

Um mein Entsetzen zu verbergen, dass Luz unserer Tochter so etwas erzählt hatte, grinste ich Karina an. »Woher weißt du so viel über die Seitensprünge von Männern? Du bist lesbisch. Und unverheiratet.«

Sie schüttelte den Kopf und wartete darauf, dass ich antwortete.

»Nein«, sagte ich schließlich und nickte George dankbar zu, der mir großzügig eingeschenkt hatte – mindestens drei Tropfen mehr als sonst. »Ich habe keine Affäre. Mit niemandem. Und schon gar nicht mit Marion.« Mit halb beschwipster Selbstgerechtigkeit hob ich den Kopf und fing Georges Blick auf. Er starrte mich mit unbewegter Miene an, doch ich meinte, amüsierte Anteilnahme in dem leichten Zucken seiner linken Wange zu entdecken.

»George«, sagte ich, »meine Frau ist völlig durchgedreht. Bevor sie mich auf die Straße gesetzt hat, hat sie die Hefte, in die ich meine Gedichte schreibe, zerrissen und meinen Computer aus dem Fenster geworfen.«

»Sie behauptet, du würdest Liebesgedichte schreiben«, sagte Karina, »und zwar nicht an sie.«

»Die waren für niemanden«, erklärte ich, »zumindest für keine reale Person.«

»Mom glaubt, dass sie für Marion bestimmt waren. Sie behauptet, dass du offensichtlich schon seit Ewigkeiten in sie verliebt bist. Sie habe es längst gewusst, seit Jahren schon. Die Gedichte hätten es nur noch mal bestätigt.«

»Das waren meine persönlichen Notizbücher«, sagte ich. »Sie ist einfach so in meine Privatsphäre eingedrungen, nur um mir anschließend ungerechtfertigte Vorwürfe zu machen! Sie hat mich ausspioniert, den falschen Schluss gezogen und gesteht mir noch nicht mal eine Erklärung zu!«

»Sie sagt, das Thema ist für sie durch, und sie will sich nicht länger deine Ausreden und Lügen anhören. Ich fasse es nicht, dass sie dir das jetzt antut, nachdem sie schon Hector rausgeworfen hat.«

»Sie hat meine Arbeit zunichtegemacht«, sagte ich. »Komplett vernichtet. Das ist doch alles nur Poesie, Karina, Fiktion. Die Frauen aus meinen Gedichten sind erfunden. Keine davon ist Marion.«

»Ich glaube dir«, sagte Karina. »Aber sie hat Angst, öffentlich bloßgestellt zu werden, sollte das Buch je erscheinen.«

»Wahrscheinlich wird es gar nicht veröffentlicht.«

»Das kannst du nicht wissen!«, widersprach Karina, die wie immer an mich glaubte.

»Das ist doch alles verrückt. Ach, verdammt noch mal.«

»Jetzt jammere nicht, Dad. Ich bin mir sicher, sie kriegt sich wieder ein. Im Moment ist sie nur ein bisschen durch den Wind.«

»Ich jammere nicht«, entgegnete ich. Ich hatte die ganze letzte Zeit gejammert.

»Ich denke, du solltest noch ein, zwei Wochen warten und ihr Zeit geben, sich zu beruhigen.«

»Hoffentlich hat sie Marion nichts gesagt«, antwortete ich und rieb mir die Augen.

»Die beiden hatten gestern ein langes Gespräch. Mom ist extra zu ihr rübergegangen und gut anderthalb Stunden dortgeblieben. Marion hat bestätigt, dass zwischen euch nichts läuft.«

Mein Herz machte einen hoffnungsvollen Satz. »Und?«

»Mom hat ihr kein Wort geglaubt. Sie meinte, Marion habe alles geleugnet und versucht, Mom zu trösten, was sie nur noch mehr genervt hat.«

»Oh, mein Gott«, stammelte ich. »Ich muss los.« Rasch zog ich ein paar Scheine aus der Tasche, zu perplex, um darauf zu achten, wie viel ich da eigentlich auf den Tresen legte. Karina nahm meine Hand und hielt George einen Zwanziger hin.

»Das Wechselgeld kannst du behalten«, sagte sie.

»Vielen Dank«, erwiderte George. Ich zog meinen wollenen Marine-Zweireiher an und setzte meine Rollmütze auf.

»Pass auf dich auf, Harry!«, rief George mir hinterher.

Karina und ich gingen über die dunkle, zugige Straße. Sie war so klein und feingliedrig wie Luz, ich hingegen so dürr, aufgeschossen und langbeinig wie Ichabod Crane. Sie musste sich praktisch an meinen flatternden Mantelschößen festhalten, um mit mir Schritt zu halten, doch mein Mädchen war immer schon stur wie ein Esel gewesen.

»Fahr nach Hause«, sagte ich. »Arbeite an deinem Artikel und verschwende keine wertvolle Zeit mehr an deine verrückten alten Eltern.«

»Ja, das mache ich«, keuchte sie außer Atem. »Ich bin schon auf dem Weg zu meinem Wagen. Ich wünschte nur, Mom würde dir glauben.«

»Das wird sie nicht.«

»Aber es muss doch einen Grund dafür geben, dass sie so etwas denkt.«

»Bring dich nicht in die Schusslinie«, sagte ich.

»Willst du nicht doch mit mir kommen? In meiner Wohnung ist es warm, und das Zimmer steht leer.«

An der Ecke Norman Avenue blieben wir stehen und sahen einander an. Ich beugte mich vor, nahm Karinas Gesicht in meine Hände und küsste ihre eiskalte kleine Nase. »Viel Erfolg bei deinem Artikel«, sagte ich. »Gib mir Bescheid, ob du Zeit für einen Besuch bei Hector hast. Hinterlass mir eine Nachricht im Hotel, vielleicht wird sie mir ja sogar ausgerichtet, wer weiß.«

»Ruf du mich an«, sagte sie.

Kapitel zwei

Ich trödelte durch den windigen Abend, vorbei an verlassenen Gewerbestraßen mit flachen Lagerhallen zu meiner Rechten. Im Hintergrund, auf der gegenüberliegenden Seite des Flusses, die glitzernde Insel von Manhattan, ein groteskes Machwerk aus Licht und Metall, das wie eine gigantische grellbunte Brosche aussah. Marion lebte auf der Südseite von Williamsburg, in einem Haus in der Berry Street, das sie gekauft hatte, als die Gegend noch aussah wie eine Pionierstadt im Wilden Westen. Niedrige Gebäude, der weite Himmel und breite, gespenstisch stille Straßen. Wie oft hatte ich mir vorgestellt, gleich würden Steppenroller durch die Gegend geweht und ein schwarz gekleideter Fremder käme in die Stadt geritten. Das war in den Achtzigern, im Grunde noch gar nicht allzu lange her. Jetzt gab es dort ein Tapas-Restaurant, eine Vintage-Boutique, eine Weinbar und einen gehobenen Babyausstatter.

Überall war junges Volk unterwegs, modisch gekleidete, kunstvoll frisierte Leute, die Gott weiß was in die Gegend posaunten. Kids im selben Alter wie meine eigenen beiden, und doch hatten sie nicht mehr Gemeinsamkeiten, als möglicherweise derselben Spezies anzugehören.

Karina hätte eine Dattel im Speckmantel nicht von einem Würstchen im Schlafrock unterscheiden können.

Sie wusste, dass es Leute gab, die nützliche Dinge wegwarfen, die andere gern haben würden. Sie wusste auch, wie man ein altes Haus mit umgearbeiteten und recycelten, kostenlosen Materialien renovierte. Sie wusste, wie man politische und soziale Anliegen in medienwirksame Kurzzitate verwandeln und eine Versammlung gleichgesinnter Öko-Konservativer leiten konnte. Und sie sorgte sich um das Gefühlsleben anderer, nie jedoch um ihr eigenes. Seit sie sprechen konnte, kämpfte meine Tochter mit ernsthafter Selbstlosigkeit gegen Verschwendung und Umweltverschmutzung, und sie war wild entschlossen, alles in ihrer Macht Stehende zu tun, um die Zerstörung der Natur aufzuhalten.

Was Hector betraf, so hatte er meines Erachtens keine andere Überzeugung als die, dass Jesus Christus irgendwann auf die Erde zurückkehren würde. Seit seiner plötzlichen Erleuchtung am Ende der Pubertät wartete er euphorisch darauf. Nachdem er mehrere Jahre in unbeholfener und sozialer Zurückgezogenheit mit seinen Computerspielen verbracht, Mädchen weitestgehend gemieden und sämtliche Drogen ausprobiert hatte, die ein New Yorker Teenager in die Finger bekommen konnte, hatte er sich mit siebzehn endlich aus seinem Zimmer gewagt: jungfräulich, naiv – ein schwärmerischer Gläubiger. Jesus erblühte in seinem Herzen, doch zu Luz' Enttäuschung ohne das formell-rituelle Drumherum des Katholizismus. Hectors Glaube war fundamental, er war elementar, intuitiv und auf ein Minimum reduziert. Hector versuchte, Jesus nachzueifern und sich an das zu halten, was er für die grundlegenden christlichen Gebote hielt: Glaube, Keuschheit, Armut, Gehorsam, Enthaltung und Demut. Wenn der Messias zurückkehrte, sollte seine Seele rein und vorbereitet sein, sein Geist frei von allen Trugbildern und Gedanken, die seine Erleuchtung trüben könnten.

Jetzt, mit siebenundzwanzig, gab es keinerlei Hinweise darauf, dass er seiner freudigen Erwartungshaltung entwachsen war. Im Gegenteil: Er war auf eine ganze Gruppe von Leuten gestoßen, die seine Vorstellungen und Gefühle teilten. Sie hatten ihn eingeladen, mit ihnen in einem Gutshaus draußen auf Long Island zu leben, wo sie den ganzen Tag in weißen Gewändern durch Dünengras schwebten, auf altmodische Taschenuhren blickten und die Stunden bis zur Wiederkehr Christi zählten. So zumindest stellte ich es mir vor. In Wirklichkeit war ich nie dort gewesen.

Ich stieg Marions steile Treppe hinauf und drückte die Klingel. Das Läuten hallte auf der anderen Seite der schweren Holztür wider. Den Rücken zur Tür, mit einem Fuß auf den Boden tippend, wartete ich und blickte auf die menschenleere schäbige South Eighth Street hinab, auf die in schwindelerregender Höhe matt in den Himmel starrenden Fenster der Sozialbauten, zwischen denen Plastiktüten durch die Luft segelten. Auf dem Gehweg schepperten Dosen, die der Wind vor sich hertrieb. Hoch über mir und den eisernen Trägern der Williamsburg Bridge wechselte sich das Heulen und Summen der Reifen ab. Der lange, schnelle Marsch hatte mich aufgewärmt, doch gleichzeitig war mir ganz elend vor Hunger und Panik. Ich wollte, dass sich die Tür rasch öffnete, andererseits hoffte ich, dass Marion nicht zu Hause, sondern weit weg war.

Die Tür ging auf. Ich drehte mich um. Sie trug ihr langes, silbrigschwarzes Haar offen anstatt wie sonst hochgesteckt und hielt den Kragen eines dunkelroten Bademantels unter ihrem Kinn zusammen. Sie sah blasser aus als gewöhnlich. Ich alterte genau wie sie, natürlich, trotzdem war ich immer wieder erschüttert, um wie viel älter sie seit dem Tod ihres Mannes aussah.

»Marion!«, rief ich. »Bist du krank?«

»Harry«, sagte sie. »Ich hatte mich schon gefragt, wann du aufkreuzen würdest. Komm rein.«

Sie schloss die Tür, schob den Riegel vor und folgte mir durch den Flur nach hinten in die Küche. Ich zog meinen Mantel aus und hängte ihn über eine Stuhllehne, ehe ich mir hektisch die Mütze vom Kopf riss. »Karina hat mir erzählt, dass Luz gestern hier war«, sagte ich.

Die Hand noch immer am Kragen ihres Bademantels, lehnte sie sich an den Türrahmen und nickte. Sie bedachte mich mit einem skeptisch-amüsierten, mitleidigen und gleichzeitig gereizten Blick. Marion hatte immer schon ein Talent dafür, sich dramatisch und vielsagend zu geben.

»Verflucht«, sagte ich. »Bist du wirklich krank?«

»Nein«, entgegnete sie, »ich hatte bloß keine Lust, mich anzuziehen. Ich habe beschlossen, im Bett zu bleiben, zu lesen und Tee zu trinken. Draußen ist es kalt und windig, und ich muss nirgendwohin.«

Marion Delahunt und ich lernten einander 1975 kennen, in den guten-schlechten alten Zeiten. Als ich sie das erste Mal sah, stand sie mit einer Leica in der Ecke einer Kneipe im East Village, um Transvestiten und Dragqueens zu fotografieren. Ich saß auf einem Barhocker, nippte an einem Bier und saugte das Ambiente in mich auf, gaffend, staunend, frisch aus dem Mittleren Westen. Es war zwei Uhr morgens. Sie fing an, mich zu knipsen, was mich wahnsinnig freute, da ich, wie die meisten jungen Leute, die nach New York kamen, sehr darauf aus war, berühmt zu werden. Ich fragte mich, wer sie wohl sein mochte, diese dunkelhaarige, große, selbstbewusste Frau. Vielleicht eine professionelle Fotografin mit wichtigen Verbindungen. Ich lud sie zu einem Drink ein. Sie bestellte sich eine Bloody Mary und erklärte mir mit selbstherrlicher, leicht affektierter Lässigkeit, dass es sich gewissermaßen um ihren Frühstückscocktail handle und sie gerade erst aus dem Bett gefallen sei. Damals war ich zu unerfahren, um ihre sorgfältig konstruierte Fassade zu durchschauen. Es dauerte eine ganze Weile, bis ich begriff, dass sie genauso jung und naiv war wie ich. Wie sich herausstellte, was sie keine Berufsfotografin, sondern lediglich eine Kunststudentin, die an einem Langzeitprojekt arbeitete und das Nachtleben in der Innenstadt dokumentierte.

»So wie jeder hoffnungsvolle Student der School of the Museum of Fine Arts auch«, sagte sie.

Von da an nahm Marion mich mit zu ihren Projektausflügen, auf Loftpartys, in ihre Clubs und zu allen möglichen anderen Orten. Gemeinsam standen wir in der glamourösen, mit Drogen vollgepumpten, aufgedonnerten Menge und waren begeistert, ein Teil davon zu sein. Wir waren Partner, machten gemeinsame Sache, taten so, als würden wir längst dazugehören, denn wir wollten uns unbedingt einen Namen machen. Dabei muss betont werden, dass wir zu keiner Zeit ein Liebespaar waren. Wenn wir beschlossen, nach Hause zu gehen, gaben wir einander einen dieser keuschen, weltläufigen Küsse auf die Wange und gingen in entgegengesetzte Richtungen davon, ich in Richtung East Village, wo ich mit zwei Typen zusammenwohnte, und Marion nach Chinatown in ihre heruntergekommene Atelierwohnung ohne Fahrstuhl.

Aus ihrer Sicht hätte ich genauso gut schwul sein können oder ein Eunuch oder eine Frau. Wir waren beste Freunde, und ich wollte es nicht vermasseln. Außerdem war Marion nicht die Person, mit der ich mir vorstellen konnte, auf lange Sicht zusammen zu sein. Dafür war sie mir zu ähnlich. Ich wollte keinen Zwilling, *mon semblable,* ich wollte eine Muse, eine Herausforderung. Als Luz und ich 1980 heirateten, war Marion unsere Trauzeugin, wir wiederum bezeugten ihre Trauung mit Ike drei Jahre später. Hector und Karina waren die Patenkinder der beiden.

Marion und ich kannten uns seit fünfunddreißig Jahren und hatten uns kein einziges Mal auf den Mund geküsst, waren uns nie nähergekommen.

»Was für ein Chaos«, sagte ich.

»Sie wirkte total überzeugt«, erwiderte Marion. »Wie zum Teufel ist sie denn auf diese Idee gekommen?«

»Anscheinend haben wir uns dieses Jahr öfter als sonst gesehen.«

»Ike ist gerade erst gestorben«, bemerkte sie.

»Noch ein Grund mehr, misstrauisch zu sein«, erwiderte ich.

»Nach all den Jahren fühlt sie sich von mir bedroht? Sieh mich doch an, ich bin ja noch nicht mal in der Lage, aufzustehen und mich anzuziehen, und da soll ich eine Affäre haben?« Sie lachte. »Wobei, das schließt sich nicht unbedingt aus.«

»Hast du einen Drink für mich?«

Sie reichte mir eine Whiskyflasche und ein Glas. Offenbar war ich der Einzige, der Marions Whisky trank, denn die Flasche war stets noch genauso voll wie nach meinem letzten Besuch. Bei dem Whisky, der da für mich auf der Anrichte stand, handelte es sich um einen Bowmore, eine meiner Lieblingssorten. Er schmeckte ausgezeichnet und war nicht überteuert.

»Nimm Platz«, sagte Marion, während sie sich ein Glas Rotwein einschenkte. Sie hatte eine irre Küche: Die Wände waren gesteckt voll mit bizarren kleinen Gemälden in leuchtenden Farben, die meisten von ihr selbst, überwiegend Porträts. Die Malerei war kein Beruf für sie, sondern lediglich ein Hobby. Ein roter Gasherd aus den Fünfzigerjahren stand zwischen der Tür zum Windfang und dem nach hinten rausgehenden Fenster, das ständig beschlagen war, weil ein gewaltiger, fauchender Radiator darunter stand. Der Kühlschrank sah aus wie die obere Hälfte einer Cartoon-Heldin mit einem riesigen roten Mund, üppigen Brüsten, einem Schönheitsfleck und einer kastanienbraunen Locke, die ihr an der Stirn klebte. Marion hasste Küchengeräte und hatte fast keine. Kaffee machte sie in einem zerbeulten alten Aluminium-Drip-Pot, Toast auf dem Bratrost. Ein scheel dreinblickender, schäbiger Tigerkater, dessen Bauch inzwischen die Form eines Basketballs angenommen hatte und größer war als der ganze Rest von ihm, räkelte sich auf dem schwarzgrünen Linoleumboden. Er war wie ein saturierter Bürger: argwöhnisch, fremdenfeindlich und in betrunkenem Zustand ausfallend. Er hieß Blancmange, doch ich nannte ihn nur Mange. »Ich habe Luz geraten, in Therapie zu gehen«, berichtete Marion.

»Was hat sie gesagt?«

»Nichts, sie hat es sich nur durch den Kopf gehen lassen. Ich hoffe wirklich, sie macht es. Sie hat gesagt, dass sie nicht mehr schläft und einen Nervenzusammenbruch gehabt hat, dass dieser Vertrauensbruch mehr ist, als sie verkraften kann, und so weiter.«

»Ich habe sie nicht betrogen.«

»Nicht mit mir, nein.« Sie sah mich durchdringend an. »Und ich habe sie auch nicht betrogen, nie.«

Ich musterte Mange. Die beiden Monsterfrauen verbündeten sich gegen mich. »Marion, diesmal bin ich unschuldig. Das Ganze ist zwölf Jahre her!«

Das stimmte wirklich: Vor zwölf Jahren während eines langen, herrlichen, gedankenlosen, kitschig-bunten Sommers, in dem ich einen Lyrik-Workshop in der Right

Bank abgehalten hatte – damals hatte es die Right Bank noch gegeben, eine Boheme-Bar am Fluss unter der Williamsburg Bridge –, vor zwölf Jahren also hatte ich mich ein paarmal in die Wohnung einer meiner Gefolgsfrauen geschlichen. Ich war gerade fünfundvierzig geworden, also genau der richtige Zeitpunkt für eine derartige Unternehmung. Samantha Green war eine verlorene, bedürftige, dreißig Jahre alte Sylphe und Möchtegern-Poetin. Unsere wiederholten heimlichen sexuellen Begegnungen waren ungemein erotisch und pornographisch erregend. Ich konnte Dinge mit ihr anstellen, an denen Luz nie Interesse gezeigt hatte. Samantha war begierig und willig, mich meine pubertären sexuellen Tagträume mit ihr ausleben zu lassen. Ich vögelte sie von hinten vor der Küchenspüle, in der Dusche, auf der Wohnzimmercouch. Danach stahl ich mich aus ihrer Wohnung und ging durch die aufgeheizten, vertrauten Straßen zurück zum Astral, schuldbewusst, benommen und ungemein begeistert.

Natürlich erfuhr Luz davon, denn Samantha rief sie an und erzählte es ihr. Reine Boshaftigkeit, weil ich mit ihr Schluss gemacht hatte. Anschließend brach die Hölle los, eine Hölle, die meiner Meinung nach in keinem Verhältnis zum Ausmaß meines Vergehens stand, doch meiner Ehe zuliebe nahm ich alle Tiraden geduldig hin. Luz warf mit Gegenständen um sich, kreischte und putzte mich herunter. Anschließend verhörte sie mich und stellte ein paar gnadenlose Forderungen, doch irgendwann beruhigte sich die Lage wieder. Wenn sie und Samantha sich allerdings über den Weg liefen, kam Luz wutentbrannt nach Hause, und ich musste die Wogen glätten und alles wieder ins Lot bringen. »Ja, ich liebe nur dich. Nein, Samantha bedeutet mir nichts. Ja, ich schwöre beim Leben sämtlicher Mütter, dass du meine Geliebte bist, meine

Frau, meine Muse, mein Herz, das Licht meines Lebens, meine Luz.« Oft dauerte es ein, zwei Tage, bis sie wieder klar im Kopf war. In all der Zeit überhäufte ich sie mit Geschenken und Blumen, vor allem am Valentinstag – ja, ich tat wirklich alles, was ein schuldbewusster Ehemann eben tun musste. Ein einziger Fehltritt in dreißig Jahren, und doch hätte ich mir gleich für alle Zeit ein scharlachrotes S auf die Stirn brennen können – S für Schuld, nicht für Siegel.

Wenn ich es recht bedachte, war das Ganze damals schon schlimm genug gewesen, aber das jetzt war noch viel, viel schlimmer. Und ich war noch nicht einmal in den Genuss einer leidenschaftlichen, verbotenen Affäre gekommen. Da es nichts gab, wofür ich mich hätte entschuldigen müssen, konnte ich Luz auch nicht besänftigen. Ich wusste, sie wollte mich dazu bringen, ihren Verdacht zu bestätigen, damit wir uns ein weiteres psychodramatisches, katholisches Handgemenge liefern konnten – Verhör, Läuterung, Unterwerfung, Bestrafung, noch mehr Unterwerfung, noch mehr Bestrafung und irgendwann – endlich – die hart erkämpfte Versöhnung und möglicherweise auch Vergebung (eine widerwillige und einstweilige). Und genau aus diesem Grund hatten sie meine Unschuldsbeteuerungen nur noch wütender gemacht.

Meine Dementis brachten uns nirgendwohin. Ein reuevolles Geständnis hätte uns vielleicht gerettet, aber ich konnte nicht lügen. Also war ich rausgeflogen, und mein gesamtes dichterisches Schaffen der letzten Zeit war verloren. Keine Ahnung, was schrecklicher war: mein eigenes Schicksal oder das meines Notizbuchs. Vermutlich das meines Notizbuchs. Immerhin war ich noch hier und würde aller Wahrscheinlichkeit nach überleben. Mein Buch hingegen war dahin.

»Sie hat gesagt, du bist in letzter Zeit nicht du selbst gewesen«, sagte Marion. Sie sagte es sanft, fragend.

»Und was will sie damit andeuten?«

»Sie will damit andeuten, dass dich irgendwas umtreibt, aber sie weiß selbst nicht, was.«

»Da lebt man dreißig Jahre mit jemandem zusammen, zieht gemeinsam Kinder groß, schläft jede Nacht Kopfkissen an Kopfkissen, bricht gemeinsam das Brot am gemeinsamen Tisch, und am Ende findet man heraus, dass man den anderen eigentlich gar nicht kennt. Vielleicht habe ich sie früher mal gekannt. Ich weiß es nicht. Aber wenn dem so war, hat sie sich im Laufe der Jahre an irgendeinem Punkt in eine Fremde verwandelt. Ich weiß nicht, wann genau oder warum, aber genau so ist es.«

»Seit Ike gestorben ist«, sagte Marion. »Ich habe seine Papiere durchgesehen. Er hat Tagebuch geschrieben, wusstest du das? Ich nicht. Ich habe alle seine Notizen in einem Karton in der Abstellkammer unter der Treppe gefunden. Es hat Wochen gedauert, bis ich das erste Buch aufschlagen konnte, doch dann konnte ich nicht mehr aufhören zu lesen.«

Gespannt starrte ich sie an. Alles, was mit dem Thema »Frauen, die heimlich und ohne Erlaubnis die intimen Aufzeichnungen ihrer Ehemänner lesen« zu tun hatte, war von besorgniserregender Dringlichkeit für mich. »Du hast seine Privatsphäre verletzt«, sagte ich. »Und jetzt kann er sich nicht mehr wehren.«

Sie verdrehte die Augen, weil ich Ike so dramatisch verteidigte. »Die Sache ist die: Die Hälfte der Zeit habe ich keine Ahnung, wovon er spricht. Er bezieht sich kaum auf mich, so als wäre ich nichts weiter als ein Haustier oder ein Gegenstand. Dabei habe ich vermutlich nach einem Beweis gesucht, dass er mich geliebt hat … nach einem Beweis meiner eigenen Existenz. Stattdessen habe ich jemand anderen gefunden. Ich weiß nicht, was ich damit anfangen soll. Und wie du schon sagst, jetzt ist er tot. Ich kann ihn nicht fragen.« Marion griff in ihre Bademanteltasche und zog eine Schachtel Zigaretten heraus. Mit einem lila Feuerzeug steckte sie sich eine an und hielt mir beides hin.

Ich zögerte. Ich hatte das Rauchen schon vor zwanzig Jahren aufgegeben, doch schließlich nahm ich eine und sagte: »Was soll's.« Ich zündete sie an, inhalierte den Rauch mit einer Inbrunst, die mich an meine Jugend erinnerte, hustete, würgte und drückte die Zigarette dann wieder aus. »Keine Ahnung, woher das kommt«, sagte ich. »Wahrscheinlich sind sie stärker als früher.«

»Sind sie nicht«, entgegnete Marion lächelnd und zog den Rauch ein.

»Wenn er nicht über dich geschrieben hat, worüber dann?«

»Über Politik, Musik, Film und Theater, aber meistens über langweiliges Zeug. Als er kränker wurde vor allem über seine Wehwehchen. Über kleine Ärgernisse, Dinge, die er auf seinen Spaziergängen beobachtet hat. Und er hat sich über verschiedene Leute geäußert, aber nie über mich. Das ist nicht der Mann, mit dem ich all die Jahre verheiratet war.«

»Aber er hatte doch ein Recht darauf, ein Leben außerhalb eurer Ehe zu führen«, gab ich zu bedenken. »Er hatte das Recht, alles zu schreiben, wonach ihm der Sinn stand.«

»Sicher«, sagte sie. »Aber ich habe auch das Recht, mir einen Reim darauf zu machen.«

»In einem Ehegelübde steht nichts davon, dass man seine Gedanken nicht aufschreiben darf!«, wandte ich ein. »Zumindest nicht, soweit ich mich erinnere. Es ist schon ein bisschen her, dass ich eins abgelegt habe, aber garantiert stand da nirgends: ›Ich schwöre, ich werde nur über meine alles verzehrende obsessive Liebe zu dir schreiben.‹«

Marion lachte und lehnte sich auf ihrem Stuhl zurück, die langen Beine ausgestreckt. Ihre nackten Füße waren weiß, knochig und beinahe durchscheinend. Das Licht des Kronleuchters hinter ihr im Flur ließ die silbrigen Strähnen in ihrem Haar metallisch glänzen. »Du bist dir aber nicht sicher.«

»Fast sicher.«

»Es ist schon seltsam mit der Ehe«, sagte sie. »Man verdankt einander so viel und doch nichts.«

»Manchmal ist es, als würde man im Theater auftreten«, sagte ich. »Man spielt eine Rolle. Abend für Abend tut man so, als ob, und das Ganze läuft nur auf Verpflichtung, Haltbarkeit und den Anschein von Vertrautheit hinaus. Ich habe das Gefühl, ich wäre gerade von der Bühne abgetreten.« Einen Augenblick dachte ich an Ikes Tod, wie plötzlich er eingetreten war, an sein Begräbnis, an seine Gedenkfeier und daran, dass Marion nun ohne ihn lebte. »Dir muss es doch genauso gehen.«

»Und da sitzen wir nun«, erwiderte Marion, »in der Garderobe. Ohne Kostüme, nur noch wir selbst.«

Ein kurzes Schweigen entstand. Mein Kopf brummte, als würde irgendwo in der Nähe ein gigantischer Ventilator wirbeln. Im grellweißen Licht der Verandabeleuchtung, die durchs Fenster hereinfiel, wirkte Marions Gesicht verhärmt und gezeichnet.

»Gott sei Dank, dass du meine Freundin bist«, sagte ich.

»Harry!«

Ich wischte mir Rotz und Tränen ab.

Sie beugte sich vor, nahm mir das Whiskyglas aus der Hand und sah mich prüfend an. »Wie viel hast du getrunken? Ich mache dir besser etwas zu essen.«

»Ich könnte ein Sandwich vertragen«, sagte ich.

Sie stand auf, um ein paar Sachen aus dem Kühlschrank zu holen. Mit hündischer Aufmerksamkeit beobachtete ich, wie sie eine Packung Schinken, ein Stück Käse, ein halbes Baguette, Senf und Mayonnaise vor mir auftürmte, mir ein Messer und einen Teller reichte und sich wieder setzte. Ich legte eine große Portion von allem zwischen die Hälften meines Baguettes und verschlang es.

»Wo wohnst du jetzt?«

»Absteige«, antwortete ich mit vollem Mund.

»Wenn du willst, kannst du hierbleiben«, sagte sie und zündete sich noch eine Zigarette an.

»Auch eine Möglichkeit, Luz in den Wahnsinn zu treiben.«

»Es ist ein bisschen beengt, weil oben vermietet ist, aber ich habe eine Couch.«

»Sie würde sich eine Maschinenpistole kaufen und uns beide umnieten.«

»Chips?«

»Bitte.«

Sie griff hinter sich, förderte eine Tüte Kartoffelchips zutage und reichte sie mir. Eins musste man Marion lassen: Sie hatte immer etwas zu essen da.

»Dein neues Buch«, sagte sie. »Deine Frau hat es vernichtet?«

»Jedes einzelne Blatt. Jedes Molekül.«

Wir grübelten jeder für sich darüber nach.

Marion schenkte sich noch einen Wein ein und gab mir dann das Whiskyglas zurück. Ich kippte es hinunter – leerte es in einem Zug, wie die Dichter, die wahren

Poeten sagen. »Hattest du den Eindruck, dass sie mich unter gar keinen Umständen wieder bei sich aufnehmen würde?«

Marion antwortete nicht gleich.

»Das heißt also ja?«

»Ich hatte den Eindruck«, sagte sie vorsichtig, »dass es gar nicht darum geht, was du getan hast oder nicht. Willst du wissen, was ich wirklich denke? Ganz im Ernst, Harry, es gibt nichts, was du sagen könntest. Sie ist völlig unvernünftig. Das hier sprengt jeden Rahmen. Sie will uns beide für die Bösen halten. Wie ein Kind, das ein Märchen vorgelesen bekommen möchte, damit es sich sicher fühlen kann. Vielleicht ist es auch ganz anders. Wirklich, ich habe keine Ahnung. Aber es schockiert mich ein wenig. Sie ist doch eigentlich sehr intelligent.«

»Intelligenz und Wahnsinn schließen einander nicht aus.«

»Ich hatte Angst vor ihr, als sie hier war. Sie hat mir gegenübergesessen und lauter Suggestivfragen gestellt wie ein Strafverteidiger.« Sie tat, als würde sie schaudern, lachte und wurde dann wieder ernst. »Sie hat einen eiskalten, unzurechnungsfähigen Eindruck gemacht.«

Ich zog die Augenbrauen zusammen. »Na ja, ganz verrückt ist Luz auch nicht«, gab ich zu bedenken. »Schließlich hatte ich tatsächlich mal eine Affäre.«

»Vor zwölf Jahren!« Marion lachte.

»Es kommt mir so vor, als wären erst fünf Minuten vergangen.«

»Harry.«

»Sie kennt mich.«

»Bitte? Ach komm schon.«

»Ich meine, sie weiß, wozu ich fähig bin.« Ich dachte daran, wie sich Luz' aufgestauter Zorn entladen hatte, als sie mich aus dem Haus geworfen, mich entwurzelt hatte. An ihr finsteres, empörtes, todunglückliches Gesicht. »Ich könnte genauso gut schuldig sein.«

Marion lachte wieder, ein trockenes, spöttisches Lachen.

»Ich wünschte, ich wäre schuldig«, sagte ich.

Wir schwiegen. Immer noch lag dieses Brummen in der Luft, von dem ich angenommen hatte, es käme aus meinem Schädel.

Plötzlich schlug Marion mit der flachen Hand auf den Tisch. »Ach, zum Teufel!«, rief sie. »Dieses Drama, das ihr beide da aufführt, ist privat, da kann euch niemand reinreden. Und du willst ja auch gar keinen Rat. Du bist mit ihr zusammen in dieser Sache gefangen und willst da nicht raus.«

»Mag sein, aber nur weil ...«

»Nun komm schon, geh.« Sie machte eine wedelnde Handbewegung. »Das hat nichts mit mir zu tun, nicht das Geringste. Schleich dich wie der Verbrecher, der du ja angeblich bist, in deine Absteige, zieh dir ein Büßerhemd an und geißle dich jede Nacht.«

Bevor ich wusste, wie mir geschah, stand ich schon in Mantel und Mütze draußen in der kalten Nacht und ging mit gesenktem Kopf die Berry Street hinunter.

Kapitel drei

Als ich kurz nach Tagesanbruch wach in meinem Bett lag, hörte ich aus einem angrenzenden Zimmer lautes Keuchen und Husten. Einer meiner Nachbarn hatte offenbar einen Anfall. Ich sprang von der schmuddeligen Matratze auf, schlüpfte in Cordhose, Jacke und Schuhe, rannte die Treppe hinunter und zur Tür hinaus. Mit hochgezogenen Schultern strebte ich Richtung Greenpoint Avenue. Es war wärmer als gestern Nacht, der Wind hatte sich gelegt. Ein Vogel zwitscherte in irgendeinem Baum, weiß der Himmel in welchem. Hinter mir schlich eine Katze auf der Suche nach ihrem Frühstück durch den Rinnstein. Der Vogel, die Katze und ich – wir waren allein hier draußen und hießen gemeinsam den Tag willkommen. Direkt vor mir stand eine Bodega mit hochgezogenem Metallgitter. Ich ging hinein und holte mir einen Pappbecher mit verbrannt riechendem Kaffee.

Meine Mittel waren begrenzt und kurz vor dem Versiegen. In unserer Familie verdiente Luz die Brötchen. Jetzt, da sie mich eines Vergehens beschuldigte, das ich nicht begangen hatte, war ich zu stolz, etwas von ihrem hart verdienten Geld zu nehmen, und stützte mich stattdessen auf die mageren Bestände des Kontos, das ich kurz nach meiner Ankunft in New York eröffnet und über die Jahre mit meinen läppischen Einkünften als Dichter aufgebessert hatte. Die kleine örtliche Bank, bei der ich ursprünglich gewesen war: aufgekauft und weiterverkauft und wieder aufgekauft und weiter- und weiterverkauft, so dass mein lächerliches bisschen Geld heute ohne mein eigenes Zutun in der Monsterfaust eines riesigen Mischkonzerns steckte. Es überraschte mich, dass überhaupt noch etwas da war. In letzter Zeit hatte ich ein bisschen was hinzugefügt und hin und her gerechnet. Ich war mir ziemlich sicher, dass ich es bis zum Sommer schaffen würde, vorausgesetzt, ich lebte bescheiden und übernahm ein paar von Karinas praktischen Gepflogenheiten.

Ich hätte mir natürlich auch einen Job suchen können. Allerdings war mir völlig schleierhaft, wer mich angesichts meiner begrenzten Fähigkeiten und meiner mangelnden Erfahrung einstellen sollte. Die offensichtlichste aller Notlösungen verdrängte ich im Augenblick noch, aber gelegentlich keimte sie wieder auf – nämlich die, an den Abenden, an denen George zu Hause blieb, um seine Serien zu schauen, in Marlenes Bar auszuhelfen. Außerdem könnte ich ein paar Studenten für einen Lyrik-Workshop zusammentrommeln, Einwanderern Englisch beibringen, Dosen aus den Abfallkörben am Bordstein einsammeln und im Associated-Supermarkt Geld dafür kassieren. Ich hatte Pläne in der Hinterhand, nur für alle Fälle.

Der Kaffee war höllisch heiß, und ich spürte ihn empfindlich an den Zähnen, doch ich hörte nicht auf, daran zu nippen. Ich hatte einen Kater, meine Schläfen schmerzten, mein Bauch grummelte, und hinzu kam das entsetzliche Gefühl, dass meine beste Freundin sauer auf mich war – genau wie meine Frau. Ich hatte es noch nie ertragen, wenn jemand sauer auf mich war, es sei denn, ich hatte eine Vorgehensweise vor Augen, wie ich alles wieder in Ordnung bringen konnte.

Die Morgensonne ließ die Aluminiumverkleidung an den niedrigen Fertighäusern erstrahlen und die Straße in den giftigsten Industriefarben aufleuchten: getrocknetes Blutrot, Eitergelb und Abszessgrün. Der Himmel über mir war so unendlich weit wie in einem Italo-Western. Wolken türmten sich auf in einem schlierigen, unbeständigen Blau. Ein Lieferwagen rumpelte mit hoher Geschwindigkeit auf der mit Schlaglöchern übersäten Avenue an mir vorbei. Dann kam der B43. Leer und die Innenbeleuchtung wie die eines Diners auf einem Hopper-Gemälde, ruckelte der Bus schwerfällig der letzten Haltestelle auf seinem Weg nach Newtown Creek entgegen.

Als ich noch ein grüner Junge war und am Anfang meiner Dichterkarriere stand, hatte ich mich den metrischen, gereimten Versen verschrieben. Meine Leitbilder waren altmodisch, so wie ich auch. Jahrzehntelang verkehrte ich insgeheim mit einer ungleichen, brillanten Truppe meines eigenen Schlags: mit Blake, Crane, Auden, Pound, Yeats, Chesterton und ein paar anderen. Als junger Mann ließ ich Volkslieder dudeln, während alle um mich herum Honking Street Jazz aufdrehten. Meine steifen, förmlichen Verse verwandelten sich allmählich in das mühelose Pulsen eines menschlichen Herzens, meine verbissen perfekten Reime wichen einem intuitiven, routinierten Gespräch, und meine unausgegorenen infantilen Vorstellungen über Liebe und die Welt verschmolzen zu einem gefühligen Rohmaterial, gegossen in eine Form, in der es kaum Platz fand.

Wenn man nur Lyrik publizierte, verdiente man selten mehr als ein bisschen Kleingeld, doch ich veröffentlichte in Literaturzeitschriften und Magazinen. Ab und zu gewann ich einen unbedeutenden Preis und erreichte damit eine gewisse Anhängerschaft, meist Kollegen. 1987 nahm mich Glenda Savage von einem kleinen, neuen Brooklyner Verlag unter ihre Fittiche und brachte eine Sammlung meiner Werke unter dem Titel *Die vierte Glocke* heraus, dann eine weitere und noch eine, jeweils im Abstand von drei oder vier Jahren. Abgesehen davon publizierte ich weiter einzelne Gedichte in aktuellen Hochglanzmagazinen. 1995 stimmten die *Poets & Writers* in einem Artikel ein nettes kleines Loblied auf mich an. Ich wurde gebeten, bei Lyrikwettbewerben in der Jury zu sitzen, Workshops zu veranstalten und einem Dichter-Gremium beizuwohnen, um dort den erschreckenden Zustand zeitgenössischer Poesie zu diskutieren. Eine Zeitlang unterrichtete ich an der New School, bis man meine Stelle irgendwann abbaute. Ich trug also eine nette Summe zum Familieneinkommen bei. Was konnte man sich mehr wünschen?

Doch dann, etwa um die Jahrtausendwende, versiegten die Quellen plötzlich. Glenda Savage verließ den Halcyon Verlag und ging mit ihrem Mann und ihren drei Kindern nach London – und mit ihr ging auch meine Fürsprecherin und Gönnerin. Halcyon stoppte die Veröffentlichungen meiner Gedichte, und ich fand keinen anderen Verlag, der bereit war, sie zu drucken. Kurz und gut: Ich war in Ungnade gefallen. Wer hätte wissen können, wie sich so etwas auswirkte? Es war, als wäre ich gestorben, aber ich war nicht tot. Ich schrieb weiter, ein Geisterschiff meiner selbst, gefangen im Eis einer gefrorenen See. Zumindest hatte ich bis vor kurzem noch geschrieben.

Ich hatte an einem Buch mit Sonettenkränzen gearbeitet, das fast fertig gewesen war, als Luz es vernichtet hatte: zehn Sonettenkränze, zehn Kränze auf zehn hübsch zurechtgemachten Köpfen, zehn Reigen aus jeweils sieben Sonetten. Das zweite begann mit der Schlusszeile des ersten, das dritte mit der des zweiten und immer so weiter, bis sich der Kreis irgendwann schloss und das letzte Sonett mit der Anfangszeile des ersten endete. Hoffentlich würde ich in der Lage sein, sie alle aus dem Gedächtnis wieder zu rekonstruieren. Wäre ich jünger und geistig frischer gewesen, hätte ich nicht daran gezweifelt. Jetzt hingegen war ich mir nicht so sicher. Neben allem anderen schien Luz auch mein Gedächtnis zerstört zu haben.

Mein ganzes Leben lang hatte ich meine Dichtung bereitwillig in die jeweils vorgegebene Form gegossen, hatte die von mir gestaltete Sprache an von außen auferlegte Zwänge angepasst. Ich hatte viel von meinem eigenen Willen aufgegeben, hatte meiner Vorstellungskraft die strengen Zügel eines poetischen Regelwerks angelegt. Vielleicht brauchte ich ja den fremden, mir auferlegten Stilwillen eines anderen, weil ich keinen eigenen hatte. Seit meine Mutter gestorben war, schlurfte mein Vater wie ein Betrunkener mit offener Hose durchs Haus. Sie war eine gottesfürchtige Katholikin und examinierte Krankenschwester gewesen, die mich, ihr einziges Kind, mit liebevoll distanzierter Strenge, strikter religiöser Überzeugung und dem unerschütterlichen Glauben an mein potenzielles Genie großzog. Als ich elf war, verunglückte sie tödlich bei einem Autounfall und ließ mich im Chaos des pathetischen Niedergangs meines vom Verlust geschwächten Vaters zurück. Den Rest meiner Kindheit verbrachte ich mit Lesen und Tagträumen, während ich mich bereithielt, aus Iowa zu fliehen und nie wieder zurückzukehren.

Natürlich heiratete ich eine Frau, die meiner Mutter stark ähnelte, eine Frau, die ich nie ganz würde besitzen können, die an mein Genie glaubte und mich unterstützte, mich zugleich aber auch kontrollierte. Und natürlich legte auch ich mir die eisernsten poetischen Formfesseln an. Was mir fehlte, war ein solides gedankliches Rückgrat, das mein Inneres aufrecht hielt. In meinem Hirn erzeugte ein nuanciert flackerndes Dämmerlicht schattenhafte Bewegungen. Es gab keine Gewissheit, keinen verlässlichen inneren Halt. Es fehlte das Absolute, Unbedingte, der Glaube an etwas, das mehr bot als das Rätsel des Universums, mehr als das, was jenseits der menschlichen Erkenntnis lag. Ich brauchte eine Stütze. Ich brauchte meine Muse, ich brauchte meine Frau, die mir ihr tiefstes Inneres vorenthielt, die mich verurteilte und kritisierte, damit ich mich an ihrer Kritik reiben konnte. Ich brauchte sie, um sie für mich zu gewinnen und uns beide von meinem Wert zu überzeugen, indem ich diese krankhaft disziplinierten, lyrischen Reigen verfasste. Das gab mir, so dachte ich, die Freiheit der Fiktion, die Freiheit, Liebessonette an erdachte Frauen zu schreiben. Das ganze System war sorgfältig kalibriert, freitragend und selbsterhaltend. Und ich wollte es zurückhaben.

Das erkannte ich, als ich in die India Street einbog und meine Schritte heimwärts lenkte.

Die Erkenntnis überraschte mich nicht. Ich schien beschlossen zu haben, etwas Wesentliches an Luz zu übersehen: Sie war unmöglich von etwas zu überzeugen, das sie nicht für wahr hielt. Und sie würde niemals zugeben, dass sie in irgendeiner Sache unrecht hatte. All das wusste ich, aber mein rationales Selbst hatte aufgegeben und ließ sich auf das Abenteuer ein, neugierig, was wohl passieren würde.

Und während ich so dahinschlenderte, kehrten Bruchstücke meiner verlorenen Verse zu mir zurück, Zeilen über die nackte, zarte Arminnenseite einer meiner erdachten Frauen, über die rosarot glänzende Unterlippe einer anderen und den geschmeidigen Fußspann einer dritten, glatt und schmuck wie satiniertes Glas. Am liebsten hätte ich mir einen Baseballschläger gegen die Stirn gedonnert. War es denn nicht so, dass ich diese Gedichte geschrieben und das Notizbuch deshalb auf dem Küchentisch hatte liegen lassen, damit sie sie las und mich hinauswarf? Denn damit war ich frei für meine Suche nach dem Zarten, dem Schmucken, dem Geschmeidigen, dem Rosaroten. Vielleicht hatte ich es genau so gewollt.

Mal angenommen, dass dem nicht so war: Dann war ich nichts weiter als ein geschwätziger Nimrod. Nach außen hin wirkte Luz kühl und unantastbar, doch in ihrem Inneren wohnte eine Seele, so zerbrechlich und zart und leicht zu erdrücken wie ein neugeborenes Mäuschen. Ein tödlicher, unerträglicher und liebenswerter Widerspruch. Ihr Äußeres schützte ihr Inneres mit habichtartiger Rigorosität. Sie war schnell in ihrem Urteil, immer bereit, sich auf ihren Gegner zu stürzen. Ihr moralisches Räsonnement war so schwarz-weiß wie das einer Elfjährigen. Schattierungen waren ihr fremd, sie erkannte weder Grau noch andere Feinheiten. Ihr Verstand funktionierte wie ein scharfes, kaltes, unnachgiebiges Skalpell, das Unsicherheit gepaart mit Böswilligkeit sezierte, faule Widersprüche durchdrang und jede schützende Haut aufschlitzte, um das ans Licht zu bringen, was sie für die Wahrheit hielt. Wenn man sie verletzte, holte sie zu einem Rundumschlag aus, getrieben von einer unerbittlichen, an Wahnsinn grenzenden Entschlossenheit: Ihr Stolz stand an erster Stelle und sollte keiner Torheit anheimfallen. Sie drehte sich jeden Gedanken so lange zurecht, bis er ihrem Bedürfnis, recht zu haben, entsprach.

Als sie meine Gedichte, die sie so sehr gekränkt hatten, in Fetzen gerissen hatte, hatte sie mich einen Schmierfinken genannt, gescheitert, überschätzt, arrogant und sentimental. Sie sagte, sie könne sich nicht vorstellen, dass mich je irgendeine Frau würde haben wollen. Und so weiter. Ich sei alt, ich sei schlaff, ich sei ein nutzloser Feigling. Ihre Augen sprühten schwarze, giftige Flammen. Während ich erfolglos versuchte, mich zu verteidigen, mein Leben zu retten, musste ich mir eingestehen, dass sie auf eine erschreckende Art überwältigend war. Die Fleisch gewordene Rache. Sie war ein Teil von etwas Immerwährendem und Elementarem. Sie hätte einen brillanten Bananenrepublikdiktator oder mittelalterlichen geistlichen Despoten abgegeben.

»Du bist meine Liebe«, hatte ich ihr erklärt. »Diese Frauen sind nichts als Erfindungen.«

»Lügner«, entgegnete sie verbittert. »Du verlogener Feigling.«

Die permanente Langeweile eines dreißig Jahre andauernden Zusammenlebens hatte meine Gefühle nicht etwa geschwächt oder gar erlöschen lassen, aber ich hatte keine Kraft mehr, ihr wieder und wieder zu versichern, wie gern ich sie hatte. Oder es ihr überhaupt zu versichern. Ihre Annahme, ich würde lügen, war also durchaus berechtigt und beruhte auf dem Verhalten, das ich ihr gegenüber an den Tag gelegt hatte. Wir hatten nie aufgehört, miteinander zu schlafen, aber wir hatten längst aufgehört, zärtlich zueinander zu sein, was für eine Frau, soweit ich weiß, sehr viel schlimmer ist.

Plötzlich blieb ich wie angewurzelt auf dem Gehsteig stehen, während mir das Herz bis zum Hals schlug. Dort, in der klaren, frischen Morgenluft auf der India Street, kam mir meine Frau entgegen. Noch hatte sie mich nicht gesehen. Gemächlich und doch zielstrebig ging sie mit gesenktem Blick zur U-Bahn an der Bedford Avenue. Sie hatte ihr Haar zu einem ordentlichen Knoten geschlungen, und sie trug Turnschuhe, was bedeutete, dass sie ihre Krankenschwesternschuhe in der Tasche hatte.

Der Schock ließ mich erstarren und machte mich so sprachlos, als hätte man mir einen Elektroschock verpasst. Sie bemerkte mich erst, als uns nur noch wenige Meter trennten und ich ihr den Weg versperrte. Sie blieb stehen und wartete, dass ich sie vorbeiließ. Sie starrte mich an, als wäre ich ein Penner. Ihre Augen funkelten.

»Entschuldige«, sagte sie, als sie sah, dass ich mich nicht von der Stelle rührte.

»Rede mit mir. Bitte, fünf Minuten.«

Und so führten wir auf dem Gehsteig ein kleines Tänzchen auf, vor und zurück, vor und zurück.

»Ich komme zu spät zur Arbeit.«

»Du bist noch nie zu spät zur Arbeit gekommen, und das wirst du auch nie.«

»Lass mich vorbei.«

»Bitte hör mir zu.«

»Ich will nichts hören.«

Wir sprachen nicht besonders laut miteinander, sondern ganz normal.

»Ich bin kein Lügner. Und auch kein Betrüger. Ich bin ein Dummkopf, ja, aber ich hatte keine Affäre mit Marion oder sonst wem.«

»Lügner«, sagte sie.

»Du hast sie neulich ziemlich aus der Fassung gebracht. Ihr Mann ist gerade erst gestorben. Sie ist ganz allein. Sie braucht unsere Freundschaft, und sie braucht mich.«

»Dann geh zu ihr«, sagte Luz zu meiner Brust, während wir eine Figur wie beim Square Dance aufs Pflaster legten. »Geh zu deiner *Freundin.*«

»Das ist doch lächerlich.«

»Ja, ist es.«

Endlich blieben wir stehen. Ich blickte auf sie herab. Sie blickte zu mir auf.

»Kann ich nach Hause kommen?«

»Nein.«

»Hast du was von Hector gehört?«

Sie sah mich durchdringend an. »Nein.« Luz hatte unumstößliche Vorstellungen darüber, wie man Gott zu huldigen hatte. Bevor sich Hector der Gruppe auf Long Island angeschlossen hatte, hatten er und Luz ein paar furchtbare Auseinandersetzungen gehabt, die sie für eine rebellische Abkehr von dem strengen katholischen Glauben hielt, den sie ihm von Geburt an eingeimpft hatte. Sie hatte ihm klipp und klar gesagt, wenn er der Gruppe beiträte, würde sie jede Verbindung zu ihm abbrechen. Offensichtlich hatte sie ihre Drohung im wortwörtlichen Sinne wahrgemacht.

»Karina und ich wollen nach Long Island rausfahren und ihn besuchen. Kommst du mit?«

Luz schwankte, das sah ich ihr an. Sie dachte an unsere Familie, unabhängig davon, was zwischen ihr und mir geschah: Wir hatten zwei gemeinsame Kinder, Kinder, die wir liebten und gemeinsam großgezogen hatten, erwachsene Kinder – und wir waren immer noch ihre Eltern.

Doch die von den Gezeiten unserer Vergangenheit angesammelten Kräfte reichten nicht aus. Sie schüttelte den Kopf. »Ich werde da nicht hinfahren«, erwiderte sie schmallippig.

»Du wirst uns fehlen.«

Sie starrte mich an, atmete mit bebenden Nasenflügeln

ein und wieder aus. »Ich reiche die Scheidung ein, Harry.«

Meine inneren Organe schäumten auf wie mit Salz bestreute Nacktschnecken. »Nein!«, hätte ich beinahe gerufen.

»Ich hasse dich«, sagte sie.

»Das weiß ich. Aber du täuschst dich.«

Sie fixierte eine Stelle direkt hinter meinem Kopf. Ich sah sie aufmerksam an, wohl wissend, dass mir jedes leiseste Anzeichen für ein Nachgeben von ihrer Seite die Chance bot, sie zur Vernunft zu bringen. Ich wartete darauf, dass sich ein kleines Fenster zur Neutralität auftat. Ihre Lippen zuckten leicht. Ich packte die Gelegenheit beim Schopf.

»Gestern Abend habe ich Karina getroffen.«

Sie sah mich mit zusammengekniffenen Augen an. »Ich auch.«

»Ich weiß«, sagte ich. »Nach eurem Treffen hat sie mich in Marlenes Bar aufgespürt. Sie hat gesagt, du seist überzeugt, ich hätte eine Affäre mit Marion und dass du schon mit ihr darüber gesprochen hättest. Also habe ich Marion einen Besuch abgestattet, um herauszufinden, was passiert ist. Ich hatte sie seit Wochen nicht gesehen. Sie sagte, du seist kein Stück von deiner Meinung abgewichen. Sie war verletzt und zornig. Jahrelang ist sie uns eine gute Freundin gewesen, und jetzt das. Aus heiterem Himmel.«

Luz gab einen unverbindlichen Laut von sich.

»Sie sagte, sie hätte das Gefühl gehabt, vor Gericht zu stehen«, fügte ich hinzu. »Warum hast du ihr das angetan?«

»Du warst immer so fröhlich und aufgeregt, wenn sie angerufen hat«, antwortete sie. »Selbst wenn wir gerade miteinander gesprochen haben, hast du mich unterbrochen, um ans Telefon zu gehen. Dein ganzes Gesicht hat sich verändert. Und wenn du nach einem Abendessen mit ihr nach Hause gekommen bist, hast du ausgesehen wie ein liebestoller Verehrer, der gerade aus ihrem Bett gestiegen ist. Seit Ikes Tod ist sie vollkommen rücksichtslos: Sie hat dich umworben und versucht, dich mir auszuspannen. Wie eine einsame Wölfin, die einer anderen Wölfin den Gefährten wegnehmen will. Ich habe es gesehen, Harry. Dabei hatte ich ihr vertraut und sie in unsere Familie aufgenommen. Ich habe sie zur Patentante unserer beiden Kinder gemacht, weil sie selbst keine hatte. Und das ist nun der Dank dafür.«

Schon so oft hatten wir Runde um Runde auf dieser Ponybahn gedreht, aber wenn wir erst im Sattel saßen, konnten wir nicht mehr aufhören. Wie immer an diesem Punkt verspürte ich ein beklemmendes Schuldgefühl. Luz' Anschuldigungen zwangen mich, mir etwas einzugestehen, das ich sonst niemals an die Oberfläche hätte dringen lassen: In ihren Worten steckte ein Körnchen Wahrheit. Ich liebte es, mit Marion zusammen zu sein. Sie verstand mich, kannte mich in- und auswendig, verlangte nichts und brachte mich zum Lachen. Natürlich hatte immer schon ein gewisser Magnetismus zwischen uns bestanden. Ich hatte den Gedanken an das, was möglich war, genossen, hatte zu schätzen gewusst, dass er ohne jedes Fiasko existieren konnte.

Es stimmte auch, dass ich nach Ikes Tod mehr Zeit mit Marion verbracht hatte. Seit es Ike nicht mehr gab, waren wir einmal die Woche oder auch alle zwei Wochen auf einen Hamburger ins Pub gegangen, und jedes Mal war Luz zu Hause geblieben, obwohl ich sie selbstverständlich auch eingeladen hatte. Sie hatte immer nur einen Grund genannt: Sie sei müde. Inzwischen war mir natürlich klar, dass ihre Paranoia wegen Marion und mir stärker geworden war. Aber woher hätte ich das wissen sollen? Sie hatte mir gegenüber nie auch nur ein Wort darüber verloren, wenngleich sie uns die ganze Zeit über mit Argwohn beobachtet und mir meine Nähe zu Marion verübelt hatte. Derweil hatten die Rädchen in ihrem Hirn gerattert, weil sie auf der Suche nach Anhaltspunkten für ein Verhältnis zwischen uns gewesen war, weil sie unsere Telefonate belauscht und unsere Briefe und E-Mails gelesen hatte. Natürlich, das Schreckgespenst meiner ewig zurückliegenden Affäre hatte Luz umgetrieben. Das verstand ich ja.

Und vielleicht hatten Marion und ich unsere gegenseitige Zuneigung ein bisschen zu unverhohlen bekundet. Ja, bestimmt hatten wir das. Vielleicht hatte Luz eine plötzliche Verlagerung der jahrzehntelang währenden Balance zwischen Marion und mir gespürt, eine Störung, die unsere noch unerschlossenen Gefühle zum Sprudeln gebracht hatte, harmlos und doch offensichtlich.

In den letzten Jahren hatte ich mich einsam und verloren gefühlt, wie ein Versager, ein Abgeschriebener. Und jetzt war Marions Mann gestorben. In Stunden der Not waren wir einander Kumpel, Kameraden und Zechkumpanen. Aber wir hatten uns nie berührt, von den üblichen Umarmungen, Begrüßungs- und Abschiedsküsschen mal abgesehen. Und das war das Einzige, was zählte. Luz konnte mir vorwerfen, Marion zu lieben, mich von ihr angezogen zu fühlen, Marions Gesellschaft gelegentlich der ihren vorgezogen zu haben – alles Dinge, die ich bereitwillig zugab. Aber sie hatte mich rausgeworfen, weil sie glaubte, dass wir miteinander geschlafen hätten. Und das hatten wir nicht.

»Ich habe nie mit Marion geschlafen«, hörte ich mich sagen. »Und ich habe auch nie den Wunsch danach verspürt. Ich liebe sie, aber ich bin nicht in sie verliebt. Das ist etwas anderes. Sie ist meine Freundin. Und es macht mich einfach glücklich, mich mit meiner Freundin zu unterhalten.«

Luz war der schuldbewusste Ausdruck nicht entgangen, der sich über mein Gesicht gelegt hatte. Wie immer hatte sie meine Gedanken ohne jede Rücksicht auf Schattierungen oder feine Abstufungen gelesen. Ein einziger Augenschlag genügte als Beweis dafür, dass ich schuldig war.

»Du lügst«, sagte sie. »Ihr habt euch eine Geschichte zurechtgelegt und erwartet nun, dass ich euch glaube, nur weil ihr dasselbe sagt. Habt ihr eure Ansprache geprobt wie für ein Theaterstück? Marion redet genauso einen Stuss wie du. Sag mir doch einfach die Wahrheit, Harry. Wenigstens so viel Respekt könntest du mir entgegenbringen. Ich weiß, dass du mit ihr geschlafen hast. Ich fühle es hier.« Sie boxte sich mit der Faust in den Bauch. »Gib's einfach zu, danach sehen wir weiter.«

All die schrecklichen Erinnerungen an die schwere Zeit nach meiner Affäre vor zwölf Jahren kamen wieder hoch. Am liebsten hätte ich mich übergeben. Es spielte keine Rolle, dass ich diesmal unschuldig war. Was ich getan oder auch nicht getan hatte, war gleichgültig. Alles fühlte sich wieder genauso an wie damals. Meine irisch-katholische Hälfte wollte beichten und fertig. Aber ich konnte Luz nicht belügen. Der englische Protestant in mir ließ das nicht zu.

»Dios mío«, sagte sie, ohne den Blick von mir abzuwenden.

Für einen Augenblick ließ sie mich erkennen, wie unerträglich ihr Schmerz war, dann verschloss sich ihr Gesicht wieder.

Nun, das hatte sie sich selbst zuzuschreiben. Vielleicht wollte sie es ja so. Was war das nur für eine Irre, mit der ich da verheiratet war!

»Was dein Bauch dir sagt, muss nicht unbedingt stimmen«, sagte ich. »Dein Bauch weiß nicht alles.«

»Jedes Mal, wenn du deine Affäre leugnest, machst du mich noch wütender. Dadurch wird alles nur schlimmer. Erst betrügst du mich, und jetzt lügst du mich an. Es reicht dir wohl nicht, mich zu verletzen, nein, du musst mich auch noch kränken.«

»Ist dir je der Gedanke gekommen, dass ich womöglich gar nicht lüge?«

»Natürlich lügst du. Du hast mich einmal betrogen, und jetzt hast du es zum zweiten Mal getan.«

»Nun zieh doch nur mal für eine Minute die Möglichkeit in Betracht, dass ich es nicht getan habe. Nur eine Minute. Das ist alles, worum ich dich bitte.«

Ihr Gesicht blieb ausdruckslos. »Ich weiß es, weil ich es spüre«, beharrte sie und boxte sich wieder in den Bauch.

Das surreale Gefühl, dass ich in einem völlig anderen Universum lebte als meine Frau, machte mich benommen. »Du hast meine Arbeit des ganzen Jahres zerstört«, sagte ich. »Und das völlig grundlos. Ich bin unschuldig.« Plötzlich wollte auch ich ihr in den Bauch boxen, dorthin, wo zuvor ihre eigene Faust gelandet war, aber fester. Tödlich.

»Du hast es verdient.« Wie eine Klaue stieß sie mir ihren Finger in die Schulter. »Ich hoffe, du schreibst kein einziges Wort mehr. Die Hölle auf Erden sollst du erleben!«

»Du kannst mich mal, du Sturkopf«, entgegnete ich. »Du liegst völlig daneben und führst dich auf wie eine Wahnsinnige!«

Da ich keine Anstalten machte, sie mit Gewalt zurückzuhalten, gelang es ihr, sich an mir vorbeizudrängen. Doch so leicht würde sie nicht davonkommen. Ich drehte mich um und hielt mit ihr Schritt, schaffte es, neben ihr zu bleiben, obwohl sie alles tat, um mich in den Rinnstein abzudrängen.

»Ein ganzes Jahr Arbeit futsch«, sagte ich. »Futsch.«

Aufgebracht eilten wir nebeneinanderher. Trotz unserer ungleichen Größe waren wir immer im gleichen Tempo gegangen. Angespannt schweigend legten wir einen halben Block zurück.

Dann war mein Ärger plötzlich verflogen. Die arme Luz nahm an, ich hätte sie mit unserer langjährigen Freundin betrogen.

Zornig zu sein war sehr viel leichter. Die Alternative war niederschmetternde Traurigkeit.

»Luz«, sagte ich zu ihrem Scheitel. »Ich liebe dich, ich möchte zurückkommen. Wenn du mir glaubst, werde ich dir verzeihen. Tabula rasa, ein Neuanfang. Ich schreibe einfach ein neues Buch. Das hier bringt doch nichts. Ich vermisse dich jede Sekunde. Ich brauche dich, Luz. Da ist niemand anderes. Du bist die einzige Frau, die ich will.«

Sie hatte den Kopf gesenkt, so dass ich ihr Gesicht nicht sehen konnte. Etwas an der verhaltenen Art, wie sie weinte, die beinahe verstohlene, angestrengte Heimlichkeit, ließ Furcht in mir aufsteigen. Ich hatte Angst, dass ihr psychischer Zustand vielleicht doch instabiler war, als ich erwartet hatte. Die Worte *Nervenzusammenbruch* und *hormoneller Wechsel* kamen mir in den Sinn.

»Ist es die Menopause?«, fragte ich. Ich konnte einfach nicht anders. »Geht es darum?«

Sie gab einen wütenden, erstaunten Laut von sich und

lief davon. Ich ließ es zu. Unsere sinnlose Konversation war beendet. Ich sah ihr zu, wie sie den Gehsteig entlanghastete. In ihrem langen schwarzen Mantel sah sie aus wie eine flatternde Krähe.

Als sie außer Sicht war, warf ich meinen Kaffeebecher in einen Mülleimer und trottete Richtung Astral.

In den vergangenen Jahren hatte ich ihr wieder und wieder versichert, dass ich sie liebte, aber jetzt wusste ich nicht, was das noch bedeutete. Als wir jung und unerfahren waren, hatte ich sie mit der reinen Intensität des anfänglichen Verliebtseins geliebt, und als unsere Kinder klein waren mit dem aufdringlichen Verlustgefühl des frischgebackenen Vaters, der von seinem Nachwuchs verdrängt wird. Doch über die Jahrzehnte waren die Dinge zwischen uns verunreinigt worden, waren verdorben worden durch Vertrautheit und den Schmerz, den wir einander zugefügt hatten, absichtlich oder aus Versehen. Sie waren verdorben worden aufgrund eines blinden Flecks, wegen all der Dinge, die wir nicht hatten aussprechen oder sehen können. Mittlerweile hegte ich so viele komplizierte, übermächtige Gefühle für Luz – einen Mischmasch aus Erinnerungen und Assoziationen, aus Zorn und Verunsicherung, physischer Vertrautheit und Verbundenheit, blinder Gewohnheit und Nostalgie, Abhängigkeit und ineinander verschlungener Wurzeln –, dass ich mir nicht sicher war, ob man all das überhaupt noch unter »Liebe« zusammenfassen konnte. »Liebe« war ein Wort für die Jungen und Hoffnungsvollen. Ich wollte alt werden und mit der Frau dem Tod entgegengehen, mit der ich so viel erlebt hatte, mein ergrauter, altgedienter Kamerad aus gemeinsam durchgestandenen Kriegen. Ich wollte mir meine Erinnerungen bis zum Schluss erhalten, und zwar genau dort, wo ich sie herhatte. Was einer von uns gesagt oder getan hatte, zählte nicht. Vielleicht war das eine Art von Liebe. Vielleicht war es sogar mehr als das: Vielleicht hatten Luz und ich die Liebe zwischen Mann und Frau in ihrer höchsten Form erreicht. Nicht dass mir das im Augenblick etwas genützt hätte.

Kapitel vier

Auf halbem Weg entlang des Blocks kamen die Apartments des Astral-Gebäudes in Sicht, eine gewaltige, sechsgeschossige Mietskaserne aus rotem Backstein, die sich als zusammenhängender Komplex über die Franklin Street zwischen India Street und Java Street erstreckte. Von außen sah das Gebäude ansprechend aus, innen verwahrlost. Über den Eingangstüren befanden sich große, gemauerte Bögen aus rötlich braunem Sandstein, darüber waren bis zum fünften Stock Fenster in zurückversetzte Wölbungen eingelassen. Ganz oben dann das mit Zinnen dekorierte Dach. Neben manchen der dreifenstrigen Erker verliefen Metallfeuertreppen. Aus den Wänden sprossen Klimaanlagen, gerahmt von dekorativem Mauerwerk und Stürzen. Die riesig aufragenden Ecken des Gebäudes wirkten wie Türme. Überall prangten Verzierungen, selbst die tragenden Stahlfassaden im Erdgeschoss, in dem unter anderem ein Café und ein Waschsalon untergebracht waren, hatte man mit Ziernieten aufgepeppt. Der Apartmentkomplex war in den späten 1880ern von Charles Pratt erbaut worden. Die Arbeiter seiner Kerosin-Raffinerie Astral Oil sollten dort untergebracht werden. Der Slogan »Die heiligen Lampen von Tibet setzen auf Öl von Astral« hatte die Raffinerie bekannt gemacht. Wobei man hätte hinzufügen müssen:

»Und Astral Oil setzt auf Billigarbeitskräfte.« Es hieß, Mae West sei in diesem Gebäude zur Welt gekommen, und ich sah keinen Grund, weshalb dem nicht so sein sollte.

Sobald ich den Komplex erblickte, änderte ich meine Meinung, was die Rückkehr in mein Zuhause anbelangte. Um in mein eigenes Apartment zu gelangen, würde ich den Hauswart bestechen müssen, denn mit Sicherheit würde meine Frau die Schlösser ausgewechselt haben. Ich konnte es mir aber nicht leisten, irgendwen zu bestechen. Außerdem hatte ich das Interesse daran verloren, mich dorthin zu schleichen, um einen Blick in meinen Kühlschrank zu werfen, mir etwas zum Frühstück zu machen, mich in meinen alten Stuhl zu setzen und zu duschen, auch wenn es mir ursprünglich so vorgeschwebt haben mochte. Luz in Tränen aufgelöst von mir weglaufen zu sehen hatte den zornigen Wunsch in mir heraufbeschworen, etwas zu tun, was sie wirklich missbilligen konnte und was ihren Argwohn auch tatsächlich verdiente. In meine Wut mischte sich die Art Übelkeit, die, wollte ich sie lindern, danach verlangte, etwas zu unternehmen. Wenn sie mich unbedingt verunglimpfen wollte, dann würde ich ihr eben einen gottverdammten Anlass dazu liefern. Kein Grund, Trübsal zu blasen. Ich musste eine Frau finden, irgendeine, um das Ganze hier zu rechtfertigen.

Also ging ich zurück zur Manhattan Avenue, wo sämtliche öffentliche Uhren irgendwann stehengeblieben waren, und trottete weiter, bis ich zu dem Laden kam, wo immer frische Doughnuts im Schaufenster auslagen, echte Doughnuts, und wo hinter der Verkaufstheke polnische Angestellte standen, die den Kunden Wachspapiertüten und Wechselgeld reichten.

Ich ging hinein, nahm an der Theke Platz und gab

meine Bestellung bei dem properen, sinnlich aussehenden Mädchen auf, das sich mir mit fragendem Blick näherte. »Einen Schoko-Doughnut und einen Krapfen. Und einen Kaffee. Mit Milch und Zucker.« Gleichgültig stellte sie mir die Sachen hin. Ich musterte sie, als sie die Tasse von dem Typen neben mir nachfüllte, ein vierschrötiger polnischer Gentleman, der nach einem abendlichen Wodkagelage roch und dessen Kopf wie ein Findling aussah. Seine Augen waren so blassblau, dass sie fast farblos wirkten. Seine blonden Haare, ebenfalls beinahe farblos, standen wirr von seinem riesigen Kopf ab, der auf Maurerschultern saß. Sein Oberkörper war so breit wie eine Sessellehne. Das alles war mir aufgefallen, weil ich mich zu ihm umgedreht hatte, um herauszufinden, weshalb er mich so seltsam anstarrte. Ihm schien nicht zu gefallen, was er sah. Einen Augenblick stierten wir uns schweigend an.

»Schöner Tag«, sagte ich schließlich und biss in meinen Krapfen.

Er antwortete nicht. Ich wandte meine Aufmerksamkeit wieder dem Mädchen zu, das jetzt an der Kasse herumhing und Löcher in die Luft starrte. Sie hatte denselben Gesichtsausdruck wie viele junge Polinnen, diesen verächtlichen, leeren, blasierten Blick, der allen Möchtegern-Aufreißern zu verstehen gab, dass sie all ihre Maschen längst kannte und schon die vorherigen siebenundzwanzig Male nichts darauf gegeben hatte. Ein alter Fotografenfreund hatte einst vor mir damit geprahlt, dass er diese polnischen Doughnut-Verkäuferinnen gelegentlich engagierte, damit sie für ihn Modell standen. Er hatte mir wiederholt angeboten, mir seine Aufnahmen zu zeigen, doch dazu war es nie gekommen. Ich konnte nur vermuten, dass sehnsüchtige Wunschträume aus ihm sprachen oder dass er all die Fotos in einen

Schuhkarton gestopft hatte, den er unter seinem Bett verwahrte, um sich in regnerischen Nächten daran aufzugeilen.

Und wer könnte ihm so was zum Vorwurf machen? Polnische Mädchen schafften es, vor Sex zu strotzen und gleichzeitig zurückhaltend zu wirken. Zur Messe und zum Einkaufen trugen sie schlüpfrige, tief ausgeschnittene Minikleider, Seidenstrümpfe und Stilettos, und sie dufteten nach einem Pheromon-Parfüm, zu dem keiner außer sie selbst Zugang zu haben schien. Ihre Körper waren weich und straff und mit üppigen Brüsten und Hintern ausgestattet. Dabei hatten sie schmale, biegsame Taillen, schlanke Arme und lange Beine wie idealisierte Puppen. Sie schienen ihre Wirkung auf Männer nicht zu bemerken. Sie flirteten nicht, reagierten nicht auf unsere Blicke und forderten sie auch nicht heraus. Sie schienen uns nicht mal wahrzunehmen und machten den Eindruck, als hätten sie das Kleid nur aus Versehen angezogen, als würden sie ohne jedes eigene Zutun so aussehen und duften. Sie trugen einen herablassenden Ausdruck zur Schau, und ihre Gesichter waren so übertrieben schön wie die von den Teufelsweibern in den Cartoons: Sie hatten eine Pfirsichhaut, volle, geschwungene Lippen, ein zierliches Stupsnäschen und Schlafzimmerblickaugen von einem betörenden Wahnsinnsblau.

Der Kerl neben mir murmelte etwas auf Polnisch, das ich nicht verstand. Aber aller Wahrscheinlichkeit nach ging es nicht um das Krautrouladen-Rezept seiner Mutter. Er verlagerte sein Gewicht auf seinem Stuhl. Mir sträubten sich die Nackenhaare. Wenn er beschlossen hatte, mich nicht zu mögen, konnte mir das herzlich egal sein, aber er musste es mit sich selbst ausmachen.

Es ging mir schon etwas besser als noch vor fünfzehn Minuten. Aufgemuntert durch den Anblick der Doughnut-Verkäuferin, vom Zucker, vom Fett und der Wärme des kleinen Ladens wie auch von dem mürrisch brütenden Schlägertypen zu meiner Linken, schob ich mir den Rest des Krapfens in den Mund und biss dann in meinen Schoko-Doughnut. Ich deutete auf das Mädchen und anschließend auf meine Kaffeetasse. Binnen Sekunden war sie mit der Kanne bei mir und schenkte mir nach. Der Kaffee war stark und duftete wunderbar. Ich nahm einen Schluck.

»Vielen Dank«, sagte ich dann. »Sie sind unglaublich hübsch.«

Der Mann zu meiner Linken zitterte. Das Mädchen sah ihn an und ging zur Kasse zurück. Dann ging alles sehr schnell. Der Mann sagte etwas auf Polnisch zu mir, etwas Kurzes, Ruppiges wie ein Knurren, begleitet von einer Wodkafahne. Ich drehte mich zu ihm um und wollte ihm gerade mitteilen, dass ich kein Polnisch sprach, als mich seine Faust am Ohr traf. Ich ließ meinen Doughnut fallen. Das Mädchen schrie und schlug sich die Hände vor die Brust. Ihre Kollegin im rückwärtigen Teil des Ladens rief jemanden in der Küche. Verdutzt und etwas begriffsstutzig rieb ich mir die schmerzende Stelle. Als ich meine Finger zurückzog, war kein Blut daran, doch ich hörte ein hohes Schrillen. Der polnische Trinker begriff, dass ich, statt auf seine Prügelattacke zu reagieren, nach einer Erklärung suchte, und schlug erneut zu. Diesmal verfehlte er mein Ohr und traf mich seitlich am Kopf. Mir wurde schwarz vor Augen, doch nach einigen Sekunden sah ich wieder klar. Ich stand auf, stürzte mich auf ihn, nahm seinen fetten Maurernacken in den Würgegriff und drückte meine Daumen gegen seinen Kehlkopf. »Bastard«, stieß ich mit zusammengebissenen Zähnen hervor, während ich in seine zornigen, blauen Wodkaäuglein starrte und ihn anspuckte.

Ich war eine unterernährte, hagere Gestalt, ein Dichter, zugelassenes Mitglied der amerikanischen Pensionistenvereinigung AARP. Er hingegen war ein ziemlich junger Kerl, der aussah, als verbringe er die Hälfte seiner Zeit mit Gewichtestemmen im OTOM-Fitnesscenter in der Calyer Street und die andere auf einer Bank im McCarren Park mit dem Einlitern von tödlich-prozentigem Fusel aus irgendeiner Schwarzbrennerei. Es würde kein fairer Kampf werden, doch es war ein gutes Gefühl, sich vorzustellen, ich würde die Doughnut-Verkäuferinnen beeindrucken, während er all seine Kräfte mobilisierte, um mich umzubringen.

Dann schlug er zu. Die eine fleischige Pranke zerquetschte meine knochigen Hände und zwang mich, den Griff um seine Kehle zu lockern. Mit der anderen boxte er mir mit voller Wucht ins Gesicht, griff dann nach dem metallenen Serviettenhalter und rammte ihn mir ins Auge. Gleich darauf zerrte mich eine entschlossene Person von ihm fort, und mein Feind und ich wurden von zwei Polizisten in Handschellen aus dem Doughnut-Laden abgeführt. Blut strömte aus meiner Nase. Mein Auge pochte. Adrenalin und Stolz hielten den Schmerz in Schach – noch, aber nicht mehr lang, und es würde höllisch weh tun.

Vielleicht handelte es sich bei dem polnischen Trinker um den älteren Freund der Doughnut-Verkäuferin, um ihren Onkel oder ihren Vater oder den Freund ihres Onkels oder Vaters oder um einen Freund ihres Freundes. Wie auch immer, jedenfalls hatte ihm mein Blick nicht gefallen, und er hatte sich bemüßigt gefühlt, das zu ändern. Nun, das war ihm gelungen.

Die Polizeiwache des vierundneunzigsten Reviers befand sich nur ein paar Blocks entfernt in der Meserole Avenue. Die Cops verfrachteten uns in zwei verschiedenen Streifenwagen dorthin. Es war eine umständliche Fahrt, und wir gelangten nur über Umwege ans Ziel, denn in Greenpoint gibt es von Osten nach Westen fast nur Einbahnstraßen. Vom Rücksitz aus beobachtete ich den Beamten am Steuer. Er war ein lausiger Fahrer, einer von der Sorte, die mich immer unbändig reizt, sie zu korrigieren. Wenn er Gas gab, dann zu ruckartig, und auch die Art, wie er lenkte, wirkte abrupt und unschlüssig. Ich selbst hatte nie einen Führerschein besessen, aber wenn jemand nicht gut Auto fahren konnte, fiel mir das sofort auf.

Mein Angreifer und ich wurden aus den Fahrzeugen ins Gebäude hinein und durch einen Vorraum in ein Labyrinth aus Schreibtischen und Aktenschränken geführt, wo wir schließlich mehrere Meter voneinander entfernt Platz nehmen mussten. Die Beamten beschuldigten uns des öffentlichen Fehlverhaltens, nahmen unsere Fingerabdrücke und unterzogen uns der üblichen bürokratischen Prozedur. Ich und vermutlich auch der andere fühlten uns wie Fünftklässler, die mit Spuckekugeln geschossen und dabei versehentlich den Feueralarm ausgelöst hatten. Als sie damit durch waren, fragte ich, wie es jetzt weiterginge.

»Wir werden Sie für eine Weile hierbehalten. Anschließend werden wir Sie wohl nach Queens bringen.«

»Ich möchte den mir zustehenden Anruf tätigen«, sagte ich.

Man führte mich in den Gang, wo ein Dinosaurier von Münzfernsprecher stand. Der Beamte steckte ein paar Münzen in den Schlitz und reichte mir den Hörer. Er schien kein schlechter Kerl zu sein. Ich hatte ihn und seinen Partner schon einige Male im Viertel gesehen, ein großer Rotschopf irischer Abstammung, schlaksig, wie man so schön sagt. Sein Kollege war ein dicker kleiner Latino mit einem Schnurrbart. Die beiden waren ein komisch-ungleiches Gespann, das man am liebsten an einer Leine Gassi geführt hätte.

Natürlich rief ich Marion an.

»Harry«, sagte sie. »Alles in Ordnung? Du klingst schrecklich. Hast du es gestern Abend nach Hause geschafft?«

»Ich bin im Knast«, sagte ich. Mit meinen dick geschwollenen Lippen fiel mir das Sprechen schwer.

Sie schwieg gerade lange genug, um Belustigung und gleichzeitig Besorgnis zu bekunden. »Du bist was?«

»Fürs Erste stecken sie mich in eine Verwahrzelle auf der Polizeiwache an der Meserole Street, Ecke Lorimer, aber es klingt so, als wollten sie mich nach Queens bringen und regelrecht einbuchten.«

»Was hast du angestellt?«

»Irgendein Schwachkopf hat mir eine aufs Ohr gegeben, und da hab ich mich dummerweise gewehrt.«

»Dann bist du unschuldig! Hast du einen Rechtsanwalt?«

»Ich nehme an, sie werden mir einen stellen.«

»Haben sie eine Kaution festgesetzt?«

»Bislang haben sie mir nur meine Rechte vorgelesen, meine Fingerabdrücke genommen und mir gesagt, dass es nicht zu meinem Vorteil wäre, wenn ich weiter Unruhe stifte.«

»Da handelt es sich ganz bestimmt um ein Missverständnis«, sagte Marion. »Bist du sicher, dass sie nicht einfach ein Protokoll aufnehmen wollen und dich dann entlassen?«

»Vielleicht«, erwiderte ich. »Verglichen mit anderen Verbrechen, müsste das hier in den Charts ziemlich weit unten rangieren.«

»Ich bin sofort da«, sagte sie.

»Du musst nicht kommen«, widersprach ich. »Ich kann von hier aus zu Fuß gehen, vorausgesetzt, sie lassen mich raus.«

»Ich komme«, sagte sie. »Bis gleich.«

Wir legten auf.

Dann wurde ich zusammen mit dem Polen, der, wie sich zu meiner Belustigung herausstellte, Boleslaw Grabowski hieß, in die Verwahrzelle gesperrt. Da saßen wir nun, endlich allein. Boleslaw blieb leicht zusammengesackt auf seiner Bank hocken. Ich tat es ihm gleich und hockte mich ebenfalls auf meine Bank, ein Bündel Kleenex, das mir eine freundliche Beamtin gereicht hatte, auf die misshandelte Lippe, meine Nase und auf mein Auge gedrückt. Die Mischung aus Sabber und Blut färbte es grellrosa. Boleslaw schien meine fortwährende Anwesenheit zu nerven, doch im Großen und Ganzen wirkte er ruhig.

»Das ist perfekt«, sagte ich laut.

Er stieß ein angestrengtes Räuspern aus und blickte auf seine Schuhe, die so flach, glänzend und rotbraun waren wie Kakerlaken.

»Es ist gut, wenn sich die Dinge vom Schlechten ins Lächerliche wenden«, sagte ich. Das Blut pulste mir mit Macht durch die Adern, im Gleichtakt mit dem Hämmern in meinem Kopf.

Argwöhnisch, aus hin und her flitzenden Augen, beobachtete er mich.

»Wenn etwas so schiefläuft, glaubt man schnell an eine Verschwörung. Man glaubt, irgendwelche Mächte würden dafür sorgen, dass alles schiefläuft, ohne dass man was dafür kann, ohne dass man die eigene Schuld erkennen könnte. Als würde man wie ein böser Hund bestraft.«

Ich sprach mit freundlicher, unbefangener Stimme, doch seine kleinen Augen verengten sich, als verstünde er zwar, was ich sagte, aber nicht, wie ich es meinte. Fast erwartete ich, er würde in perfektem Englisch antworten, doch so etwas passierte nur in Filmen oder Büchern.

»Ich nehme an, du bist Katholik«, fuhr ich fort. »Vermutlich sogar ein gläubiger. Und als du noch ein ganz kleiner Piroggen warst, haben dir die Kerle von der Kirche erzählt, dass da oben im Himmel eine Vaterfigur sitzt, und die nun hat dir eingeflüstert, dass du mich schlagen sollst. Du bist nämlich nichts weiter als eine Marionette. Genauso siehst du dich: als Spielball des Schicksals. Oder der Bestimmung, wenn dir das besser gefällt. Keine Ahnung, wie das auf Polnisch heißt. Die Fäden jedenfalls zieht der Gott dort oben.«

Ich betrachtete ihn mit so viel Mitgefühl, wie ich nur aufbringen konnte angesichts der Tatsache, dass er mein Gesicht in einen Hamburger verwandelt hatte.

»Aber diese Art zu denken entbehrt jeglicher Würde. Charakter liegt in der Ironie. Das nämlich ist unsere ganze Story. Ich bin losgezogen, um eine Frau aufzureißen. Und dann habe ich deine Doughnut-Verkäuferin gesehen und mir gestattet, davon zu träumen, was ich mit ihr anstellen würde. Und – bumm, zack – kriege ich eins über den Schädel gezogen und werde eingebuchtet. Wenn meine Lippe nicht so kaputt wäre, würde ich laut lachen. Ach was, ich lache trotzdem.«

Ich versuchte zu lachen, doch es gelang mir nicht. Es tat einfach zu weh, genau wie das Sprechen. Dafür klapperten meine Zähne – wahrscheinlich aufgrund des verzögerten Schocks und des Schmerzes –, also blieb mir nur noch die Möglichkeit, weiterzuplappern oder katatonisch zu werden.

»Vielleicht klingt das für dich zu einfach. Vielleicht denkst du, ich urteile zu hart über den Katholizismus. Nun, womöglich tue ich das, aber mir ist der harte Boden des wahnwitzigen Zufalls lieber als das erstickend weiche Kissen des Glaubens.«

Boleslaw schien zu überlegen, ob er mir wieder eine langen sollte.

»Ich muss dir etwas gestehen, Boleslaw«, fuhr ich fort, wobei ich seinen Namen so aussprach, dass er sich auf *coleslaw,* Krautsalat, reimte. »Ich glaube an Verse und Rhythmus. Doch es ist verrückt, wie sehr ich auf die Form fixiert bin. Das erschwert die Dinge nur unnötig. Ich befolge obskure Regeln, die schon seit hundert Jahren nicht mehr angesagt sind. Niemand zwingt mich dazu. Ich tue es allein deswegen, weil es mir schön, diffizil und interessant erscheint. Die Form ist dazu da, verwendet zu werden. Sie ist keineswegs gottgegeben. Menschen haben sie erfunden, Menschen halten sich daran. Den schönsten poetischen Formen zu huldigen ist so menschlich, wie sich auf einer Parkbank zu besaufen und sich dann vollzupinkeln. Genau das ist die ultimative Ironie, ist unsere duale Natur.«

Eine seltsame Woge der Verbundenheit mit Boleslaw schwappte über mich hinweg. Zitternd stand ich auf und tigerte in der Zelle hin und her. »Es ist urkomisch, dass du mir eine übergebraten hast. Ironie ist eine Form, die den Dingen einen bestimmten Anstrich gibt. Sie existiert nicht unabhängig vom Betrachter. Zwei Menschen können sie gemeinsam erleben, was immer erheiternd ist. Und ich freue mich schon jetzt darauf, meiner Freundin Marion zu erzählen, was passiert ist.«

Ich setzte mich und schwieg. Boleslaw schlief ein und schnarchte mit der Sorglosigkeit eines Trinkers, der daran gewöhnt war, auf harten Bänken zu schlafen. Mein

Gesicht tat höllisch weh. Ich untergliederte den Schmerz in zwei Gegenspieler: gebrochene Nase versus aufgeplatzte Augenbraue. Beide wetteiferten um den Titel des Unerträglicheren. Meine quälend pochende Nase lag zunächst weit vorn, doch dann holte die Augenbraue auf der hinteren Gerade auf, und beide fielen in einen rasenden Galopp, Kopf an Kopf.

Etwa zwei Stunden später ließ die Polizei mich laufen, versehen mit einem Zettel, demzufolge ich an einem bestimmten Datum in nicht allzu ferner Zukunft vor Gericht zu erscheinen hatte, damit mein Fall verhandelt und ich bestraft werden konnte. Fürs Erste war ich auf freiem Fuß. Ich ließ Boleslaw schlafen und ging, ohne mich von ihm zu verabschieden. Hoffentlich würde ich ihn nie wiedersehen müssen.

Marion hatte die ganze Zeit auf der Wache gewartet, Kaffee getrunken, sich mit den Cops unterhalten und mit dem Fuß gewippt. Als sie mich sah, sprang sie auf und kam kopfschüttelnd auf mich zu. Sie trug einen maßgeschneiderten dunkelroten Hosenanzug, Bikerboots und einen langen schwarzen Mantel aus Kunstpelz. Eine große, massive Kamera hing um ihren Hals. Ihr offenes Haar schimmerte, und sie war sehr blass. Mein Anblick schien sie zu schockieren.

»Marion«, fing ich an.

»Ich bringe dich zu einem Arzt«, sagte sie, meine Danktirade unterbrechend. »Wir fahren gleich los. Das hier ist ein Notfall. Er wird dich sofort drannehmen.«

Ich versuchte, etwas zu sagen, aber mein Mund war wie eingefroren.

»Ich bezahle, also halt die Klappe.«

»Ich habe eine Versicherung«, sagte ich, oder zumindest glaubte ich, es gesagt zu haben.

»Als Gegenleistung darf ich dich fotografieren. Heilige

Scheiße, Harry, du siehst aus, als wäre eine Granate in deinem Gesicht explodiert. Halt still. Genau hier. Es dauert nur zwei Sekunden.«

Sie schob mich vor den Empfangstresen und nahm mich und die Cops im Hintergrund aus mehreren Blickwinkeln auf. Ich versuchte, so grauenvoll wie möglich auszusehen, was mir nicht schwerfiel.

»Gut«, sagte sie, »lass uns gehen.«

Ich erwiderte nichts.

Die Praxis war drei Blocks entfernt in der Norman Avenue. Entweder konnte Marion zaubern, oder es war an diesem Vormittag wenig los, jedenfalls kam ich tatsächlich gleich dran. Der nette Arzt spritzte mir eine volle Ladung Novocain, nähte meine Augenbraue, richtete meine Nase und betupfte meine geschwollenen, blutigen Lippen mit einem lindernden Betäubungsmittel.

Danach ging es mir sehr viel besser, aber reden konnte ich nicht. Marion brachte mich zu ihrem Wagen, verfrachtete mich auf den Beifahrersitz und fuhr mich zu sich nach Hause. Dort half sie mir die Stufen hinauf und lud mich wie ein riesiges Baby auf der Couch ab. Sie warf mir eine Häkeldecke über und brachte mir ein Glas Wasser, mit dem ich meine Schmerztabletten hinunterspülen konnte. Dann ließ sie mich allein und bis zum Anbruch der Dunkelheit schlafen.

Als ich aufwachte, war mir übel vor Hunger. Mein Auge pochte verhalten, aber insgesamt fühlte es sich nicht allzu schlimm an. Meine Nase dagegen machte mir ziemlich zu schaffen, aber das war etwas anderes. Ich schlug die Häkeldecke zurück und tappte steifbeinig in Marions Küche. Da saß sie in ihrem roten Bademantel, die Füße auf dem Tisch, ein Glas Wein vor sich, und las ein Buch.

»Wie fühlst du dich?«, fragte sie, als sie mich bemerkte. »Ich habe Suppe gekocht. Sie steht auf dem Herd.«

»Ich kann dir gar nicht genug danken«, sagte ich.

»Deine Frau hat angerufen, während du geschlafen hast.«

»Hast du ihr erzählt, was passiert ist?«

»Sie war unvorstellbar gehässig und meinte: ›Ich wette, er ist bei dir, hab ich recht?‹ Und da ich absolut nicht vorhabe, sie oder sonst wen zu belügen, habe ich ihr gesagt, was dir zugestoßen ist. Sie hat mir daraufhin mitgeteilt, was sie von mir hält. Offensichtlich hasst sie mich schon seit geraumer Zeit, ist eifersüchtig auf mich, fühlt sich von mir bedroht oder was weiß ich. Ich hätte es wissen müssen, das ist mir jetzt klar.«

Ich nahm mir von der Hühnernudelsuppe, setzte mich an den Tisch und starrte in meine Schale. Mir gingen Luz' unablässige, auf Marion zielende Suggestivfragen im Kopf herum. Jahrelang hatte sie mich damit bombardiert, doch unschuldig, wie ich war, war ich darüber hinweggegangen. »Was hat sie gesagt?«

»Dass sie uns schon seit Jahren beobachtet. Unsere Telefonate belauscht hat. Dass sie das alles getan hat, weil sie längst Bescheid wusste und nur noch einen Beweis gebraucht hat. Ich würde dir gegenüber die Draufgängerin raushängen lassen, und du würdest mit mir flirten. Sie hält mich für ein gewissenloses Miststück, für eine Lügnerin, eine Narzisstin und eine mittelmäßige Künstlerin. Letzteres gilt übrigens für uns beide. Guter Gott, Harry, wenn das nicht alles so erschreckend und so völlig irre wäre, würde ich es urkomisch finden. Aber ich fürchte, dass sie wirklich verrückt ist. Sie ist besessen von der Vorstellung, dass wir zusammen sind. Es ist fast so, als würde sie sich wünschen, dass wir eine Affäre haben, und als könnte sie nichts anderes akzeptieren, egal was wir sagen. Wir haben absolut keine Chance, ihr diesen Unsinn auszureden.«

Ich sah von meiner Suppenschale auf. »Ich muss es versuchen.«

»Bitte, wenn du meinst … Du willst deine angebliche Schuld also immer noch eingestehen und diese lächerlichen Vorwürfen ernst nehmen?«

»Sie ist meine Frau«, sagte ich. »Ich will nicht, dass meine Ehe so endet. Ich möchte das wieder in Ordnung bringen. Ich bin unschuldig, und sie ist im Unrecht. Das muss ich ihr begreiflich machen. Ich darf nicht zulassen, dass sie so etwas denkt. Sie macht sich verrückt. Ich möchte zu ihr zurück, möchte, dass wir das alles hinter uns lassen.«

»Dann geh halt zu ihr zurück und versuch, es ihr zu erklären, immer wieder und wieder und wieder«, sagte Marion. Sie klang erschöpft. »Sie wird dich quälen und beschuldigen und anschließend so tun, als würde sie dir glauben, nur um dann von neuem mit ihrem Psychoterror zu beginnen, wenn sie nicht bekommt, was sie will: einen Beweis für unsere Affäre, für unsere Schuld, mit dem sie ihr unerhörtes Verhalten vor sich selbst rechtfertigen kann. Das ist völlig offensichtlich. Es wird nicht klappen, Harry. Sie kann unsere Unschuld weder jetzt noch später akzeptieren, denn dann müsste sie sich eingestehen, dass sie sich wie eine durchgeknallte Irre aufgeführt hat. Solange sie uns für schuldig erklärt, fühlt sie sich im Recht und hält das, was sie tut, für eine normale Reaktion. Das ist ihr lieber, als dich zurückzunehmen, denn dann müsste sie zugeben, dass sie sich geirrt hat, und uns etwas verzeihen, das wir gar nicht getan haben. Ehrlich, Harry, als deine Freundin finde ich, dass sie das mit sich selbst ausmachen muss. Sprich das Thema nicht an. Lass dich nicht darauf ein, sonst gießt du bloß Öl ins Feuer.«

»Was hast du ihr noch gesagt?«

»Ich bin ihr ins Wort gefallen, habe ihr zu verstehen gegeben, dass ich diesen Unsinn nicht hören will. Dann habe ich ihr alles Gute gewünscht und gemeint, ich würde hoffen, dass sie Hilfe bekommt. Außerdem habe ich sie gebeten, nicht mehr mit mir in Kontakt zu treten, egal, auf welche Weise, und aufgelegt.«

»Du hast aufgelegt?«

»Ja, ich habe aufgelegt.«

Ich stand auf, um mir noch eine Schale Suppe zu nehmen. »Na denn«, sagte ich.

Luz war nicht der Typ, bei dem man einfach auflegte. Ihre kühle, distanzierte und auf Selbstschutz bedachte Erhabenheit schüchterte die meisten Menschen ein oder nötigte ihnen zumindest Respekt ab. Jetzt allerdings hatte sich ihre ganze Erhabenheit mit einem lauten Knall in Luft aufgelöst. Ihr Panzer war zerstört, ihre Schwäche nur allzu deutlich sichtbar. Ich wusste, wie sehr sie das ängstigen würde. Egal, wie recht Marion hatte – und sie hatte recht, das war mir klar –, und egal, wie wütend ich auf meine Frau war, weil sie mich und meine alte Freundin so schlecht behandelte, so konnte ich mich eines gewissen Mitgefühls doch nicht erwehren. Und ich konnte es erst recht nicht, wenn ich bedachte, wie gemütlich Marion und ich gerade in ihrer Küche zusammensaßen.

»Die Suppe ist gut«, sagte ich. »Danke, dass du mich bei dir aufgenommen hast.«

»Die Couch gehört dir. Soll sich der Teufel drum scheren, was Luz oder sonst wer darüber denkt. Bestimmt weiß bereits das ganze Viertel, dass wir was miteinander haben.«

Marion war auf ihre Art genauso stolz wie Luz. Um unser beider willen gab sie sich Mühe, so zu tun, als würde ihr die ganze Geschichte nichts ausmachen, aber ich wusste genau, wie sehr sie ihr in Wirklichkeit zu schaffen machte. Sie war genauso aufgewühlt und entsetzt wie ich.

»Weshalb?«, fragte ich. »Wem könnte Luz schon davon erzählen? Und warum sollte sie?«

»Ach, Harry. Ich möchte nicht übermäßig dramatisch klingen, aber sie will Rache. Zweifelsohne wird sie allen, die uns kennen, die gleiche Story auftischen, James und Lisa, Phil, Suzie – allen. Sie wird sagen, ich hätte dich ihr ausgespannt.«

Ich sah sie an.

»Nun«, fuhr sie mit Nachdruck fort, »unsere echten Freunde sind unsere echten Freunde, und jeder, der über etwas urteilen will, was ihn nichts angeht, soll sich zum Teufel scheren.«

»Ich hatte eigentlich gehofft, sie würde mit niemandem darüber sprechen«, sagte ich.

»Natürlich tut sie das.«

»Dann sollten wir wirklich eine Affäre anfangen!« Ich lachte gereizt. »Na los! Wenn ohnehin jeder denkt, wir hätten was miteinander, warum dann nicht?«

Marion warf mir einen Blick zu und reichte mir die Whiskyflasche und ein Glas.

Ich schenkte mir etwas ein, nahm einen kräftigen Schluck und stellte mein Glas ab. »Ich weiß, das ist nicht komisch.«

»Nein«, sagte Marion.

»Entschuldige«, sagte ich.

»Ach, komm«, erwiderte sie, »wir müssen allen Humor zusammenkratzen, den wir noch aufbringen können.«

Wir starrten auf die Küchenlampe, als würden wir hoffen, dass ein Geist aus der Glühbirne sprang, der Luz wieder zur Besinnung bringen könnte. Als keiner erschien, tranken wir noch mehr, Marion Rotwein und ich Whisky. Irgendwann gingen wir schlafen, getrennt, aber vereint in unserer schmerzlichen Empörung.

Kapitel fünf

Hellwach lag ich auf Marions Couch. Da ich mit meiner aufgeplatzten Lippe nicht an meinem rechten Daumen knabbern konnte, knibbelte ich mit dem linken Zeige- und Mittelfinger an der Haut herum, bis ich ein Stück davon abziehen konnte. So konnte ich mich wenigstens von meinem Gesicht ablenken. Die Beziehung zu meinem Daumen währte schon mein ganzes Leben und war äußerst komplex. Ihn tief in den Mund zu stecken, daran zu saugen und mit den Gaumenrillen und Zungenfalten ein rhythmisches Vakuum aus klebrigem Fleisch zu erzeugen, hatte mir vermutlich schon im Mutterleib kindlichen Trost gespendet. Als meine Mutter starb, war ich nachts, in der intimen Abgeschiedenheit meines Betts, auf kalten Entzug gegangen und hatte stattdessen angefangen, an meinem Finger herumzukauen. Der Daumen sollte mich nicht länger beruhigen, sondern er wurde zum Gegenstand meines autoaggressiven Verhaltens – ein Sammelbegriff, der für alle meine unausgegorenen Ängste, mein heimliches Leid und meine unausgesprochene Wut herhalten musste. Ich fing an, die Haut rund um den Nagel abzureißen, mitsamt Nagelhäutchen. Im Laufe der Jahre verwandelte sich die Fläche um meinen Daumennagel in ein glänzendes Narbengewebe. Als ich das College abschloss, hatte der Nagel aufgehört, normal zu wachsen, und lag brüchig, missgebildet und verdickt in seinem Nagelbett.

Nach meinem Umzug nach New York versuchte ich, mir diese Unart abzugewöhnen, aber ich konnte es nicht. In der U-Bahn, allein in einer Bar, auf einen Freund wartend, nach dem Duschen oder auch vor meinem kleinen Schwarzweißfernseher – immer riss ich das Narbengewebe auf und schuf ein neues. Eines Abends dann, 1979, kurz nach meinem siebenundzwanzigsten Geburtstag, saß ich angetrunken in einer Bar und tat etwas Dummes, was, weiß ich nicht mehr, doch an das Ergebnis erinnere ich mich noch recht gut – ich verlor nämlich einen meiner unteren Schneidezähne. Danach nahm mein Nagelbeißen ganz neue Dimensionen an. Die Kante des verbliebenen Schneidezahns hatte sich in ein Miniaturmesser verwandelt, was das Fleddern meines Daumens derart effizient machte, dass ich ein paar Monate später den winzigen halbmondförmigen Daumennagel ganz herausgebissen hatte und nur noch das nackte Nagelbett unter der Nagelhaut übrig blieb.

Reumütig und erschrocken wie ein Süchtiger, der zu weit gegangen war, trug ich antibiotische Salbe auf, klebte ein Pflaster darüber und ging schlafen. Am Morgen, als ich das Pflaster abzog, um zu sehen, wie sich das Ganze über Nacht entwickelt hatte, stellte ich fest, dass sich mein nacktes Nagelbett in einen rosafarbenen, aufgequollenen, blasigen, hochsensiblen Fleisch-Muffin verwandelt hatte. Offensichtlich liefen rund um das Nagelbett zahlreiche Nervenenden zusammen, denn es schmerzte höllisch, wenn ich versehentlich dagegenstieß oder auch nur ein Handtuch oder meinen Pullover streifte. Das geschwollene, mit Blutgefäßen durchsetzte Zellgewebe nässte, doch ich beschloss, es nicht wieder mit einem Pflaster abzudecken, denn es trocknete wohl besser an der Luft.

Wenn in Muscatine, auf dem Gestüt meines Kinderfreunds Gabriel, die Wunde eines Pferdes so aussah, nannte Gabes Vater die aufgequollene, hypersensibilisierte Haut für gewöhnlich »wildes Fleisch«. Soweit ich mich erinnerte, trug der Tierarzt auf solch wildes Fleisch Kalkpuder auf und bürstete fest darüber, um es dann wieder zu entfernen. Ich hatte keinen Zugang zu Kalkpuder, und die Vorstellung, etwas so Ätzendes auf meine Haut rieseln zu lassen und anschließend mit einer Bürste darüberzugehen, ließ mich vor lauter imaginiertem Schmerz innerlich aufschreien. Also wartete ich einfach ab, ob nicht von allein eine Besserung eintreten würde. Doch nichts dergleichen geschah, im Gegenteil, die Stelle infizierte sich, nässte noch mehr und fing so heftig an zu pochen, dass ich vor Schmerz nicht schlafen konnte.

Zu jener Zeit unterrichtete ich Englisch als Zweitsprache für erwachsene Immigranten, eine Arbeit, die mir viel Freizeit ließ und mir einen guten Stundenlohn, jedoch keine Krankenversicherung bot. Ich teilte mir ein Apartment im East Village mit zwei anderen Jungs und lebte so genügsam, wie ich nur konnte, trotzdem hatte ich am Monatsende kaum einen Cent übrig. Ich war stinkwütend auf mich selbst, weil ich mir diese Verletzung zugefügt hatte, und ich war wütend auf meinen Daumen, weil er mich nach all den Jahren unserer quasi-sexuellen Missbrauchsbeziehung im Stich gelassen hatte. Ich fühlte mich wie ein Sittenstrolch, der letzten Endes verpfiffen worden war: schuldig, verlegen und auf eine verquere Weise zornig.

Als nach einer Woche voller Schmerzen kein noch so großes Quantum Alkohol oder Aspirin mehr half, gab ich klein bei und begab mich in die Notaufnahme von St. Vincent. Es war ein Montagnachmittag, der, wie ich annahm, beste Zeitpunkt, um eine Ambulanz aufzusuchen, denn ich hoffte, dass die übliche Alltagsklientel noch nicht eingetroffen sein würde. Keine überdosierten Vorstadtkids, denen man gepantschte Drogen angedreht hatte, keine hitzköpfigen Ghettofamilienmitglieder, die Opfer von Messerstechereien geworden waren, und keine Betrunkenen mit gebrochener Nase und blutenden Augen.

Ich hatte recht. Nachdem ich kurz mit ein paar ruhigen, völlig normal wirkenden Leuten gewartet hatte, rief eine weibliche Stimme über einen Lautsprecher: »Harry Quirk.« Ich betrat das kleine Büro und setzte mich.

»Was führt Sie zu uns?«, fragte die für die Aufnahme zuständige Krankenschwester, eine gertenschlanke, hübsche Latina, die viel zu jung aussah, um schon arbeiten zu dürfen, erst recht in einem Job wie diesem.

Ich zeigte ihr meinen Daumen. »Wildes Fleisch«, erklärte ich.

»Wildes was?« Sie lachte. Ihre Schneidezähne waren groß und weiß. Sie sah gesund aus, kernig, trug keinerlei Make-up, hatte schwarzes glattes Haar, eine rundliche kleine Nase und dunkle Augen. Letztere waren es auch, die ihr Gesicht zu etwas Besonderem machten: Sie sprühten vor Intelligenz und wirkten gleichzeitig kühl und distanziert, auch wenn ihr faszinierender Glanz von schweren Lidern mit dichten kurzen Wimpern halb verdeckt wurde. In dem marineblauen kurzärmeligen Oberteil der Schwesterntracht kamen ihre muskulösen, schlanken langgliedrigen Arme gut zur Geltung. Unter der dunkelblauen Hose zeichnete sich die Form ihrer Oberschenkel ab.

»In Iowa hat der Tierarzt ›wildes Fleisch‹ dazu gesagt«, erklärte ich. »Ich weiß, dass es aussieht, als wäre es bloß geschwollen, aber das Nagelbett ist voller Nervenenden, außerdem blutet es leicht und hat sich infiziert.«

Sie blickte von meinem rosaroten Muffin auf und sah mir, immer noch lachend, ins ängstliche Gesicht. »Wildes Fleisch«, wiederholte sie.

»Das sollte man nicht auf die leichte Schulter nehmen, es fühlt sich an, als würde es Wurzeln oder Tentakeln oder sonst was unter meinem Nagelbett entwickeln, und es tut höllisch weh.«

»Harry Quirk«, sagte sie mit einem Blick auf meine Karteikarte. »Es ist nicht meine Aufgabe, eine Diagnose zu stellen, ich überweise Sie lediglich an die richtige Stelle. Trotzdem kann ich Ihnen mit Sicherheit sagen, dass ›wildes Fleisch‹ nicht der Begriff ist, den der zuständige Arzt dafür verwenden wird.« Sie beugte sich etwas vor. Ich konnte die zarte Wärme ihrer Haut wahrnehmen, ihren süßen jungen Atem, und hoffte, ich würde ebenfalls gut riechen, auch wenn ich es bezweifelte. Sie nahm meine Hand und drehte meinen Daumen zum Licht, um ihn besser sehen zu können. Kein anderer Mensch hatte meinen armen, alten, malträtierten Daumen je so genau betrachtet. Ihr nüchterner, unvoreingenommener Blick, in dem keinerlei Erstaunen lag, nahm mir ein wenig von meinem Selbsthass. »So aus dem Stegreif würde ich auf ein Granulom tippen.«

»Es sieht aus wie wildes Fleisch«, beharrte ich. »Sehen Sie nur, so, wie es sich aufwölbt, total entzündet.«

Sie lachte wieder. »Was machen Sie beruflich, Harry?«

»Ich bin Dichter. Und um Geld zu verdienen, unterrichte ich Englisch als Zweitsprache.«

»Sie unterrichten Immigranten«, stellte sie fest.

»Stimmt.«

»Und Sie verfassen Lyrik.« Sie sah mich prüfend an. »Ich lese Gedichte, aber meistens auf Spanisch. Damit angefangen habe ich, um meine Sprache zu verbessern. Meine Eltern stammen aus Veracruz in Mexiko, aber ich bin hier zur Welt gekommen. Zu Hause wurde Spanisch gesprochen, doch als ich älter wurde, bin ich auf Englisch umgestiegen. Ich liebe Neruda und Sie?«

Sie flirtete mit mir. Ich konnte mein Glück kaum fassen. »Ja, ich auch«, sagte ich, obwohl ich nicht viel von Neruda gelesen hatte.

»Was für Gedichte schreiben Sie?«

»Gereimt, mit strengem Versmaß«, erwiderte ich. »Altmodisch. Auf Englisch.«

»Sie kommen aus Iowa? Sind Ihre Eltern Farmer?«

»Mein Vater besitzt ein Restaurant«, sagte ich. »Es sieht wie ein Diner aus, und die meisten seiner Gäste sind Farmer. Meine Mutter war Krankenschwester. Genau wie Sie.«

Sie sah mich an, und ich erwiderte ihren Blick.

Eine lange Pause entstand.

»Dann lassen Sie uns mal den Papierkram erledigen«, sagte sie und brach den Zauber, absichtlich, glaubte ich – hoffte ich –, weil die Chemie zwischen uns sie genauso verunsicherte wie mich. »Ich werde veranlassen, dass Sie sofort behandelt werden.«

Meine Augen ruhten auf ihrem Gesicht, und ich wartete ab, weil ich wissen wollte, ob ich recht hatte.

Sie senkte den Blick. Augenblicklich wurde ich hart.

»Wenn ich hier fertig bin«, sagte ich, »komme ich zurück und hole Sie zu einem Spaziergang ab.«

Der Ausdruck auf ihrem Gesicht wirkte einerseits sachlich und andererseits verletzlich, als würde sie versuchen, mich einzuordnen, mich abzuschätzen, sich vorzustellen, auf was sie verzichten musste, wenn sie sich in mich verliebte: auf finanzielle Sicherheit, kulturelle Gemeinsamkeiten und einen traditionellen Ehemann, der wusste, wie man Dinge reparierte, und sich in der Welt behauptete. Was ihr mein unscheinbares, schlaksiges, blauäugiges Selbst stattdessen geboten haben mochte, habe ich nie ganz verstanden. Alles, was ich damals wusste, war, dass ich sie vom ersten Augenblick an haben wollte, und das gilt noch heute. Sie war sanft und gelassen, dunkelhäutig und exotisch, ein durch und durch braves Mädchen, ein emsiges kleines Eichhörnchen. Und ganz gleich, was sie anfangs von mir gedacht haben mochte – sie musste gespürt haben, dass ich sie wollte und kein Nein akzeptieren würde.

»Ich mache um halb sechs Feierabend«, sagte sie.

Nach der Arbeit traf ich mich mit ihr an der Tür zur Notaufnahme, und wir gingen schnellen Schritts Richtung Chinatown, ins Wo Hop, ein einfaches kleines Kellerlokal in der Mott Street. Wir saßen in einer fettfleckigen Sitznische hinten vor dem Spiegel und teilten uns Teller mit sautiertem Kai-lan, gedämpften Teigtaschen mit Hackfüllung und Schweinefleisch-Mu-Shu mit einer Extraportion Pfannkuchen. Luz suchte sich ihr Essen in null Komma nichts aus, klappte die große Speisekarte ohne einen weiteren Blick zu und reichte sie dem lächelnden Kellner. Ich war beeindruckt von ihrer Entscheidungsfreude und Bestimmtheit. Was ich vielleicht hätte haben wollen, interessierte sie absolut nicht. Heute denke ich, dass mir das eigentlich hätte seltsam vorkommen müssen, aber damals war ich so verknallt, dass ich ihr freimütiges unverstelltes Bedürfnis nach Dominanz ganz und gar bezaubernd fand. Dieses Beharren auf ihren eigenen Wünschen sollte sich in den folgenden drei Jahrzehnten auf zehntausendfache Weise manifestieren. Und stets hatte ich davor kapituliert. Und um ehrlich zu sein, sehnte ich mich jetzt danach.

Wir hantierten also mit unseren hölzernen Wegwerfstäbchen und tranken chinesisches Bier aus der Flasche. Das Tsing Tao war kalt und kräftig, das Essen heiß und salzig. Bald schon schwitzte ich im Nacken, und meine Kopfhaut kribbelte von der Überdosis Glutamat. Ich war angenehm angeheitert und mein Gaumen herrlich stimuliert von den glatten Holzstäbchen. Ich fühlte mich leicht, entspannt und angeregt von diesem herrischen, geradlinigen Mädchen, das so genau zu wissen schien, was es wollte, und keinen Millimeter davon abwich.

»Danke fürs Bestellen«, sagte ich.

»Die meisten Typen sind genervt, wenn ich das tue«, teilte sie mir mit. »Aber ich will nun mal haben, was ich haben will.«

»Mir macht das nichts aus«, erwiderte ich. »Es gefällt mir, wenn du sagst, was du willst. Es hat etwas Tröstliches.«

Sie warf mir einen skeptischen Blick zu.

»Meine Mutter war genauso«, erklärte ich, um meiner Aussage Nachdruck zu verleihen. »Sie war der Boss, sie hat den Haushalt geschmissen wie ein Marineschiff. Wir waren zu dritt, ich, mein Vater und sie, und schon nach dem Aufwachen hat sie uns gesagt, was wir zu tun hatten. Sie hat mir jeden Morgen meine Sachen rausgelegt, und ich habe gegessen, was sie mir hingestellt hat. Wir haben uns ihr nie widersetzt. Sie war der Admiral, mein Vater der Schiffsjunge und ich der Schiffsaffe. Das war im Wesentlichen die Hierarchie. Meine Mutter hat uns in die Messe geschleift, und wenn sie danach noch ihre männerhassende Tante besuchen wollte, hat sie uns im Auto warten lassen. Und wir haben uns wie jedes Mal lammfromm gefügt. Manchmal haben wir im Winter eine ganze Stunde oder sogar länger im Wagen gesessen. Wir haben die Heizung laufen lassen und ein Ratespiel gespielt. Irgendwann kam meine Mutter dann durch die kalte klare Luft zum Auto zurückgelaufen. Sie hat den Mantel fest um sich gezogen und sich atemlos und mit einem halben Lachen auf den Beifahrersitz fallen lassen. ›Ich dachte, ich würde da nie mehr rauskommen!‹, hat sie gerufen.« Ich ahmte ihre hohe, flötende Stimme nach. »›Entschuldigt, Jungs, aber ihr kennt doch Tante Matilda. Euch zwei hält sie für Gangster, und sie selbst ist ja so *scheu.*‹ Wir haben immer gelacht und uns einfach nur glücklich geschätzt, dass sie wieder bei uns war. Dad war echt in Ordnung, ein netter Mann, der sie vergöttert hat. Meine Mutter starb, als ich elf war. Sie wurde von einem Betrunkenen überfahren, als sie Lebensmittel vom Wochenmarkt nach Hause tragen wollte. Danach ging alles den Bach runter …«

Luz sah mich aufmerksam an. »Mein Vater hat uns verlassen, als ich elf war«, sagte sie. »Das nenne ich einen Zufall. Von da an gab es nur noch meine Mutter, meine Schwestern und mich. Alles Mädchen. Bei uns ist nichts den Bach runtergegangen, im Gegenteil, wir waren erleichtert. Er war ein mieser Säufer. Nach seinem Weggang wurde alles sehr viel ruhiger. Trotzdem haben wir ihn sehr geliebt. In nüchternem Zustand war er der tollste Mann der Welt. Er hat meine Mutter kennengelernt, als sie beide erst fünfzehn waren, in Veracruz, und nachdem sie mit zwanzig geheiratet hatten, sind sie zusammen nach New York gegangen, um sich dort ein Leben aufzubauen. Aber dann hat er mit der Trinkerei angefangen und damit, uns anzubrüllen und meine Mutter zu schlagen. Oft war er den halben Tag lang bewusstlos. Wenn er wieder zu sich kam, wirkte er wie ein halb ersoffener Hund, tränenüberströmt und zerknirscht, einfach erbärmlich. Nach nur fünf von diesen Nächten hat meine Mutter ihn rausgeworfen. Mit ihr sollte man sich besser nicht anlegen. Sie hat ihn aus tiefstem Herzen geliebt, aber so wollte sie sich von niemandem behandeln lassen. Es hat ihr das Herz gebrochen. Nie wieder hat sie einen anderen Mann auch nur angesehen, aber mit meinem Vater hat sie auch kein Wort mehr gesprochen. Als er weg war, hat er uns Mädchen mitunter aus heiterem Himmel angerufen und gesagt, er würde mit uns einen Ausflug an die Küste von Jersey machen oder uns in der Weihnachtszeit in die Radio City Music Hall zu einem Konzert der Rockettes mitnehmen. Wir haben uns nach solchen Telefonaten schick gemacht und schweigend nebeneinander auf der Couch gewartet. Und gewartet und gewartet. Hin und wieder habe ich mich so aufgeregt, dass ich mich übergeben musste. Meine Mutter hat versucht, uns zu erklären, dass er nicht auftauchen würde, aber wir haben nie auf sie gehört.«

»Lass mich raten«, sagte ich.

»Ja«, fuhr sie fort. »Du weißt, wie die Geschichte ausgeht. Aber wir sind darauf reingefallen, jedes einzelne Mal.«

»Lebt dein Vater noch?«

»Er ist vor acht Jahren gestorben«, antwortete sie.

Aus irgendeinem irrationalen, gnadenlos eigennützigen Grund fühlte ich mich erleichtert, denn das, was Luz erzählte, bedeutete, dass mir niemand ihre Liebe streitig machen würde – zumindest nicht in diesem Leben. Außerdem hatten wir etwas Entscheidendes gemeinsam: Sie hatte genau wie ich den am meisten geliebten Elternteil verloren. Wir würden ungestört zusammen sein können, als Mann und Frau, ohne elterliche Rivalen. Mir kam das wie ein Segen vor.

»Ich kann nicht glauben, dass du dich freust, dass er tot ist«, sagte sie mit funkelnden Augen, die Lider zu Schlitzen verengt.

»Wie bitte?«, fragte ich schockiert. Konnte sie Gedanken lesen?

»Gib's zu.«

»Luz«, sagte ich, »warum sollte ich mich darüber freuen, dass dein Vater tot ist? Ich habe dich gerade erst kennengelernt, bin ihm nie begegnet, habe selbst meine Mutter verloren ...«

»Ich hab's dir vom Gesicht abgelesen«, sagte sie. »Du brauchst es gar nicht abzustreiten.«

Ich starrte sie an. Meine Essstäbchen, zwischen denen ein Stück China-Brokkoli klemmte, verharrten reglos in der Luft. Sie hatte recht, natürlich, aber die meisten Leute hätten nichts darauf gegeben und wären um der fröhlichen Flirtatmosphäre willen darüber hinweggegangen. Erst recht, wenn es sich um das erste Date handelte.

Ich steckte mir das Stück Brokkoli in den Mund. »Du bist verrückt, ist dir das klar?«

»Ich bin nicht verrückt«, widersprach sie. Ihre Stimme war leise, aber schneidend. »Du solltest dich entschuldigen.«

»Wow«, sagte ich.

Sie wandte den Blick nicht ab. Ihr Gesicht war eine störrische Maske, die Augen zusammengekniffen, das Lächeln kalt. Sie sah aus wie ein kleiner, olivenhäutiger Raptor mit Hasenzähnen.

Weil sie recht hatte und weil ich sie wollte – genau genommen wollte ich sie jetzt noch mehr als zuvor, denn ich wusste, ich brauchte jemanden wie sie –, sagte ich: »Na schön, wenn's dich glücklich macht.« Ich lehnte mich zurück und nahm noch einen Schluck Bier. »Ich gebe es zu, und es tut mir leid.« Eine lüsterne Zunge leckte meinen Schritt. Ich aß eine Teigtasche.

»Gut«, sagte sie mit kalter Stimme, die Augen fest auf mich geheftet. »Aber ich muss wissen, warum du so etwas überhaupt denkst. Das ist bestürzend, Harry.«

Ich lachte. Etwas anderes konnte ich nicht tun.

Überrascht hielt Luz inne, dann lachte sie ebenfalls, rauh und hemmungslos. Dieses Lachen sollte von nun an der Quell ihrer Macht über mich sein, egal, ob ihr das bewusst war oder nicht.

Oder vielmehr: Ihr Lachen entsprang demselben Quell all der ungeheuren Mächte, die sie auf mich ausübte. Noch am selben Abend gingen wir miteinander ins Bett. Luz nahm mich ohne jede Diskussion mit zu sich in den Astral. Lachend und voller Aufregung stiegen wir die Treppen zu ihrem Zwei-Zimmer-Apartment im zweiten Stock hinauf. Nackt mit mir im Bett, war sie wie ein kleines Kätzchen, geschmeidig, sinnlich, süß, ausgehungert, großzügig, egoistisch, fröhlich, stürmisch, innig, liebevoll und sanft. Von jener Nacht an war ich ihr hörig. Egal, was sie außerhalb des Betts sagte oder tat, egal, wie bedürftig, herrisch oder verrückt sie war, ich wusste von Anfang an: Ich gehörte ihr.

Kaum ein Jahr später willigte Luz gleich bei meinem ersten Antrag ein, mich zu heiraten, obwohl ich ein mittelloser Lehrer und noch dazu kein praktizierender Katholik war. Wir wussten beide genau, worauf wir uns einließen, welchen Vertrag wir schlossen. Luz würde mich inspirieren und kontrollieren, und, wenn nötig, mich und unsere Kinder unterstützen. Und wenngleich ich sie überwiegend enttäuschen und zornig machen würde, mich immer im Unrecht befinden und niemals ihren Erwartungen entsprechen würde, schien ich ihr doch zwei Dinge bieten zu können: Gleich zu Beginn, nachdem ich ihr einige meiner Werke vorgelesen hatte, verkündete sie, ich sei ein lyrisches Genie, und genau deshalb würde ich großartige Gedichte schreiben und brillante Kinder zeugen, die halb weiß wären und somit eine bessere Chance auf Akzeptanz und Erfolg hätten als sie, ihre Mutter.

Sie bat den Hauswart im Astral, uns eine größere Wohnung in einem Stockwerk weiter oben zu besorgen. Kurz vor unserer standesamtlichen Hochzeit zogen wir dort ein. Unsere beiden Trauzeugen waren Marion und Luz' ältere Schwester Carmen. Luz' Mutter hatte sich gewünscht, sie würde einen Mexikaner heiraten oder wenigstens einen Katholiken. Ihre Schwestern hatten sie gewarnt, dass ich weder erfolgreich noch vielversprechend genug wäre. Zum Glück musste ich mich nicht auch noch mit männlichen Verwandten rumschlagen, und als Karina und Hector auf die Welt kamen, schienen mich die Izquierdos schicksalsergeben als Familienmitglied zu akzeptieren, ja, anscheinend hatten sie sogar beschlossen, mich ein bisschen zu mögen. Was sie jetzt, da Luz mich rausgeworfen hatte, von mir dachten, konnte ich nur vermuten.

Kapitel sechs

Stau«, sagte Karina, als sie hinter einem Benzinlaster hielt. In jenem spannungsgeladenen Moment hatte ich die ungewollte, aber erschreckend schöne Vorstellung, wie wir beide in das Ding hineinrasten und es explodieren ließen – ein tödlicher Feuerball auf dem Highway, der komplette Wall aus stehenden Fahrzeugen, auf einen Schlag weggepustet. »Ständig dieser dichte Verkehr. Überall. Zu viele Autos und nicht genug Straßen.« Karina tippte mit den Daumen aufs Lenkrad, genau wie ihre Mutter es beim Fahren immer tat.

Wir hatten bereits ein gutes Stück hinter uns, und sie hatte noch keine Bemerkung über mein übel zugerichtetes Gesicht gemacht. Sie hatte mich abgeholt, und als Marion die Treppe heruntergekommen war und sich auf der Fahrerseite ins Fenster gelehnt hatte, um sie zu begrüßen, hatte Karina kühl Hallo gesagt und die Frau, die sie kannte, seit sie drei Tage alt war, ansonsten erfolgreich ignoriert. Dann waren wir losgefahren und hatten Marion zurückgelassen, doch Karina verhielt sich weiterhin kühl. Aus ihrer verhaltenen Reaktion und dem nachfolgenden Schweigen schloss ich, dass sie sich inzwischen ein Urteil gebildet hatte, auch wenn sie es für sich behielt. Seit sie mich neulich Abend in Marlenes Bar aufgesucht hatte, hatte sich ihre Einstellung mir gegenüber verändert. All die nicht ausgesprochenen Vorwürfe hingen schwer zwischen uns. Ich ertappte mich dabei, einen ganz und gar irrationalen Groll gegen Marion zu hegen. Mir waren Dinge eingefallen, die sie im Laufe der Jahre zu und über Luz gesagt hatte, Dinge, die mir damals unwichtig erschienen waren, mir jetzt aber herablassend vorkamen, so als hätte sie meine Frau nie ganz ernst genommen. Obwohl ziemlich intelligent, war Luz weder künstlerisch begabt noch besonders gebildet. Zudem war sie praktizierende Katholikin. Zum ersten Mal dämmerte mir, dass Marion womöglich deshalb auf sie herabgeblickt hatte, dass das bei diesem ganzen entsetzlichen seismischen Riss, der durch meine Familie lief, eine Rolle spielte.

Ich merkte, dass mir Karina auf die Nerven ging, und auch dafür hatte ich keine rationale Begründung. Mein Privatleben war verdammt noch mal meine eigene Angelegenheit, genau wie ihr Privatleben nur sie etwas anging. Ich schuldete ihr keine Erklärung. Und trotzdem saß sie nun neben mir, innerlich kochend und brodelnd.

»Willst du gar nicht wissen, was mit meinem Gesicht passiert ist?«, fragte ich lauter als nötig.

Karina warf mir einen Blick zu. »Mom hat es mir erzählt. Du bist in eine Schlägerei geraten und im Gefängnis gelandet.«

»Ich wurde aus heiterem Himmel von einem Betrunkenen angegriffen, während ich, ganz mit mir selbst beschäftigt, im Doughnut-Laden saß. Die Cops haben mich laufenlassen.«

»Aber du musst vor Gericht erscheinen.«

»Vielleicht nicht«, entgegnete ich. »Vielleicht lassen sie die Sache fallen.«

Karinas Gesichtsausdruck blieb unerbittlich und ließ kein Mitgefühl erkennen. Jetzt stand sie also plötzlich hinter ihrer Mutter. Natürlich tat sie das. In ihrem Charakter vereinte sich schließlich die Kombination aus Stolz und Selbstgerechtigkeit, die sie von Luz geerbt hatte, mit der wohlmeinenden Verwegenheit, um nicht zu sagen Torheit, von meiner Seite. Genau wie ich war sie eifrig darauf bedacht, von allen geliebt zu werden und das Richtige zu tun, was immer das auch sein mochte. Dabei konnte sie jedoch ebenso blitzschnell wie Luz über all jene richten, die nicht nach ihren Maßstäben lebten. Offensichtlich hatte ihre Mutter sie dazu gebracht, all die fürchterlichen Dinge über Marion und mich zu glauben, so, wie sie es zweifellos auch bei anderen geschafft hatte. Unausgesprochene Beschuldigungen waren nicht zu widerlegen, das war mir klar, aber es war typisch für meine weltfremd-idealistische Hartnäckigkeit, dass ich es trotzdem unbedingt versuchen wollte.

»Was Marion und mich anbelangt«, sagte ich zu meiner Tochter, »wir schlafen nicht miteinander.«

Ein leichter Ruck ging durch den Wagen. Wir machten einen Satz nach vorn, und als sich der Stau plötzlich auflöste, wurden wir schneller.

»Aber du bleibst bei ihr«, erwiderte Karina. »Dabei habe ich dir das freie Zimmer in meiner Wohnung angeboten.«

Darum ging es also.

»Ich kann meiner Tochter nicht auf der Tasche liegen«, widersprach ich. »Ich will dir nicht zur Last fallen. Bei einer alten Freundin ist das etwas anderes. Dafür sind Freunde da.«

»Dafür ist die Familie da. Seit ihr zusammenwohnt, dreht Mom noch mehr durch. Das befeuert sie nur. Sie wirft mit Gegenständen um sich, ist mehr als außer sich. Gestern Abend habe ich schon gedacht, ich muss sie in die Notaufnahme bringen, damit sie ihr ein Beruhigungsmittel geben, so schlimm war es. Eine ausgewachsene

Panikattacke. Du solltest dir eine andere Unterkunft suchen, sonst flippt sie noch total aus, Dad. Ob du mit Marion eine Affäre hast oder nicht, ist doch im Grunde genommen egal.«

»Du solltest da nicht mit reingezogen werden«, sagte ich.

»Und wie soll das gehen?« Plötzlich war Karina den Tränen nahe. »Da ruft Mom mich an, fängt an zu keifen, und ich bekomme den Eindruck, wenn ich nicht sofort zu ihr rüberfahre und ihr Gesellschaft leiste, wird sie ... Ich habe einfach das Gefühl, dass ich alles bin, was sie hat.«

Unser Wagen erzitterte im thermonuklearen Rückstrom mehrerer Sattelschlepper vor uns. Karina hielt uns auf Kurs und blickte stur auf den dicht befahrenen Highway. Kaum zu glauben, dass wir tatsächlich vorankamen.

Ich beschloss, das Thema zu wechseln. »Was machst du denn im Augenblick so?«, fragte ich abrupt. »Wie läuft das Containern?«

Wie immer fand Karina schnell zu ihrer gewohnten Souveränität zurück. »Ganz gut«, antwortete sie. »Nächste Woche bin ich zu einem Interview in einer Talkshow auf WBAI eingeladen. Hör mal, Dad, ich muss schon sagen, diese Gruppe, der sich Hector da angeschlossen hat, kommt mir wirklich suspekt vor. Das hab ich von Anfang an gedacht. Ich glaube, es ist vielleicht ...« Wieder tippte sie mit den Daumen aufs Lenkrad.

»Was glaubst du?«

»Vielleicht ist das eine Art Sekte.«

Ich schnaubte. »Alles ist eine Art Sekte, wenn du fest genug daran kratzt. Denk doch nur an den Katholizismus!«

»Dad, ich habe am College ein Seminar über Sekten und Religionen belegt. Sekten unterscheiden sich grundlegend von Religionen, und die Unterschiede sind nicht schwer zu benennen: Eine Sekte hat eine verborgene Doktrin und nimmt immer eine Art Gehirnwäsche an ihren Mitgliedern vor. Der Katholizismus hingegen hat keine versteckten Grundsätze. Und trotz aller Schuld und aller Zwänge des Katechismus wird auch niemand einer Gehirnwäsche unterzogen. Eine Gehirnwäsche ist etwas ganz Spezielles.«

»Erzähl das mal dem Vatikan.«

»Mache ich«, erwiderte sie lachend. »Ich rufe gleich dort an.«

»Wie geht's deiner neuen Freundin?«, fragte ich.

»Wir haben uns getrennt«, antwortete sie.

»Das tut mir leid«, sagte ich.

»Mir nicht«, erwiderte Karina.

»Nimm die nächste Ausfahrt«, sagte ich und blickte mit zusammengekniffenen Augen auf die Wegbeschreibung, die uns meine Tochter aus dem Internet ausgedruckt hatte. Hectors Gruppe wohnte in der Nähe von Sag Harbor. Anscheinend hausten sie in einem Gutshaus auf einem großen Anwesen, das eines der Mitglieder geerbt hatte. In meinen Ohren klang das recht beeindruckend und kaum vereinbar mit dem angeblichen Ideal der Gruppe, alles wie die ersten Christen miteinander zu teilen. Aber im Grunde war es mir egal. Den Kindern sollte es einfach nur gutgehen. Hector hatte uns zum Abendessen eingeladen. Als Karina ihn angerufen hatte, um unseren Besuch zu bestätigen, hatte er ihr erzählt, dass am selben Abend eine Verlobung gefeiert würde und wir in den Genuss einer Party mit Wein, Tanz, Musik und einem großen Festessen kämen. Ich freute mich auf das Essen. Seit Luz mich vor die Tür gesetzt hatte, war ich permanent hungrig und schien nie genug zwischen die Kiemen zu bekommen. Mein Gürtel war schon um ein

Loch enger, und meine Hose schlabberte noch mehr um meinen Hintern als sonst. Ich freute mich auf eine üppige Mahlzeit, egal, was die jungen Leute auftischen würden. Hoffentlich waren sie keine Vegetarier.

Die Straßen waren kurvig und schmal, aber leer. Mein Herz hämmerte. Alles Blut in meinem Körper schien sich auszudehnen und aufzuheizen, als wollte es meine Adern und meinen Schädel sprengen. Als ich uns zu dem Gutshaus leitete, umklammerte ich die Wegbeschreibung so fest, als enthalte sie die Antwort auf einige, wenn nicht gar zahlreiche meiner gegenwärtigen Probleme. Mir kam der Gedanke, dass Luz mich womöglich nicht so bald zurücknehmen würde. Vielleicht würde sie das nie tun. Ich brauchte einen Job und einen Platz zum Leben. Die braunen Schindelstrandhäuser der Reichen und Privilegierten hockten wie große, harmlose Zeichentrickbären inmitten kahler Wälder und Dünen. Gereizt stierte ich sie an und stellte mir die Probleme, Sorgen, Mühen und Kümmernisse dieser Seelen vor, die hierherkamen, um in den wärmeren Monaten darin zu wohnen. Ich hätte wetten können, dass es den meisten nicht besser ging als mir, manchen vielleicht sogar schlechter. Ich hatte nie auch nur ansatzweise Neid auf die Reichen verspürt. Im Gegenteil – nichts Konkretes zu haben, gegen das man ankämpfen konnte, führte ihnen ihre sinnentleerte Zeit vor Augen. Genau wie der Rest von uns langweilten sie sich, waren voller Überdruss und Sehnsüchte. Diese Riesenhäuser waren illusorisch. Niemand konnte mehr als drei Zimmer ausfüllen. Der Rest verhöhnte sie, leere, unbenutzte, dunkle, geheimnisvolle Räume, die sie auf ihrem Weg zur Küche, ins Arbeitszimmer oder ins Schlafzimmer durchquerten.

Meine Laune hob sich ein wenig. Vielleicht wäre es eine gute Idee, einen stumpfsinnigen Hilfsarbeiterjob anzunehmen und mir nicht länger das Hirn wegen der verlorenen Gedichte zu zermartern. Ich könnte einfach loslassen und mir meinen Gehaltsscheck in dem von chassidischen Juden geführten Holzhandel J & B Lumber Sales mit Sperrholzschleppen und dem Nachfüllen der Nagelbestände verdienen. Und ich könnte mich abends vor dem Einschlafen mit einer Dose gebackener Bohnen und ein, zwei Bier vor den Fernseher setzen. Die alleinstehenden Männer mittleren Alters, die Greenpoint durchstreiften, jene hartgesichtigen Einzelgänger, die gramgebeugt die Gehsteige entlangtrotteten, waren mir immer wie die einsamsten Menschen der Welt vorgekommen, doch vielleicht lag in ihrer Lebensweise auch eine ganz spezielle Annehmlichkeit. Womöglich wäre ein Leben ohne Luz gar nicht so schlecht, wenn ich mich erst mal daran gewöhnt hätte. Wie hatte George, der Barkeeper, es formuliert? »Niemand rührt deine Sachen an, wenn du nicht da bist.«

»Hier links abbiegen«, sagte ich. »Das ist die Zufahrt.«

Wir rollten durch ein offenes Tor auf eine knirschende Fahrspur, die über eine Wiese aus trockenem braunem Gras führte. Karina parkte am Rand. Wir stiegen aus, setzten die Füße auf zerstoßene Austernschalen und gingen Richtung Haus, die Mäntel gegen den Wind zusammengezogen. Die Seeluft war schneidend klar und kalt. Mit seiner Rundveranda, dem Witwensteig, den Dachgauben und Erkerfenstern, den Balkonen und dem kleinen Türmchen sah das Gebäude wie ein Lebkuchenhaus aus. Dahinter erstreckte sich ein dunkler, kalter Ozean und über uns nur der bedeckte, schieferfarbene Himmel. Ich spürte, dass ein Sturm aufzog.

»Ich bin nervös«, sagte Karina.

»Warum?«

»Wir wissen gar nicht, wer diese Leute eigentlich sind.«

»Hectors Freunde, nehme ich an.«

Wir stiegen die Stufen zu der breiten Veranda hinauf. Sofort öffnete sich die Haustür, und eine Frau streckte den Kopf heraus.

»Ist Hector da?«, fragte Karina.

»Willkommen!«, rief die Frau. »Bitte, kommt doch rein!«

Sie war groß, dünn und strahlte eine Freude aus, deren Grund nicht gleich ersichtlich war. Sie trug ein schlichtes, langärmeliges marineblaues Kleid, über das sie eine Schürze gebunden hatte. Ihr Haar war zu einem Knoten hochgesteckt. Ich fragte mich, ob sie das Hausmädchen war.

»Ich bin Mantle«, sagte sie und streckte die Hand aus, um uns unsere Mäntel abzunehmen. Das Haus war hell und sauber. Frische Rosen standen in Vasen auf den Tischen, es duftete nach Essen, und aus einem der Zimmer ertönten Stimmen. Ein festliches Gefühl überkam mich.

Mantle verstaute unsere Mäntel in einem geräumigen Wandschrank, schloss die Haustür und sagte dann an uns gewandt: »Ihr müsst Hectors Familie sein. Wir nennen ihn Bard, nur damit ihr Bescheid wisst. Hoffentlich ist das nicht zu verwirrend für euch.«

Ich lachte. »Weil er das Bard College geschmissen hat, oder weil sein Vater ein Barde ist?«

»Gebt ihr uns auch neue Namen?«, fragte Karina.

»Nur wenn ihr mit uns leben möchtet«, erwiderte Mantle. »Ich werde Bard Bescheid sagen, dass ihr da seid.«

Karina räusperte sich. »Wie hast du denn vorher geheißen?«

Mantle hielt in der Bewegung inne und blickte sie überrascht an. »Teresa«, sagte sie nach einem Augenblick des Nachdenkens und schwebte dann davon.

Karina starrte mich an. »Eine Sekte«, wisperte sie.

»Dad! Karina!«, rief Hector. Und da stand er also, herausgeputzt mit einem weißen Hemd und einer dunkelblauen Hose, beides aus einer Art indischer Baumwolle, locker geschnitten und fließend wie Mädchenkleidung. Seit ich ihn das letzte Mal gesehen hatte, waren acht Monate vergangen. Damals war er eine zugedröhnte, dürre Gestalt gewesen, voller innerer Unruhe, funkensprühend wie ein umherpeitschendes Kabel ohne Erdung, zornig und verloren. Jetzt wirkte er gesünder, gelassener. Er trug sein schwarzes Haar länger und hatte es im Nacken zu einem Pferdeschwanz gebunden. Auf seinem hübschen, runden Mexikanergesicht spross ein ungepflegter Bart. Ich umarmte ihn fest und hielt meine unerwarteten Tränen zurück. Wir hatten uns nie nahegestanden. Zwischen uns hatte es jede Menge Spannungen gegeben. Vielleicht lag es auch daran, dass er mich, seit er sechs oder sieben Jahre alt war, infolge eines selbst erzeugten Konkurrenzdenkens weggestoßen hatte, um mich in Dingen zu übertrumpfen, für die ich nicht kämpfen wollte: Luz' Liebe, Überlegenheit, Macht. Ich hatte seine sorgfältig inszenierten Angriffe auf meinen Atheismus, meine bloße Existenz als sein älteres Abbild mit Verständnis und heimlichem Amüsement beobachtet. Dass ich seinen einseitigen Krieg tolerierte, hatte ihn nur noch mehr aufgestachelt, das war mir klar. Er wollte mich schwächen, mich in eine Position bringen, in der er mir den Fuß in den Nacken setzen konnte. Ich hatte immer verstanden, dass die Entwicklung seines Egos von seiner Fähigkeit abhing, mir meine Minderwertigkeit und meinen beginnenden Niedergang vor Augen zu führen. Mir war bewusst, dass er mich gleichermaßen geliebt wie gehasst hatte, und zwar mit der dazu notwendigen und vermutlich auch gesunden Kraft. Aber wie auch immer: Er war mein Junge, und ich war froh, ihn zu sehen.

»Du siehst großartig aus«, presste ich mit zugeschnürter Kehle heraus.

»Das stimmt, aber du bist fett geworden«, ergänzte seine jüngere Schwester.

Hector lachte. »Das kommt vom Essen hier«, sagte er und klopfte sich stolz auf seinen Bauchansatz. »Das wirst du schon noch merken. Was ist mit deinem Gesicht passiert, Dad?«

»Lange Geschichte«, antwortete ich. »Nichts Ernstes.«

»Wie geht's Mom?«

»Auch eine lange Geschichte. Ernster diesmal.«

Er wirkte zu beschwingt, um neugierig zu sein. »Wow, es ist echt schön, dass ihr da seid. Kommt mit, dann könnt ihr die anderen kennenlernen.«

Er führte uns in einen kleinen Flur und durch eine offene, zweiflügelige Glastür in ein riesiges Esszimmer, in dem sich ungefähr vierzig Leute befanden. Plötzlich hatte ich das Gefühl, etwas Surreales wahrzunehmen, eine Erscheinung, lauter identische Klone. Der Grund dafür erschloss sich mir erst auf den zweiten Blick: Alle Anwesenden waren weiß, körperlich gesund, gutaussehend und offensichtlich unter fünfunddreißig. Außerdem hatten sie alle dieselbe frisch gebügelte dunkelblaue und weiße Baumwolle am Leib. Die Frauen trugen Kleider, Schürzen und Dutts. Die Männer hingegen waren in die gleiche luftige Kluft wie Hector gekleidet und hatten ihr Haar zu Pferdeschwänzen gebunden. Unterscheiden konnte man sie lediglich an ihrer mehr oder weniger stark ausgeprägten Gesichtsbehaarung: Manche trugen Vollbärte, andere, wie Hector, das, was sie eben vorweisen konnten. Eine so bewusste Uniformität mutete seltsam an. Fünf lange Tische waren über den Raum verteilt, alle gedeckt mit weißen Tischtüchern, Leinenservietten, Wasser- und Weingläsern, weißen Tellern, Schüsseln und Besteck für mehrere Gänge. In der Mitte der Tische standen eine Vase mit Blumen und Kerzenständer mit großen weißen Spitzkerzen. Auf einer Anrichte warteten Weinflaschen, Untersetzer und Schüsseln. Ich fühlte mich, als wäre ich in irgendeinem Eliteinternat für Postgraduierte. Kinder waren keine da, was den Eindruck noch unterstrich.

»Darf ich euch ein Glas Wein anbieten?«, fragte mein Sohn.

»Ja«, antwortete ich. »Bitte.«

»Gott, ja«, sagte Karina. »Hector, was führt ihr denn hier auf?«

Hector lächelte. »Nichts«, erwiderte er.

»Und ihr wohnt alle hier?«

»Ja«, sagte er. »Ist das nicht schön?«

»Sicher«, sagte sie. »Was macht ihr denn so den ganzen Tag?«

Hector sah sie an, als stünde er kurz davor, vor lauter Glück zu platzen. »Wir Männer bilden ein Bauarbeiterteam«, erzählte er, als hätte man ihn für den Friedensnobelpreis vorgeschlagen. »Wir stellen transportable Cafés für Events in der Gegend von Long Island auf. Das machen wir aber meistens nur in den warmen Monaten. Im Winter beten wir viel, reden … so Sachen eben. Aber das werdet ihr schon noch alles mitkriegen. Ihr bekommt eine Führung, und ich erkläre euch alles. Jetzt entspannt euch erst mal und lernt die anderen kennen. Es ist ein herrlicher Abend. Lark und Mesquite haben sich verlobt. Eine wahrhaft gottgewollte Verbindung. Ich bin gleich zurück!«

»Eine gottgewollte Verbindung«, sagte Karina, an mich gewandt. »Ich will ein Glas von dem verdammten Wein.«

Wie aufs Stichwort erschien eine Frau, die Mantles Schwester hätte sein können, mit zwei Gläsern Rotwein, die sie uns mit einem warmherzigen Lächeln reichte, das beinahe psychotisch wirkte, zumal wir sie noch nie im Leben gesehen hatten.

»Ich bin Plum«, stellte sie sich vor. »Ihr müsst Bards Familie sein. Wir haben schon so viel von euch gehört! Willkommen.«

»Ich bin Karina. Wer ist denn hier der Anführer?«

Eine Wolke schien sich über Plums strahlendes Gesicht zu legen. »Der was?«

»Ich frage mich nur, wer das alles hier leitet, euch, die Gruppe. Bislang ist das schwer auszumachen.«

Plums Augen waren vom selben intensiven Blau wie Mantles. Wahrscheinlich trugen sie die gleichen farbigen Kontaktlinsen. »Oh, du meinst Christa, aber sie ist keine Anführerin, sondern eher eine geistige Führerin. Sie müsste bald hier sein. Bestimmt seid ihr schon ganz aufgeregt, weil ihr sie bald kennenlernen dürft.«

Karina und ich stießen einander an, wie um uns zu signalisieren, dass dieser Ort mitsamt seinen Bewohnern und allem, was sie trugen, sagten und taten, nach Sekte roch, dass die ganze Sache zum Himmel stank. Plum drehte sich um und klärte etwas mit einem anderen Klon, der auch wieder die gleichen unheimlich blauen Augen hatte. »Du hast recht«, flüsterte ich Karina zu.

»Ich weiß!« Sie nahm einen großen Schluck Wein. »He, der ist gut!«

Ich nahm ebenfalls einen Schluck und fühlte, wie sich die Wärme des Alkohols wie eine milde Flamme in meiner Brust und danach in meinem ganzen Körper ausbreitete. »Wir sollten Hector mit nach Hause nehmen«, sagte ich.

Sie schnaubte. »Der kommt doch nie im Leben mit. Das hier ist ein wahr gewordener Traum für ihn. Seit seinem zwölften Lebensjahr habe ich prophezeit, dass er mal an einem Ort wie diesem landet.«

Drei bärtige junge Männer näherten sich uns mit demselben eindringlichen und scheinbar aus freien Stücken aufgesetzten warmherzigen Lächeln, das ich mittlerweile von jedem dieser Typen erwartete, um uns aufs Freundlichste zu begrüßen. Die Augen der Männer waren nicht so unheimlich blau wie die der Frauen. Zwei von ihnen hatten ganz normal braune Augen, beim Dritten waren sie von einem unbestimmbaren Haselnussbraun. Sie stellten sich uns als Track, Wing und Umber vor. So langsam fand ich Gefallen an diesen nachgeahmt prophetisch-schamanischen Namen der Chippewa-Indianer. Der unterschwellige Humor, den ich darin entdeckte, brachte mich zu dem Schluss, dass dieser ganze Lebensstil genauso aufgesetzt war, wie er daherkam, und das wiederum führte dazu, dass ich mich entspannte. Ich stellte mir vor, das Ganze hier sei wie ein nie endendes Kinderspiel, bei dem eine vergleichbare kollektive, an Hypnose grenzende Realitätsauffassung vorherrschte, die aber im Großen und Ganzen keinen Schaden anrichtete.

»Wir sind so dankbar, dass ihr uns bei unserem Fest Gesellschaft leistet«, sagte Track. Er hatte einen Long-Island-Akzent und sah italienisch aus.

»Und wir sind so dankbar, dass ihr uns eingeladen habt«, entgegnete Karina.

»Ich freue mich auf das Fest«, sagte ich.

»Es hat einen so wunderbaren Anlass«, schwärmte Wing, der mit seinen blonden Haaren, der Stupsnase und der rötlichen Gesichtsfarbe ein bisschen bürschchenhaft wirkte. »Ich bin so froh, euch beide kennenzulernen. Bard ist unser geliebter Bruder. Unser Lebensstil mag euch seltsam erscheinen, die Art, wie wir uns kleiden, wie wir reden und das Ganze. Solltet ihr Fragen haben, dann stellt sie uns einfach. Wir sprechen gerne über unser Leben. Nichts macht uns glücklicher.«

»Kann ich mich zum Essen zu euch setzen?«, fragte Karina. »Ich habe eine Menge Fragen.«

Die drei musterten sie interessiert und schienen zu überlegen, ob sie als Ehefrau in Frage käme. Paarungsfieber lag in der Luft. Der Mangel an Babys war zweifellos vorübergehend und ein Umstand, den sie dringend zu beheben gedachten.

Ich war versucht, den Jungs zu sagen, dass meine Tochter vom anderen Ufer war und ganz eigene unumstößliche Vorstellungen vom Leben hatte, die sich ganz sicher nicht mit den ihren vereinen ließen, doch ich ließ es bleiben. Stattdessen sagte ich: »Ich würde mich auch gerne zu euch setzen.«

»Großartig«, erwiderte Wing mit einem Funkeln in den Augen.

In diesem Moment schien sämtliche Luft im Raum in Richtung der Glasflügeltür zu strömen und die Augen und Aufmerksamkeit aller auf sich zu ziehen. Es wurde still im Esszimmer. Eine Frau, die Christa sein musste, die Nicht-Anführerin/geistige Führerin, trat ein, wenn auch ohne Trompeten oder Fanfaren. Sie war ganz in Weiß gekleidet, und das blonde Haar fiel ihr offen auf die Schultern. Auch ihre Augen waren von einem leuchtenden Blau. Sie hob die Hand, um die Anwesenden zu begrüßen, und verkündete dann: »Lasst uns feiern! Hier kommt das Liebespaar!« Lachen und frenetischer Beifall. Jemand reichte Christa ein Glas Wein. Hector erschien an meiner Seite.

Mit gesenkter Stimme sagte Wing zu Karina und mir: »Vielleicht habt ihr ja schon mitbekommen, dass sie und Bard bald ihre eigene Verlobung bekanntgeben werden. Wir beten alle dafür, dass es so sein soll. Wir wären so dankbar! Bard ist ein solcher Segen für uns.«

Ich hörte, wie Karina scharf die Luft einzog. Als Christa Hectors Arm nahm, als hätte sie ihn bereits geheiratet, spürte ich, wie mich ein väterlicher Beschützerinstinkt die Fäuste ballen ließ.

»Setzt euch und esst!«, rief Mantle oder jemand, der wie sie aussah. Im stühlerückenden Tumult, der nun folgte, nahmen wir Platz.

Kapitel sieben

Noch mehr Mantle-Doppelgängerinnen kamen aus einer unsichtbaren Küche geflitzt und stellten das Essen auf die Tische: eine Platte mit Roastbeef-Scheiben, gebackenen Kartoffeln, Schüsseln mit grünen Bohnen und Erbsen, eine Sauciere mit Bratensaft, einen Korb Brot mit Butter, Wein, eine Wasserkaraffe und schließlich eine Holzschüssel mit grünem Salat. Christa saß am Kopf unseres Tisches. Mich hatte man zu ihrer Linken plaziert, Hector zu ihrer Rechten und daneben Karina. Weiter unten hatten die drei bärtigen Jünger Track, Wing und Umber, die Mägde Mantle und Plum und noch irgendeine blauäugige Frau mit Dutt und ein bärtiger Kerl mit Pferdeschwanz Platz genommen. Die Namen der beiden kannte ich noch nicht.

Als das dampfende Essen vor uns auf den Tischen stand und die Mägde ebenfalls saßen, erhob sich Christa.

»Ich möchte unsere Gäste willkommen heißen«, sagte sie mit selbstbewusster, kräftiger Stimme, die klang wie die eines kalifornischen Surfers. »Das hier sind Harry und Karina, der Vater und die Schwester unseres Bruders Bard. Bitte nehmt sie herzlich auf, solltet ihr das nicht bereits getan haben. Es ist ein Segen, dass wir sie zum heutigen Anlass bei uns haben!«

Allgemeines zustimmendes Gemurmel. Ich versuchte, interessiert zu wirken, obwohl ich kurz davor war, vor Hunger ohnmächtig zu werden.

»Wir haben uns heute Abend hier versammelt, um die Vereinigung einer unserer geliebten Schwestern mit einem unserer geliebten Brüder zu feiern. Lark und Mesquite wissen schon seit längerem, dass Haschem wünscht, sie mögen sich in seinem Namen verbinden. Also sind sie zu mir gekommen und haben mir erzählt, was sie auf dem Herzen hatten: dass sie beide durch Haschems göttlichen Willen zusammengefügt wurden und ich dies nun der Gemeinschaft verkünden soll. Sie wollen so bald wie möglich heiraten. Gelobt sei Haschem! Gedankt sei Jaschua!« Sie hob ihr Weinglas, und wir taten es ihr nach. Gläser klirrten. Das Paar am Fuß des Tisches senkte lächelnd die Köpfe.

»Jetzt lasst uns essen«, sagte Christa und setzte sich.

Als die Platten und Schüsseln bei mir ankamen, lud ich so viel auf meinen Teller, wie es nur irgend ging, und fing an, mir das Essen in den Mund zu schaufeln, wobei ich mich bemühte, ein Mindestmaß an Anstand zu wahren. Karina rührte die Speisen nicht an. Ihre Augen hatten sich zu Schlitzen verengt und glänzten. Aufmerksam, wenn nicht gar aggressiv, konzentrierte sie sich auf alles, was um sie herum geschah. Hectors Blick wanderte von seiner Schwester zu Christa und zu mir. Er strahlte vor Glückseligkeit.

»Warum nennt ihr sie Jaschua und Haschem?«, fragte Karina.

»Das sind ihre Namen«, erwiderte Hector. »Ihre wahren Namen.«

»Warum lebt ihr so?«

»Wir möchten alles miteinander teilen und mit gleichgesinnten Gläubigen harmonisch zusammenleben.«

»Und woran glaubt ihr? Glaubt ihr wirklich alle an dasselbe?«

»Wir glauben daran, dass Jaschua zurückkehren wird«, unterbrach uns Lark, einer der pferdeschwänzigen jungen Männer. »Womöglich ist er jetzt gerade unter uns.«

»Daran glauben viele«, sagte Karina. »Meine Mutter zum Beispiel. Aber deshalb muss sie noch lange nicht mit anderen zusammenleben, die diesen Glauben teilen. Sie ist auch so glücklich.«

Unter den Gruppenmitgliedern machte sich ein Schweigen breit, das eine herablassende, selbstgefällige Enthaltung ausdrückte. Karina spürte es ebenso wie ich. Ich sah, dass sie ihren Bruder mit funkelnden Augen musterte.

»Warum gehst du nicht einfach mit Mom in die Kirche?«, fragte sie ihn. »Es gibt nichts, was sie glücklicher machen würde. Ich habe nie verstanden, warum du das nicht tust. Ihr seid doch beide Christen.«

Hector lächelte. »Mir war immer klar, dass die katholische Schrift in bestimmten Auslegungen Mängel aufweist«, erklärte er. Christa neben ihm nickte kaum merklich. »Sie geht nicht weit genug. Es handelt sich um ein korruptes, falsches Dogma. Als ich hierherkam, bin ich auf andere Menschen gestoßen, die dieses Wissen teilen. Unser Glaube ist rein. Wir glauben an die Lehren Jaschuas ohne zwischengeschaltete Vermittler.«

»Und was ist mit ihr?«, fragte Karina und deutete auf Christa. »Ist sie nicht eure Anführerin?«

Aus dem allgemeinen Gelächter war dieselbe amüsierte Selbstgefälligkeit herauszuhören, die schon das vorherige Schweigen begleitet hatte.

»Nun«, sagte Hector, »sie keine Anführerin im herkömmlichen Sinn, nicht wahr, Christa? Jaschua lenkt uns. Christa ist eine Prophetin, und wir hören auf ihre Weissagungen, weil es hilfreiche Offenbarungen sind, die uns den göttlichen Willen besser verstehen lassen. Aber sonst führt hier keiner irgendwen. Das ist ja genau der Punkt: Vor Haschem, unserem Schöpfer, sind wir alle gleich.«

Karina gab ein kehliges Geräusch von sich.

»Das kommt einem am Anfang seltsam vor«, sagte Christa. »Ich weiß.«

Karina starrte mich an, als wartete sie darauf, dass ich etwas dazu sagte. Ich zog die Augenbrauen hoch und lächelte die Anwesenden mit freundlicher Anerkennung an. Ich hatte gerade an die Dusche gedacht, die ich heute Morgen in Marions gemütlicher Klauenbadewanne genommen hatte – an den runden Duschvorhang und die vielen verschiedenen Seifen und Shampoos, die ich so gerne ausprobierte. Unter dem heißen Wasserstrahl hatte ich eine Bestandsaufnahme meines Körpers gemacht, so, wie er jetzt war, hatte das Gebiet südlich meines Kopfes begutachtet. Das sollte es also gewesen sein, worauf meine Jahre auf Erden hinausliefen? Dieser spindeldürre Sack aus Knochen und Eingeweiden, diese Ofenrohrarme, dieses aufgeblähte kleine Ziegenleder von Bauch, diese schlaffen Männerbrüste und champignonweißen Schenkel mit den rostroten Haaren? Ohne diesen Körper war ich nichts. Ich hatte mich nur dürftig um ihn gekümmert. Ich hatte kaum Sport getrieben und zwanzig Jahre geraucht, bevor ich eines Tages die Nase voll gehabt und aufgehört hatte. Ich trank immer noch zu viel und ernährte mich nicht gut. Und wie ich so unter der Dusche gestanden hatte, hatte ich plötzlich all jene beneidet, die dem Fleischlichen abgeschworen hatten und an ein Leben danach glaubten. Wie glücklich musste diese Aussicht sein! Sie konnten auf die Trümmer eines halben oder ganzen Lebens zurückblicken und alles nur für eine vorübergehende Verirrung halten, für einen verrottenden Käfig, dem sie bald entrinnen würden.

Doch wie gewöhnlich hielt dieser Neid nur kurz an, bevor er anfing, mich anzuöden. Also war ich aus der Wanne gestiegen, hatte mich abgetrocknet und das Ganze vergessen. Jetzt, als ich hier saß – warm, schläfrig, vom nahrhaften Essen gesättigt – und dem affektierten Gewäsch lauschte, das diese sauber geschrubbten, gleich gekleideten Kids von sich gaben, wollte ich sie alle fest umarmen und mich dann so rasch wie möglich verziehen – auf eine rauschende Party flüchten, wo alle betrunken und völlig außer Rand und Band waren.

Ich hatte Christa während des Essens so unauffällig wie möglich beobachtet, in erster Linie, um sie mir als potenzielle Ehefrau meines Sohnes vorzustellen, sofern man dem Gerücht der Sekte Glauben schenken konnte. Aber da ich auch Karina Glauben schenken wollte, versuchte ich die potenzielle Anführerin in der jungen Frau zu erkennen. Sie war eine gewöhnliche, blauäugige Blondine, genau der Typ Frau, der mich nie angesprochen hatte – ernsthaft, aber nicht intelligent, selbstbeherrscht, aber nicht großherzig, charismatisch, aber nicht tiefgründig. Sie hatte etwas von der unnatürlichen Glätte einer ehemaligen Schönheitskönigin oder Cheerleaderin, die Sorte Frau, die entschlossen ist, ihre Schönheit um jeden Preis zu bewahren. Da es wegen der mangelnden Beweglichkeit ihrer Stirn- und Augenpartie, ihrer außergewöhnlich vollen Lippen und dem perfekt goldgesträhnten Haar unmöglich war, ihr Alter zu schätzen, nahm ich an, dass sie weit über vierzig sein musste. An und für sich keine große Sache. Eine ältere Frau wäre womöglich genau das Richtige für ein vom Weg abgekommenes, suchendes, überhebliches, sensibles Muttersöhnchen wie

Hector. Und selbst wenn sie die Gruppe einer Art Gehirnwäsche unterzog – na und? Für mich war das nicht zwangsläufig etwas Schlechtes. Hector war von Geburt an etwas eigenwillig gewesen, ein unbändiges Kind, das ziemlich jähzornig werden konnte. Später war er zu einem geistesabwesenden, launischen Teenager mutiert, der sämtliche Drogen ausprobiert hatte, die ihm in die Finger gekommen waren, bis er sich plötzlich über Nacht diesen Jesus-Freaks angeschlossen hatte, die ihn vermutlich mit einem Plakat auf dem Times Square geködert hatten. Diese Gruppe hier schien der perfekte Halt für ihn zu sein. Ich hatte nichts dagegen, auch wenn ich aus den Blicken, die Karina mir während des Essens zuwarf, schloss, dass sie sich wünschte, ich würde ihr den Rücken stärken.

Als wir nach über zwei Stunden wieder im Auto saßen, raste sie mit an Leichtsinn grenzendem Ingrimm dahin. Sie hatte eine Menge Wein getrunken. Die anschließende Führung, die Hector uns gegeben hatte, schien sie vollends aus der Fassung gebracht zu haben. Es gab acht Schlafzimmer, in den vier größten standen Etagenbetten, in den anderen vieren befand sich jeweils ein Doppelbett. Die Räume waren sauber, schlicht, luftig und wirkten recht komfortabel, doch irgendetwas an den Schlafmodalitäten schien sie zu stören.

Ich hätte ihr angeboten, mich ans Steuer zu setzen, hätte ich es je geschafft, den Führerschein zu machen.

»Es ist wie bei der Armee oder im Internat«, sagte sie. »Mein großer Bruder schläft in einem Etagenbett in einem Zimmer mit sieben anderen Jungs, als wäre er in einem gottverdammten Ferienlager! Und wer bekommt die Zimmer mit den Doppelbetten?«

»Vermutlich die drei verheirateten Paare und Christa«, erwiderte ich. »Aber nach ihrer Hochzeit wird

Hector garantiert bei ihr einziehen und wie ein Erwachsener leben. In einem Zimmer mit seiner Frau.«

»Aber er kann doch nicht allen Ernstes diese Tussi heiraten!«

Ich lächelte meinem trüben Spiegelbild im Beifahrerfenster zu. »Warum nicht?«

»Na, weil sie eine Tussi ist!«

»Hector stellt deinen Lebensstil doch auch nicht in Frage, oder?«

»Selbstverständlich tut er das! In seinen Augen bin ich eine gottlose Heidin, die dazu verdammt ist, in einem Feuermeer zu verbrennen, wenn der Messias kommt. Dasselbe glaubt er übrigens von dir und auch von Mom, was wirklich unglaublich ist. Das ist es, was sie in ihrem kleinen Gebetskreis nach dem Abendessen predigen, bevor sie diese Jaschua-Leier anstimmen und ihre langweiligen israelischen Volkstänze aufführen, kapierst du das nicht? Sie sind dankbar, dass sie kein Haus besitzen, nicht berufstätig sind oder einer gottlosen Kunst frönen, denn ihrer Ansicht nach sind all diese Menschen bei der Ankunft von Jaschua dem Zweiten dazu verdammt, in siedendem Öl zu baden. Falls es dir entgangen sein sollte: Das war an unsere Familie gerichtet. Ich besitze ein Haus, Mom ist berufstätig, und du bist ein Atheist, der Gedichte schreibt …«

»Na ja«, sagte ich, »wenn's ihnen Spaß macht, sich uns in siedendem Öl vorzustellen, was soll's?«

»Sie sind eine Sekte, Dad«, beharrte sie. »Das bedeutet, dass sie einer Bewusstseinskontrolle unterliegen. Ich weiß, dass Christa einen von ihnen dazu gebracht hat, ihr das Haus zu überlassen. Ich habe Hector ein bisschen ausgefragt, und er hat zugegeben, dass es einem seiner Brüder aus der Gruppe gehörte, der es ihnen bei seinem Beitritt als Teil seiner weltlichen Güter gespendet hat.

Und jetzt heiratet diese Christa Hector. Wieso? Er besitzt nicht einen einzigen Cent! Mir hat er gesagt, er würde über eine außergewöhnlich visionäre Gabe verfügen, weil er noch unberührt sei. Ich wette, sie nutzt seine Unschuld aus. Wenn sie einen sexuell unerfahrenen Mann heiratet, fällt es weniger auf, dass sie alles andere als unerfahren ist.«

»Woher willst du wissen, dass sie keine Jungfrau mehr ist?«

»Weil ihr das Wort ›Schlampe‹ quer über die Stirn geschrieben steht.«

Ich lachte, und wir setzten unsere Fahrt schweigend fort. Karina beruhigte sich ein wenig und ihr Fahrstil dankenswerterweise ebenfalls.

»Was denkst du, wie alt sie ist?«, fragte meine Tochter.

»Älter als Hector«, sagte ich, »aber er ist erwachsen. Er kann heiraten, wen er will.«

»Und es macht dir keine Sorgen, dass er sich an so einem Ort aufhält?«

»Ich würde dort nicht leben wollen«, erwiderte ich. »Ich hab's ja schon den einen Abend kaum ausgehalten. Aber ich bin nicht Hector. Ich habe immer gespürt, dass es das Beste für euch Kinder ist, wenn ich mich nicht wie ein Heuchler aufführe. Ich würde nicht wollen, dass mir jemand vorschreibt, wie ich leben soll. Für mich zählt nur, dass ihr nicht zu Serienmördern oder Nazis werdet und einfach nur tut, was euch glücklich macht. Ehrlich. Ihr seid beide erwachsen. Ihr braucht keine Eltern mehr.«

»Na ja«, sagte Karina mit so leiser Stimme, dass ich sie kaum hören konnte, »manchmal schon noch.«

»Ja«, bestätigte ich, »das geht mir auch so. Aber im Großen und Ganzen ist es besser, wenn ihr uns ab einem bestimmten Alter nicht mehr ständig um euch habt. Also glaub bitte nicht, dass du dich um deine Mutter oder mich kümmern musst. Oder um Hector. Du musst auf keinen von uns aufpassen. Schreib Artikel, schreib ein Buch. Such dir eine tolle Freundin. Rette Zeug aus Müllcontainern und verteile es an die Bedürftigen. Wenn du etwas für mich tun willst, Karina, dann zieh los und hab einfach ab und zu etwas Spaß. Du bist so ernst!«

»Das Leben ist ernst.«

Ich lächelte sie an, tätschelte ihre Schulter und legte meinen Arm um ihre Rückenlehne.

»Dann setze ich dich also bei Marion ab?«, fragte sie, als wir uns der Stadt näherten.

»Ja, da wohne ich momentan.«

»Und wie lange noch?«

»Bis ich einen Job und einen Ort finde, wo ich stattdessen leben kann.«

»Dann bist du also aus deiner Absteige ausgezogen?«

»Ja, bin ich.« Bevor man mir das Gesicht zertrümmert hatte, kam es mir wie ein irres Abenteuer vor, dort zu wohnen. Danach fand ich es nur noch erbärmlich. Bevor Karina sagen konnte, was ihr auf der Zunge lag, fügte ich hinzu: »Danke, dass du mir dein leeres Zimmer angeboten hast, aber ich will in Nord-Brooklyn bleiben, in der Nähe von zu Hause. Und ich habe keine Affäre.«

»Dann bleibst du also dabei.«

»Ich werde es so lange wiederholen, bis du mir glaubst.«

Sie seufzte. »Dad, ich glaube dir, ich finde es nur grausam Mom gegenüber, dass du ausgerechnet bei Marion einziehst. Warum bleibst du nicht bei James und Lisa? Oder bei Phil und Suzie?«

»Weil sie mich nicht eingeladen haben. Wahrscheinlich sind sie auf Luz' Seite. Karina, ich habe keine Ahnung, wie deine Mutter und ich das durchstehen sollen. Alles, was ich will, ist, die Sache irgendwie ins Reine zu bringen und das Schiff vor dem Untergang zu retten. Sie braucht Hilfe.«

»Ich habe ihr geraten, eine Therapie anzufangen«, sagte Karina.

»Solange sie nicht zu Helen geht …«, erwiderte ich. Ich hatte Helen nie persönlich kennengelernt, aber ich hatte die Jahre hindurch genug über sie gehört, um zu begreifen, dass sie eine machtgeile Hochstaplerin war.

»Ich glaube, sie hat heute einen Termin bei ihr«, sagte Karina. »Das ist doch besser als nichts.«

»Helen ist schlimmer als nichts«, antwortete ich alarmiert und zornig.

»Aber sie braucht Hilfe«, beharrte Karina. »Helen wurde ihr von Freunden empfohlen. Sie vertraut ihr. Wenn sie rauskriegt, was Hector an diesem seltsamen Ort treibt, wird sie ausflippen. Und wenn er dann noch eine Frau heiratet, die sie nie kennengelernt hat, wird man sie vermutlich einweisen müssen.«

Sie hielt vor Marions Haus an, ließ den Motor laufen und sah mich in der Dunkelheit an. »Pass auf dich auf, Dad.«

»Pass du auf dich auf«, sagte ich. »Danke fürs Mitnehmen. Und danke, dass du mitgekommen bist.«

Ich drückte Karina einen Kuss auf die Wange und sprang aus dem Wagen.

Ich wusste, dass Marion nicht zu Hause war. Sie hatte sich mit ihrer Schwester zum Abendessen verabredet und würde erst spät nach Hause kommen. Ich schloss die Tür auf, legte mich auf die Couch und starrte auf die Muster, die das Licht der Straßenlaterne auf die verputzte Decke warf. Ich hatte es Karina gegenüber nicht zugeben wollen, aber nach dem Besuch im neuen Zuhause meines Sohnes und beim Gedanken, dass er diese offenkundig nutzlose Frau heiratete, machten sich Bedrückung und Unbehagen in mir breit. Und dass sich meine Frau in die Hände dieser grauenhaften Therapeutin begab und meine Tochter allein in ihr kleines Häuschen zurückging – in einer Gegend, die vor allem von sozialen Randgruppen bevölkert wurde –, diese Vorstellungen verstärkten mein Unwohlsein nur. Was waren wir bloß für eine bedauernswerte Familie. Ein Scherbenhaufen.

Das war nicht immer so gewesen. Vor zehn Jahren waren wir eine solide Kernfamilie gewesen, das reinste Puppenhaus: Mutter, Vater, Junge, Mädchen. Die Kinder gingen zur Highschool, Luz zur Arbeit, und ich blieb zu Hause, um zu schreiben.

Okay, zwei Jahre vor der Kernfamilienzeit, die mir jetzt so solide vorkam, hatte ich eine Affäre gehabt. Im Großen und Ganzen war ich kein Versager, der immer nur zu Hause rumhing, so wie andere Ehemänner, von denen ich gehört hatte. Ich ging regelmäßig einkaufen, kochte und machte sauber, ich bezahlte die Rechnungen und brachte den Müll raus. Luz war an unzähligen Tagen, die ich mir nicht alle ins Gedächtnis rufen will, von ihrer Schicht nach Hause gekommen, die Treppe bis ins oberste Stockwerk des Astral hinaufgestiegen und hatte die Tür aufgeschlossen, die Arme voller Tüten mit Lebensmitteln, die sie von ihrem selbst verdienten Geld gekauft hatte. Sie fand mich am Esszimmertisch vor, umgeben von zerknüllten Blättern, wo ich blinzelte und »oh, schon so spät« murmelte. Sie gab mir einen überraschend leidenschaftlichen Kuss und trug die Sachen in die Küche, wo sie gemeinsam mit Karina das Abendessen kochte und unablässig mit ihr quasselte. Beim Essen kam Hector hin und wieder viel zu spät und von wer weiß wo ins Zimmer spaziert, um sich zu uns zu setzen und seinen Teller vollzuladen. Keiner wusste viel zu sagen. Nach dem Essen spülte ich ab, während sich die anderen in ihre einsamen Beschäftigungen flüchteten, die Kinder an ihre Computer und Luz ans Telefon, um nacheinander mit ihrer Mutter und ihren sämtlichen Schwestern zu sprechen, die alle in Queens lebten – also quasi auf einem anderen Planeten. War die Küche sauber, verzog ich mich mit einem Buch in die heiße Badewanne, wo ich entweder las oder blicklos auf meine knochigen Knie starrte, die sich aus dem dampfenden Wasser erhoben, und formulierte im Geiste Gedichte um. Anschließend kroch ich in das Bett, das ich mir mit Luz in unserem winzigen Schlafzimmer teilte, und stellte fest, dass sie bereits schlief. Manchmal grunzte sie zur Begrüßung im Schlaf. Hin und wieder schmiegte sie sich im Halbschlaf in der Löffelchenstellung an mich. Gelegentlich hatten wir Sex, eher zärtlich erinnernd als leidenschaftlich. Aber egal, ich war der Meinung: Sex ist Sex. Wenn ich morgens aufwachte, war sie schon weg und die Kinder ebenfalls.

Wir waren nicht vollkommen, aber immerhin eine Familie. Jetzt schien es, als wären wir vier einzelne Menschen, auseinandergetrieben von verschiedenen, voneinander losgelösten Schicksalen. Bei diesem Gedanken fühlte ich mich einsamer als je zuvor in meinem Leben. Womöglich hatte Karina recht. Womöglich war Christa nicht gut für Hector, und dieser ganze Ort, diese Gruppe, dieses Glaubenssystem oder worum immer es sich handeln mochte, war nichts als ein schwärender, schadenbringender Haufen Unsinn. Sollte dies tatsächlich der Fall sein, würde ich alles daransetzen, Hector dazu zu bringen, die Gruppe zu verlassen – in erster Linie natürlich im Interesse meines Sohnes. Jede Mutter und jeder Vater hätten so gehandelt.

Ein bisschen wollte ich es aber auch wegen Luz. Sie

liebte Hector mehr als jeden anderen auf der Welt, mit einer Leidenschaft, bei der ich die Zähne zusammenbeißen musste, weil sie nicht mir galt. Ich hatte nie etwas gegen diese allumfassende Vergötterung ihres Erstgeborenen, ihres Jungen, eingewendet, doch mitunter beschlich mich die unangenehme Vorahnung, dass alles ein wenig aus dem Gleichgewicht geriet, dass diese Liebe etwas Ödipales und möglicherweise Tragisches hatte. Hector sah aus wie Luz' verstorbener Vater, nach dem er auch benannt war. Ich hatte mich oft gefragt, ob Luz' klammernde, erstickende Hector-Fixierung den Jungen nicht in die Flucht geschlagen hatte. Als Kind zunächst in seltsame, gewalttätige mittelalterliche Phantasien und später, als Teenager, in Videospiele, Drogenkonsum und schließlich in eine fundamentalistische Religiosität – das perfekte Instrument, um seiner Mutter das katholische Herz zu brechen. Mit zwanzig hatte Hector das Bard College geschmissen und war nach Westen, nach Missoula, gezogen, dann nach Santa Fe und schließlich nach Mexiko, wo er fünf Jahre lang in einer Art Kommune außerhalb von San Cristóbal de las Casas mit einer kleinen Gruppe christlicher Hippies gelebt hatte. Als Familie waren wir vier zuletzt im vergangenen Sommer zusammengekommen, als Hector für ein paar Tage bei uns vorbeigeschaut hatte, bevor er dieser Gemeinschaft in Sag Harbor beigetreten war. Er hatte uns nicht erzählt, wie und warum man ihn eingeladen hatte, dort zu leben, sondern lediglich, dass er eben dorthin ziehe.

»Klingt, als wäre es der perfekte Ort für mich«, teilte er Luz, Karina und mir mit. Er war am Nachmittag mit seinem nach Rauch stinkenden Rucksack, einem fusseligen Bart und einem gewebten Band ums Handgelenk hereingeschneit, nachdem er die ganze Strecke von Santa

Fe, wo er eine Woche bei Freunden verbracht hatte, bis zu uns mit dem Greyhound-Bus durchgefahren war. Zu diesem Zeitpunkt hatten wir ihn über anderthalb Jahre nicht mehr gesehen.

Wir setzten uns um den Küchentisch und machten uns über das Festmahl her, das Luz zu Ehren ihres verlorenen Sohnes zubereitet hatte.

»Perfekt, warum?«, fragte sie. Sie hatte Hector schrecklich vermisst, hatte um ihn getrauert, als wäre er tot, hatte mir vorgeschluchzt, ihr Baby, ihren Jungen verloren zu haben. Jetzt suchte man ganz und gar vergebens nach dieser liebevoll-mütterlichen Sehnsucht. »Du bist Katholik, *mi hijo*. Und diese Leute da sind doch nicht ganz sauber. Klingt, als wären sie Hippies oder Schlimmeres.«

»Und was könnte es Schlimmeres als Hippies geben, nicht wahr, Mom?«, fragte Hector.

»Was willst du denn den ganzen Tag dort tun?«, rief sie mit funkelnden Augen. »Was soll das für ein Leben sein?«

»Was habe ich denn sonst die ganzen Jahre getan? Ich werde mit Menschen zusammenleben, die an dieselben Dinge glauben wie ich, und ich werde arbeiten, um mir meinen Lebensunterhalt zu verdienen. Du solltest glücklich sein, dass ich nach Mexiko gegangen bin. Ich habe dort von meinem Erbe erfahren, fließend Spanisch gelernt und bei meinem Volk gelebt. Warum freust du dich nicht? Wäre es dir lieber gewesen, ich wäre fortgegangen, hätte Gemischtwarenläden überfallen, uneheliche Kinder gezeugt und Drogen genommen?«

»Mir wäre es lieber gewesen, wenn du in der Nähe geblieben wärst«, sagte Luz. »Dann hätte ich mir nicht die ganze Zeit Sorgen um dich machen müssen.«

»Der Fisch ist großartig«, sagte Karina. »Abgesehen

davon ist das doch alles total verrückt. Ich gehe nicht in die Kirche, Mom, und das scheint vollkommen in Ordnung für dich zu sein. Warum muss Hector Katholik sein und ich nicht?«

»Danke«, antwortete Hector, an seine Schwester gewandt. »Guter Einwand.«

»Hector«, erklärte Luz, »ist Katholik, und zwar von Kindesbeinen an, und ich versuche lediglich, ihn daran zu erinnern. Du hast nie Interesse an der Kirche gehabt, Karina, du bist Atheist, genau wie dein Vater. Aber Hector ist wie ich, er glaubt an die Eucharistie, die Heilige Dreifaltigkeit und geht zur Beichte. Ich kenne ihn besser als er sich selbst. Und als Mutter ist es meine Aufgabe, so etwas anzusprechen. Ich darf nicht zulassen, dass er sein Leben ruiniert.«

»Bitte«, sagte Hector. »Erspar mir dein scheinheiliges Glaubensgewäsch. Ich bin erwachsen und kann selbst entscheiden, wo ich lebe und woran ich glaube.«

»Tatsächlich?«, fragte Luz so aufgebracht, dass ich das Gefühl hatte, sie würde gleich Feuer spucken. »Woran genau glaubst du denn?«

»Ich glaube an das Wort Jesu. Es tut mir leid, aber für Priester, Rosenkränze und die Beichte habe ich nicht viel übrig. Der Vatikan ist ein Ort der Heuchelei und der Machtspiele. Die katholische Kirche kontrolliert ihre Gläubigen und diktiert religiöse Überzeugungen. Ich habe eine direkte Bindung zu Gott. Ich brauche niemanden, der mir zusieht, wenn ich mit ihm rede. Und ich muss beim Beten auch keinen ans Kreuz genagelten Jesus anstarren.«

Luz legte sich eine Hand an die Brust. Ich konnte sehen, welche Qualen sie litt. »Harry«, sagte sie, an mich gewandt.

»Was bedeutet das schon, Luz?«, fragte ich, um sie zu

beruhigen. »Er ist immerhin ein Christ. Du solltest dich freuen und ihn seinen eigenen Weg gehen lassen.«

Luz wandte sich an Hector und sagte mit eisiger Kälte in der Stimme: »Wenn du zu diesen Leuten gehst, breche ich den Kontakt zu dir ab.«

Hector lachte. »Was wird das, ein Vaudeville-Meldodram?«

»Ich meine es ernst«, drohte Luz.

»Daran habe ich keinen Zweifel«, entgegnete Hector. »Von mir aus, das ist deine Entscheidung. Wenn du mich nicht akzeptieren kannst, nur zu: Dann sprich eben nicht mehr mit mir.«

»Ich kann das nicht einfach so hinnehmen«, beharrte Luz. »Du brichst mir das Herz.«

»Das ist doch lächerlich«, mischte Karina sich ein. »Falls du es noch nicht bemerkt hast, ich bin lesbisch, glaube nicht an Gott, und trotzdem triffst du dich jede Woche mit mir, Mom. Ich verstehe wirklich nicht, warum das so eine große Sache für dich ist.«

Luz musterte Karina geringschätzig, als hätte sie vergessen, was sie überhaupt hier zu suchen hatte. »Du bist ein braves Mädchen«, winkte sie schließlich ab. »Du behandelst mich mit Respekt, bist ein liebevoller, netter Mensch, und was du tust, ist allein deine Sache. Hector hingegen …« Ihr Gesicht wurde hart, und sie schien die Tränen mit aller Kraft zurückzuhalten.

»Ja, genau«, entgegnete Hector. »Für mich gelten andere Maßstäbe. Mein ganzes Leben lang hast du mir klargemacht, dass ich Priester werden soll. Tut mir leid, wenn ich dich enttäusche, aber ich will als Gleichgesinnter unter Freunden leben, aus freien Stücken beten und niemandem Rechenschaft schuldig sein. Und eines Tages – und jetzt bekomm bitte keinen Herzinfarkt oder so was – möchte ich heiraten.«

»Ich habe nie erwartet, dass du Priester wirst«, widersprach Luz. »Ich weiß nicht, warum du das denkst. Alles, worum ich dich bitte, ist, auf dem rechten Weg zu bleiben und die Kirche zu respektieren, mit der du aufgewachsen bist.«

»Ich hasse die Kirche, mit der ich aufgewachsen bin«, sagte Hector. »Ich lehne sie ab. Und ich werde mich auch nie wieder zu ihr bekehren lassen. Du darfst nicht versuchen, mich zu kontrollieren. Das mag vielleicht bei Dad funktionieren, aber bei mir nicht mehr.«

Luz deutete zur Wohnungstür. »Geh«, sagte sie. »Auf der Stelle. Du kannst nicht hier sitzen und so mit mir reden. Du kannst deine Mutter nicht derart respektlos behandeln. Ich werde deine Entscheidung niemals akzeptieren.«

Kurz darauf ging Hector. Ich versuchte, Luz zu besänftigen. Sie war bleich, doch ihr Gesicht trug einen entschlossenen Ausdruck zur Schau. Sie würde sich weigern, mit Hector zu sprechen, und sie würde auch nie zugeben, dass sie am Boden zerstört war.

Und jetzt hatte sie uns also beide vertrieben, Ehemann und Sohn.

Karina hatte recht: Wenn Hector diese Tussi heiratete – und nichts anderes war Christa –, hieße das, mit einem Messer in der Wunde zu stochern. Es würde Luz schlimmer schmerzen als alles, was ich ihr angeblich angetan hatte.

Ich verspürte eine Vorfreude, die ich nicht unterdrücken konnte. Es wäre ein sehr heldenhaftes Gefühl, mich meiner Noch-Ehefrau als Retter ihres Babys zu präsentieren. In diesem wunderschönen Szenario blieb ihr keine andere Wahl, als mich zurückzunehmen, und am Ende würden wir alle davon profitieren. Es war das Einzige, was ich tun konnte, um die Dinge wieder ins Lot zu bringen, es sei denn, ich würde ihr den Beweis liefern, dass ich gar keine Affäre mit Marion hatte. Aber das war unmöglich.

Ich musste eingeschlafen sein, denn plötzlich machte Marion das Licht an und klapperte in der Küche herum.

Kapitel acht

»Was für ein Abend«, sagte Marion, als ich schlaftrunken in die Küche geschlurft kam und mich zu ihr an den Tisch setzte. »Ich habe Amy so schlimm beleidigt, dass sie nie wieder ein Wort mit mir sprechen wird. Wie war's bei dir?«

»Mein Sohn ist einer Sekte beigetreten«, erwiderte ich herzhaft gähnend und rieb mir das Gesicht.

»Oh, großartig«, sagte sie. »Klingt, als lägen wir gleichauf.« Sie sah blasser aus als gewöhnlich, vielleicht weil sie ein Make-up trug, das ihr nicht stand.

Ich griff nach der Whiskyflasche und einem Glas und schenkte mir ein. Marion genehmigte sich einen Wein.

»Was hast du denn zu Amy gesagt?«, erkundigte ich mich. Amy war Marions jüngere Schwester. Sie und ihr Mann arbeiteten als Biochemiker. Sie hatten zwei Söhne, beides Überflieger, die derzeit in Harvard promovierten. Ich war Amy ein paarmal begegnet und hatte sie für humorlos, frigide und erschreckend intelligent gehalten.

»Ich habe ihr die Sache mit Luz erzählt«, sagte Marion. »Daraufhin hat sie gemeint, dass sie meine Freundschaft mit dir schon seit Jahren für unangemessen hält, aber halt nie etwas dazu gesagt hat. Sie macht Luz nicht den geringsten Vorwurf, weil sie so misstrauisch ist. Wenn Joe eine Freundin wie mich hätte, sagt sie, würde sie auch so reagieren. Als sie erfahren hat, dass du bei mir wohnst, war sie schockiert, ja regelrecht entsetzt. Ich würde eine öffentliche Ächtung riskieren, behauptet sie. Als wären wir in einem Roman von Tolstoi!« Sie lachte. »Als würde man mich zwingen, mit einem scharlachroten Buchstaben auf der Stirn rumzulaufen.«

»Du meinst wohl Hawthorne«, sagte ich.

Sie verdrehte die Augen.

»Womit hast du sie denn beleidigt? So schlimm kann's jedenfalls nicht gewesen sein. Sie wird schon wieder mit dir reden. Schließlich ist sie deine Schwester.«

»Ich habe ihr vorgeworfen, im neunzehnten Jahrhundert zu leben. Daraufhin hat sie gemeint, dass ich lieber mal abwarten soll und schon noch merken werde, wohin mich das führt. Dass ich vorsichtig sein soll. Dann habe ich gesagt … ach, ist ja auch egal, es ist wirklich verdammt nervig, wenn sie sich anmaßt, über andere zu urteilen.«

»Was hast du gesagt?«

»Dass ganz offensichtlich *sie* diejenige ist, die mich ächtet. Keiner sonst. Sie ist genauso voreingenommen wie immer. Ich war wütend. Wenn sie jahrelang schlecht von meiner Freundschaft mit dir denkt, warum hat sie das dann mit keinem Wort erwähnt? Als ich damals eine Affäre mit James hatte, hat sie praktisch versucht, mich einweisen zu lassen! Nicht im wörtlichen Sinn, aber du weißt schon. Amy hat immer klargestellt, dass sie findet, ich würde mich sexuell unangemessen verhalten, auch dann noch, als ich schon mit Ike verheiratet war. Das kommt vermutlich daher, dass Joe ein solcher Holzklotz ist und Amy so sexy wie eine Autobatterie. Außerdem scheint sie zu glauben, dass ich eine berühmte Fotografin bin, der man einfach mal einen Dämpfer verpassen muss, damit sie nicht zu größenwahnsinnig wird. In Wirklichkeit schaffe ich es kaum, mich durchzuschlagen, und muss mich richtig ins Zeug legen, um Aufträge an Land zu ziehen. Trotzdem, sie hat eine feste Meinung von mir – die hatte sie schon ihr ganzes Leben lang – und glaubt permanent, mich runterziehen zu müssen.«

»War sie beleidigt, als du sie voreingenommen genannt hast?«

»Nein, sie war beleidigt, als ich sie eine scheinheilige, vernagelte Fotze genannt habe und aus dem Restaurant gestürmt bin.«

Ich versuchte, mir das Lachen zu verkneifen, was mir nur beinahe gelang. »Oh«, sagte ich.

»Das ist nicht komisch.«

»Nein«, stimmte ich zu. »Aber du hattest recht.«

Sie lächelte. »Ich liebe dich, Harry. Ich bin also aus diesem überteuerten Laden gestürmt – ein veganes Restaurant natürlich, das wie immer sie ausgesucht hat – und habe sie mit der Rechnung sitzenlassen. Ein Stück weiter die Straße runter war eine Bar. Dort habe ich mich an die Theke gesetzt, zwei Glas Wein getrunken und mit dem Barkeeper geflirtet. Und mit zwei Typen, die auch dagehockt haben. Und mit dem Kellner, der mir einen Cheeseburger mit Pommes gebracht hat. Einer von den Typen an der Theke hat mich nach meiner Telefonnummer gefragt und mich für nächste Woche zum Essen eingeladen. Er war extrem süß, aber natürlich viel zu jung, und bestimmt wollte er nur nett sein.«

»Er wollte nicht nur nett sein«, widersprach ich. »Er wird dich anrufen.«

»Amy wird sehr lange nicht mehr mit mir sprechen wollen.« Marion legte ihre Füße, die in dicken roten Socken steckten, auf den Küchentisch. Sie zwirbelte ihre

Haare und befestigte sie ohne jedes Hilfsmittel oben am Kopf. Ich hatte mich immer schon gewundert, wie Frauen das machten, aber nie nachgefragt.

»Wie schaffst du es, dass deine Haare so bleiben?«

»Ich zwirble sie zu einem Knoten«, sagte sie, als würde das alles erklären. »Was ist übrigens mit Hector? Erzähl mir von dieser entsetzlichen Sekte.«

»So entsetzlich ist sie nun auch wieder nicht«, wiegelte ich ab. »Es handelt sich um einen Haufen netter weißer Kids, die in einem großen Haus am Strand zusammenleben. Idyllisch, mal abgesehen davon, dass sie unter der Fuchtel einer billigen blonden Endvierzigerin stehen, die sich Christa nennt und anscheinend oft über die Endzeit spricht.«

»Endzeit«, sagte Marion. »Das erinnert mich fatal an Kool-Aid.«

»Sie hat vor, Hector zu heiraten, den Vorzeigemexikaner, den Unberührten, den mystisch Begabten.«

»Ist Hector wirklich noch Jungfrau? Mit siebenundzwanzig?«

»Na ja, ich habe keine stichhaltigen Beweise, aber seit er zu Jesus gefunden hat, scheint es ihm todernst mit seiner Keuschheit zu sein. Auf der Highschool ist, soweit ich weiß, nichts gelaufen, außerdem hat er fast seine gesamte Jugend vor dem Computer verbracht.«

»Glaubst du, das wird irgendwie gefährlich für ihn?«

»Oberflächlich betrachtet, macht alles einen recht positiven Eindruck auf mich, aber Karina war da nicht so optimistisch. Sie glaubt, sie haben ihn einer Gehirnwäsche unterzogen.«

»Nun, er will ja auch eine Frau heiraten, die er gerade erst kennengelernt hat«, stellte Marion fest.

»Sieht ganz so aus«, bestätigte ich. »Er ist alt genug, er kann tun, was immer er möchte.«

»Aber er hat doch keine Ahnung, was er da tut! Er ist wie ein Kleinkind! Er braucht Anleitung!«

Ich schwenkte mein Glas und sah zu, wie der Whisky wie ein Mahlstrom darin kreiste. »Vielleicht«, gab ich zu. »Aber ich schreibe meinen Kindern nicht vor, was sie zu tun haben. Das ist Luz' Ressort, und sie ist im Augenblick abgelenkt.«

»Dann musst du einspringen«, sagte sie. »Ich meine es ernst, du kannst den armen Hector nicht in so eine Falle tappen lassen. Da kommt er doch nie wieder raus! Du weißt, wie passiv er ist, wie sensibel und beeinflussbar. Er könnte in dieser Sekte oder was auch immer das ist untergehen. Ich habe Geschichten von Leuten gehört, die sich solchen Glaubensgemeinschaften verschrieben haben und … was soll ich sagen. So was ist immer tragisch.«

»Nein«, erwiderte ich, »es ist nicht im klassischen Sinne ›tragisch‹, es ist einfach nur extrem traurig. Aber ich verstehe, was du meinst.«

Wieder verdrehte sie die Augen. »Harry.«

»Vor dem Einschlafen habe ich wirklich darüber nachgedacht, ihn da rauszuholen.«

»Wie willst du das anstellen?«

»Ich könnte einen Gangster anheuern, der ihn entführt. Ihn mit Handschellen in einem billigen Hotelzimmer am Flughafen festhalten. Die Telefonleitung durchschneiden. Ihn foltern, bis er schwört, nie mehr dorthin zurückzukehren.«

»Genau daran hatte ich gedacht.«

»Übrigens geht Luz nächste Woche zu Helen.«

»Oh, mein Gott«, stöhnte Marion, während sie sich einen Wein nachschenkte und einen kräftigen Schluck davon trank. »Oh, mein Gott.«

»Exakt«, erwiderte ich. Wir sahen einander an.

Fast all unsere Bekannten waren bei Helen Vollmann in Therapie, auch unsere Freunde James und Lisa Lee, die sie sowohl einzeln als auch gemeinsam aufsuchten. Und Phil und Suzie Michaels. Und Tracy Scudder, eine weitere Freundin. Aber der eigentliche Punkt war – Ike, Marions Ehemann, war bei Helen in Behandlung gewesen und auch Samantha, die aufstrebende Poetin, mit der ich meine kurze, unbedachte, lang zurückliegende Affäre gehabt hatte. Und um die Dinge noch komplizierter zu machen: Ungefähr drei Jahre vor Ikes Tod hatte Marion eine kurze, aber wohl sehr intensive Affäre mit James Lee gehabt. Bei der Aufarbeitung dieser ganzen schmerzhaften, komplizierten Sache war Helen die Therapeutin von drei der vier beteiligten Parteien gewesen: für Ike, James und Lisa nämlich. Marion hatte sich als Einzige verweigert, weil sie genau das gleiche Misstrauen gegen diese Frau hegte wie ich.

Und das aus gutem Grund. Welche Therapeutin, die auch nur ansatzweise über Moral und ein Rückgrat verfügte, würde sich bereit erklären, beide Ehepartner zu behandeln? Mal ganz zu schweigen von einer ganzen Freundesgruppe? Sogar ich erkannte, dass hier jegliche Grenzen umgangen wurden, und das, obwohl ich noch nie einen Fuß in die Praxis eines Psychotherapeuten gesetzt hatte. Woher sollte ich wissen, was Helen Luz weismachen würde, wenn sie sie erst in die Finger bekam? Sollte Luz sie wirklich aufsuchen, wäre das eine Katastrophe. Helen hatte weder mich noch Marion je kennengelernt, doch Ike, Samantha, James und Lisa hatten ihr garantiert erzählt, dass wir beide bereits eine Affäre gehabt hatten, wenn auch nicht miteinander. Angesichts ihres Mangels an berufsethischen Grundsätzen war es also durchaus möglich, dass Helen annahm, Marion und ich würden Sex haben. Und sie würde Luz entsprechend therapieren, was das sichere Ableben meiner Ehe und das Ende jeglicher Hoffnung bedeutete, meine Frau je von der Wahrheit zu überzeugen und ihre geistige Gesundheit und mein Leben zu retten.

»Ich lege mich wieder hin«, sagte ich. »Ich bin höllisch deprimiert.«

»Mir geht's genauso«, sagte sie. »Aber ich werde noch eine Weile aufbleiben und nachdenken. Schlaf schön.«

Ich legte mich wieder aufs Sofa und wälzte mich auf den klumpigen Kissen herum. Ich war vollkommen verwirrt. Kurz nach Tagesanbruch stand ich auf, zog mich an und trat in den kalten, frischen Morgen hinaus. Der Himmel über der Williamsburg Bridge und dem Fluss war von einem reinen, blassen, vom Wind polierten Blau, durchsetzt von lachsroten Wolkenbändern, die direkt über den Brückenpfeilern schwebten. Das rhythmische Geräusch, das die Reifen verursachten, wenn sie über die Dehnungsfugen rollten, erinnerte an die kehligen Schreie von Tieren in einem Sumpf. Ich stieg die steile Rampe hinauf, bis ich ganz oben auf der Brücke war, und überquerte mit hochgezogenen Schultern und zügigen Schritts den Fußgängerübergang. Meine Ohrläppchen kribbelten, und meine Nase wurde taub. Ich sah ein paar Jogger, Chassidim und Kids auf Fahrrädern. Auf halbem Weg über die Brücke blieb ich stehen und blickte auf das breite, dahinströmende blaue Wasser unter mir, in dem sich die ersten Lichter des Tages spiegelten. Ich blickte auf die alten Landungsbrücken und die riesigen Frachtschiffe des Brooklyn Navy Yard. Sogar der monströse Schaefer-Landing-Wohnkomplex nahe dem Wasser schimmerte in einem verträumten Unterwassergrün. Bei Tagesanbruch wirkte alles wie neu. Es war ein Gedicht, und früher hätte es mich zu ein paar guten Zeilen inspiriert. Jetzt hingegen beschwor ich nichts als holprige Verse herauf:

»Das sonnengeprügelte Fahrzeuggestrüpp auf der Billyburg Bridge / aufgehalten vom morgendlichen Arm eines göttliches Gesetzes …«

Als die Sonne hoch genug stand, um ein wenig Wärme zu verströmen, machte ich kehrt, verließ die Brücke und ging zum Fluss hinunter, wo ich mich auf der eben erwachenden Wythe Avenue nach links wendete. Ich kam an einem alten leeren Diner vorbei, das einst zu einem Edel-Italiener umgemodelt worden und mittlerweile geschlossen und mit Brettern verschlagen worden war. Vor achtzehn Jahren hatten Phil und Suzie hier ihre Hochzeit gefeiert. Das Fest hatte in dem eingezäunten Garten stattgefunden, wo Tische und eine kleine Bühne für eine Band aufgestellt worden waren. Es gab eine Bar, Blumenbeete, Weinranken und Topfbäume. Nach einem kurzen, heftigen Wolkenbruch waren wir alle klitschnass, doch das störte niemanden. Alle waren wir dort versammelt: Luz und ich, Ike und Marion, James und Lisa, Wendy und Giovanni, Debra MacDougal, Dan Levy und seine Frau, deren Namen ich mir nie merken konnte, Sylvia und John sowie Mick und Terry. Hector und Karina saßen an einem Tisch mit den Kindern von irgendjemand anderem. Luz trug ein schwarzes, trägerloses Kleid und die funkelnden Chandelier-Ohrringe, die ich ihr zu unserem zehnten Jahrestag geschenkt hatte. Ihre Schultern waren nackt, die Haare hochgesteckt. Ich verspürte einen schmerzlichen Stich, als mir einfiel, wie schön sie an jenem Abend gewesen war, wie wohl sie sich in ihrer Haut gefühlt hatte, lachend, offen – so guter Stimmung war sie nicht oft.

Es war eine herrliche Nacht, eine rauschende Party. Phil und Suzie waren zu diesem Zeitpunkt seit über acht Jahren zusammen, hatten eine fünfjährige Tochter, und Suzie war gerade wieder schwanger. Nachdem die Scheidung von ihrem ersten Mann endlich durch war, konnten die beiden nun heiraten. Es wurden viele liebevolle Witze darüber gerissen, dass es Suzie endlich gelungen war, einen ehrbaren Mann aus Phil zu machen, und das, obwohl der Braten längst in der Röhre sei. Ihre bunte Vergangenheit war mit der längst überfälligen Muss-Heirat ad acta gelegt. Wir waren damals ein eng verbundener Kreis alter Freunde. Phil, Debra, James, Sylvia und Giovanni kannten sich schon aus dem College. Wir anderen waren uns mit Anfang zwanzig in New York begegnet. Phil, Giovanni und ich hatten uns ein Apartment im East Village geteilt, bis ich Luz geheiratet hatte und in den Astral gezogen war. Dan und mich verband der langjährige, überwiegend freundschaftliche Konkurrenzkampf zweier Dichter. Damals hatte ich Marion schon viele Jahre gekannt. Wir alle schienen uns schon ewig zu kennen.

Das war lange bevor uns die Umstände in isolierte Parteien spalteten, Freundschaften endeten und die Gemeinschaft zerriss. Ein scheußlicher Streit nach einem nicht zu überwindenden Missverständnis machte Sylvia und Lisa, ehemals beste Freundinnen, zu Todfeindinnen. Ein gescheitertes Immobilienprojekt ließ die Freundschaft von Phil und Suzie mit Sylvia und John in die Brüche gehen. Dazu kamen die publik gewordenen Konsequenzen meiner Affäre mit Samantha. Dann die Sache zwischen Marion und James. Und jetzt natürlich das fürchterliche Chaos zwischen Luz, Marion und mir. Zurzeit hingen die verbliebenen Freundschaften davon ab, wer sich in welchem Disput auf wessen Seite geschlagen hatte, wem man welche Geschichte abkaufte, wo letztlich die Loyalitäten lagen. Doch damals, vor achtzehn Jahren, waren wir ein großer, lässiger Haufen gewesen, eine De-facto-Familie aus Nachbarn und künstlerischen Mitstreitern.

An jenem Abend auf der Hochzeit saßen Luz und ich an einem Tisch mit Ike und Marion. Damals standen wir vier uns besonders nahe. Wir luden einander regelmäßig zum Abendessen ein, und Marion und Ike waren die Paten unserer Kinder. Ike und mich verband eine herzliche, wenn auch nicht sehr freimütige Freundschaft. Er war ein guter Kerl, ich war ein guter Kerl. Wir hatten nicht viel gemeinsam, aber wir respektierten einander, und beide liebten wir Marion. Aufgrund ihrer Verschiedenheit bestand zwischen Marion und Luz eine Art Dauerspannung. Abgesehen davon war Marion schon lange vor Luz auf der Bildfläche erschienen und konnte das ältere Recht auf mich geltend machen, was Luz zu akzeptieren hatte. Doch nach ein paar Drinks war all das vergessen, und sie gingen stets ausgesprochen liebenswürdig miteinander um, ja, sie schienen einander sogar richtig zugetan.

Mir fiel ein, dass Marion in jener Nacht mehr getrunken hatte als gewöhnlich und leicht verstört, ja aufgewühlt gewirkt hatte. Ich spürte, dass sie mit ihren Gedanken woanders war, dass sie davonflog, doch wohin oder zu wem konnte ich nicht sagen. Als Ike ein wenig besorgt bemerkte, sie habe jetzt wohl genug getrunken, fuhr Marion ihn an, er solle sie in Ruhe lassen. Ich lachte, Luz nicht. Ich spürte, wie sie sich über dieses despektierliche Verhalten empörte. Es hatte ihr nie gefallen, wenn Marion Ike scherzhaft herabgesetzt hatte. Er war ein grundanständiger Mensch, ein ambitionierter, gewandter, charmanter Kerl, der seiner Frau uneingeschränkte Autonomie und Freiheit zugestand und sie unterstützte, wenn das Geschäft nicht gut lief. Er zeigte Verständnis, wenn sie das Bedürfnis hatte, sich zurückzuziehen, und brachte ihr morgens, bevor er zur Arbeit ging, einen Kaffee. Wie immer beschloss Luz, ihre Gedanken über Marions ungehöriges Benehmen für sich zu behalten, aber ich wusste, dass ich sie später, auf dem Heimweg, zu hören kriegen und mich in der lästigen Position befinden würde, mich entscheiden zu müssen. Wollte ich meine Freundin verteidigen und meine Frau vor den Kopf stoßen, oder sollte ich den Mund halten und mich Marion gegenüber illoyal fühlen? Denn ich verstand ihre Haltung durchaus.

Marion hatte den Fehler begangen – wenn man es denn so nennen wollte –, mit Luz und mir zu sprechen, als wären wir immer einer Meinung. Luz' kühle Reaktionen und ihr Schweigen hatten ihr nie zu denken gegeben. Sie war meine Frau, also verhielt sich Marion ihr gegenüber genauso unbefangen und ehrlich wie mir gegenüber. Meine Freundin war von Natur aus offen und ging davon aus, dass wir anderen ebenso wenig über sie urteilten, wie sie prinzipiell nicht über uns richtete. Loyalität und Aufrichtigkeit waren ihr äußerst wichtig.

Wenige Stunden später brachen Marion und Ike aufgrund eines Ehekrachs vorzeitig auf, lange bevor wir anderen uns auf den Heimweg machten. Im Anschluss tanzten Luz und ich Schulter an Schulter mit den anderen. Hector und Karina spielten ganz in der Nähe inmitten einer Horde von Kindern. Die Band war gut, ein Retro-Jazz-Ensemble mit einer umwerfenden Sängerin. Ich erinnere mich, dass wir gemeinsam »Somewhere Over the Rainbow« anstimmten. Und obwohl uns die Rührseligkeit des Stückes zum Schmunzeln brachte, sangen wir doch aus voller Kehle mit. Es war die letzte Nummer an jenem Abend. Jetzt, da ich an dem alten Restaurant vorbeischlenderte, sah ich unsere Geister, gefangen in der Zeit, festgefahren, wenngleich wir jenen glücklichen Abend damals für selbstverständlich gehalten hatten.

Ich schlängelte mich durch ein paar vereinzelte junge Leute, die frühzeitig zur Arbeit unterwegs waren, vorbei an Hunden, die mit Leinen an ihren Menschen befestigt waren. An einem Deli in der Manhattan Avenue machte ich Halt und holte mir einen Pappbecher mit heißem Kaffee, den ich schlürfte, während ich fast bis zum Ende der bewohnten Welt spazierte, bis zu der maschendrahtbegrenzten Brachfläche vor dem Newtown Creek. Als ich die India Street überquerte, blickte ich reflexartig die Straße hinab und war halb erleichtert, halb enttäuscht, keine Spur von Luz zu sehen, die vermutlich bereits in ihrem Bus zur Arbeit saß. Sie war immer pünktlich. Man konnte die Uhr nach ihr stellen. Die leere Straße verhöhnte mich mit jahrzehntelangen Erinnerungen. Sie wirkte verschattet und ein wenig dunkler als der Rest der Welt. Als hätte die Nostalgie einen Sepiaschleier über sie gelegt. Ich wandte den Blick ab und trottete weiter durch den Wind, der von vorne kam und stärker wurde, je mehr ich mich dem Seitenarm des East River näherte, als hätte das Wasser einen eisigen, giftigen Luftgeist freigelassen, der durch die Straßenschlucht direkt in mein Gesicht strömte.

Das Mazatlán hatte gerade aufgemacht. Ich trat ein und setzte mich an den Tresen. Drinnen war es warm, und es ging lebhaft zu. Auf dem Bildschirm oben an der Wand lief ein melodramatisches Latinopop-Video mit einer Menge halbnackter, schweißglänzender Frauen. Der Geruch nach heißem Fett und Kaffee hing in der Luft. An der gegenüberliegenden Wand leuchtete ein Corona-Schild aus den 1970ern. Ich war erleichtert, dem kalten Wind entkommen zu sein.

Die Tische waren bereits besetzt, und selbst um den Tresen scharten sich zahlreiche Gäste. Wie an einem Werktag zu dieser frühen Stunde nicht anders zu erwarten, bestand die Klientel entweder aus der älteren Arbeiterschicht oder aus jungen, verkaterten Szenegängern.

»*Hola*«, sagte ich zu Juana, die mich auf die Stirn küsste, als sie vorbeikam und mir heißen Kaffee einschenkte.

»Airy«, sagte sie, »*cómo estás?*«

Bevor ich antworten konnte, war sie schon wieder verschwunden. Ich wartete, dass mich mein Schwippschwager Jamie entdeckte, der mit einem einzigen Pfannenheber Eier, Tortillas, Schinken, Bratkartoffeln und Würstchen wendete. Gleich nach der Highschool hatte er Luz' ältere Schwester Carmen geheiratet. Sie hatten vier erwachsene Töchter und drei Enkelkinder und arbeiteten härter und mit mehr Hingabe als irgendjemand sonst, den ich kannte – außer vielleicht Luz. Trotzdem gelang es Jaime stets, wie ein Rockabilly-Halbstarker auszusehen, wie ein böser Bube, der kurz davor stand, von der Highschool zu fliegen. Er trug karierte Cowboyhemden mit hochgekrempelten Ärmeln und auffällige Stiefel mit Echsenleder an der Spitze. Seine Haare standen steil in die Höhe, dazu trug er buschige Koteletten. Ich hatte keine Ahnung, warum er derartige Styling-Strapazen auf sich nahm. Er spielte weder in einer Band noch stieg er den Frauen nach. Zweifellos suchte er nur nach einer Möglichkeit, sich in seinem ansonsten fügsamen, faden Leben selbst darzustellen. Quasi das Äquivalent zu meiner Gedichteschreiberei.

»*Hermano*«, rief er mir über die Schulter zu. »Willst du ein Frühstück?«

»Nein danke, Jamie«, sagte ich. »Eigentlich bin ich auf der Suche nach einem Job.«

Er drehte sich um. »Was ist mit deinem Gesicht passiert, Mann?«

»Ich bin in eine Prügelei mit einem Betrunkenen geraten.«

Er warf mir einen Blick zu, lang genug, um mir zu verstehen zu geben, dass er von seiner Frau brühwarm über mein Verhalten in der letzten Zeit informiert worden war. Doch war der Blick zu kurz, um irgendein Urteil oder eine Missbilligung auszudrücken, und das war auch gar nicht sein Stil. Er wandte sich wieder dem Grill zu. »Alles in Ordnung?«

»Nein«, antwortete ich. Ich hatte Jaime immer gemocht. Es war unterhaltsam, bei den Familientreffen der Izquierdos mit ihm zu plaudern, da er zu der Sorte Menschen zählte, die nie etwas Anstößiges sagten, jedoch immer kurz davor zu stehen schienen. Hinter seiner sorgfältig errichteten Fassade cooler Lässigkeit steckte ein rücksichtsvoller, anständiger, herzlicher Mann, der sich von seiner Frau, seinen Töchtern und seinen Enkeln schikanieren ließ.

»Das hatte ich auch nicht angenommen«, erwiderte er. »Es tut mir wirklich leid, Kumpel. Wir stellen im Augenblick niemanden ein, aber ich werde ein gutes Wort für dich einlegen. Kannst du kochen?«

»Ich wäre froh, wenn ihr mich die Teller abspülen lasst«, erwiderte ich. »Ich koche nicht gut. Aber abspülen kann ich hervorragend.«

»Das wird scheiße bezahlt«, sagte er. »Aber du kannst vor und nach deiner Schicht hier essen. Ein echter Vorteil.«

»Scheiße ist besser als das, was ich jetzt gerade mache. Und wenn es dann noch was zu essen gibt …«

»Wie kann ich dich erreichen?« Er stellte einen Teller mit Spiegeleiern, Tortillas und Kartoffeln vor mich hin und schob mir eine scharfe Sauce und das Ketchup rüber. Ich hätte ihn küssen können. Meine zweite anständige Mahlzeit innerhalb von zwölf Stunden.

»Über Karina«, sagte ich. Marions Nummer konnte ich ihm nicht geben. Wenn Jamie anrief, sollte nicht sie den Hörer abnehmen. Es wäre irgendwie nicht richtig gewesen. »Ich habe im Augenblick kein Telefon.«

»Okay«, sagte er. »Ich frage den Boss. Man kann ja nie wissen.«

Ich aß meinen Teller leer, verabschiedete mich und ließ so viel Trinkgeld liegen, wie es mir angesichts meiner knappen Mittel möglich war. Dann verduftete ich, voller Scham und Wut auf mich selbst, weil ich all die Jahre nicht mehr zustande gebracht hatte. Auf dem Rückweg über die Manhattan Avenue fiel mir wieder ein, was ich in der vergangenen Nacht geträumt hatte. Ich hatte mit Grippe und hohem Fieber in Luz' und meinem Bett gelegen. Luz hatte mir Schüsseln mit köstlich duftenden Suppen und Eintöpfen gebracht – Pozole, dann *sopa de lima,* die mit den gebratenen Tortilla-Streifen, eine Ochsenschwanzsuppe mit der dicken, hellgrünen Brühe, die sie nur zu besonderen Gelegenheiten wie Weihnachten oder Geburtstagen zubereitete, und schließlich eine scharf gewürzte Suppe aus schwarzen Bohnen mit Sauerrahm und geröstetem Kreuzkümmel. Die Speisen sahen allesamt gut aus und dufteten wie ein stärkendes Lebenselixier. Ich war sehr hungrig und versuchte, mich aufzusetzen, doch ich war zu schwach, zu krank, und jedes Mal fiel ich in die Kissen zurück und musste in ihr enttäuschtes, verletztes Gesicht sehen.

Ich unterbrach den Strom der Gedankenbilder, bevor er sich endgültig in meinem Hirn festsetzte, zumal er keinem etwas brachte, am wenigsten mir selbst. Stattdessen rief ich mir Jamies brüderliche Freundlichkeit vor Augen. Dank ihm hatte ich ein üppiges Frühstück bekommen und vielleicht sogar einen Job gefunden, in dem ich es täglich acht Stunden oder länger würde aushalten müssen.

Ich schlug meinen Mantelkragen hoch und gab mich

der Erinnerung an ein vergangenes Weihnachtsfest hin: Karina war gerade zwölf und Hector vierzehn gewesen. Wie jedes vierte Jahr waren wir an der Reihe gewesen, die Izquierdos zum Essen einzuladen. Am Vorabend hatte ich mit meiner Familie die Mitternachtsmesse besucht. Wir machten das immer so, und ich hatte nichts dagegen, im Gegenteil, die Feiertagsmessen gefielen mir sogar recht gut. Es waren die normalen Messen, die ich nicht ausstehen konnte. Sie erinnerten mich an meine Kindheit, an das schneehelle Winterlicht, das sich in den Kirchenfenstern brach. Ein schonungsloser Sonnenstrahl, der den blutigen Christus am Kruzifix illuminierte. Während des Gottesdienstes hatte meine Mutter mir immer wieder etwas zugeflüstert, und ihre papiertrockene Stimme ließ mich innerlich auf Faustgröße zusammenschrumpfen. Es war überwältigend – die wie Krypten anmutenden Gewölbe und Apsiden, der kalte Atem der Kirchenluft, Vater Mahoneys durchdringende Leichenbestatter-Stimme, der abgestandene Weihrauch, der wie das Parfüm einer Frauenleiche roch, die Oblate, die sich auf meiner Zunge in eine fleischähnliche Paste verwandelte.

Die überfüllte Weihnachtsmesse in St. Cecilia hingegen war stets eine vergnügliche, gutnachbarliche, festliche Angelegenheit. Im Anschluss schlenderten wir durch die stillen, kalten Straßen nach Hause. Karina und ich gingen vorneweg und gaben Weihnachtslieder mit selbst erfundenen Versen zum Besten, die den krassen Materialismus der Feiertage verhöhnten (»Kommet ihr Hirten, ihr Männer und Frau'n. Kommet den Berg von Geschenken zu schau'n.« Und: »Stille Nacht, heilige Nacht, kauft und kauft, dass es nur so kracht, gebt mir die Knete für eine rauschende Fete.«). Hinter uns waren Luz und Hector in ein ernsthaftes Gespräch über katholische Dogmen vertieft. Wenn wir nach Hause kamen, war es meistens schon ziemlich spät, trotzdem ließ Luz die Kinder vor dem Zubettgehen noch ihre Geschenke öffnen. So konnten wir am nächsten Morgen lange schlafen, während sie mit ihren neuen Spielzeugen beschäftigt waren, bei denen es sich mittlerweile nur noch um Computerspiele und Digitalgeräte handelte. Ein trauriger Anblick für ihren im Mittleren Westen aufgewachsenen Dichtervater, der in den Fünfzigern groß geworden war und wollte, dass seine Kinder – wie einst er selbst – Klassiker lasen und mit Chemiebaukästen spielten. Morgens räkelten wir uns im Bett und liebten uns ziemlich leidenschaftlich für ein langgedientes Paar. Damals war noch alles in Ordnung. Ich hatte noch keine dumme Affäre angefangen. Das passierte erst im darauffolgenden Sommer. Damals war unsere Familie noch intakt.

Am ersten Weihnachtstag um vierzehn Uhr trafen die Izquierdos aus Queens ein, voll bepackt mit Essen und Geschenken. Luz hatte den Heiligabend damit verbracht, die grüne Ochsenschwanzsuppe und das Schweinefleisch in scharf gewürzter Sauce zuzubereiten – allesamt traditionelle Weihnachtsgerichte ihrer Familie. Ihre Schwester Carmen brachte einen Zimt-Schokoladenkuchen, ihre andere Schwester Pilar eine Flasche Rum, Erdnüsse und ein paar Büchsen mit Guavensaft und Kondensmilch, mit denen der traditionelle Familiencocktail gemixt werden sollte. Ihre Mutter, Natividad, sorgte für hausgemachte Tamales. Die Izquierdo-Frauen waren wie eine Horde Doppelgängerinnen: zielstrebig, entschlossen, strahlend, zierlich und außergewöhnlich redselig. Es war mir immer ein Vergnügen, sie zusammen zu erleben.

Nach dem Essen gingen die Cousins und Cousinen in Hectors und Karinas Zimmer. Carmen, Luz und Pilar saßen mit ihrer Mutter im Wohnzimmer, plauderten über ihre Jobs, die Kinder und – wie mir im Nachhinein zweifelsfrei klarwurde – über ihre Ehen. Nachdem wir Männer das Geschirr gespült, abgetrocknet und weggeräumt hatten, lehnten wir uns an die Arbeitsplatten, tranken Bier und machten seltsam stolze Scherze darüber, wie fordernd und herrisch die Izquierdo-Schwestern waren und wie sehr wir der häuslichen Tyrannei unserer Kinder, Terminpläne und Ehefrauen ausgeliefert waren. Pilars Mann, Roberto, ein durch nichts aus der Fassung zu bringender Gerichtsangestellter mit einem runden Gesicht, war genauso warmherzig, treu ergeben und im tiefsten Innern rebellisch wie Jamie und ich. Mit anderen Worten: Wir waren die perfekten Ehemänner für die Izquierdo-Schwestern, die selbst als Erwachsene noch um die Gunst ihrer Mutter kämpften. An uns Ehemännern nahm ich eine Unterströmung wahr, ein potenzielles Aufbegehren, das nur von unserer Trägheit, unserer Selbstdisziplin und unserem Verlangen nach Harmonie und Zusammengehörigkeit in Schach gehalten wurde. Wir waren ein fröhliches Trio. Unsere Frauen waren abgelenkt, und wir konnten nach Belieben faulenzen und uns unterhalten.

Als es draußen dunkel wurde und unsere lässig am Küchentresen lehnenden Silhouetten in der Fensterscheibe sichtbar wurden, drangen die Stimmen unserer Frauen an mein Ohr. Luz klang besonders aufgebracht. Von Zeit zu Zeit kam das Gespräch auf ihren toten Vater, was immer eine schmerzhafte, mit Streitereien verbundene Angelegenheit war. Luz verteidigte ihn, Pilar verunglimpfte ihn, und Carmen, die älteste Schwester, versuchte, sein Verhalten zu analysieren und zu verstehen, während Natividad nur stumm dasaß und sich gelegentlich mit einer Hand Luft zufächelte.

Wenn der Rum endlich ausgetrunken war und sie nichts mehr zu besprechen hatten, suchten die Izquierdo-

Frauen wie eine Großmacht nach ihren Kindern, den leeren Schüsseln, den neuen Geschenken, nach ihren Taschen und Ehemännern und fegten hinaus – doch nicht ohne uns vier zuvor abgeküsst und Luz für das Abendessen gedankt zu haben. Ihre plötzliche Abwesenheit war betäubend, ein rückläufiger Donnerschlag auf unser Trommelfell. Luz und ich sahen einander an, im Stich gelassen und beschwipst inmitten von Geschenkpapier, herabgefallenen Kiefernnadeln, blinkenden Baumlichtern und Kuchenkrümeln. Ich war angenehm beschickert und schläfrig, doch ich konnte es ihr vom verkniffenen Gesicht ablesen, dass es auf keinen Fall Zeit zum Schlafen war. Sie setzte sich neben mich auf die Couch, und weil Hector und Karina in ihren Zimmern waren und sie uns weder sehen noch hören konnten, ließ sie ihren Tränen freien Lauf, die sie den ganzen Tag aus Stolz zurückgehalten hatte. »Ich bin die Einzige, die ihn geliebt hat«, schluchzte sie. »Es tut mir so leid für ihn, er war so einsam, meine Mutter hat ihn nie wieder bei uns aufgenommen. Sie hat ihn vertrieben, er hat versucht, zurückzukommen, aber sie hat ihn nicht gelassen …«

Jetzt, da Luz mir genau das antat, was ihre Mutter ihrem Vater angetan hatte, erschienen mir ihre Worte bestenfalls ironisch und schlimmstenfalls wie eine unausweichliche, sich gewissermaßen selbst erfüllende Prophezeiung. Damals hatte ich alles versucht, ihre Verletzlichkeit zu lindern. Luz war voller aufgestauter Gefühle, heftig und erbittert. Sie weinte wie ein kleines Mädchen, ein kleines Mädchen, das zu viel Rum getrunken hatte, und ich tröstete sie, streichelte ihren Rücken, küsste ihre tränennassen Wangen, fühlte mich wie ein Vater, der seine Tochter beruhigte.

»Du musst mir versprechen«, sagte sie, während sie sich über das Gesicht wischte und mich mit stechendem

Blick fixierte, »Harry, du musst mir versprechen, dass du immer bei mir bleibst, dass du mich nie verlässt.«

»Natürlich verspreche ich das«, erwiderte ich, ein wenig verwirrt, dass sie sich darüber Sorgen machte. »Ich habe es versprochen, als ich dich geheiratet habe, und mein Versprechen gilt noch immer.«

»Verlass mich nicht«, sagte sie kühl. Ihre Augen waren nass und blutunterlaufen. Etwas Hartes, Misstrauisches, Zorniges lag darin. »Sag es.«

»Ich werde dich nie verlassen«, wiederholte ich artig. »Ich verspreche es. Nie, nie, nie.«

Ach ja, Luz. So viel dazu. Ich ließ mich vom Gegenwind zu Marlenes Bar treiben, die natürlich geschlossen war. Ich lungerte davor herum für den Fall, dass es Marlene zum ersten Mal in den gefühlt neunzig Jahren, die sie die Bar führte, in den Sinn kommen sollte, so früh zu öffnen. Ich hauchte meine Fäuste an, um sie zu wärmen, und beobachtete eine gedrungene Hausfrau mittleren Alters mit einem riesigen grau melierten Lockenkopf und hervorquellenden Augen, die ihren Beagle Gassi führte. Sie ging sehr sachte mit der Leine um, schien keinerlei Eile zu haben und erlaubte ihrem Hund, überall hinzupinkeln und an jedem einzelnen Asphaltmolekül zu schnüffeln.

»Hallo«, sagte sie fragend, als sie an mir vorbeiging. Vermutlich hielt sie mich für einen Trinker aus der Gegend, der auf seine morgendliche Dröhnung wartete.

»Hallo«, erwiderte ich. »Ganz schön kalt heute Morgen.«

»Es ist März. Was will man da erwarten?«, fragte sie und klang dabei wie eine Nonne, die einen Sünder zurechtweist. Der kurze Anflug von Wärme, der mich angesichts ihres einfühlsamen Umgangs mit dem Beagle überkommen hatte, schlug in Antipathie um. So eine

Zicke. Ich sah ihr nach, wie sie davonwatschelte. Was machte manche Leute nur so unerklärlich niederträchtig und andere dagegen so großherzig? Das hatte ich nie begriffen.

Ich bummelte weiter zur Gem Street und blieb vor dem Firmensitz der Acme Smoked Fish Corporation stehen, weil ich herausfinden wollte, ob dort vielleicht Leute eingestellt wurden. Ich stellte es mir nett vor, zusammen mit George, dem Barkeeper, an der Laderampe zu arbeiten. Also ging ich durch die ausgespritzte, nach Fisch riechende Lagerhalle, in deren Mitte sich im Betonboden ein Abfluss befand, ging vorbei an den Tiefkühlern und Edelstahltischen, über denen Schläuche mit Brausedüsen hingen, und vorbei an den verzinkten abfallkübelgroßen Körben. Ich marschierte in das kleine Büro, füllte das Bewerbungsformular aus, das mir von einem kurz angebundenen, walrossförmigen Mann hinter dem Schreibtisch ausgehändigt wurde. Obwohl das Papier nichts enthielt als das Zeugnis meiner jämmerlichen Arbeitsfähigkeit, legte er es in einem wichtig aussehenden Ordner ab, ganz so, als würde er eines Tages darauf zurückkommen, und dankte mir, dass ich vorbeigekommen war. Halb hoffte ich, er würde mich einstellen, denn anders als viele Leute mochte ich den Geruch nach Fisch, frisch oder geräuchert oder sogar, wenn er nicht mehr ganz frisch war. Ich wünschte, ich hätte das in meiner Bewerbung vermerken können. Es war die beste Qualifikation, die ich für den Job vorzuweisen hatte.

Anschließend schlenderte ich am Flussufer entlang. Am unteren Ende der North Seventh Street, direkt am Wasser, befand sich ein unternehmenseigener, gepflegter »Park« – im Prinzip nicht mehr als eine Rasenfläche mit ein paar hässlichen, gusseisernen Skulpturen und Bänken. Am Zaun hing ein großes Schild, auf dem man alles nachlesen konnte, was verboten war: Hunde, Alkohol und sämtliche Dinge, die anderswo selbstverständlich dazugehörten. Dies hier war der Ort, wo vor nicht allzu langer Zeit die hiesigen Szene-Kids über den Zaun geklettert und wilde Partys auf den grasüberwachsenen Betonflächen gefeiert hatten. Mülltonnenfeuer hatten dazugehört sowie tragbare Grills und Jongleure, die Feuerstöcke durch die Luft gewirbelt hatten – tanzende, funkensprühende Flammen in der Nacht. Bei warmem Wetter war hier jeden Sonntagnachmittag eine komplette, bunt gemischte Blaskapelle zusammengekommen, um zu proben. Wenn Luz ein bisschen Zeit für sich gebraucht hatte, war ich gern mit Karina und Hector und einer Tüte voller Sandwiches, Kartoffelchips, Keksen und Limo hierhergekommen. Wir hatten uns am Wasser auf den Betonboden gesetzt, zu Mittag gegessen und den ungeschliffenen Klängen der Balkan-Lieder gelauscht. Ich liebte es, den Auseinandersetzungen der Musikanten zuzuhören, die so hitzig und erbittert geführt wurden, als würde sich der gesamte Trupp mit Liebesquerelen herumschlagen. Auslöser waren nicht selten die gerufenen Aufforderungen und Antreibereien des augenscheinlichen Bandleaders. Er war ein gutaussehender, großmäuliger Posaunist, muskulös, mit ärmellosem Hemd, einer tief sitzenden Altherrenhose und einem Strohhut – ein Typ, den jeder zu lieben schien, selbst wenn er allen um sich herum auf die Nerven ging. Meine Kinder, die zu jener Zeit noch Teenager waren, hatten die Band für das Coolste gehalten, das sie je gesehen hatten. Diese Picknicks waren ein Höhepunkt für uns alle gewesen, bis die Türme fielen. Danach waren wir nicht mehr dorthin gegangen.

Kapitel neun

Ich ging Richtung Williamsburg Bridge, die im diffusen Licht an ein grau-violettes Mischwesen aus Drache und Schlange erinnerte, welches den Fluss mit seinen gewaltigen Hüften überspannte. Zu meiner Rechten lagen die unfertigen, unverkauften, vierzig Stockwerke hohen Waterfront Towers, eine anmaßende Torheit der Bauträger aus der Boomzeit. Sie hatten keinen Zweck außer den, die Aussicht auf den Fluss und Manhattan zu verstellen. Früher war dort eine karge, ebene Landschaft aus schuttübersäten Grundstücken, verrottenden Anlegestellen und eingerissenen Maschendrahtzäunen zu sehen gewesen. Ich marschierte unter der Brücke hindurch und die Kent Avenue entlang, vorbei an Domsey's Warehouse, wo man früher gute, günstige Gebrauchtkleidung hatte kaufen können, vorbei an der alten Domino-Zuckerfabrik mit ihrem leuchtend blau-grün-weißen Zuckerwürfelturm aus Glas, die bald abgerissen und in einen Komplex aus Eigentumswohnungen umgewandelt werden sollte. Dann passierte ich den gesichtslosen, klinisch sauberen Eingang des Wohn- und Firmengebäudes Schaefer Landing. Links von mir befand sich das triste graue Fabrikgebäude, in dem Modedesigner, »Plattenleger« und Videokünstler in überteuerten, heruntergekommenen Lofts mit erstaunlicher Aussicht wohnten.

Endlich langte ich am Eingang des J & B Holzhandels an. Mein einziger chassidischer Bekannter, ein cracksüchtiger Akkordeonspieler namens Yanti, hatte mal gesagt, sie würden mich einstellen, sollte ich je einen Job brauchen.

J & B Lumber Sales war in einer Wellblech-Lagerhalle auf einem eingezäunten Grundstück am Fluss untergebracht. Lastwagen fuhren hinein und wieder hinaus. Chassidim mit Wollschals, Arbeitshandschuhen und wichtigen, geschäftigen Mienen eilten schläfenlockenflatternd hin und her. Die Augen kurzsichtig zusammengekniffen, riefen sie einander etwas in ihrer geheimen Sprache zu, die wie ein harsches Kauderwelsch anmutete. Ich hatte viele Jahre in dieser Gegend gelebt und genug Erfahrung mit der mittelalterlichen jüdischen Bewegung gesammelt, um zu wissen, dass der Umgang mit ihnen unschön sein konnte. Aber ich war bereit, für sie zu arbeiten, vorausgesetzt, sie zahlten mir das, was Yanti mir als gängigen Lohn genannt hatte. Momentan wäre ich bereit gewesen, für alles und jeden tätig zu werden. Doch jetzt musste ich Yanti erst mal finden. Unter der Woche arbeitete er immer morgens und war deshalb ganz bestimmt hier.

Wir hatten uns damals in den späten Achtzigern in einer Bar in der Berry Street getroffen, die es inzwischen längst nicht mehr gab, dem Ship's Mast. Bands aus dem Viertel waren dort aufgetreten, und man hatte Speisen vom Warmhaltebüfett angeboten bekommen, Käsemakkaroni, die gar nicht so übel waren, Hotdogs, gebackene Bohnen und Chili. Es gab billiges Bier, das gut schmeckte und kalt war. Ich war an jenem Abend zum Essen gekommen. Dafür, dass man sich die Musik nicht aussuchen konnte, war sie überraschend gut. Yanti spielte Akkordeon. Seine Band war eine bunt zusammengewürfelte Truppe aus Chassidim in Hemdsärmeln, die etwas zum Besten gab, das halb nach Rap, halb nach Klezmer klang. Als sie fertig waren, kam ich zufällig an der Bar mit ihm ins Gespräch. Ein paar Wochen später liefen wir uns erneut über den Weg. Wir standen in Amjeds Deli in der Bedford Avenue an, um Zigaretten zu kaufen, plauderten und steckten uns draußen eine an. Natürlich drückte mir Yanti, Gauner, der er nun mal war, einen Flyer für den nächsten Auftritt seiner Band in die Hand. Und da ich an jenem Abend nichts Besseres vorhatte, ging ich mit Luz hin. Eine alte Redensart besagt, dass ein dreimaliges Treffen schon fast so etwas wie eine Freundschaft ist, doch Luz mochte Yanti nicht, weder auf den ersten noch auf den zweiten Blick. Aus diesem Grund – und weil ich definitiv kein Chassid war – ließ sich unsere Freundschaft nicht weiter ausbauen. Dinge wie gegenseitige Einladungen zum Abendessen schieden aus, doch wenn wir uns auf der Straße begegneten oder am Telefon miteinander sprachen, gingen wir stets herzlich, offen und unbefangen miteinander um.

Was die Regeln der Chassidim anbelangte, war er eine Ausnahme und vermutlich das schwarze Schaf der Gemeinschaft. Seine Frau war mit ihren fünf Kindern zurück zu ihrer Familie nach Toronto geflüchtet. Er selbst hatte sich gemeinsam mit seinem Boss ein Zimmer gemietet und schickte seiner Familie jeden Cent, den er nicht in seine Crack-Pfeife steckte. Die meisten Chassidim schienen sich für das Geld, das sie abgezweigt hatten, von crackabhängigen Prostituierten einen blasen zu lassen, aber Yanti griff lieber gleich zum Crack und ließ die Frauen außen vor.

Ich schlenderte durch ein wirbelndes Ballett aus Sackkarren mit Zementsäcken, Männern, die Stapel voller Kanthölzer schleppten, und Gabelstaplern, die Gipskartonplatten transportierten. Endlich fand ich Yanti zusammen mit zwei anderen Chassidim hinter einem Schalter. Einen Bleistiftstummel hinterm Ohr, das Gesicht in nachdenkliche Falten gelegt, addierte er mit einem zweiten Bleistiftstummel eine Reihe von Zahlen. Er trug Handschuhe mit abgeschnittenen Fingerkuppen, als wäre er ein Straßenjunge aus einem Dickens-Roman.

»Vor einiger Zeit wurde etwas erfunden, was man ›Taschenrechner‹ nennt«, sagte ich. »Addiermaschinen. Hab ich zumindest gehört.«

Er blickte auf, um mir zu sagen, ich könne ihn mal, als er mich erkannte. »Harry! Ja, leck mich am Arsch!«

»Na klar, mach ich! Yanti!«

Yanti kam hinter dem Schalter hervor und umarmte mich stürmisch. Seit unserer letzten Begegnung vor fünf oder sechs Monaten war er dicker geworden, aufgeschwemmter, doch sonst sah er noch genauso aus wie immer. Und er roch auch wie immer: leicht muffig und nach Hühnerfett.

»Was kann ich für dich tun, mein Freund?«, fragte er beflissen, während er mir den Arm um die Schultern legte und mich zurück zwischen die Bauholzstapel bugsierte. »Bringst du für deine schöne Frau endlich eure Wohnung in Schuss?«

»Ihre Wohnung, sie hat mich rausgeworfen«, sagte ich. »Nein, ich suche einen Job.«

Yanti starrte mich an. Er hatte schon immer für Luz geschwärmt und nie ein Geheimnis daraus gemacht, was vermutlich der Grund dafür war, dass sie ihn nicht mochte. »Sie hat dich rausgeworfen«, wiederholte er.

»Richtig«, bestätigte ich. »Im Augenblick bin ich obdachlos und gebrochen, und ich hatte gehofft, du könntest ein gutes Wort für mich einlegen, auch wenn ich kein Chassid bin, und ganz vielleicht besteht sogar die klitzekleine Chance …«

»Natürlich«, sagte er, doch offensichtlich war er immer noch mit der Tatsache beschäftigt, dass Luz mich vor die Tür gesetzt hatte.

»Ich kann Sachen auf- und abladen«, sagte ich. »Ich werde mir meinen Lebensunterhalt schon verdienen, das verspreche ich.«

»Ja, ja«, wiegelte er ab und wischte sich mit dem Handrücken über den Mund, dann mit dem Daumenrücken über die Nase und schließlich mit dem Handgelenk über die Augen – eine seltsame, möglicherweise diagnostizierbare Tic-Störung. »Und wie ist es dir sonst so ergangen? Was hast du in letzter Zeit geschrieben?«

»Oh«, erwiderte ich. »Luz hat das Manuskript zu meinem neuen Buch vernichtet, daher habe ich nichts vorzuweisen. Leider bin ich auch nicht in der Lage, irgendwas davon zu rekonstruieren. Anscheinend hat sie, da sie schon mal dabei war, auch die Festplatte in meinem Kopf gelöscht.«

Yanti lachte. Von einer Frau abserviert zu werden war ihm nicht neu, und es hatte aus seiner Sicht wohl auch etwas Gutes, denn jetzt begegneten wir uns auf Augenhöhe. Vorher, als ich noch zusammen mit meiner Frau unser warmes, kleines Nest bewohnt hatte, hatte er sich mir vermutlich unterlegen gefühlt. Doch jetzt waren wir beide Junggesellen, zwei frauenlose Kerle, die sich zwischen Bretterstapeln austauschten.

»Scheiße«, sagte er. Seine untere Zahnreihe war ungleichmäßig und tabakfleckig, die obere dafür strahlend weiß und so akkurat wie ein Lattenzaun. Ich nahm an, dass ihm das Geld für den Zahnarzt ausgegangen war, aber vielleicht gefiel ihm der Effekt auch. Er war ja in der Tat beeindruckend. »Deine Frau ist ein nettes Mädel. Aber was will man machen? Und was hast du sonst noch so getrieben?«

»Nach einem Job gesucht«, antwortete ich.

»Ach? Und wo willst du anfangen?«

»Na hier hoffentlich.«

»Hier«, wiederholte er bedächtig. »Das hier ist ein tödlicher Ort. Letzte Woche hat sich jemand den Finger abgeschnitten.«

»Das Risiko gehe ich ein«, erwiderte ich.

»Wenn du hier arbeitest, riskierst du so einiges.«

»Kein Problem«, erwiderte ich.

»Doch, ist es«, widersprach er. »Glaub mir. In dieser Todesfalle arbeiten? Vergiss es.«

»Egal, was du für mich auftreiben kannst, ich mache es.«

»Ja, und du schneidest dir den Finger ab.«

»Ich werde vorsichtig sein.«

»Es ist großartig, dich zu sehen, Harry!«

»Gleichfalls, Yanti.«

»Wie lange ist das jetzt her, ein Jahr?«

»Eher ein halbes.«

»Viel zu lange!«

Yantis Gehirn hatte eine angeborene Tendenz zu Kurzschlüssen. Er hatte mir mal erklärt, dass sein Schädel seit seiner Kindheit voller statischer Geräusche sei, wie ein laut aufgedrehtes Radio, das keinen Sender finden konnte. Genau deshalb brauchte er die Drogen: um das dröhnende Rauschen zu lindern. Etwas anderes funktionierte nicht. Nahm er keine Drogen, flippte er schnell aus, wenn er versuchte, sich zu konzentrieren. Schon der Weg zur nächsten Straßenecke, der Einkauf von einer Tüte Milch und einer Zeitung wurden zu einer Konzentrationsprobe olympischen Ausmaßes. Gespräche mit ihm verliefen stets ähnlich: als einkreisendes, forschendes Herantasten. Manchmal hatte ich das Gefühl, einen intelligenten Hund spazieren zu führen. Und genau wie bei einem Hund musste ich an der Leine rucken, um uns auf Linie zu bringen.

»Habt ihr denn momentan freie Stellen?«

Sein Mund zuckte. »Ja.« Er schob die Finger unter seine marineblaue Rollmütze und kratzte sich den Kopf. »Was kannst du denn?«

»Alles«, antwortete ich. »Solange es im Rahmen bleibt. Ich kann Sachen schleppen und Zahlen addieren und ans Telefon gehen. Ich kann Schrauben in kleine Papiertüten sortieren, Bestellscheine ausfüllen ... alles, nur nicht Lastwagen fahren. Ich habe keinen Führerschein.«

»Ich werde mit Shmuley reden«, sagte er. »Wir könnten jemanden im Büro brauchen. Ein Schreibtischjob ist besser für dich. Du bist kein Machotyp. Kein Rambo.« Er lachte so unbändig, dass er keuchte.

Ich schmunzelte und wartete, bis sein Gelächter verebbte. »Danke«, sagte ich dann. »Ein Bürojob wäre toll. Ich brauche Arbeit. Aber wenn's sein muss, erledige ich auch Machosachen, das macht mir nichts aus. Ich bin pleite. Wenn du mich irgendwo unterbringen kannst, Yanti, bin ich dir was schuldig. Ich gebe dir mal die Nummer, unter der du mich erreichen kannst.« Ich griff nach dem Bleistift, der hinter seinem Ohr klemmte, fischte einen Zettel aus meiner Tasche und gab ihm Marions Festnetznummer. Dann küsste ich ihn auf beide Wangen, schüttelte ihm die Hand und ließ ihn zu seinen Zahlen zurückkehren.

Anschließend trottete ich die Straßen entlang Richtung Berry Street und zurück unter die Brücke zum Mullet, der Bar ganz in der Nähe von Marions Haus. Ich wusste, dass sie jetzt schon geöffnet war. Auf einem Schild prangte das Motto des Ladens: »Erst die Arbeit, dann das Vergnügen«. Und genauso war man dort eingerichtet: Vorne, für die arbeitende Bevölkerung, gab es authentischen Trailer-Trash, Radkappen, Bierschilder, eine beschichtete Wandverkleidung und Linoleum, hinten bei den Party-People hingegen war ein hochfloriger Teppich ausgelegt. Die Bar selbst war kunststoffbeschichtet, und die Polyestervorhänge hatten ein Zebramuster – offenbar das, was man sich als Großstädter aus den Nordstaaten unter »Vintage-Look« vorstellte. Ich setzte mich an die Theke und bestellte einen Moonshine Fizz, der mir in einem Miniatur-Blechkübel serviert wurde und gleichermaßen aufmunternd wie tödlich schmeckte, was genau das war, was ich im Moment brauchte.

Ich begann, den Kübel zu leeren, animiert von dem eng anliegenden ärmellosen Shirt der Barfrau, das unter ihrem Brustbein endete, den Blick auf ihre nackte Taille freigab und gleichzeitig ihre ansehnlichen Brüste betonte. Sie hatte einen muskulösen, wohldefinierten Bizeps. Auch ihre geflochtenen Zöpfe fand ich wunderbar und hätte sie gern mit Schmeicheleien umgarnt, aber das hätte nur wieder zu meinem Rauswurf geführt, denn Mädchen wie sie entpuppten sich ausnahmslos als Lesben mit Haaren auf der Zunge.

Ab und an hatte ich Spaß daran, tagsüber harte Sachen zu trinken. Der Alkohol ließ das Tageslicht künstlich und die Luft besonders sauerstoffreich wirken, was mir einen Adrenalinstoß versetzte, als wäre ich im Kasino.

Ich hatte meinen Drink gerade halb geleert, als eine Stimme hinter mir sagte: »Na, wenn das nicht Harry Quirk ist.« Ich drehte mich um und erblickte meinen alten Bekannten Dan Levy, einen kleinen, drahtigen Kerl in einem Daunenmantel und Jeans. Dan wohnte gleich um die Ecke. Zweifellos war er aus demselben Grund hier wie ich: weil sich das Mullet in der Nähe seines Zuhauses befand, weil er vorhatte, die scharfen Konturen der Welt da draußen zu verwischen, und nicht zuletzt wegen des Mädchens hinter der Bar.

Ich klopfte auf den Hocker neben meinem. Dan setzte sich, bestellte das Gleiche wie ich, und als sein Drink kam, stießen wir mit unseren Minikübeln an. Er nahm einen großen Schluck und sagte ohne jede Einleitung, aber nicht ohne Mitgefühl: »Ich habe gehört, du hast persönliche Probleme.«

»Mein Gott«, erwiderte ich. »Die Vögel zwitschern es ja laut genug von den Bäumen. Aber wen kümmert's eigentlich, was die anderen treiben? Sind wir nicht längst aus dem Alter raus?«

Er besaß den Anstand, ein betretenes Gesicht zu machen. »Schätze schon«, sagte er und blickte in seinen Drink. »Was ist da eigentlich drin?«

»Schmeckt nach Bourbon und Lemon Soda«, sagte ich. »Und noch nach etwas anderem ... Schweiß vielleicht.«

Er nippte wieder an seinem Drink. »Hoffentlich ist es ihr Schweiß«, sagte er mit einer raschen Kopfbewegung.

Die Barfrau tat so, als hätte sie ihn nicht gehört. Ich ebenso. Es war mir peinlich, wie Dan Levy immer noch auf Aufreißer machte. Marion hatte ihn immer für einen Angeber gehalten, doch meines Wissens waren die meisten Frauen anderer Ansicht. Jahrelang hatte Dan viele Partys in Begleitung vieler schöner Mädchen verlassen. Die Schönste hatte er schließlich geheiratet – eine junge Frau namens Terry oder Tina – und Kinder mit ihr bekommen. Die Jahrzehnte waren vorbeigezogen, und nun wirkte er genauso jämmerlich und rastlos wie alle anderen. Aus irgendeinem Grund enttäuschte mich das. Einst waren wir stillschweigende Rivalen gewesen, Dan und ich, damals, als wir jung waren und es noch drauf ankam. Er war ein Sprachdichter, sein Werk war intellektuell, experimentell und – für meinen Geschmack – kalt. Früher hatte er an Dichterwettbewerben teilgenommen, seinen Afro-Look zur Schau getragen und einen derart literarischen Gassenslang vorgetäuscht, dass es mir kalt das Rückgrat hinunterlief. Manchmal las er seine Arbeiten vor, begleitet von einem schwarzen Free-Jazz-Saxophonspieler. Ich hingegen pflegte Dans Einschätzung nach atavistische Vorstellungen. Für ihn war ich ein Nichts und mit meinen altertümlichen, gefühlvollen Reimen, meinen Cordhosen und den irischen Strickpullovern keine disputfähige Erscheinung. Und da saßen wir nun, Seite an Seite in einer Szene-Bar an einem kalten Spätwintermorgen, zwei ergraute, verbrauchte Fachmänner einer Kunst, die so überflüssig war wie Aderlass oder Butterstampfen.

»Es stimmt«, sagte ich. Zur Hölle mit dem Versteckspiel. »Ich habe ein paar persönliche Probleme.«

»Tja«, sagte er. »Das ist nie lustig.«

Das Schweigen, das nun folgte, konnte ich nur schwer ertragen. Ich wollte mich verteidigen, doch mein Stolz hielt mich davon ab. Ich schuldete weder Dan noch sonst jemandem eine Erklärung. Ich betrog meine Frau nicht. Doch auch wenn er es nicht direkt ausgesprochen hatte, hatte er davon gehört. Irgendwie war ich davon ausgegangen, die vielen Jahre guter nachbarschaftlicher Verbundenheit mit all den Leuten der Gegend würden mir eine Art Schonfrist, einen Vertrauensbonus verschaffen, wenigstens solange Luz und ich noch damit beschäftigt waren, die Angelegenheit zu klären. Dass das nicht stimmte, konnte ich Dans Gesichtsausdruck entnehmen, der durchaus mitfühlend war, mich zugleich aber an ein gieriges Raubtier im Zoo erinnerte. Sobald es um einen

Skandal ging, verschwand jede Spur von Zurückhaltung oder Loyalität. Klatsch war eine Droge, der niemand widerstehen konnte, rohes, blutiges Fleisch für Käfigschimpansen. Und soeben hatte sich meine Vermutung bestätigt, dass jeder, ohne es zu hinterfragen, immer gleich das Schlimmste annahm.

»Seltsamer Tag«, sagte ich, nachdem wir eine Zeitlang geschwiegen hatten. »Als ich vorhin durch die Straßen geschlendert bin, musste ich an die alten Zeiten denken.«

»Welche?«

»Straßen?«

»Zeiten.«

»An die Zeiten, als wir noch jung waren und sich niemand darum geschert hat, was wir taten.«

»Zumindest dachten wir das«, sagte er spöttisch.

»Nein, es hat sich wirklich niemand darum geschert«, beharrte ich und gab mir redlich Mühe, nicht gereizt zu klingen.

»Schätze, du hast momentan allen Grund, nostalgisch zu sein.«

In seinen Worten schwang kein Urteil mit, dennoch hatte ich das Gefühl, als müsste der Zorn in mir wie ein Vulkanausbruch eruptieren. Noch vor zwei Wochen hätte ich ihm vermutlich gesagt, dass er mich am Arsch lecken könne, doch jetzt, da ich als eine Art Paria gebrandmarkt war, brauchte ich seine Kameradschaft. »Ja«, sagte ich, »ich denke schon.«

»Also«, sagte er, rückte näher und atmete mir ins Gesicht. »Wie ist es so, mit Marion Delahunt zusammen zu sein? Ich fand sie immer schon total heiß, aber leider bin ich nie in den Genuss gekommen. Ich wette, sie ist der Hammer.«

Er hatte seinen Drink schon halb geleert.

»Du bist so ein Scheißwichser«, sagte ich, bevor ich mich zurückhalten konnte.

Abwehrend hob er die Hände. »Ich frag ja bloß, Mann.«

Ich schüttelte den Kopf. »Ich schlafe nicht mit ihr.«

»Klar, ganz bestimmt nicht.«

Ohne ein Lächeln starrte ich ihn an, auf absurde Weise bemüht, Marions Ehre zu verteidigen.

»He, ich glaube dir.« Er beugte sich noch weiter zu mir rüber. Der Moschusgeruch seiner Haut stieg mir in die Nase. »Aber wenn du es tun würdest«, sagte er schleimig vertraulich, »würde ich sagen: Gut gemacht!«

Ich räusperte mich missbilligend. »Du Arschloch, du weißt doch genau, dass Marion uns nicht mal mit der Kneifzange anfassen würde.«

»Geniale Vorstellung: Marion Delahunt mit einer Kneifzange. Das macht mich richtig an!« Er lachte über seine unverbesserlichen Geilheiten, und ich stimmte mit ein, bis wir uns schließlich wieder fingen.

»Du Arschloch«, sagte ich, immer noch lachend.

»He, einer muss doch das Arschloch sein.«

»Wie geht's Tina? Was machen deine Kinder?«

»Die müssten alle noch irgendwo hier rumhängen. Okay, die Kids sind mittlerweile auf dem College, aber Tina ist noch da, da bin ich mir ziemlich sicher. Also, was hast du über die alten Zeiten gedacht?«

»Dass sie lustig waren. Waren sie in Wirklichkeit vielleicht gar nicht. Aber im Rückblick kommt es mir so vor, als hätten wir jede Menge Spaß gehabt.«

»Du und Spaß? Du hattest doch damals schon einen Stock im Arsch. Ich kann einfach nicht glauben, dass du Marion nie flachgelegt hast. Himmelherrgott, ihr habt doch jede freie Minute miteinander verbracht! Und dann hast du eine andere geheiratet. Nicht dass Luz nicht umwerfend wäre, sie ist eine wundervolle Frau, aber Marion … Die ist ein echter Knaller – Stoff für meine feuchten Träume.«

»Sie ist nur eine Freundin«, stellte ich klar. Hier war meine Chance, mich zu verteidigen, und ich nützte sie weniger, als ich erwartet hatte. »Wir sind wie Bruder und Schwester. Ich habe sie nie berührt.«

Dan stützte den Kopf in seine Hand und blickte mich mit melancholischer Skepsis an. Sein Gesicht war über die Jahre nicht sonderlich gealtert, aber seine Haut war dunkler geworden, sein Zinken breiter und flacher. Mittlerweile sah er tatsächlich fast wie der coole Schwarze aus, der er damals hatte sein wollen. Sein Ansatz war ziemlich zurückgegangen, und sein langes, einst schwarzes Haar hatte einen silbrigen Stich, was ihn irgendwie skurril aussehen ließ. Wie einen dunkelhäutigen Kobold.

»Ja, die alten Zeiten«, sagte er. »Damals waren wir nicht glücklicher.«

»Bist du sicher?«

»Denk mal nach.«

»Ich war ganz bestimmt glücklicher«, sagte ich. »Sieh mich doch an.«

»Du schläfst wirklich nicht mit Marion? Und deine Frau hat dich trotzdem rausgeschmissen?«

»So ist es.«

»Krass«, sagte er. »Das tut mir leid, Harry. Wenn du wenigstens zum Zug gekommen wärst …«

»Ich weiß deine Feinfühligkeit und deinen Takt zu schätzen«, sagte ich.

Er richtete sich auf und hielt einen schulmeisterlichen Zeigefinger in die Luft. »Schikanei. Narretei. Hinterlisterei«, sagte er mit anzüglicher Herausforderung in der Stimme, während er darauf wartete, dass ich auf sein altes Spiel einstieg.

»Betrügerei«, fügte ich hinzu, nachdem ich einen Augenblick überlegt hatte. Ich war irgendwie nicht in der richtigen Stimmung und außerdem schon lange aus der Übung. »Spitzbüberei, Räuberei.«

»Jawohl«, sagte er und nahm einen Schluck aus seinem kleinen Kübel. »Schurkerei, Gangsterei, Fälscherei.«

Ich trank ebenfalls. »Gaunerei. Das ist etwas anderes als Schurkerei und zählt. Rechtsverdreherei, Briganterei.«

Dan schlug mit der flachen Hand auf den Tresen und zog seine silberschwarzen Augenbrauen zusammen. »Kurpfuscherei, Quacksalberei, Meineiderei.«

»Mal ehrlich, wie läuft deine Arbeit so?«, fragte ich.

»Leck mich«, antwortete er.

»Das dachte ich mir.«

»Und deine?«

»Heimtückei«, sagte ich, was er mit einem Lachen erwiderte.

»Das lasse ich dir jetzt mal durchgehen.«

»Hackerei, Piraterei.«

»Mauschelei, Hahnrei … Nackedei.«

»Teufelei. Hurerei. Schwindelei.«

Wir stießen mit unseren albernen Drinks an und beäugten mit nachdenklichem Interesse die Schönheit hinter der Theke.

»Kasperei, Jux und Tollerei«, sagte sie, während sie näher kam, um nach unseren Getränken zu sehen. »Seid ihr bereit für Nachschub, Gentlemen?«

»Jux und Tollerei«, sagte Dan. »Das ist gut.«

Sie verdrehte die Augen, wirkte dabei aber nicht unfreundlich.

»Für mich bitte nichts mehr«, sagte ich. »Das erlaubt mein Budget nicht.«

»Geht aufs Haus«, sagte sie. »Ist nicht viel los heute, und ich hab lieber Gesellschaft, als dass ich allein hier rumstehe. Normalerweise tauchen die Stammgäste nicht vor dem späten Nachmittag auf. Ich bin übrigens Lexy.«

»Ich bin Harry«, stellte ich mich vor, »und das ist Dan. Wir zählen zu den Frühaufstehern.«

»Damit will er sagen, dass wir zu alt für diese Bar sind«, erklärte Dan.

»Papperlapapp«, entgegnete sie und stellte zwei frisch gemixte Moonshine Fizzes vor uns hin. »Kladderadatsch. Oberquatsch.«

Weder Dan noch ich wussten etwas darauf zu erwidern. Wir starrten sie einfach nur interessiert an.

»Die Poeten pennen«, sagte ich schließlich.

»Wir sind eine aussterbende Rasse«, stellte Dan fest.

»Herrje, jetzt sei mal nicht so dramatisch«, sagte ich.

Lexy tippte mit ihrem Fingernagel auf den Tresen. »So ein Unsinn«, sagte sie. »Überhaupt, was soll der Scheiß? Ich kenne jede Menge Dichter, und die sind gerade mal halb so alt wie ihr.«

»Gewäsch, Geschwätz, Gelaber!«, rief Dan.

»So ist's recht«, sagte Lexy, deren Name auf merkwürdige Weise treffend schien und den sie sich vermutlich ausgedacht hatte.

»Gequassel«, sagte ich. »Gesülze, Geseiere. Ist das eigentlich dein richtiger Name?«

»Die Abkürzung für Lexikographin«, sagte sie. Sie hatte ein so hübsches Gesicht, dass man ganz verlegen wurde: sahnige Haut, braune Augen, Adlernase, sinnliche Lippen. Ihre nackten Oberarme glänzten jugendlich frisch, muskulös, geschmeidig. Ihr Hals war ein weißer Stengel aus Lilienblättern. »Mit zweitem Vornamen heiße ich Verbiage.«

»Wow«, sagte Dan mit jener wohlkalkulierten, aufgesetzten, testosterongetriebenen Atemlosigkeit, die die Frauen damals, völlig unverständlicherweise, so verführerisch gefunden hatten. »Die eigene Tochter ›Geschwafel‹ zu nennen. Deine Eltern müssen nicht ganz bei Sinnen gewesen sein!«

»Oder ich«, erwiderte sie. »Nein, ich mache nur Spaß, Lexy ist eine Abkürzung für Alexis. Mein Nachname ist Levy.«

»Verdammt, das gibt's doch nicht, meiner auch!«, rief Dan.

»Auch Levy?« Sie lachte. »Vielleicht sind wir entfernt miteinander verwandt!«

»Ich hoffe nicht«, sagte Dan.

Sie lachte wieder. Ihre Lippen schimmerten, und ihre Zähne glänzten. Sie war einfach perfekt, ein weiblicher Sex-Androide, die Erfüllung feuchter Träume. Die jahrelange Konditionierung durch die vorherrschenden sozialen Strömungen – vom Einfluss meiner Frau und meiner Tochter mal ganz zu schweigen – hätten mich eigentlich dazu zwingen müssen, meine raubtierhafte Einstellung dieser intelligenten, autonomen jungen Frau gegenüber zurückzunehmen, doch ich war betrunken und so in ihren Bann geschlagen, dass meine Triebe die Oberhand gewannen. »Du bist eine Poetin, Lexy Levy?«, fragte Dan mit seinem nasalen Hip-Hop-Gurren.

»Ne«, sagte sie. »Ich bin Bühnenautorin, aber mit vielen Dichtern befreundet. Findet man ja überall. Die sind alles andere als eine aussterbende Spezies.«

»Und wo lesen diese Kids heutzutage?«

»Diese Kids, wie du sie nennst, lesen überall. Es gibt da eine Bar in der Grand Street, dann eine in der North Sixth Street – sie sind einfach kreuz und quer über die ganze Gegend verstreut. Und du bist also Dan Levy.« Sie zwinkerte ihm zu. »Sollte ich dich kennen?«

»Nein, es sei denn, du stehst auf alte Lyrik-Magazine und Gedichtbändchen«, sagte er. »Aber vielleicht hast du schon mal von Harry gehört, er hat einen seriösen Verlag im Rücken.«

»Hatte«, korrigierte ich ihn. »Meine Verlegerin ist nach London gezogen.«

»Wie heißt du mit Nachnamen, Harry?«

»Quirk«, sagte ich.

»Harry Quirk!«, rief sie. Ihr Gesicht nahm einen aufgeregten Ausdruck an. Vermutlich war mir in meinem ganzen Leben noch nichts Besseres passiert – abgesehen von der Geburt meiner Kinder und vom Tag meiner Hochzeit vielleicht. Vielleicht aber auch nicht. »Ich glaube es nicht! Harry Quirk! Eine meiner Freundinnen betet dich an! Sie hat alle deine Bücher und hält dich für ein Genie ohne Lorbeerkranz. Oh, mein Gott, ich muss ihr eine SMS schicken, warte einen Augenblick!«

Sie zog ihr Handy aus der Tasche und fing an, die Tasten zu drücken.

Mit beklommenem Unglauben sah ich ihr zu. Der Tag hatte seinen Zenit erreicht, seinen höchsten Punkt, zusammen mit der Sonne. Von jetzt an würde es nur noch abwärts gehen: Die Freundin würde aufkreuzen, ich würde einen frischen Moonshine Fizz vor mir stehen haben und mich in meinem gebauchpinselt-aufgeregten Zustand als genau der Schwachkopf erweisen, der ich nun mal war. Das wiederum wäre eine Riesenenttäuschung für meinen vermeintlichen Fan, der Lexy Levy in Sachen Witz und Schönheit zweifellos in nichts nachstand. Irgendwann würde ich mich mit dem Gefühl von hier verziehen, überempfindlich, dämlich und sinnlos betrunken zu sein.

Ich rutschte von meinem Hocker und verabschiedete mich winkend von den Levys, die mir konsterniert nachsahen. Zurück an der kalten, frischen Luft, machte ich mich auf den Weg zu Marions leerem Haus, wo ich mich träge und glückselig aufs Sofa legte und mich von einer freudigen Woge der Hoffnung in ein langes, erholsames Nickerchen treiben ließ.

TEIL ZWEI

Kapitel zehn

Eines Nachts Mitte Mai, als ich allein in meinem winzigen Apartment im ersten Stock des Astral schlief, verlor mein Körper den Kampf gegen ein sich immer stärker behauptendes Virus, und als ich aufwachte, war meine Niederlage längst besiegelt.

Ich war gerade wieder in den Astral eingezogen und hatte mich noch nicht an die niedrige Höhe des Stockwerks gewöhnt, an den anderen Luftdruck und die unbekannten neuen Nachbarn. Ich war zurück, aber doch irgendwie auch nicht. Vielleicht lag es am Umzugsstress und an der Fremdartigkeit des »Nur-halb-Hierseins«, dass ich dem Spätfrühlingsvirus unterlag, das zurzeit einen breiten Teil der Bevölkerung umhaute.

Beim Aufwachen hatte ich einen seltsamen Geschmack im Mund, metallisch und faulig. Danach stellte ich fest, dass meine Haut kribbelte und heiß war. Mein Kopf pochte, und als ich ganz zu mir kam, spürte ich den dumpfen Druck von Schleim in Brust und Hals. Ich ließ mich zurück in die Kissen sinken. Ich hatte weder die Zeit noch die Geduld für einen grippalen Infekt. Beim Einschlafen waren mir all die Dinge durch den Kopf gegangen, die ich in den kommenden Tagen erledigen musste, doch solange mein Immunsystem den Eindringling nicht gekillt hatte, würde ich nichts davon in Angriff nehmen können. Stattdessen war ich gezwungen, mit dem Feind zu kooperieren und den Morgen in Embryonalhaltung zusammengekauert unter der Bettdecke zu verbringen, mich abwechselnd schnaufend und schwitzend auf die Bettdecke zu wälzen und mich dann wieder bibbernd unter ihr zu verkriechen, mir irgendwann das schweißnasse Hemd von meinem glühenden Leib zu reißen und die Decke zur Seite zu werfen. Und das alles nur, um mich hinterher fröstelnd ans Bett zu klammern, als treibe es in einer stürmischen, eiskalten See. Mein ganzer Körper schmerzte, zumindest dort, wo ich ihn berührte. Es war, als hätte man mich von Kopf bis Fuß mit einer ätzenden, mürbe machenden Chemikalie eingesprüht oder als wäre ich in den Newtown Creek eingetaucht.

Ich hatte kein Telefon und war zu krank, um auf den Flur hinauszugehen und mir das meines Nachbarn zu borgen. Ich war auf mich allein gestellt. Ich konnte nicht in der Holzhandlung Bescheid geben, dass ich mich nicht wohl fühlte, und Karina konnte ich auch nicht anrufen. Mittags stand ich auf und machte mir unter größter Anstrengung einen Kaffee gegen die schrecklichen Kopfschmerzen. Ich leerte fast die ganze Tasse und fiel dann wieder in einen überwältigenden Schlaf. Am Nachmittag zwang ich mich erneut, wach zu werden, urinierte eine schwache, wenig überzeugende, dunkelgelbe Pfütze in die schmuddelige Toilette, füllte ein schmieriges Glas mit lauwarmem Hahnwasser und trank es gierig leer. Als die untergehende Sonne ihre Strahlen auf die benachbarten Gebäudefenster und somit sozusagen aus zweiter Hand auf mein nach Norden gehendes Fenster schickte, wachte ich schweißgebadet auf. Mein Schweiß fühlte sich gleichzeitig heiß und kalt an. Ich wechselte Hemd und Unterhose, versuchte vergeblich, eine Banane zu essen, trank ein weiteres Glas Wasser und fiel dann ins Bett.

Ich jammerte ein wenig vor mich hin und dachte daran, wie Luz von der Arbeit heimkommen und unter meinem Fenster vorbeistolzieren würde, ohne zu wissen, dass ich hier lag und zitterte und maulte. Aber selbst wenn sie es gewusst hätte, wäre sie vermutlich trotzdem vorbeigegangen. Je mehr ich darüber nachdachte, desto sicherer war ich mir. Sie wäre vorbeigegangen und hätte es sogar genossen. Vermutlich kochte sie sich gerade ihr Abendessen, dort oben, im fünften Stock, allein in unserem Apartment. Ich fragte mich, wie es ihr wohl gehen mochte. Ich fühlte mich so verletzlich wie ein frisch geschlüpftes Insekt – wacklig, feucht, leicht zerdrückt und verwirrt über die plötzliche Veränderung. Das Fieber gaukelte mir Trugbilder vor, mein Innenleben und meine physische Umgebung waren verzerrt von flimmernden Hitzewallungen. Mein Körper bäumte sich auf, und ich keuchte und bebte vor Schmerz. Meine Psyche reagierte entsprechend und beschwor all den Kummer herauf, der sie schon lange quälte. Noch mehr als meine angeschlagene Ehe bekümmerte mich der Verlust meiner Gedichte. Die Tatsache, dass mein Sohn einer Sekte angehörte und meine Tochter eine liebeskranke Abfallsammlerin war, tröstete mich auch nicht gerade. Und wenn ich es mir recht überlegte, bedauerte ich auch, dass meine Eltern vergessen in Iowa, im Friedhofsacker von Muscatine, lagen und meine früheren Träume von flammendem literarischem Ruhm zu einem kleinen glimmenden Haufen Geschreibsel verkohlt waren. Außerdem bedauerte ich, dass ich die erbauliche Sicherheit meines Unterschlupfs in Bushwick hatte verlassen müssen, die unbeschwerte, wohltuende Gesellschaft von Zeldah Speck und einem Rudel Hunde.

Sechs Wochen lang hatte ich in Zeldahs Kellergeschoss gelebt. Sie war eine mollige, beißend ironische, unaufdringliche, tief religiöse Schwarze in meinem Alter, die, dank der regierungsamtlichen Förderung durch das Wohngeldgesetz ein sauberes, kleines Häuschen ganz in der Nähe des Broadways im Herzen von Bushwick besaß. Ich war Mitte März bei ihr eingezogen, gleich nachdem ich angefangen hatte, gemeinsam mit Yanti im Büro des Holzhandels zu arbeiten, und mir mein eigenes Bleistiftstummel-Set sowie ein Paar fingerlose Handschuhe ausgehändigt worden waren. Zeldah war eine Freundin von Karina, oder vielmehr eine gleichgesinnte Weltverbesserin, die Karina aus den einschlägigen Kreisen kannte. Anstatt zu containern und ihre Ausbeute an die Bedürftigen zu verteilen, nahm Zeldah herrenlose Hunde auf und versuchte, treusorgende Besitzer für sie zu finden. So gesehen war sie also auch irgendwie in der Recycling- und Umverteilungsbranche tätig.

Karina hatte mir erzählt, dass ihre Freundin ein zusätzliches Schlafzimmer hatte und jemanden brauchte, der die Hunde morgens und abends spazieren führte und an den Wochenenden ein Auge auf sie hatte, wenn sie mit ihrem Chevy-Kleintransporter durch die Stadt kurvte, noch mehr Tiere auflas und nebenbei einem jeden, der in ihre Nähe kam, die Heilsbotschaft predigte.

»Ich werde mal bei ihr vorbeischauen«, sagte ich. »Geh doch gleich heute zu ihr«, erwiderte Karina. Also fuhr ich nach der Arbeit auf dem robusten blauen Eingangrad, das Karina für mich aus einem Müllcontainer in Bed-Stuy gerettet hatte, den Broadway hinauf. Als Zeldah mich durch den mit einer Kette gesicherten Türspalt hindurch musterte, sagte ich: »Ich bin Karina Quirks Vater. Ich bin hier, weil ich mich um Ihre Hunde kümmern möchte.« Wortlos öffnete sie die Tür und ließ mich herein. Sie war nur etwas über eins fünfzig groß und ungefähr genauso breit. Ihre Haut war schwarz wie

Kaffee. Ich dagegen war außergewöhnlich blass, groß und hager. Wir gaben ein bemerkenswertes Paar ab. Sie führte mich ins Untergeschoss und in den eingezäunten Garten, einen Pferch mit geschundenem Rasen und muskulösen, sich windenden, nach Moschus riechenden, hechelnden, sabbernden Biestern. Ich streckte ihnen eine Hand entgegen, um sie daran schnuppern zu lassen. »Sie mögen Sie«, sagte Zeldah, eher hoffnungsvoll als aufrichtig. »Sie werden schon klarkommen.« Dann zeigte sie mir mein Zimmer im Untergeschoss, eine kleine, fensterlose Zelle neben der Waschküche, in der ein schmales Bett, eine kleine Kommode und ein Stuhl standen. Es sah aus wie im Gefängnis, nur dass es kein Waschbecken und kein WC gab. Zeldah sagte, ich solle mich erst mal eingewöhnen und dann nach oben kommen, zum Abendessen gebe es Reis, Bohnen und Hühnchen. Und damit war ich kurzerhand eingeführt.

Am nächsten Morgen führte ich die Hunde spazieren – ein Beinahe-Desaster. Als wir zurückkamen, brachte ich sie nach unten und durch den Keller nach draußen in den Garten. Anschließend ging ich wieder hinauf, um zu frühstücken. Zeldah hatte sich mit ihrem rosa Arbeitskittel und einer lockeren weißen Hose für ihren Arbeitstag im Schönheitssalon herausgeputzt, wo sie Haare frisieren würde. Schweigend saßen wir am Tisch. In der ganzen Zeit, in der ich dort wohnte, plauderten wir morgens kein einziges Mal. Unsere Gedanken, unseren Schwatz und unsere Geschäftigkeit sparten wir uns für die Abende nach der Arbeit auf, was ich als sehr erholsam und angenehm empfand.

Während Zeldah den Geschirrspüler belud und nach ihrer Handtasche griff, ging ich zum Garderobenschrank und zerrte den gigantischen Sack mit dem Trockenfutter heraus, den sie alle paar Wochen bei der Großhandelskette Costco kaufte, und füllte die morgendliche Ration in einen Eimer. Nachdem ich die Hunde gefüttert hatte, fuhr ich mit meinem Fahrrad den Broadway entlang und bog dann links in die Kent Street ein. Am Ende meines Arbeitstags radelte ich den Broadway wieder hinauf, ging durchs Haus die Kellertreppe hinunter zum eingezäunten Gartengehege, legte Spike, King, Serena, Jeeves, Tom Thumb und Mickey an die Leine, schnappte mir ein großes Bündel Plastiktüten, und los ging's. Beim zweiten Mal lief es besser. Sie versuchten, mich ins Stolpern zu bringen und umzureißen, doch es gelang ihnen nicht. Ich sammelte einen riesigen Berg Hundekacke auf, ohne mir etwas davon an die Hände zu schmieren, und schaffte es außerdem, sie davon abzuhalten, irgendwelche Leute über den Haufen zu rennen, sich loszureißen oder mich hinter sich herzuschleifen.

Als wir nach Hause zurückkehrten, bereitete Zeldah gerade einen Eintopf zu. Ich machte mir ein Bier auf und ging befangen die Treppe hinunter in mein Zimmer, wo ich sitzen blieb, bis sie mich zum Essen rief. Anschließend saßen wir schweigend beisammen und lasen, ich einen Gedichtband, Zeldah die Bibel. Bald schon wurde uns diese Art, den Abend zu verbringen, zur Gewohnheit. Ich hockte auf dem braunen Kunstledersofa und Zeldah daneben in einem dazu passenden braunen Kunstlederdrehstuhl. Sie hatte einen Fuß unter sich gezogen, drückte den anderen in den Boden und drehte sich hin und her. Um zweiundzwanzig Uhr schaute sie sich die Nachrichten an, die eine halbe Stunde dauerten. Ihre Augen waren gebannt auf den Bildschirm geheftet. Sowohl mit den Nachrichtensprechern als auch mit den Werbe-Ikonen debattierte sie ohne Unterlass und ließ dabei einen Schwall besserwisserischer, hitzköpfiger, gutmeinender und überheblicher Kommentare vom Stapel.

Jeden Morgen vor der Arbeit führte ich die Hunde den Broadway entlang, vorbei an geschlossenen Brathähnchen-Palästen und Läden mit Billigklamotten, die dunkel hinter ihren heruntergelassenen Schutzgittern lagen, während über mir eine Hochbahn mit einem schrillen, metallischen Kreischen zum Stehen kam. Die Hunde schnüffelten und drängten sich um die Krümel am Boden. Als King schließlich einen neuen Besitzer fand, der Zeldahs Ansprüchen genügte, blieben uns nur noch fünf Hunde. Was die Auswahl der neuen Herrchen anbelangte, war Zeldah äußerst gewissenhaft. Wenn sie nur einen Hauch von Gewaltbereitschaft oder Nachlässigkeit an einer Person witterte, schied diese ruckzuck aus. Und es bereitete ihr eine diebische Freude, den Leuten mitzuteilen, sie seien es nicht wert, eines der Tiere bei sich aufzunehmen. Hunde liebte sie, Menschen nicht.

Die Wochen verstrichen, und mit zunehmender Erfahrung und bei wärmerem Wetter wurden meine täglichen Spaziergänge leichter. Die Hunde kannten mich, ich kannte sie, und wir alle kannten die Strecke: den Broadway hinunter, vorbei an den Sozialbauten und wieder zurück durch ein Netz aus seltsam gekrümmten Sträßchen. Die Hundehaufen aufzusammeln machte mir nichts mehr aus. Jedes Mal, wenn wir Gassi gingen, hatte ich mindestens zwölf Plastikbeutel dabei und wusste genau, wo die Mülleimer standen. Wenn wir, verbunden durch zwei Meter lange Lederleinen, wie eine gigantische, schwerfällige Meereskreatur daherkamen, die versuchte, an Land zu gehen, war unser Zug durch die Straßen längst nicht mehr die Comedyshow wie noch ganz zu Anfang. Ich hatte ihnen beigebracht, bei Fuß zu gehen, ohne Raufen und Beißen, und vor den Fußgängerübergängen stehen zu bleiben. Wie sich herausstellte, hatten die Hunde allesamt einen recht anständigen Charakter.

Nur King war ein Problemfall gewesen. Den anderen Hunden gegenüber hatte er sich überdreht, schreckhaft, dumm und intolerant verhalten. Aber da er inzwischen nach Connecticut vermittelt worden war, bereitete er jetzt jemand anderem Kopfschmerzen.

Mein Kummer, mein Gefühl von Vereinsamung und mein Herzschmerz ließen langsam nach, denn ich hielt mich von meinen alten Lieblingsplätzen fern und arbeitete zu hart, um mich mit irgendetwas anderem zu befassen. An dem Tag, als Zeldah mich rauswarf, fühlte ich mich ungewöhnlich munter. Den Grund dafür wollte ich mir nicht eingestehen oder zumindest nicht allzu viel darüber nachdenken: Zeldahs Tochter Camille sollte heute Abend heimkommen, nachdem sie einen Monat in Georgia verbracht und sich um ihre kranke Tante gekümmert hatte. Camille war eine umwerfende Schönheit, scharfzüngig und illuster zugleich – die Tochter der respekteinflößenden Zeldah und des coolen, gutaussehenden Rastafari, mit dem Zeldah eine kurze Ehe geführt hatte, bis er irgendwann an Lungenkrebs gestorben war. Camille war dreißig und viel zu jung für mich. Selbstredend übte genau das einen ganz besonderen Reiz auf mich aus. Sie war das Kostbarste, was meine Vermieterin besaß. Ich durfte nicht mal feucht von ihr träumen, geschweige denn sie mit anzüglichen Blicken bedenken, und ich hatte diesbezüglich auch keinerlei Absichten, es sei denn in meiner Phantasie, nachts in meiner kleinen Mönchszelle im Untergeschoss. Doch selbst dann ließ ich größten Respekt und äußerste Zurückhaltung walten, als würden sich meine Eier gerade erst von dem niederschmetternden Schlag erholen, den Luz ihnen beigebracht hatte. Zum Onanieren hatte ich in diesen Tagen nur wenig Kraft.

Als ich an jenem Morgen zur Arbeit aufbrach, rief

Zeldah hinter mir her: »Ich bete zu Gott, dass er mir heute Abend meine Kleine zurückbringt und sie beschützt, für immer und ewig.«

An solche Gebete war ich gewöhnt. Luz hatte jahrelang dafür gebetet, dass ich eines Tages zum Wohle meiner Seele ein gläubiger Katholik würde. Dass jemand zur Abwechslung mal für etwas betete, was ich mir tatsächlich wünschte, empfand ich als überaus erquickend. »Amen!«, rief ich Zeldah über die Schulter zu.

Doch es war kein schlichtes Gebet gewesen. In ihrem Tonfall hatte eine Warnung gelegen, die mir leider entgangen war.

Als ich von der Arbeit kam, stand Zeldah in der Küche, rührte in irgendwelchen Töpfen herum und spähte in ihre Schränke. Das Haus duftete nach Knoblauch und Gewürzen. Ich nahm mir eine Flasche Bier aus dem Kühlschrank und ging hinunter in den Keller. Dort saß ich – von meinem Stuhl zum Geradesitzen gezwungen – eine Stunde lang an dem elend kleinen Tisch, den ich irgendwo auf der Straße aufgesammelt hatte, und arbeitete an dem epischen Gedicht, das ich zu schreiben versuchte und das den Titel *Der Astral* trug. Ich wollte die Geschichte von Adam erzählen, der von Eva aus dem Paradies vertrieben wurde, verbannt aus dem ehelichen, paradiesischen Nest in eine einsame, kalte Ödnis. Es sollte eine Art modernes, säkulares und sehr persönliches *Verlorenes Paradies* oder *Inferno* werden, aber es funktionierte irgendwie nicht. Adams Stimme war zu pathetisch, und dem ganzen Vorhaben haftete etwas Falsches an, das auf eine einzige Selbstrechtfertigung hinauslief. Womöglich war das Problem schlicht, dass ich nicht an Gott glaubte. Meine Verse notierte ich in eine Kladde, die ich mir in einem Neunundneunzig-Cent-Laden gekauft hatte. Auf dem Einband prangten Fotos von Plüschenten.

Einen Laptop besaß ich nicht mehr, und ich konnte mir auch keinen neuen leisten.

Die Lebensmitte längst hinter mir, in Dunkelheit und Kälte,
Bin ich plötzlich allein und kann den Weg vor mir nicht erkennen.
Hinter mir die Lichter und die Geborgenheit unseres Gartens,
Unseres Gartens, in den meine rachsüchtige Frau sich wird legen
Zur nächtlichen Ruh ohne mich, und all die nichtigen
Beweise ihres Seins, die ich stets als gegeben hingenommen …
Ihr Haar auf den Kissen, im Abfluss, in meinem Essen,
Ihre Lesebrille, ihr Wasserglas,
Das aufgeschlagene Buch an ihrer Seite des Bettes,
Unseres Bettes, unseres alten Bettes in unserem alten Apartment,
Wo wir hoch oben über der Straße lebten wie Götter,
All das ist vorbei.

Um halb sieben leinte ich die Hunde an und führte sie hinauf. Ich bebte vor lauter Vorfreude, weil Camille womöglich zum Abendessen eingetroffen war. Zeldah saß am Tisch und rauchte langsam und bedächtig versonnen eine Zigarette. Sie rauchte eine pro Tag, stets unmittelbar bevor sie das Abendessen kochte, weil das angeblich ihren Appetit anregte. Ich wäre nie auf die Idee gekommen, dass sie das nötig hatte, aber das sagte ich natürlich nicht laut.

Als die Hunde und ich von unserem Spaziergang zurückkehrten, sprangen wir alle zusammen die Stufen hinauf und eilten in Zeldahs Wohnzimmer. Und da war Camille. Strahlend und amüsiert räkelte sie sich auf der Couch. Ich fühlte mich wie einer der Hunde, hechelnd, das Maul aufgesperrt, unfähig, meine Freude über ihren Anblick zu verbergen. Am liebsten hätte ich mich auf sie gestürzt und ihr das Gesicht geleckt, um mich anschließend verstohlen an ihren wohlgeformten Beinen zu reiben.

Die Hunde taten genau das. Sie ließ ihre unbändige Freude über sich ergehen und lächelte mich an.

»Willkommen daheim, Camille«, sagte ich.

»Hallo, Harry«, erwiderte sie mit honigsüßer Stimme.

»Alles klar«, rief Zeldah aus der Küche. »Es ist gleich so weit.«

Wir versammelten uns um den Tisch. Zeldah hatte Kerzen angezündet und Tischsets aufgelegt, etwas, was sie nie tat, wenn sie mit mir allein war. Ich blickte auf das Festmahl, das sie nach einem langen Tag im Schönheitssalon auf den Tisch gezaubert hatte: Seewolf mit Maismehlpanade, karamellisiertes Butternusskürbis-Püree, gekochtes Gemüse, Schwarzaugenbohnen und Maisbrot. Ich seufzte vor Glück.

Wir senkten die Köpfe. »Lieber Herr Jesus«, sagte Zeldah, »wir danken dir, dass du mir mein Mädchen zurückgebracht hast und für das Essen, das wir gleich zu uns nehmen werden. Amen.«

»Amen«, murmelten Camille und ich unisono. Das Wort kam uns gleichzeitig über die Lippen, was nicht dasselbe war wie küssen, sich aber trotzdem intim anfühlte.

Als Zeldah mir am nächsten Tag nahelegte auszuziehen, traf mich ihre Bitte völlig unvorbereitet. Ich hatte keinerlei amouröse Absichten gehegt. Sie blickte mir direkt in die Augen, sagte, sie würde mich durchaus mögen, es stecke nichts Persönliches dahinter, aber ein Mann sei nun mal ein Mann, und sie müsse ihr Mädchen beschützen.

Zum zweiten Mal innerhalb kürzester Zeit warf mich eine Frau wegen eines sexuellen Vergehens raus, das ich gar nicht begangen hatte. Diese Ironie, wenngleich irrwitzig, rief eine heftige, verwirrende Trauer in mir hervor, und ich konnte dem Ganzen nur wenig Komik abgewinnen.

Ich hatte das Gefühl, als habe man mir eine seltene Chance auf Freiheit und Seelenheil vor der Nase weggeschnappt. Als sei ich erst mit einer Art unschuldiger, glücklicher zweiter Kindheit gesegnet worden, die mich eine Zeitlang gerettet hatte und nun schlagartig zu Ende ging. Und das alles wegen einer unausgesprochenen und doch harschen, halbwahren Bezichtigung. Ich beeilte mich, meine Sachen zu packen, froh darüber, so wenig zu besitzen. Dann quälte ich mich auf mein Fahrrad, auf das ich meine mit Kleidern und Büchern vollgestopfte Tasche geladen hatte, und steuerte die Absteige nahe dem Ende der Welt an. Nach einer unglücklichen, wenig gemütlichen Nacht machte ich mich auf den Weg zum Hauswart des Astral.

Meine Entscheidung, aufs Neue dort einzuziehen, traf ich spontan und aus der stärkenden, tröstlichen Erkenntnis heraus, dass ich dort leben könnte, wenn ich es nur wollte. Meine Einsamkeit war jetzt so heftig, dass ich mir nicht vorstellen konnte, in einem anderen Gebäude zu wohnen, an einem Ort, wo ich niemanden kannte, als Fremder unter Fremden. Ich sehnte mich danach, nach Hause zurückzukehren.

Der Hauswart gab mir das billigste, kleinste Apartment im ganzen Astral, das trotzdem fast noch genauso viel kostete wie unsere Wohnung oben. Die Einzimmerwohnung lag im ersten Stock direkt neben der Eingangstreppe, hatte eine winzige Kitchenette in der Diele und ein geschmackloses Badezimmer, das eine ganze Stufe höher lag als der Rest der Wohnung, weil die Rohrleitungen nachträglich installiert worden waren und direkt unter den Sockelleisten und einem angestrichenen Sperrholzboden verliefen. Die Toilette rann ständig und wackelte, wenn ich mich draufsetzte. Die Seitenwände der Plastikduschkabine waren mit gallegrünen Schimmelflecken übersät, die sämtlichen Reinigungsmitteln und Scheuerbürste widerstanden. Der Raum selbst war unregelmäßig geschnitten. Er verengte sich vom Eingang zum Fenster hin, als hätte sich derjenige, der die Trockenbauwand hochgezogen hatte, nicht die Mühe gemacht, eine Wasserwaage oder einen Meterstab zu benutzen. Doch es gab tatsächlich ein Fenster, was ja schon mal nicht schlecht war, und es blickte hinaus auf die Straße, was ebenfalls nicht schlecht war. Außerdem stampfte mein Nachbar über mir nicht allzu viel herum, und somit war noch nicht alles verloren.

Dennoch war diese winzige Kammer ein deprimierender Abstieg, verglichen mit dem sonnendurchfluteten, geräumigen Adlerhorst im obersten Stock mit seinen drei Schlafzimmern und dem komfortablen Wohnzimmer, der buttergelben gemütlichen Küche mit dem Chrom-Kunststofftisch und den dazu passenden Stühlen. Und nicht zu vergessen: mit dem erdigen Geruch der gut gegossenen Zimmerpflanzen auf den Fensterbänken. Ich versuchte, nicht allzu viel an mein verlorenes Ehebett mit seiner vortrefflich komfortablen Kingsize-Matratze und dem extra gepolsterten Kopfende zu denken. Da lag ich also, auf meinem harten, schmalen Futon und starrte auf die Spinnweben in den Ecken der Zimmerdecke, auf den schmuddelig weißen Anstrich und auf den sepiastichigen Sessel. Für den Augenblick war dies mein Zuhause. Immerhin gab es in Apartment 2-C keine Bettwanzen und keine Kakerlaken, und das war doch schon mal ein Anfang.

Dennoch war dies ein schrecklicher Ort, um krank zu sein. Spät in der Nacht fühlte ich mich schrecklich elend. Das Fieber war sehr hoch und mein Puls schwach, und mit einem Mal wurde mir bewusst, wie leicht es mir fiele, zu sterben. Der Tod stellte sich mir als etwas so Elementares und Unkompliziertes dar wie atmen. Ich konnte die Membran spüren, konnte fühlen, wie ich ihr entgegendrängte und meinen Schädel dagegendrückte, als wäre er der Schopf eines Babys unmittelbar vor der Geburt. Ich probierte es voller Neugier und mit einer ernst gemeinten Erwartung. Er war zäher, als ich gedacht hatte, dieser Ausgang aus dem Leben. Die Membran widersetzte sich mir, und mir fehlte die Kraft, sie einfach zu durchstoßen, also schlief ich, statt zu sterben, lieber weiter.

Am darauffolgenden frühen Nachmittag wachte ich in Hochstimmung auf. Mein Fieber war gesunken, und als ich aufstand, fühlte ich mich wesentlich besser.

Ich wärmte mir eine Dose Hühnerbrühe auf, trank den ganzen schmackhaften, salzigen Topf aus und verzehrte im Anschluss die Banane, die ich verschmäht hatte. Dann zog ich mich an und ging ein wenig zittrig zur Tür hinaus und den Flur entlang zu der kleinen Bude meines Nachbarn. Er war ein lebhafter, magerer Ire – ungefähr mein Jahrgang –, der in seiner winzigen Wohnung gern wilde Partys schmiss, je ausschweifender, desto lustiger, je später, desto besser. Er war wach, wenn auch nicht wirklich. Seine Haare standen ihm in allen Richtungen vom Kopf ab, und sein Gesicht war noch zerknautscht vom Bettlaken. Ich stellte mir vor, dass ich aussah wie sein Spiegelbild, wenn auch aus anderen, weniger beneidenswerten Gründen. Hinter ihm im Bett erkannte ich goldbraune Gliedmaße, einen Schwall seidenweichen Haars und Zigarettenrauch, der von einem hübschen Mund zur Decke geblasen wurde. Er lehnte sich gegen den Türrahmen, angelte in seiner Hosentasche nach seinem Handy und reichte es mir mit einem schlaftrunkenen Grinsen. Ich griff mit demselben schlaftrunkenen Grinsen danach.

Bei der Holzhandlung waren sie nicht gerade glücklich, von mir zu hören, doch wie durch ein Wunder durfte ich meinen Job behalten. Yanti war für mich eingesprungen, als ich nicht aufgetaucht war. Weil er nicht wusste, wo ich abgeblieben war, hatte er erzählt, ich hätte die Grippe. Und als ich das nun bestätigte, war ich gerettet. Ich versprach, morgen zu erscheinen. »Das sei auch besser für mich«, teilte mir Moishe unmissverständlich mit. »Ich werde da sein«, versicherte ich und klappte das flache, glänzende Handy zu.

»Danke, Brian«, sagte ich zu meinem Nachbarn, der den Dollarschein ablehnte, den ich ihm für den Anruf zustecken wollte.

»Spar's dir für dein eigenes Handy«, sagte er.

Zurück in 2-C, zog ich das Bett ab, sammelte meine abgeworfenen Krankenklamotten zusammen und trug sie zum hauseigenen Waschsalon. Von meinem Stuhl aus beobachtete ich, wie sich die Waschlauge in den Trommeln drehte und drehte und drehte. Das gedämpfte Schrillen in meinen Ohren war ein Nachhall der Fieberwellen. Alles wirkte zu groß, zu hart, zu grell. Meine Haut war wie aus Papier, überempfindlich. In aller Deutlichkeit spürte sie jeden einzelnen Luftzug, der darüberstrich.

Als die Maschine durch war, steckte ich das nasse Wäschebündel in einen Trockner, setzte mich wieder hin und sah dösend und mit offenem Mund zu, wie es eine gute Stunde lang durch heiße Luft gewirbelt wurde. Irgendwann erwachte ich aus meiner Trance und trug das heiße Knäuel zurück in mein Apartment, wo ich es auseinandersortierte, das Bett machte, die Klamotten faltete und sie anschließend in der klapprigen Kommode verstaute. In meinem kleinen Waschbecken spülte ich das schmutzige Geschirr, trocknete es mit einem frisch gewaschenen Tuch ab und stellte es in den metallenen Hängeschrank. Dann drehte ich die Dusche so heiß und kräftig auf, wie es nur ging. Ich ließ mir Zeit, seifte mich in aller Ruhe ein und wusch mir die Haare. Erfrischt und in sauberen Klamotten brachte ich meine kleine Wohnung auf Vordermann, öffnete das Fenster und räumte ein paar Zeitungen, Bücher und Zeitschriften auf. Ich trank ein Glas Orangensaft, den ich in meinem kleinen Kühlschrank gefunden hatte, nahm zwei Schmerztabletten, aß ein belegtes Brot mit Fleischwurst und einen halben Apfel und kroch dann zurück ins Bett.

In den dreißig Ehejahren mit einer Krankenschwester war es mir in meinem selbstzufriedenen häuslichen Dasein nie in den Sinn gekommen, mich zu fragen, was alleinstehende Leute eigentlich taten – wie sie zurechtkamen, wenn sie schwer krank wurden. Jetzt kannte ich die Antwort, doch ich war mir nicht sicher, was mir das nützte.

Kapitel elf

Am nächsten Morgen stand ich auf, trank einen Kaffee, zog mich an und schlug die Tür hinter mir zu. Der Astral hatte verschiedene Eingangsbereiche, allesamt düstere, kleine, nichtssagende Foyers, wenig mehr als Treppenhäuser mit Briefkästen an den Wänden und Schildern mit der Aufschrift HERUMLUNGERN VERBOTEN. Ich missachtete das Verbot und lungerte in meiner Lobby herum, das Gesicht an die verschmierte, speckige Glastür gedrückt, durch die ich den Gehsteig der India Street im Blick behielt. Ich sah Luz in einer frischen weißen Bluse. Wie immer trug sie ihre Krankenschwesternschuhe in einer Tasche, um sie makellos sauber zu halten, bis sie im Krankenhaus angekommen war.

Ich trat hinaus auf die Straße und schloss zu ihr auf. »Luz«, sagte ich. »Guten Morgen.«

Sie sah mich weder an, noch gab sie mir eine Antwort, doch ich spürte, dass sie von meinem plötzlichen Erscheinen überrascht war.

Alles, was ich ihr so dringend sagen wollte, drängte sich mir auf die Zunge. »Ich weiß, dass du nicht mit mir reden willst. Ich weiß, dass du zornig bist. Aber ich bin hier. Und ich werde nirgendwo anders hingehen.«

Ich drehte mich zur Seite und blickte auf sie herab, um alles, was ich ihr noch zu sagen hatte, an ihren Scheitel zu richten. Aber sie war verschwunden. Ich wirbelte herum. Luz war abrupt stehen geblieben, während ich weitermarschiert war und meine Worte ins Leere gesprochen hatte. Ich sah, wie sie auf die andere Straßenseite auswich und mit gesenktem Kopf allein weiterging.

So manches Gift fand den Weg in ihre Blutbahn,
Machte sie verrückt, lenkte ihre Furcht in einen Pfuhl
Aus flüssigem Hass, aus dem eine schmutzige und grausame Göttin
Sprang und mir die Rippen auseinanderriss und Evas aus Stroh fertigte,
Und sie auch aus einer Schlangengrube der Willkür zog, und sie als Beweis hochhielt,
Diese sich windenden Lügen, die sie über unser Bett nagelte.

Ich kehrte zum Astral zurück und schloss mein Fahrrad auf, schob es den buckeligen Gehsteig zur Franklin Avenue entlang, stieg auf und rollte den sauber markierten Radweg entlang Richtung Süden, erleichtert, am Leben zu sein an diesem drückenden Vormittag. Dicke, warme Tropfen aus den tief hängenden, regenschweren Wolken platschten mir ins Gesicht. Jüngere, schnellere Radfahrer zogen mit wehenden Haaren und surrenden Reifen an mir vorbei. Ich ließ mir Zeit und fuhr in moderatem, erholsamem Tempo. Während ich dahinrollte, rezitierte ich im Stillen ein Gedicht, das ich vor Jahren auswendig gelernt und vor kurzem wieder gelesen hatte: Czesław Miłosz' »Über den Abschied von meiner Frau Janina«. In den letzten zehn Jahren ihres Lebens war Janina offenbar von einer schweren Krankheit ans Bett gefesselt worden, von welcher, wusste ich nicht. Sie starb und wurde eingeäschert. Czesław hatte seine Frau gepflegt, und anschließend, nach ihrem Tod, schrieb er ein schonungsloses, selbstkasteiendes Gedicht, in dem er schilderte, wie ihr Leichnam den Flammen übergeben worden war und welche entsetzlichen Schuldgefühle, welchen Kummer, welches Leid er dabei empfunden hatte – »Ich liebte sie, ohne sie recht gekannt zu haben … Fügte ihr Schmerz zu … Betrog sie …«

Am Ende des Gedichts folgte ein heftiger Ausbruch. Ich hatte eine solche emotionale Äußerung stets für ein probates Mittel gehalten, sich von diesem unerträglichen Gefühl loszusagen, die geliebte Frau enttäuscht zu haben. Er schrie nach dem Feuer, damit es käme, uns alle zu verschlingen. Einst hatte ich gedacht, dies würde eine Art Sinn ergeben, einen metaphorischen Sinn, doch das Fieber hatte mich eines Besseren belehrt. Durch meinen eigenen, lebendigen Leib war ein Feuer getobt und hatte ihn geschwächt und zerschlagen zurückgelassen. Nicht gereinigt, nicht verwandelt, sondern nur noch anfälliger. Die Nähe zum Tod, die ich neulich Nacht verspürt hatte, war der Atemhauch von etwas Freundlichem, Vertrautem, Einladendem gewesen. Jetzt kam es mir so vor, als hätte Janina Miłosz ihre kranke Hülle abgestreift und wäre verschwunden, um Czesław mit seiner Sicht der Dinge allein zu lassen als einen, der vor sich hin sinnierte und seine Fehler endlos breittrat – Fehler, die womöglich aus zehn Jahren unterdrückter Ressentiments resultierten, als er seine verfallende, todkranke, im Sterben liegende Frau hatte pflegen müssen, die einst seine Geliebte und seine Gefährtin gewesen war. All das verstand ich voll und ganz und verspürte Mitgefühl, doch dann tauschte er seine Trauer und seine Schuldgefühle gegen die sehnsuchtsvolle Vorstellung eines strahlenden, alles übersteigenden Opfers aus. Wenn ich mir das Gedicht jetzt vorsagte, fühlte ich bis zum Ende mit ihm. Ich ertappte mich bei dem Wunsch, er hätte seine Frau, allein dadurch, dass er an sie dachte, irgendwie wiedererschaffen, hätte versucht, sie mittels des Gedichts zu erkennen, das er ihr zu Ehren geschrieben hatte.

Jenes hartnäckige Bedürfnis und das Verlangen nach konkreter emotionaler Direktheit war mein eigener Fehler, das wusste ich. Die Jungs, die die großen Sprünge machten – Yeats, Blake, Miłosz –, ich liebte sie alle, doch ich konnte mich ihnen nie anders als auf eine verbale Art verbunden fühlen. Beim Lesen spürte ich, wie sie ins himmlische Licht flogen, ins Märchenland, hinauf in die göttliche Umarmung. Auch meine eigene Familie wusste, wie das ging. Luz glaubte an die Wiederauferstehung, an die Beichte und an die Kommunion. Sie besuchte die Messe in der St.-Cecilia-Kirche nicht jeden Sonntag, doch sie ging immer noch oft genug hin, und sie konnte alldem etwas abgewinnen: dem Weihrauch, den Gebeten, den Oblaten, dem Thunderbird oder Manischewitz oder welcher Wein sich auch immer gerade in der Karaffe befand. Hector hatte von seiner Mutter die Fähigkeit geerbt, voller Begeisterung inmitten der Heiligsten Dreifaltigkeit zu leben und diese Begeisterung in einem exponentiellen Fundamentalismus kulminieren zu lassen. Sein Leben lag komplett jenseits meines geistigen Horizonts, ich hatte keine Vorstellung, was ihn durch seinen Alltag trieb. Karina war mehr wie ich, praktisch und bodenständig, aber sie verfügte über feste ethische und politische Strukturen, und ihr Leben bezog seine Religiosität aus dem Einhalten derselben. Alles, was ich hatte, war die Poesie, und zurzeit ließ mich mein Glaube an feste Strukturen im Stich. Anscheinend konnte ich nicht mehr schreiben. Seit ich nicht mehr bei Zeldah wohnte, machte *Der Astral,* mein episches Gedicht über Verlust und Vertreibung, keine

Fortschritte mehr, und das, obwohl ich an den Ort zurückgekehrt war, der mich einst dazu inspiriert hatte. Wenn überhaupt, steckte ich noch mehr fest als vorher. Noch mal ganz von vorn mit einem neuen Gedichtband zu beginnen, nachdem das andere, fast fertige Buch vernichtet worden war, erforderte eine Charakterstärke, die ich meines Wissens zwar besaß, aber es bereitete mir große Schwierigkeiten, mich auf sie zu besinnen und sie zum Ausdruck zu bringen.

Im Augenblick trauerte ich um meine noch lebende Frau, um ein zerstörtes Notizbuch mit Gedichten, und ich betrauerte die verlorene Fähigkeit des Schreibens an sich. Ich beneidete all diese romantisch veranlagten Typen, die es sich leisten konnten, in mehr oder weniger ekstatischer Erhabenheit zu leben – sei ihre Erhabenheit poetischer, religiöser oder sonstiger Natur. Ich hingegen würde bis zum Ende im Sumpf stecken bleiben, und dann würde ich sterben und mich von allem befreien und entschwinden. Doch bis dahin saß ich hier fest, kratzte mich am Hintern oder dort, wo es mich eben juckte. So war es immer gewesen. Ich war kein Ekstatiker oder Mystiker. Und wenn die Zeit reif war, würde ich herausfinden, wohin das alles führte. Doch bis es so weit war, gab es für mich nur mein Dasein hier. Ich wusste über nichts zu schreiben, außer über die abgeschmackte, brutale Erfahrung des Nichtschreibenkönnens an sich.

Dieser Gemütszustand dauerte an, bis ich die J & B Lumber Sales erreichte, wo er sich sofort in einem wirbelnden Strudel aus dringenden betrieblichen Erfordernissen, flatternden Schläfenlocken und Zetteln mit Zahlen darauf verflüchtigte. Nach meinem spontanen Abstecher ins bis dahin unbekannte Land der Krankheit erschien mir der Holzhandel bei meiner Rückkehr noch seltsamer, noch befremdlicher als zuvor. Diese vielen teigigen, fundamentalistischen Juden, mit ihren Socken aus dem achtzehnten Jahrhundert, ihren wunderlichen Hüten und den von der Hektik beim Trockenbau beschlagenen Brillengläsern … Ich fuhr meinen Computer hoch und erledigte mit gesenktem Kopf meine Arbeit. Es gehe mir viel besser, vielen Dank, sagte ich Yanti. Meine heutige Aufgabe bestand darin, die Schecks für die Lieferanten auszustellen. Da ich der rangniedrigste Angestellte war, wurde die Dateneinpflege zum größten Teil auf mich abgewälzt, aber das machte mir nichts aus. Ich hatte mein Talent für die Tabellenkalkulation entdeckt. Es gefiel mir, Zahlen in Kästchen einzugeben. Die sorgfältige Protokollierung monetärer Daten wirkte beruhigend und interessierte mich.

Was ich nicht mochte, war, wenn ich vom Klingeln des Telefons neben meinem Ellbogen unterbrochen wurde. Der Anruf war nie für mich, und man erwartete von mir, mich mit den Worten »J & B, Kreditorenabteilung« zu melden. Aber ich war doch keine Rezeptionistin. Ich hatte keinerlei »soziale Kompetenz«. Trotzdem musste ich mit zusammengebissenen Zähnen zum Hörer greifen. Heute kam es mir so vor, als würde es noch häufiger klingeln. Während meiner Abwesenheit hatte es eine Panne gegeben, die ein allgemeines Meckern und Murren unserer Zulieferer zur Folge hatte. Man erwartete eine Erklärung von mir und dass ich die Sache wieder in Ordnung brachte. Gerade hatte ich einen unglücklichen Zulieferer beschwichtigt, da beschloss schon der nächste, meine Reserven an Wohlwollen zu strapazieren. Bald war es an der Zeit, dass ich mich um die Gehaltsabrechnungen kümmerte. Ich freute mich auf diese Arbeit, die alle zwei Wochen anstand, so, wie sich der Weihnachtsmann auf Weihnachten freuen musste, wenn es ihn denn gab. Ich liebte es, Gehaltsschecks vorzubereiten, liebte die

Privatheit der maschinell gelochten Stundenzettel. Ich kannte den Stundenlohn jedes einzelnen Mitarbeiters und genoss das verstohlen warme Gefühl in meiner Brust, wenn ich dafür sorgte, dass alle das ausbezahlt bekamen, was sie verdienten. Die Zulieferer hingegen waren eine Sache für sich. Insgeheim verdächtigte ich sie mit kindischem Aberglauben, die Holzhandlung zu prellen, war mir sicher, dass sie uns übervorteilten oder betrogen. Mit ruhiger, stahlharter Effizienz fertigte ich sie am Telefon ab und dachte unterdessen: Du Gauner, du Ganove, du Nichtsnutz, du Halsabschneider, du schamloser Betrüger.

Mittags stellte ich fest, dass ich vergessen hatte, mir etwas zu essen mitzubringen. Das Kranksein hatte mich unversehens aus dem Rhythmus meines Alltags gerissen. Ich verließ den Holzhandel und flog zu Marions Haus wie eine hungrige Brieftaube, die wusste, wo sie Vogelfutter finden konnte. Vor ihrer Treppe stieg ich von meinem Fahrrad ab, kettete es an ein Straßenschild, eilte die Stufen hinauf und drückte die Klingel. Ich freute mich darauf, meine alte Freundin wiederzusehen und eines ihrer immer präsenten Schinken-Käse-Baguettes zu verzehren.

Die Tür öffnete sich, und Marion spähte dahinter hervor. Ich hätte sie fast nicht erkannt. Sie hatte die Augen geschminkt, aber keinen Lippenstift aufgelegt, und sie hatte ihr Haar auf Schulterlänge schneiden und es in seinem früheren, glänzenden Kastanienbraun färben lassen. Ihre Kleidung schmeichelte ihr. Ich betrachtete sie zu flüchtig, um sagen zu können, was genau sie da trug, aber ich hatte den Eindruck, dass sie ein wenig zugenommen hatte und um Jahre jünger wirkte als bei unserer letzten Begegnung. Vor zwei Monaten war sie noch völlig am Boden gewesen, angeschlagen von Ikes Tod, war mir abgemagert und ziemlich daneben vorgekommen. Jetzt hingegen wirkte sie ausgeglichen und roch sogar anders, mehr nach Zitrone irgendwie. Wahrscheinlich ging sie im Moment viel aus. Ihre Aufmachung war so lässig wie die von Frauen, die viele Termine und Verabredungen hatten.

Als sie mich auf der Treppe erblickte, änderte sich ihr Gesichtsausdruck – nur leicht zwar, aber es entging mir trotzdem nicht.

»Marion«, sagte ich. »Hallo, lange nicht gesehen.«

»Stimmt«, erwiderte sie. Sie lächelte weder noch bat sie mich herein.

»Na ja«, fügte ich an. Ihre Reaktion überrumpelte mich. Ich hatte mit einem Sandwich gerechnet, einem Plausch, einer Tasse Kaffee. In all den Jahren, die ich Marion kannte, hatte sie mich noch nie so angesehen. Ich hatte das Gefühl, als würde mich ein unbekannter, kalter Wind umwehen. »Ich wollte nur mal Hallo sagen. Wie geht's dir? Du siehst großartig aus.«

»Ich wollte gerade los«, sagte sie. »Ich bin in der Stadt verabredet.«

Einen Augenblick lang stand ich da und starrte sie an. »Moment mal«, sagte ich schließlich. »Du bist sauer auf mich.«

»Nein, bin ich nicht«, widersprach sie.

»Weil ich mich nicht gemeldet habe.«

Sie erwiderte nichts. Stattdessen sah sie mich nur an, als wäre ich etwas schwer von Begriff. Da standen wir nun. Marion, die aufbrechen wollte und sich keine große Mühe gab, das zu verheimlichen, und ich, der ich mich schuldig fühlte, ohne genau zu wissen, warum. In letzter Zeit passierte mir das irgendwie öfter.

»Oder wegen dieses ganzen Schlamassels mit Luz?«, fragte ich. »Es tut mir wirklich unsäglich leid. Es ist ein einziger Alptraum.«

»Ich muss gehen«, sagte sie. Ihr Körper vibrierte nur

so vor Energie wie ein Flugzeug, das gleich über die Startbahn donnern würde.

»Dann treffen wir uns eben später. Nenn mir eine Zeit.«

Mit schräg gelegtem Kopf blickte sie in den Himmel und schnalzte mit der Zunge. »Bring mich zur U-Bahn, dann können wir unterwegs reden.«

Sie zog die Tür hinter sich zu, sperrte ab und ging dann die Stufen hinunter. Ich ließ mein Fahrrad, wo es war, und passte mich ihrem Schritt an. Eine Weile sprach keiner von uns ein Wort.

»Es tut mir leid«, sagte ich noch mal, nachdem wir fast einen ganzen Block in dieser seltsam angespannten Stille zurückgelegt hatten.

»Warum tut es dir leid, beziehungsweise was?«, fragte diese neue, glamouröse, sinnliche Version von Marion, ohne mich direkt anzusehen.

»Na, ich muss doch irgendwas angestellt haben«, erwiderte ich. »Sonst wärst du ja nicht so sauer auf mich.«

»Nein«, widersprach sie. »Ich bin nicht sauer auf dich. Du hast nichts angestellt. Du bist durch die Hölle gegangen. Gehst immer noch durch die Hölle.«

»Aber ich habe dich eine ganze Zeit lang nicht angerufen«, sagte ich. »Vielleicht hast du gedacht, ich hätte dich im Stich gelassen.«

»Du bist mir nichts schuldig«, antwortete sie. »Mit der Freundschaft ist es so eine Sache: Sie gedeiht nur, wenn der eine die Gesellschaft des anderen genießt, und zwar freiwillig. Ich wiederhole: Du schuldest mir nichts. Und ich meine es ernst.«

»Trotzdem«, beharrte ich. »Ich möchte mich entschuldigen. Es ist mir ein Bedürfnis.«

Wir waren herumdrucksende Kids, die entschlossen und clever um einen Risikoabschlag feilschten, Kids in

Kleidern, die ihnen entweder zu eng oder zu weit waren oder beides, Kids, die ihre undurchschaubaren Geschäfte in Angriff nahmen, Kids, die aneinander vorbeisahen, als wären sie gar nicht da.

»Du hast mir nichts getan«, sagte Marion. »Im Grunde war es sogar eine gewisse Erleichterung, für ein paar Monate keinen Kontakt zu dir zu haben. Ich bin unheimlich traumatisiert von der ganzen Sache mit Luz. Sie hat all unseren gemeinsamen Freunden von unserer angeblichen Affäre erzählt, und kein einziger hat mich gefragt, ob das wirklich stimmt. Keiner. Das ist es also, was sie alle über mich denken. Gut zu wissen.«

Ich betrachtete ihr Gesicht und sagte nichts. Das zugelegte Gewicht – oder was auch immer – hatte ihre Haut geglättet und verlieh ihr ein frisches Aussehen. Ihr Haar umspielte ihre Wangen. Genau so hatte sie vor etwa fünfzehn Jahren ausgesehen. Normalerweise hätte ich ein Facelifting oder irgendeinen anderen Eingriff dahinter vermutet, aber dafür kannte ich Marion zu gut. Sie würde nie auf irgendwelche kostspieligen Tricks zurückgreifen, um jung auszusehen, das konnte sie sich gar nicht leisten. Und sie hatte sich auch nie viele Gedanken übers Älterwerden gemacht.

Natürlich. Sie hatte einen Liebhaber. Das war es. Die Vorstellung brachte mich etwas aus der Fassung. Aber ich durfte keine Eifersucht empfinden. Meine Gefühle für sie waren anderer Art. Ich konnte höchstens darauf eifersüchtig sein, dass sie jemand Neuen gefunden hatte.

Als wir die Grand Street überquerten, wich ich einem Hundehaufen aus. »Ich habe dich ja erst in diese ganze Situation hineinmanövriert«, sagte ich.

Sie lachte. »Harry! Zieh doch endlich dein Büßerhemd aus!«

»Aber es ist mir auf den Leib geschneidert!«

Zum ersten Mal sah sie mich direkt an. »Vielleicht hätte ich die Ansprüche an unsere Freundschaft runterschrauben müssen, als Luz hinzukam. Vielleicht hätte ich zurückhaltender sein sollen. Aber ich dachte eben, sie würde begreifen, dass wir nur Freunde sind. Ich hatte sie für vernünftiger gehalten, aber ich hätte es wissen müssen … Ich habe mich schuldig gefühlt, als wäre ich für alles verantwortlich. Vielleicht hatte meine Schwester recht. Ich habe mich nach eurer Hochzeit einfach so verhalten wie immer.«

»Aber deswegen musst du dich doch nicht schuldig fühlen«, sagte ich. »Ich habe dasselbe getan. Ich habe mein Verhalten dir gegenüber auch nicht geändert, nachdem du mit Ike verheiratet warst. Warum auch? Du und ich, wir sind wie eine Familie.«

»Die letzten Monaten waren sehr hart«, sagte sie. »Ich meine, es ist fast so was wie eine Erleichterung, nicht mit dir zu reden, trotzdem habe ich dich vermisst und mich gefragt, wo du wohl steckst. Aber in den Wochen nach Luz' Ausraster hatte ich nach jedem Gespräch mit dir eine Panikattacke, und es hat Tage gedauert, bis ich mich wieder beruhigt hatte. Ich bin vollkommen paranoid durch die Straßen geirrt und habe erwartet, von all den Menschen, die ich noch vor kurzem für meine Freunde gehalten hatte, ignoriert oder verurteilt zu werden. Und ich hab es auch noch für richtig gehalten! Meine Träume waren düster und verzerrt. Ich fühlte mich wie eine Ausgestoßene, und das wegen einer Anschuldigung, die in keiner Weise der Realität entsprach. Mit dir zu reden hat das alles noch befeuert, obwohl es in gewissem Sinne auch tröstlich war. Ich habe angefangen, sämtliche meiner Taten zu hinterfragen und mich richtig schrecklich zu fühlen.«

»Es tut mir so leid«, sagte ich.

Sie fischte eine Zigarette und ein Feuerzeug aus dem Außenfach ihrer Handtasche, zündete sie an und nahm einen Zug. »Was für ein albernes Melodram. Dabei sind wir nichts als ein Haufen alternder Bohemiens.«

Ich lachte. »Komm, treffen wir uns später«, schlug ich erneut vor. »Auf einen Burger.«

»Um sieben bei Tom«, sagte sie.

An der U-Bahn-Haltestelle verabschiedete ich mich von Marion und machte kehrt. Ich war müde von den Nachwirkungen der Grippe, dem Stress, dem allgemeinen Missmut. An einem Deli hielt ich an und kaufte mir ein Schinken-Käse-Sandwich, das ich im Gehen aß. Die Sonne schien, und die Luft flimmerte, als sei sie aufs Neue lebendig geworden. Ich irrte durch die Gegend, in der ich mehr als drei Jahrzehnte gelebt hatte, und fühlte mich, als befände ich mich in einer Landschaft, an die ich mich nur vage erinnerte, im Bann eines Déjà-vu, in einer Gegend, die Ähnlichkeit mit einem mir bekannten Ort aufwies. Die unheimliche Beinahe-Erinnerung blieb, was sie war, und verweigerte mir die Rückkehr in die Jetztzeit. Ich war mir sicher, dass ich hier schon mal gewesen war.

Kapitel zwölf

Tom's Alehouse war ein bodenständiger, recht dunkler Schuppen mit niedriger Decke an der Bedford Avenue in der Nähe des McCarren Parks. Die Portionen waren großzügig. Als ich dort ankam, saß Marion in einer Zwei-Personen-Nische im Hinterzimmer und hatte bereits ein Pint vor sich stehen. Ich glitt auf die hohe Bank ihr gegenüber und beäugte neidisch ihr Bier.

»Wie war dein Date?«, erkundigte ich mich, während ich mir ihr Glas schnappte und einen großen Schluck nahm. Es tat gut, mit Marion in Tom's Alehouse zu sein. Das hatten wir schon seit Monaten nicht mehr gemacht.

»Was für ein Date?«, fragte sie. »Ich hatte einen Termin bei meinem Seelenklempner.«

Mit einem dumpfen Scheppern stellte ich ihr Glas zurück auf den Tisch. »Bei Helen?«

»Harry!«

Die dunkelhaarige Kellnerin mit dem australischen Akzent tauchte in unserer Nische auf. Ich bat sie um ein Pint und einen Burger. Marion schloss sich meiner Bestellung an.

»Und du gehst auch wirklich nicht zu Helen?«, hakte ich nach. »Ganz bestimmt nicht?«

»Hältst du mich für total bescheuert? Glaubst du, ich habe den Verstand verloren? Nie und nimmer. Ich gehe nicht zu Helen. Als Ike während unserer schwierigen Phase bei ihr in Behandlung war, wollte sie, dass ich ihn zu ein paar Sitzungen begleite. Nicht zur Paarberatung, wohlgemerkt. Nur damit sie ein paar Dinge richtigstellen konnte, die ich ihrer Ansicht nach nicht verstand. Sie verfolgte eindeutig ihre eigenen Ziele. Natürlich bin ich nicht hingegangen.«

»Ich weiß«, erwiderte ich. »Apropos, Luz geht einmal wöchentlich zu ihr.«

Gerade als wir Marions Pint gemeinsam geleert hatten, kam Nachschub. Marion nahm das Glas in die Hand, starrte auf den Schaum und stellte es wieder ab.

»Dann ist Luz also tatsächlich bei Helen in Behandlung«, sagte sie mit trauriger Resignation in der Stimme.

»Schätze ja«, bestätigte ich. »Und ich bin in den Astral zurückgekehrt.«

»Was?« Sie wirkte schockiert. »Dann seid ihr also wieder zusammen?«

»Ich wohne in einem erbärmlich kleinen Ein-Zimmer-Apartment im ersten Stock. Und sie spricht kein Wort mit mir. Nein, wir sind nicht wieder zusammen. Doch ich denke, ich zeige ihr damit etwas, was sie wissen sollte.«

»Harry! Hast du den Verstand verloren? Warum bist du zurückgegangen?«

»Weil ich aus der vorigen Wohnung rausgeschmissen wurde.« Ich erzählte ihr von Zeldah, Camille und den Vergehen, die sie mir möglicherweise unterstellt hatte.

»Oh, das ist wirklich schade«, sagte sie. »So viele Menschen, die so eine Angst vor den Wünschen und Begierden anderer haben. Im Nachhinein glaube ich, dass ich Ike verlassen wollte, bevor ich meine Affäre mit James begonnen habe. Aber wahrscheinlich wusste ich es nicht, oder ich habe es einfach nicht übers Herz gebracht. Also habe ich zu viel getrunken und mit allen geflirtet. Ich glaube, ich habe meine Frustrationen nach außen getragen, um mir das alles nicht eingestehen zu müssen. Deshalb habe ich mit James geschlafen, der genauso einsam und unglücklich war wie ich. Wir haben gut zusammengepasst und sind sofort füreinander entflammt. Im Rückblick war die Affäre nur folgerichtig. Dumm vielleicht, aber unvermeidbar. Ike war absolut rational und vernünftig, was das Ganze anbelangt, und dafür habe ich ihn nur noch mehr geliebt und respektiert. Lisa dagegen hat wie eine Harpyie gekreischt.«

»Sie hat James ohne weiteres vergeben«, bemerkte ich. »Das eigentliche Problem warst du.«

Marion warf mir einen ungehaltenen Blick zu. »Die Sache ist die: Wenn jemand aus einer Ehe ausbrechen will, muss er mitunter einen Riesenaufstand veranstalten, sich destruktiv verhalten, quasi Amok laufen und sich einen Notausgang verschaffen. Das kann niemand nachvollziehen, der so was nicht selbst schon mal mitgemacht hat. Übrigens habe ich mich heute mit meinem absolut seriösen Therapeuten über Luz unterhalten und darüber, warum sie dich rausgeworfen hat.«

»Sie hat weder zu viel getrunken noch mit irgendjemandem geflirtet.«

»Ganz und gar nicht«, bestätigte Marion. »Wo ich explodiert bin, ist sie implodiert. Auf lange Sicht richtet eine Implosion weniger Schaden an, allerdings lässt sich nicht genau feststellen, wann sie vonstattengegangen ist. Im Prinzip ist sie also vielleicht doch gefährlicher. Es ist, als wäre tief in deiner Frau ein versteckter Tumor gewachsen, wohingegen bei mir alles deutlich sichtbar war wie eine heftige allergische Hautreaktion. Und eine Allergie ist auf die Dauer weniger schädlich und vor allem nicht tödlich, wenn auch zunächst unansehnlicher.«

»Sie wartet erst mal ab«, sagte ich.

»Und fällt Urteile und zieht ihre Schlüsse«, fügte Marion hinzu. »Und beschuldigt dich irgendwelcher frei erfundener Verbrechen.«

»Genau.« Ich lachte. »In meiner Ehe habe ich ständig vor Gericht gestanden und war immer schuldig, obwohl ich selbst nicht so genau wusste, warum. Vor einem Gerichtshof wie in einem Kafka-Roman.«

»Ich habe Luz nie gemocht«, sagte Marion. »Das habe ich bislang noch niemandem eingestanden, aber nach alldem, was passiert ist, kann ich es endlich zugeben. Ich habe sie nie gemocht. Das auszusprechen ist schrecklich, es klingt so versnobt und hochmütig, aber um ehrlich zu sein, hatte ich nie das Gefühl, dass sie dir oder mir ebenbürtig ist. Nicht dass sie nicht schlau wäre, das ist sie, aber sie hat nun mal absolut nichts Phantasievolles oder Interessantes. Vielleicht weil ihr die Fähigkeit fehlt, sich zu freuen oder aus sich rauszugehen. Wirklich, das ist nicht versnobt gemeint. Ich mag sie einfach nicht, reines Bauchgefühl. Ich habe sie immer für ein eiskaltes Miststück gehalten und – was am schlimmsten ist – für nicht vertrauenswürdig.«

»Luz?«, fragte ich verblüfft.

»Mal ganz abgesehen davon, dass sie deine Gespräche belauscht und deine Arbeit und unsere Korrespondenz gelesen hat«, sagte Marion.

»In der Liebe und im Krieg sind alle Mittel erlaubt«, hielt ich dagegen. »Sie dachte, ich würde sie betrügen.«

»Das sehe ich anders!«, entgegnete Marion. »Niemand hat das Recht, einen anderen Menschen auszuspionieren. Niemand. Egal, um was es gegangen wäre, ich hätte Ike auf keinen Fall hinterhergeschnüffelt. Vielleicht war ich zu stolz dazu oder hatte zu viel Respekt vor ihm, vor mir selbst und vor unserer Ehe. Ich hätte ihn direkt gefragt. Nein, bei Luz geht es um mehr. Und ich traue einfach niemandem, der nach außen hin eine derart irreführende, sorgfältig kontrollierte Fassade aufrechterhält und dabei innerlich brodelt wie ein Vulkan. Der über keinerlei Selbstkenntnis verfügt und die eigene Blindheit stattdessen mit absurden Verdächtigungen und Theorien kompensiert. Eigentlich sollte ich Mitleid mit ihr haben, aber ich kann sie nicht ausstehen, und sie mich übrigens auch nicht. Das ist nicht witzig. Mir zumindest macht es keinen Spaß, jemanden zu hassen, vor allem nicht, wenn ich das Gefühl habe, dass es mir aufgezwungen wurde. Rede ich wirres Zeug?«

»Ja, tust du«, antwortete ich. »Ich liebe Luz. Sie ist meine Frau. Du hast mit vielem recht, aber dir entgeht dabei, wie verwundbar sie ist und dass all diese Dinge nur aus Selbstschutz resultieren. Als sie klein war, ist sie zutiefst von ihrem Vater verletzt worden, und dann noch mal von mir, als ich mit Samantha geschlafen habe.«

»Luz und Lisa«, sagte Marion, als liste sie eine allgemein bekannte Ungezieferart auf, »streben nach Macht, die sie eigentlich nicht haben. Sie terrorisieren ihre Ehemänner und verunglimpfen andere Frauen als bösartige Beutegreifer. Sich selbst stellen sie als unschuldige Opfer ihrer rückgratlosen Ehemänner und irgendeiner Femme fatale hin.«

»Rückgratlos.« Ich musste lächeln. Egal, worüber sie sich ausließ, Marions hitzköpfige Tiraden amüsierten mich. Ich hatte ihre Sticheleien nie wirklich beachtet, obwohl sie doch zumindest immer halb recht hatte. »Danke auch.«

»Neulich bin ich Lisa auf der Straße begegnet«, fuhr Marion fort. »Nach all den Jahren stiert sie mich immer noch mit großen Augen und einem tragisch verzerrten Mondgesicht an, als hätte ich ihr Schoßhündchen umgebracht oder ihr Neugeborenes im Schlaf stranguliert. Was habe ich denn schon getan? Ich habe mit ihrem bedauernswerten, sexuell ausgehungerten Ehemann geschlafen und ihn dann, ohne ein weiteres Wort darüber zu verlieren, zu ihr zurückgeschickt. Und sie hatte währenddessen selbst eine Affäre. Wie um alles in der Welt kann sie nur so scheinheilig sein?«

»Ich nehme an, die meisten Leute haben ihre Ehepartner lieber für sich, Marion«, sagte ich. »Lass mich doch mal kurz den Advocatus Diaboli spielen: Die meisten Menschen sind verletzt, wenn sich jemand ihren Partner für sexuelle Zwecke ausleiht. Und es ist nur allzu menschlich, dass man auf Rache sinnt, wenn man betrogen wurde, und es allen erzählen will – hab ich recht?«

»Rache, gezielte Bestrafung, das ist doch alles ein totales Psychodrama«, sagte Marion.

»Aber ich würde behaupten, es sind menschliche Emotionen«, wandte ich ein, wohl wissend, dass ich sie damit nur anstacheln würde.

»Wenn jemand eine Affäre hat«, schoss Marion zurück, »ist die Ehe entweder vorbei und die entsprechende Person will ausbrechen, oder es gibt ein größeres Problem, das angesprochen werden muss. So oder so, es geht nur die drei oder vier Leute etwas an, die unmittelbar beteiligt sind. Niemanden sonst. Lisa hat Ike beschämt, indem sie allen davon erzählt hat. Er war derjenige, den sie in Wirklichkeit bestraft hat. Wenn sie nichts gesagt hätte, hätte jeder für sich weitermachen können.«

»Was hättest du gemacht, wenn Ike eine Affäre gehabt hätte?«, fragte ich.

»Ich wäre natürlich zutiefst verletzt und traurig gewesen. Ich liebte ihn. Womöglich wäre mir bei dem Gedanken, dass er eine andere liebt, sogar das Herz gebrochen. Aber ich hätte es verstanden oder es zumindest versucht. Ich hätte mir überlegt, welche Rolle ich selbst dabei gespielt habe. So macht man das, wenn man jemanden mag. Man trommelt sich nicht gegen die Brust, man zerreißt nicht seine Sachen, man wirft nicht mit wilden Anschuldigungen um sich und man schreit auch nicht nach Rache. Die Frau, mit der er sich eingelassen hätte, wäre irrelevant, egal ob ich sie kennen würde oder nicht. Die andere Frau ist immer irrelevant. Die Bemerkung, ich sei rücksichtslos, ist so verdammt kindisch. Ich bin doch nicht der große böse Wolf aus dem Märchen. Lächerlich. Wenn ich der Wolf bin, dann ist Lisa ein rothaariger Troll.«

»Augenblick«, unterbrach ich sie. »Ist ›rothaarig‹ abschätzig gemeint?«

»Deine Haare sind weiß.«

»Das waren sie aber nicht immer«, wandte ich ein. »Außerdem tendiere ich dazu, mich über die Bezeichnung ›rückgratloser Ehemann‹ zu ärgern. Was auch immer du denken magst – ich bin bewusst und mit den besten Absichten in den Astral zurückgezogen. Aus freien Stücken. Und egal, wie verrückt Luz sein mag, ich habe beschlossen, es mit ihr aufzunehmen. Ich will versuchen, sie zu überzeugen, mich wieder in unser Apartment einziehen zu lassen. Hier geht es nicht um Passivität oder Resignation, Marion, sondern darum, was ich mir wünsche. Es scheint mir die einzig mögliche Vorgehensweise.«

»Dann wünsche ich dir viel Glück«, sagte sie mit ironischer Skepsis.

»Das kann ich brauchen«, erwiderte ich.

Unsere Hamburger kamen, und wir widmeten uns ihnen mit Hingabe.

Beim Essen fiel mir ein heißer, herrlicher früher Samstagabend im vergangenen Juli ein. Marion hatte uns zum Dinner in ihren Garten eingeladen. Sie und Luz hatten sich seit fast zwei Monaten nicht gesehen. Den Weg vom Astral zur South Side legten meine Frau und ich überwiegend schweigend zurück. Ich hatte das Gefühl, als würde sie mir etwas vorwerfen, etwas, von dem ich gar nicht wusste, dass ich es getan hatte. Ob es nun gerechtfertigt war oder nicht – meine spontane Reaktion war Unmut. Also machte ich zu. Bestimmt hatte sie mein Schweigen in der Vermutung bestärkt, dass ich mir nichts aus ihr machte, dass ich nichts weiter war als ein selbstsüchtiger Rüpel, der sie für selbstverständlich nahm und deswegen ignorierte.

Als wir bei Marion ankamen, ließ ich Luz vor mir die Treppe hinaufsteigen und folgte ihr. Luz läutete und blickte von oben auf die Straße. Die Härte in ihrem Gesicht, das so bestimmt wirkte, so versteinert und unversöhnlich, machte mich zornig. Ich war davon überzeugt, dass ich mir nichts hatte zuschulden kommen lassen. Ich fühlte mich überlastet und rechtschaffen wütend.

Marion ging an die Tür. Sie sah blass aus und dünn und begrüßte uns mit einem »Hallo!«.

»Hallo«, erwiderte Luz mit kühler Höflichkeit.

Marion war eine alte, enge Freundin der Familie, die gerade eben Witwe geworden war. Sollte das alles sein, was meine Frau zu ihr sagte?

Wie zum Ausgleich umarmte ich Marion mit all der Zuneigung, die Luz ihr schuldig geblieben war. »Marion, hallo«, sagte ich mit genau der Wärme, die ich empfand. »Du siehst gut aus.«

»Ich sehe halb tot aus«, entgegnete sie. »Kommt rein, ihr zwei, schön, euch zu sehen! Vor allem dich, Luz! Es ist schon so lange her, ich habe dich vermisst.«

Wir saßen auf Marions Terrasse und tranken Wein, während sie an ihrem Gasgrill hantierte.

»Sonst hat Ike immer gegrillt«, sagte sie. »Dafür war

er zuständig, mich hat er da nie drangelassen. Diesen Sommer habe ich es auf mich genommen, das verdammte Ding zu bedienen – halb als Hommage an ihn, halb aus einer Art Hinterbliebenentrotz heraus. Es ist schon erstaunlich, wie Kummer Kümmernissen zu Leibe rücken kann.«

Ich lachte, Luz nicht. Ich konnte spüren, wie sie sich zügelte, um den armen toten Ike nicht zu verteidigen.

»Wie läuft's in der Arbeit, Luz?«, fragte Marion mit selbstvergessener Heiterkeit.

»Viel Ärger«, antwortete Luz. »Und damit meine ich nicht die Patienten. Wir haben den Verdacht, dass ein Arzt Dilaudid klaut, weil er davon abhängig ist. Wir müssen ihn anzeigen. Und dann hat einer der Krankenpfleger neulich Nacht versucht, sich das Leben zu nehmen, und ist von seiner Frau in die Notaufnahme gebracht worden. Eine Freundin von mir hatte Dienst. Sie sagt, er sei komplett neben der Spur gewesen und habe sie gar nicht erkannt. Sie haben ihm den Magen ausgepumpt und ihn in die Psychiatrie eingewiesen, wo er jetzt unter Beobachtung steht.«

»Guter Gott«, sagte Marion. »Das ist ja schrecklich.«

»Grauenhaft«, bestätigte Luz. »Es frustriert mich, wenn etwas nicht so läuft, wie ich es mir vorstelle. Ich will es dann in Ordnung bringen, und wenn es mir nicht gelingt, ist das für mich belastender als alles andere.«

»Ich weiß«, erwiderte Marion. »Du hasst es, wenn du etwas nicht kontrollieren kannst.«

»Und es ist nicht nur das«, fuhr Luz fort. »Es gibt noch andere willkürliche Dinge, die zu noch mehr Stress in einem ohnehin schon stressigen Job führen. Ich frage mich, was da los ist.«

»Ein rückläufiger Merkur?«, bemerkte Marion grinsend.

Luz antwortete nicht. Sie hielt die Astrologie für heidnischen Aberglauben, Marion dagegen für lustigen, ironischen Quatsch. Es gab nichts, was ich hätte sagen können, um die Situation aufzulockern. Gut, ich hätte ihnen das Ausmaß ihres Missverständnisses deutlich machen können, aber dazu hatte ich keine Lust.

Ich stand auf, entschuldigte mich und ging ins Badezimmer, wo ich mein Geschäft verrichtete. Während der Spülkasten volllief, lungerte ich auf der Schüssel herum, unwillig, wieder hinauszugehen, obwohl ich selbst nicht recht wusste, warum. Als der Kasten voll war und aufhörte zu rauschen, vernahm ich von draußen Stimmen. Das offene Badezimmerfenster ging auf den Garten hinaus.

»Wirklich, Luz«, sagte Marion. »Ich hatte keine Ahnung. Es ist so lange her, ich dachte, alles wäre in Ordnung.«

»Ich bin nie richtig darüber hinweggekommen«, sagte Luz. »Und ich bin noch genauso wütend wie damals. Manchmal frage ich mich, was ich eigentlich noch von Harry will.«

»Wirklich?« Marion klang überrascht. »Aber ihr zwei seid doch ...«

»Vielleicht«, schlug Luz vor, »können wir bei einem gemeinsamen Mittagessen darüber reden.«

»Ja, vielleicht«, wiederholte Marion ohne große Überzeugung.

An jenem Abend war ich überrascht, dass Luz sich an Marion wandte, an meine älteste und engste Freundin, die selbst eine Affäre gehabt hatte. Ausgerechnet mit ihr wollte sie über ihren anhaltenden Groll wegen meines Fehltritts reden. Jetzt, da ich wusste, dass sie schon damals dachte, Marion und ich hätten etwas miteinander, konnte ich mir nur vorstellen, dass sie sich zwischen uns und unsere angebliche Affäre drängen und die Kontrolle an sich reißen wollte. Ihr obsessiver Neid auf meine beste Freundin musste sie dazu verleitet haben. Wenn ich die Augen zusammenkniff und das Ganze aus einem anderen Blickwinkel betrachtete, konnte ich es sogar nachvollziehen.

Doch damals ahnte ich nichts von alldem. Als ich wieder hinausging, lag der Lachs auf einem Teller, und der Grill war aus. Wir setzten uns an den Terrassentisch und nahmen uns von dem gegrillten Fisch, reichten Schüsseln mit kalten Salaten herum und Teller mit gegrillten Paprika und Champignonköpfen. Wir öffneten eine dritte Flasche Wein. Alles versank in fast angenehmer Verschwommenheit. Der Abend war warm, das Essen gut, und wir gingen vertraut miteinander um, ganz gleich, was sich unter der Oberfläche abspielte. Auf die mir eigene konfliktscheue Art beschloss ich, davon auszugehen, dass alles in Ordnung war. Luz hatte mich zwar vor Marion runtergemacht, aber das tat sie vor ihren Schwestern die ganze Zeit. Hinter diesem Rauch steckte kein Feuer. Frauen verbündeten sich gerne, wenn es darum ging, sich über ihre Ehemänner zu beschweren. Wir waren nicht perfekt, es gab vieles, worüber sie sich beklagen konnten. Sei's drum. Ich ließ es dabei bewenden und streckte meine Beine unter dem Tisch aus.

Die Nachtluft schien sich bei der Straßenbeleuchtung angesteckt zu haben und war von gelbnebligem Licht durchtränkt. Es roch nach dem flüssigen Grillanzünder aus den umliegenden Gärten, nach nasser Erde und Rasen. Marions Garten steuerte noch gegrillten Fisch bei. Die Luft selbst hatte Umfang und Tiefe bekommen. Ich begann, in Gedanken an meinem neuesten Sonettkranz zu basteln, während ich das schwefelgelbe Lichtspiel auf den Gesichtern der beiden Frauen sah, die ich am meisten liebte. Marions blasses, knochiges Gesicht mit den zarten Fältchen, ihre lange Adlernase, die tief liegenden Augen mit den leicht zerklüfteten markanten Brauen und Luz' olivfarbenes Gesicht, gesprenkelt mit kleinen, samtigen Muttermalen, ihre stumpfe, rundliche Nase und die schwarzen Augen unter den glatten, geschwungenen Brauen. Die beiden waren grundverschieden. Und genau das gefiel mir.

Dennoch verfasste ich über keine von ihnen ein Gedicht – alles war frei erfunden. Wie die anderen Frauen, über die ich angeblich geschrieben hatte, existierte auch diese neue Figur nirgendwo anders als in meiner Phantasie. Ich kämpfte gerade mit dem abschließenden Couplet, das folgendermaßen lautete: »Und so hat dein Leib nicht eines, sondern zwei Leben: / Das deiner Vergangenheit, und das, was meine Liebe dir kann geben.« Ich wusste, dass es schlecht war. Es war beschämend infantil, doch ich vermochte nicht anders auszudrücken, was ich über die imaginäre sexuelle Liebe des lyrischen Ichs zu seiner Geliebten mittleren Alters sagen wollte. Ich beschrieb dieses Ich nach meinem Vorbild als lang verheirateten Mann, wenngleich es natürlich frei erfunden war. Die Liebschaft der beiden stellte ich mir als seit langem bestehend, verstohlen und voller Dringlichkeit vor. Die Frau schien sich zu entlieben, und er schrieb das Gedicht, um sie wieder für sich zu gewinnen, sie davon zu überzeugen, dass mehr Schaden als Gutes aus einem Ende ihrer Affäre erwachsen würde. Zudem sei sie an ihn gebunden, weil er sie so sehr liebte. Im Grunde war es nichts als eine profane, erotische Ode an einen alternden, geliebten Körper.

Als Luz ins Haus ging, um die Toilette aufzusuchen, wusste ich, dass sie alles hören würde, was Marion und ich sagten, woraus sie unweigerlich schließen würde, dass auch ich ihr Gespräch mit Marion mitbekommen hatte. Das konnte mir auf dem Heimweg von Nutzen sein. Ich hatte vor, ihr zu erzählen, was ich gehört hatte, und dann würde sie zugeben müssen, dass meine Affäre ihr immer noch zu schaffen machte. Daraufhin könnte ich ihr versichern, dass die Sache vorbei war, und alles wäre gut.

»Harry«, sagte Marion, als Luz ins Haus gegangen war. »Ist bei euch alles in Ordnung?«

»Ich weiß es nicht«, sagte ich. »Warum fragst du?«

»Weil ich den Eindruck habe, dass Luz ziemlich von der Rolle ist. Es könnte an ihrem Ärger in der Arbeit liegen, aber ich dachte, ich frage besser mal nach. Es geht mich zwar nichts an, aber ich mache mir Sorgen.«

Ich konnte mir genau vorstellen, wie Luz im Haus auf der Toilette saß und unsere Unterhaltung belauschte.

»Sie spricht kaum noch mit mir, wenn es das ist, was du meinst«, sagte ich.

»Ja, das meinte ich auch.«

»Sie wird es schon überstehen«, sagte ich. »Wenn sie mir nicht sagt, wo das Problem liegt, kann ich nichts für sie tun. Also warte ich ab.«

»Vielleicht solltest du lieber aktiv werden«, entgegnete Marion.

Ich war zu angeheitert, zu benebelt vom Wein und zu träge vom Essen, um mir Sorgen zu machen. Vielmehr amüsierte ich mich. Woher wollte Marion wissen, was in Luz vorging, wo sie sich doch nie sahen? Ich war jeden Tag mit Luz zusammen. Ich würde schon merken, wenn es ein Problem gab. »Marion, sie benimmt sich nicht anders als in den letzten dreißig Jahren auch. Sie wird sich schon wieder einkriegen, das war immer so. Ich denke, du projizierst da was auf sie.«

»Vielleicht«, sagte Marion. »Vielleicht auch nicht. Ich

würde ja nichts sagen, aber du bist mein bester Freund, Harry.«

»Ich weiß«, erwiderte ich. »Und gute Freunde sagen sich die Wahrheit. Du bist mir nicht zu nahe getreten, im Gegenteil.«

»Gut«, erwiderte Marion. »Denn ich wollte noch sagen, dass …«

In diesem Augenblick kam Luz auf die Terrasse zurück, setzte sich auf ihren Stuhl und nahm einen Schluck Wein. »Entschuldigung«, sagte sie in das abrupte Schweigen hinein. »Habe ich euer Gespräch unterbrochen?«

»Ganz und gar nicht«, antwortete ich. »Marion macht sich Sorgen um uns. Sie fürchtet, dass du diesmal wirklich wütend auf mich bist.«

»Diesmal«, wiederholte Luz. »Diesmal?«

Marion stand auf und begann, die Teller abzuräumen. »Das Ganze geht mich natürlich überhaupt nichts an. Wartet, ich hole den Nachtisch.« Sie ging ins Haus.

»Ich habe eure Unterhaltung mit angehört«, sagte Luz.

»Ich auch«, erwiderte ich. »Jedes einzelne Wort.«

»Oh«, sagte sie. »Dann wusstest du also, dass ich dich hören konnte!«

Sie lachte. Der Klang ihres Lachens, so selten und erfrischend, löste eine warme Detonation in meinem Innern aus.

»Ich kann nicht glauben, dass du das nicht kapiert hast«, antwortete ich.

Sie lachte wieder und schien entschlossen, das Kriegsbeil zu begraben. Und so schrammten wir wieder mal knapp am Ausbruch einer Krise vorbei. Für den Rest des Abends – während des Desserts und des anschließenden Absackers – schienen wir Freunde zu sein, meine Frau und ich. Auch Marion gegenüber wirkte sie herzlicher. Irgendein Gesprächsfetzen, den sie auf der Toilette gehört hatte, schien ihren Sinneswandel bewirkt zu haben, aber ich hatte keinen blassen Schimmer, welcher.

Auf dem Heimweg fragte ich sie: »Warum hast du nicht mit mir geredet? Was habe ich getan?«

»Vergiss es«, sagte sie gähnend. »Ich bin zu müde, lass uns einfach nach Hause gehen.«

»Und ins Bett«, sagte ich. Ich hätte es nicht dabei bewenden lassen sollen. Wir legten zwei Blocks zurück, und anstatt meine Frau aus der Reserve zu locken, anstatt mich ihrer schweigenden Ächtung meiner Person zu verweigern, dachte ich über das verfluchte Schlusscouplet nach. Das alte hatte ich während des Essens verworfen, und plötzlich hatte ich einen Geistesblitz: Er hatte ihr nichts zu bieten außer seinem Körper und ihrer langen gemeinsamen Geschichte, nichts außer noch mehr heimlichem Sex. Doch wenn das nicht genügte, würde ein Teil von ihm sterben.

»Harry«, sagte Luz so kurz angebunden, wie sie immer war, wenn sie sich vernachlässigt fühlte. »Woran denkst du?«

»An das Gedicht, an dem ich arbeite.«

»Wann darf ich dein neues Buch lesen?«

»Wenn es fertig ist«, antwortete ich.

»Aha«, sagte sie. »Wovon handeln die Gedichte denn?«

»Es sind dramatische Monologe«, erklärte ich. »Männer wenden sich an ihre Geliebten. Alles frei erfunden.«

»Aha«, sagte sie wieder, doch ich wusste, dass sie nicht wirklich zuhörte.

Es hatte mir seit jeher widerstrebt, mit meiner Frau über meine derzeitige Arbeit zu sprechen, und so versäumte ich es auch damals, das rein Fiktive der Frauengestalten aus meinen Gedichten nochmals zu betonen. Dies war das erste und einzige Mal gewesen, dass ich mit ihr darüber gesprochen hatte. Als sie das Werk Monate später ohne mein Wissen öffnete und las, zog sie prompt die falschen Schlüsse. Vielleicht war das verständlich, vielleicht aber auch nicht. Als wir das nächste Mal darüber sprachen, war mein Sonettenkranz an meine fiktionalen Frauen längst zerstört, und Luz hatte meinen Computer aus dem Fenster auf den Gehsteig fünf Stockwerke tiefer geworfen. Sie warf mir vor, eine Affäre mit Marion zu haben, und verlangte, dass ich auszog.

Zu dem Zeitpunkt war es zu spät, ihr zu erklären, was ich ihr an jenem Abend hätte erklären müssen, einfach und direkt. Wenn ich es getan hätte, hätte sich womöglich alles anders entwickelt. Doch das würde ich nie erfahren.

»Erinnerst du dich an jenen Abend letzten Sommer?«, fragte ich Marion jetzt, die gerade eine Fritte durch eine Ketchup-Pfütze zog. »Als Luz und ich zu dir zum Grillen gekommen sind? Ich bin ins Bad gegangen, und Luz hat dich gebeten, mit ihr zum Mittagessen zu gehen. Ich habe euch gehört. Sie wollte mit dir über unsere Probleme reden. Sie sagte etwas in der Art: ›Manchmal frage ich mich, was ich eigentlich noch von Harry will.‹«

»Daran erinnere ich mich nur allzu gut«, erwiderte Marion. »Ich habe versucht, dich zu warnen, dass mit ihr irgendetwas nicht stimmt.«

»Seid ihr je zusammen zum Mittagessen gegangen?«

»Nein«, antwortete Marion. »In der Woche drauf hat sie angerufen, und ich habe gesagt, dass ich beschäftigt bin und keine Zeit habe. Es kam mir einfach nicht loyal dir gegenüber vor. So eng war ich ja nie mit Luz befreundet. Ich verstand nicht, warum sie das plötzlich wollte. Und um ehrlich zu sein: Ich hatte kein Interesse.«

»Warum, denkst du, hat sie dich darum gebeten?«

»Warum? Das liegt doch auf der Hand. Sie wollte mit mir über eure Ehe sprechen, damit ich irgendwann versehentlich verrate, dass wir zwei was miteinander haben.«

»Ich hätte ihr mehr Aufmerksamkeit schenken sollen«, sagte ich. »Ich hätte mich darum bemühen sollen, ihr alles zu erklären. Ich war nicht gerade die entgegenkommendste Person!«

»Harry, hör doch auf damit. Im Ernst. Alles, was du gesagt hättest, wäre ohnehin nur gegen dich verwendet worden. Vielleicht hat es gar nichts mit dem zu tun, was du getan hast. Vielleicht weiß sie einfach, dass du sie nicht mehr liebst, und ist deswegen durchgedreht. Sie hat sich dieses ganze Melodram nur ausgedacht, um dich fertigmachen zu können. Anstatt den direkten Weg zu gehen, musste sie ein Riesenchaos anrichten.«

»Aber ich liebe Luz noch immer«, widersprach ich.

»Das weiß ich.«

Marion erwiderte nichts. Stattdessen warf sie mir einen Blick zu, den ich nur zu gut kannte – eine klugscheißerische Mischung aus Mitgefühl, Herablassung und ironischem Amüsement.

»Ich muss gerade an eines meiner verlorenen Sonette denken«, sagte ich. »Es ist mir beim Essen eingefallen.«

»Lass hören«, forderte sie mich auf, »jetzt gleich. Ich werde es aufschreiben, dann kannst du's nicht mehr vergessen.«

»Das kann nicht schaden«, antwortete ich.

»Stimmt«, sagte sie, zog einen Stift aus ihrer Tasche und legte sich eine unbenutzte Serviette wie ein Blatt Papier zurecht. »Schieß los, Harry.«

Mit selbstbewusster Ungeduld trug ich das Werk vor, während Marion eifrig mitschrieb.

Die schneller fliegenden Jahre kommen spät auf dich zu
Und bringen dein üppig gereiftes Fleisch zur Vernunft.
So sind Verlockungen und das Tabu von einst,
Nun nicht mehr für dich
Als eine Liebelei ohne Zukunft.
Unter jedem Baum mit fallenden Früchten,
In jedem Paradies,
Von Grenzen ummauert,
Wurzelt das Verlangen,
Dürstend und lauernd,
Und drängt sich in unser
Vertrautes Leben.
Es ist wahr: Wir sind verblüht und welk
Und gezeichnet von der Zeit.
Allein die Liebe ahnt das Ewige,
Das uns der gestirnte Himmel sagt.
Das andere ist das Alltägliche.
Dir, Geliebte, will ich geben,
So viel ich irgend kann,
Kehr zurück in unser altes Bett
Und lass mich leben.

»Du lieber Gott«, sagte Marion, als sie den letzten Vers notiert hatte, »kein Wunder, dass sie dich rausgeworfen hat! ›Kehr zurück in unser altes Bett und lass mich leben‹, also wirklich!«

»Ich weiß«, erwiderte ich. »Es ist verdammt verfänglich, wenn man nicht weiß, dass die Frau nicht real ist.«

»Wenn sie glaubt, dass du das an mich geschrieben hast, muss sie ja von einer Affäre zwischen uns ausgehen!« Marion blickte auf ihre vollgekritzelte Serviette.

»Aber es gefällt mir«, sagte sie. »Es ist gut. Ich mag die ›fallenden Früchte‹ und das verkehrte Paradies-Thema.«

»Das ist ulkig«, sagte ich. »Ich verwende das Bild in meinem neuen Werk, das ich gerade schreibe. Der Garten Eden ist der Astral. Luz ist Eva, und der Apfel ist der Sonettenkranz.«

»Und wer ist die Schlange?«, fragte Marion mit einem Augenzwinkern. »Ich?«

Ich lachte. »Aber nein! Die Schlange ist rein metaphorisch. Die Schlange steht für Luz' Unsicherheit und Angst. Die Schlange ist das obsessive Misstrauen, das sie dazu gebracht hat, uns nachzuspionieren, das sie in Versuchung geführt hat, unerlaubt mein Buch zu lesen.«

»Und zu vernichten«, fügte Marion hinzu. »Verdammt, das ist wirklich ärgerlich. Kannst du dich an die anderen Sonette erinnern? Könntest du dein Werk rekonstruieren?«

»Nein«, antwortete ich. »Kann ich nicht. Das Buch ist unwiederbringlich verloren.«

Die Kellnerin räumte unsere leeren Teller ab und nahm die Bestellung für eine weitere Runde entgegen. Ein alter, rührseliger Western-Song nach dem anderen dudelte aus der Jukebox und untermalte unser Gespräch wie eine herzerweichende, tränenreiche Filmmusik. Zuerst hatte ich gar nicht darauf geachtet, doch als plötzlich ein alter Punk-Song gespielt wurde, die Ramones in Bestform, horchte ich auf und richtete mich auf der harten Holzbank auf.

»Warst du wirklich in James verliebt?«, fragte ich.

Marion legte den Kopf schräg. »Ja, ungefähr zwei Wochen lang. Meine Ehe ging gerade durch eine seltsame, finstere, schreckliche Phase. Warum fragst du?«

»Hm. James«, sagte ich. »Ich weiß nicht. Ich hätte nicht gedacht, dass er dein Typ ist.«

Sie blickte mich durchdringend an. »Warum nicht?«

»Weil ich's einfach nicht gedacht hätte.«

»Ich wüsste nicht, warum ich einen bestimmten Typ haben sollte. Was ist los, Harry, bist du eifersüchtig?«

Eine kokette Frage, aus heiterem Himmel. Wie ein Pfeil kam sie aus der Dunkelheit auf mich zugeschossen und durchbohrte den uralten Stoff unserer Freundschaft. Sie bestürzte mich. »Eifersüchtig auf wen?«, hakte ich nach. »Ich erhebe keine Besitzansprüche auf James. Ich bin durchaus in der Lage, ihn zu teilen.«

Sie wandte den Blick nicht von mir ab, und sie lachte auch nicht. »Komm schon, lass es uns aussprechen«, sagte sie stattdessen. »Nur ein einziges Mal, und dann gehen wir hier raus und reden nie wieder darüber, denken nicht mal dran. Lass uns reinen Tisch machen. Das brauchen wir nach all diesem Unsinn, Harry. Okay, Luz führt sich verrückt auf. Wir haben ihr Vertrauen nie missbraucht. Aber ich glaube, sie hat genau gemerkt, dass da immer etwas war. Es wird uns oder unsere berühmte, jahrzehntealte platonische Freundschaft nicht zerstören, wenn wir dieses Etwas genauer unter die Lupe nehmen, nur ein einziges Mal.«

Mein Herzschlag schien sich zu verlangsamen, und plötzlich brach mir der kalte Schweiß aus. »Na schön«, sagte ich. »Was hat uns davon abgehalten, uns ineinander zu verlieben vor all den Jahren, als wir jung, alleinstehend und bereit dafür waren?«

»Ich würde sogar noch weiter gehen«, sagte Marion. »Warum haben wir nicht geheiratet? Wir passen so gut zusammen, sind uns so ähnlich, haben dieselben Gewohnheiten und dieselbe Weltsicht. Warum haben wir zwei Menschen geheiratet, die so anders sind als wir selbst? Wären wir zusammen nicht glücklicher geworden?«

»Das werden wir nie erfahren«, sagte ich. »Könnte auch sein, dass wir uns gegenseitig ins Unglück gestürzt hätten.«

»Ich frage ja nur«, sagte sie. »Vorher habe ich mir diese Fragen nie gestellt. In meinem Kopf bist du fast so was wie ein Inzest-Tabu. Da hing immer schon ein ernst zu nehmendes BETRETEN VERBOTEN-Schild an der Tür.«

»Mir geht es genauso«, sagte ich. »Das Verbotsschild war so deutlich, dass ich nie auf diese Art an dich gedacht habe.«

»Du meinst sexuell.«

»Richtig«, bestätigte ich. »Aber nicht, weil ich dich nicht schön fände. Es ist nur … Irgendwie … habe ich mich als dein Freund immer so wohl gefühlt. Ich habe in deiner Gegenwart nie die Neugier verspürt, die ich hatte, als ich Luz begegnet bin. Dieses brennende Bedürfnis, sie zu erforschen. Du und ich, wir sind offene Bücher füreinander.«

»Das sind wir«, pflichtete sie mir bei. »In der Tat. Schon als ich dir zum ersten Mal begegnet bin, hatte ich das Gefühl, dich zu kennen. Ich meine, du und ich … wir sind vom gleichen Schlag, wir sind Verbündete, Seelenverwandte. Manche Menschen heiraten ihre Seelenverwandten. Manche Menschen haben keine Angst davor, von ihrem Ehepartner erkannt, durchschaut und verstanden zu werden.«

»Glaubst du, wir haben Angst voreinander?«

»Nein, wir haben eher Angst vor uns selbst.«

»Wer schreibt diesen Dialog?«, fragte ich. Keiner von uns lachte. Unsere Bestellung kam. Wir nahmen einen kräftigen Schluck von unserem frischen Bier und stellten die Pint-Gläser gleichzeitig auf den Tisch zurück. »Haben wir jetzt genug darüber geredet?«, fragte ich.

»Nicht ganz«, gab sie zurück. »Noch eine Sache: Ein Teil von mir ist unseretwegen enttäuscht. Enttäuscht, weil wir vor der einen Person zurückgeschreckt sind, die uns echte Erfüllung hätte geben können, wenn wir nur den Mut gehabt hätten, uns auf sie einzulassen. Ein anderer Teil ist erleichtert. Ich weiß, dass es zu spät ist, und genau das ist eine Erleichterung. Vor Ike wollte ich mich verstecken und mich ihm gleichzeitig offenbaren. Ich wollte Bewunderung, blinde Bewunderung. Das hat mich einsam gemacht, aber gleichzeitig hat es mir ein Gefühl von Sicherheit gegeben. Ich wollte für ihn die Hauptrolle spielen, ich wollte der Star sein. Hätte ich dich geheiratet, hätte ich Konkurrenz gehabt.«

»Ich weiß«, sagte ich. »Ich weiß, ich weiß.«

»Dennoch hätten wir uns als Partner vielleicht mehr herausgefordert, als wir es als Freunde getan haben. Womöglich wären wir aufgrund unserer Rivalität und unseres Bedürfnisses, großartig zu sein, bessere Künstler und Menschen geworden. Vielleicht hätten wir uns gegenseitig an unsere Grenzen gebracht und ungeheure Dinge erreicht. Wie heißt es so schön? Man sollte seinen besten Freund heiraten. Ich habe das immer für Blödsinn gehalten, aber jetzt bin ich mir da nicht mehr sicher.«

»Auch das werden wir nie erfahren«, sagte ich, und ein Gefühl des Bedauerns überkam mich.

»Nein, werden wir nicht«, pflichtete Marion mir bei. »Und jetzt lass uns nie wieder darüber sprechen, solange wir leben.«

»Triffst du dich mit jemandem?«, fragte ich. »Du machst so den Eindruck.«

»Noch nicht.« Sie lächelte. »Aber mich hat ein sehr junger Typ angerufen. Der, den ich im März in der Bar getroffen habe, als ich so wütend auf Amy war. Er hat sich schon ein paarmal gemeldet, aber ich habe ihn immer hingehalten. Ich hatte einfach das Gefühl, dass es nach Ikes Tod noch zu früh ist. Aber er hat nicht aufgegeben, und jetzt habe ich mich also bereit erklärt, mich nächste Woche von ihm zum Dinner ausführen zu lassen.«

»Aha«, sagte ich und ließ, ein einziges Mal nur, einen dumpfen Schlag der Eifersucht zu. »So fängt es immer an.«

»Die Witwe wagt sich aus ihrer weltfernen Trauerkammer hervor«, erwiderte sie. »Früher oder später hätte ich den schwarzen Schleier sowieso ablegen müssen. Inzwischen ist ein Jahr vergangen.«

»Darauf stoßen wir an«, sagte ich.

Wir tranken unser Bier aus, bezahlten, hinterließen ein großzügiges Trinkgeld und gingen hinaus in die warme Frühlingsnacht. Wir bahnten uns einen Weg durch den üblichen Pulk von Rauchern, die sich auf dem Gehsteig vor dem Eingang drängten. Wir küssten einander auf die Wange und gingen, wie eh und je, in entgegengesetzte Richtungen davon – ich zu meinem Haus und sie zu ihrem.

Kapitel dreizehn

Der nächste Morgen dämmerte in Greenpoint genauso wie überall anders auf der Welt auch – nur vielleicht nicht ganz so ergreifend oder nicht ganz so flüchtig. Die tiefstehende Sonne tauchte die schmutzigen Gebäudefassaden und die müllübersäten leeren Baustellen entlang der Franklin und Kent Street in ein schmeichelndes weiches Licht. In der Stille des frühen Morgens war die Luft beinahe frisch, beinahe angenehm, als hätte ein starker Wind sie über Nacht auf magische Weise gereinigt. Ich fuhr mit meinem Fahrrad am Flussufer entlang in Richtung Holzhandel, die zerzausten Haare im Fahrtwind flatternd, das Hemd gegen meine knochige Brust gedrückt. Der Fluss gleißte und pulsierte im Sonnenlicht. Die Luft, die über den Hof des Holzhandels wehte, roch nach neuem Leben, nach vorsichtiger Verheißung.

Doch der Morgen war nichts als ein leidiges Abstrampeln, gefolgt von Schmach und Schande. Eine Rechnung war verlorengegangen, vermutlich in der Post, vermutlich durch mich oder von mir aus durch die Hand Jahwes. Ich, der greifbare Verdächtige, erschien meinem Boss als der wahrscheinlichste Übeltäter, weshalb ich einen Riesenanschiss auf Jiddisch bekam. Er hatte wohl vergessen, dass ich, abgesehen von den üblichen Schmähungen, die jeder New Yorker kannte, kein Wort verstand. Ich blickte verständnislos drein (verständnislos, weil ich stark vermutete, dass Jahwe seine Hand im Spiel hatte, der, so drohte ich insgeheim mit zusammengebissenen Zähnen, später etwas von mir zu hören kriegen würde). Während Moishe mich anschrie, fiel mir auf, dass die Ränder seines Barts kurioserweise denselben Gelbton hatten wie seine Hundezähne und die Lederhaut seiner Augen. Die Ränder seiner Zähne, die Ränder seines Barts, die Ränder seiner Augen – etwas daran roch nach Thora. Es erinnerte mich an die biblische Aufforderung »Ihr sollt das Feld nicht bis zum äußersten Rand abernten« oder so ähnlich. Wahrscheinlich trugen sie deshalb alle diese Schläfenlocken. Der Rest von Moishes Kopf war von einem käsigen, dramatisch gebrochenen Weiß: Haut, Zähne, Haare, Bart, alles weiß, bis auf jene barbarisch allegorischen Ansätze schmutzigen Ockers.

Als Moishe Dampf abgelassen hatte und abdüste, um jemand anderen fertigzumachen, schlurfte ich schnurstracks zurück an meinen Platz, drückte die Computertasten, überprüfte meine Arbeit und hielt alles akribisch tipptopp. Zwanzig Minuten später stellte sich heraus, dass die Rechnung wieder aufgetaucht war – auf dem Männerklo! Hinter einer Klopapierrolle! Dahintergestopft wie eine schmutzige Socke! Das erfuhr ich, als Moishe zur Abwechslung mal ins Englische wechselte. Jetzt schien er mich offensichtlich nicht mehr für den Schuldigen zu halten. Obwohl ich nicht verstand, warum mich die Klosache entlastete, nahm ich meinen Freispruch hin und fügte mich einmal mehr in die Mysterien der Holzhandlung, wie ich es jeden Tag, Stunde um Stunde, tat. Ich schnappte mir den fleckigen Wisch, glättete ihn und legte ihn auf dem Stoß mit den Rechnungen ab, die sofort fällig waren. Den Rest des Vormittags erledigte ich meine Arbeit und spitzte meine Bleistifte an.

Um zwölf aßen Yanti und ich gemeinsam zu Mittag. Wir setzten uns auf einen nach Harz riechenden, abgeschlagenen Telefonmast am Ende der Straße, die neben dem Holzhandel verlief und am Wasser in einer Sackgasse endete. Beide hatten wir unser Essen von zu Hause mitgebracht. Yanti hatte Hühnchen und Klöße mit Roter Bete vom Vorabend dabei, eine Mahlzeit, die ihm die Frau seines Chefs gekocht hatte. Das Ganze spülte er mit einem süßen, bekömmlichen, hausgemachten Eistee aus der Plastikflasche hinunter. Ich war neidisch auf sein Mittagessen, das so sorgfältig von Frauenhand in Plastikschälchen mit luftdichtem Verschluss verpackt worden war. Ich selbst hatte mir mein übliches Junggesellen-Mittagessen gemacht, kalt, fettreich und nicht annähernd so nahrhaft, wie es hätte sein sollen: eine Scheibe Fleischwurst, eine Scheibe abgepackten Käse auf Weizenbrot, eine kleine Tüte Mais-Chips, eine Packung Mini-Doughnuts mit Puderzucker und eine Tüte Orangensaft. Während Yanti wohlig ächzte, schmatzte und rülpste, blickte ich über das glitzernde Wasser zu den öden braunen Sozialbauten an der Lower East Side und knabberte an meinem trostlosen Sandwich.

»Wenn Luz zur Arbeit gegangen ist, bin ich den ganzen Morgen zu Hause geblieben und habe mir erst zum Mittagessen etwas geholt«, erzählte ich. »Ein Stück Pizza Margherita von dem kleinen Laden an der Manhattan Avenue. Dazu eine kleine Limo. Das Geld war knapp, aber einmal am Tag musste ich raus. Bei schönem Wetter bin ich in den Park gegangen, habe mich auf eine Bank gesetzt und den Betrunkenen, den Tauben und den Hundebesitzern zugesehen. Ein bisschen wie im Zirkus.«

»Und was hast du an schlechten Tagen gemacht? Bei schlechtem Wetter, meine ich?«

»Bei schlechtem Wetter bin ich in die Leihbücherei gegangen.« Ich kniff die Augen zusammen. »Da drin hat es immer staubig gerochen, aber sonst war alles makellos. Bücher habe ich mir keine ausgeliehen, sondern sie stattdessen im Stehen zwischen den Regalen gelesen. Ich war ernsthaft in eine der Bibliothekarinnen verknallt. Vielleicht habe ich deshalb nie irgendwas mit nach Hause genommen. Ich hätte mich zu schuldig gefühlt. Geflirtet habe ich nicht mit ihr, das war alles rein beruflich, hallo und auf Wiedersehen. Klischee hin oder her, mit einer Bibliothekarin kann ich nicht flirten. Vielleicht lösen sie ja tatsächlich ihr Haar und nehmen die Brille ab, aber diese hier trug ihr Haar sowieso schon offen.«

Wir sahen einem Motorboot hinterher, das eine ordentliche Heckwelle aufwühlte, bis es unter der Brücke hindurchdonnerte.

»Ich habe meiner Frau immer gesagt, ich würde zum Lebensmittelgeschäft gehen. Stattdessen bin ich einfach nur durch die Gegend gelaufen«, erzählte Yanti. »Manchmal stundenlang, aber ich habe stets darauf geachtet, eine Zitrone oder eine Flasche Seltzer mit nach Hause zu nehmen. Betrogen habe ich niemanden.«

»Warum?«

»Warum was?«

»Warum die Zitrone, wenn du niemanden betrogen hast?«

»Wir haben eine gebraucht.«

Ich lachte. Obwohl unsere Mittagspause vorbei war, rührten wir uns nicht. Heute war so ein Tag, an dem elfjährige Jungs die Schule schwänzten und Frischverliebte stundenlang auf der Wiese rumknutschten. Ein Tag, an dem alte Männer im warmen Sonnenschein dösten und sich an alte Zeiten erinnerten. Vermutlich fiel ich mittlerweile selbst in die letztgenannte Kategorie. Ich strich mir die Krümel vom Schoß.

»Ich hasse diesen Ort«, sagte Yanti.

»Er ist doch ganz in Ordnung«, widersprach ich.

»Moishe«, sagte er. »Ich wohne in seinem Haus. Ich arbeite für ihn. Ich bin ein halber Mann.«

Mit Yanti war es in den letzten Monaten rapide bergab gegangen. Seine Haut hatte einen Graustich, und seine Augen waren wässrig und trüb. Dazu war er fett wie ein Nilpferd, atmete schwer und roch wie ein Obdachloser. Ich machte mir Sorgen um meinen Freund, aber ich wusste, er war ein störrischer alter Junkie, der ohnehin auf niemanden hören würde. Solange er noch einen Job und einen Platz zum Schlafen hatte, stand es nicht allzu schlecht um ihn. Außerdem hatte er sich ja schon seit Jahren wieder gefangen, und es bestand keine unmittelbare Gefahr, dass er seine gesicherte Existenz verlieren würde. Eher würde er sterben, buchstäblich.

»Verstehe«, sagte ich. »Aber so schrecklich finde ich das gar nicht. Ich bin froh, hier zu sein.«

»Hm«, sagte er. »Na ja.«

Wir knüllten unsere Lunch-Tüten zusammen, rappelten uns mit einiger Mühe hoch und machten uns wieder an die Arbeit. Später verschwand die Nachmittagssonne hinter dicken, schweren Wolken, und es fing an zu regnen. Ich konnte das warme Wasser riechen, das draußen auf den Asphalt und in die Pfützen aus Öl und in den Holzstaub prasselte. Plötzlich kam es mir unmöglich vor, weiterzumachen, als wäre ich in einem Alptraum gefangen, in dem ich völlig sinnlose Arbeiten erledigen sollte, obwohl mein Lebensunterhalt davon abhing. Aber es war kein Traum. Ich hatte das Gefühl, als befände ich mich unter Wasser. Das Jiddisch um mich herum klang wie die fremdeste Sprache auf der Welt. Das Geschäft lief schlecht wegen der Rezession. Noch mehr als sonst zählte jeder Penny. Wir, die wir in der Kreditorenbuchhaltung arbeiteten, standen unter dem permanenten Druck, auf keinen Fall etwas vermasseln zu dürfen. Die abhandengekommene Rechnung vom Vormittag ging mir nicht aus dem Kopf. Wer hatte sie hinter die Klorolle gestopft? Ich arbeitete Schulter an Schulter mit Yanti und Levi. War es einer von ihnen gewesen? Ich selbst hatte keine Schuld, so viel war klar. Levi war ein unerschütterlicher, beherzter junger Mann mit rosa umrandeten Kaninchenaugen. Er hatte keinen Funken Bosheit oder Aufsässigkeit im Leib. Yanti also? Nein, ich weigerte mich, ihn irgendeines Vergehens zu bezichtigen. Er war mein *compadre* und ich seiner. Es musste ein Dibbuk, ein böser Totengeist, gewesen sein.

Um fünf Uhr nachmittags schloss ich mein Fahrrad auf und radelte langsam die Kent Avenue entlang, zunächst noch ein wenig wackelig, dann immer sicherer, bis ich den Dreh wieder raushatte. Die Straßen glänzten regennass. Der Fluss war milchig, der Wind warm und vergiftet, und sämtliche Spuren des prächtigen Morgens wurden vom Dieselgestank und vom Verkehr überlagert. Das passierte in Brooklyn an jedem einzelnen Frühlingstag: Er erhob sich in frischer Herrlichkeit, nur um dann im ätzenden Gifthauch zu sterben. Ich fing an, kräftig in die Pedale zu treten. Beim Fahrradfahren fühlte ich mich in der Zeit zurückversetzt – nicht jung, ja nicht mal jugendlich, aber anders als wenn ich zu Fuß ging, vermittelte es mir eine Illusion von Gelöstheit und Freiheit.

Anstatt auf direktem Weg in mein leeres Ein-Zimmer-Apartment zurückzukehren, bog ich nach rechts in die Calyer Street ein und parkte mein Fahrrad vor Marlenes Bar. Karina hatte mich am Nachmittag in der Arbeit angerufen und mich gefragt, ob wir uns nach Feierabend treffen könnten. Ich hatte ihr gesagt, sie solle hierherkommen. Ich wollte nicht, dass sie die Absteige sah, in der ich jetzt wohnte. Sie hätte sich nur Sorgen gemacht. Ich kettete das Fahrrad an einen kümmerlichen Baum, trat aus dem hellen Dunst des Spätnachmittagslichts in die verrauchte Finsternis und stellte mich ans Ende der Bar in die Nähe des Fensters.

Langsam und ausdruckslos, wie ein Fisch in einem Aquarium, tauchte George aus dem Halbdunkel auf.

»Erst einen Whisky, dann ein Bier«, sagte ich. »Wie geht's, George?«

»Ging mir nie besser, und dir?«

»Ebenso. Ich komme gerade von der Arbeit«, sagte ich und versuchte, einen beiläufigen Tonfall anzuschlagen. Fast mein ganzes Erwachsenenleben lang hatte ich so was nicht von mir behaupten können, denn an einem Ort wie Marlenes Bar galten die Schreiberei und mein gelegentliches Unterrichten nicht als echte Arbeit.

George schnippte mir zwei Untersetzer zu, die mit einem Hüpfer vor mir zum Liegen kamen. »Und wie war's?«

Ich versuchte, nicht zu stolz darauf zu sein, dass keine Skepsis und kein Spott in seiner Frage gelegen hatten. Er schien mich widerspruchslos als die Sorte Mann zu akzeptieren, die einer regelmäßigen Beschäftigung in einem Holzhandel nachgingen. »Arbeit ist Arbeit«, sagte ich.

»Verstehe«, sagte er und goss ein knauseriges Schlückchen der bernsteinfarbenen Flüssigkeit in einen Tumbler. »Verstehe«, wiederholte er, während er Bier aus dem Hahn in einen kleinen, geeisten Krug zapfte.

Ganz in der Nähe explodierten ein mit Reizhusten untermaltes Gelächter, ein Gackern, ein Wiehern und ein Kichern. Meine alten Augen fokussierten so weit, dass sie das Gackern den weiblichen Stammgästen zuordnen konnten, die auf ihren üblichen Plätzen hockten. Den Schnattergänsen Mary, Sue und Cindy. Jenny fehlte heute. Sie waren ein eingeschworenes Trüppchen wasserstoffblonder Fransenschnitte, tiefliegender Glitzeraugen und Hakennasen.

»He!«, sagte George und stellte meine Getränke vor mich hin. »Was habt ihr denn angesichts der derzeitigen Arbeitslosenrate zu lachen?«

»Ha«, erwiderte Cindy und blickte ihn mit stechenden Augen an. »Über irgendwas kann man sich immer beschweren: dass man zur Arbeit muss, dass man keine findet, dass man seinen Chef hasst, der Job schlecht bezahlt ist …«

»Ich habe seit zwölf Jahren nicht mehr gearbeitet«, erklärte Mary, die mollige, unscheinbare Version ihrer knochigen, nuttigen Schwester Sue. »Ich bekomme eine Invalidenrente. Kann mich nicht beklagen.«

»Dafür tut ihr ständig das Knie weh«, sagte Sue. »Aber egal, wir wollen dich nicht mit unserem Frauenkram langweilen, Harry. Wie ist es dir denn so ergangen? Wo arbeitest du jetzt?«

»In dem großen Holzhandel unten am Wasser, auf der South Side«, erklärte ich, und diesmal gelang es mir fast völlig, meinen Stolz zu unterdrücken.

»Wie bist du denn da drangekommen? Ich dachte, die stellen nur Chassidim ein?«

»Ein Freund von mir arbeitet dort«, sagte ich. »Er ist Chassid. Er schuldete mir was und hat ein paar Fäden gezogen.«

»So kommt man heutzutage also an einen Job«, sagte George. »Du hättest auch in der Fischhalle anfangen können, ich hätte dich bei Acme untergebracht.«

»Ich habe da vor ein paar Monaten eine Bewerbung abgegeben«, sagte ich. »Ist mittlerweile was frei geworden? Das wäre nicht so weit vom Astral weg wie der Holzhandel.«

»Ich glaube, du bist dort besser dran«, entgegnete George. »Acme hat seine Schattenseiten.«

»Alles hat seine Schattenseiten«, gab Sue zu bedenken. Sie zwinkerte mir so heftig zu, dass sich ihre komplette linke Gesichtshälfte nach oben zu verziehen schien.

Sie ging stets recht aggressiv auf Beutefang, und wenn ein Mann nicht höllisch aufpasste und auf Abstand ging, konnte es durchaus vorkommen, dass er plötzlich ihre Zunge im Mund hatte. Das ging immer ganz schnell. Sue stürzte sich förmlich auf ihre Opfer. Dass noch andere Leute anwesend waren, schreckte sie nicht ab. Sie war nicht wählerisch und fragte auch nicht, ob das Interesse auf Gegenseitigkeit beruhte. Das wusste ich aus Erfahrung. Ich wandte den Blick ab und hoffte, es wäre nicht zu spät.

»Jeder von uns hat eine«, fügte Sue hinzu, um zunächst meinen Blick und dann mich zu ködern.

»Ich nicht«, antwortete ich und schwamm ihr davon. »Wie steht's mit dir, George?«

»Ob ich was habe? Eine Schattenseite? Zum Teufel, nein. Ich behalte meine Probleme für mich.«

»Genau das meine ich«, versuchte Sue es noch einmal, doch ihre amouröse Energie hatte sich bereits verflüchtigt. Ich konnte förmlich hören, wie sie George und mich in Gedanken als gründelnde Müllfische titulierte, die ihren Köder nicht wert waren. »Dinge, die man niemandem sonst erzählt. Hab ich recht, Mary?«

Mary kicherte und wedelte abwehrend mit der Hand.

»Na schön, noch eine Runde, bitte«, sagte Cindy und zündete sich eine Zigarette an.

Obwohl ich eigentlich nicht rauchte, gefiel es mir, dass Marlene einen Weg gefunden hatte, die Antiraucher-Gesetze zu umgehen. Sie hatte die Bar kurzerhand zu einem Geselligkeitsverein erklärt und knöpfte jedem, der reinkam, zwanzig Dollar Mitgliedsgebühr pro Jahr ab. Damit war Marlenes Bar keine Bar mehr, sondern ein Privatclub, nur für Mitglieder. Viele Beamte der nahe gelegenen Polizeiwache zählten dazu, was bedeutete, dass der Laden auch Zustimmung bei den örtlichen Gesetzeshütern fand. Meine Mitgliedskarte befand sich in meiner Brieftasche, ein laminiertes Stück Karton mit meinem Namen darauf, bedruckt von niemand anderem als George höchstpersönlich.

George machte sich an die Arbeit.

»Was ist denn die Schattenseite von Acme?«, fragte ich.

»In erster Linie meine Kollegen«, erwiderte er mit einem vielsagenden Funkeln in den Augen, dessen Bedeutung sich mir nicht ganz erschloss.

»Rauhes Geschäft?«

»Das kannst du laut sagen.« Er stellte den Damen drei Bier hin, die schon wieder miteinander ins Gespräch vertieft waren und kicherten. »Das kannst du laut sagen. Schreibst du eigentlich noch diese Gedichte?«

»Nicht so richtig«, erwiderte ich mit einem unwillkürlichen Anflug von Wehmut. Ans Gedichteschreiben zu denken fühlte sich an, als würde ich Glasscherben ins Hirn gerammt bekommen. »Wie's scheint, habe ich damit keinen Erfolg«, fügte ich hinzu.

»Tut mir leid«, sagte George. »Wohnst du in der Nähe? Ich hab dich schon länger nicht mehr in der Gegend gesehen.«

»Ich habe ein paar Monate in Bushwick gewohnt und gegen Kost und Logis auf Hunde aufgepasst.«

»Das wusste ich nicht«, erwiderte George und strich sich über seine dünne, farblose Haartolle. Seine Augen waren leere Nullen.

»Dort habe ich im Keller einer anständigen, tüchtigen Frau namens Zeldah Speck gewohnt«, fuhr ich fort. »Sie ist von Beruf Frisöse, aber in ihrer Freizeit sammelt sie verwahrloste Hunde von der Straße auf und versucht, ein neues Zuhause für sie zu finden.«

»Herrje«, sagte George. »Es gibt doch sowieso schon zu viele Hunde. Meiner Meinung nach wäre es nicht falsch, die einfach abzuknallen.«

»Ich habe sie zweimal am Tag Gassi geführt. Und abends nach dem Essen habe ich im oberen Stockwerk mit einem Buch gesessen, während Zeldah ihre Bibel gelesen hat.«

»Kein Fernsehen? Konnte sie sich keins leisten?«

»Doch, sie hatte Kabel«, erwiderte ich. »Alle Kanäle.«

»Du hast nicht ferngesehen?« Er schien maßlos verblüfft.

»Na ja, die Nachrichten haben wir uns schon angeschaut«, erwiderte ich, was ihn zu beruhigen schien. »Wir sind gut miteinander klargekommen, aber nicht so, wie du denkst. Sie ist der Typ Frau, die eine Gruppe Pfadfinderinnen leiten könnte.«

»Pfadfinder …«, sagte George. »Ich mochte die Plätzchen, die man da bekommen hat.«

»Ich auch«, pflichtete ich ihm bei.

»Von Bushwick musst du ja eine ganz schöne Strecke zurücklegen, um herzukommen.«

»Ich wohne ja nicht mehr da«, sagte ich. »Als Zeldahs Tochter vor ein paar Wochen zurückgekommen ist, hat sie mir nahegelegt auszuziehen.«

»Wegen der Tochter«, stellte George fest, als wäre es das normalste der Welt.

»Rate mal, wo ich jetzt wohne! Im Astral. Ein paar Stockwerke unter meiner Frau. Sie im fünften Stock, ich im ersten. Ich sehe sie nie, aber ich weiß, dass sie da ist.«

»Allein lebende Männer«, sagte George, »sind die glücklichsten Menschen auf der Welt.«

»Nicht unbedingt.«

Karina kam herein und mit ihr ein Schwall warmer Abendluft. Die Stadt draußen war in das blasse Pfirsichgold der untergehenden Sonne getaucht. Von irgendwoher wehte der Duft blühender Bäume zu mir herüber. Dann schloss Karina die Tür und schottete uns von allem Gesunden und Natürlichen ab.

»Hallo, Liebes«, sagte ich, als sie sich auf den Hocker neben mich setzte. Sie hatte eine Jeans und ein blaues Sweatshirt an und trug ihr Haar neuerdings zu einem Bob geschnitten. »Du siehst hübsch aus.«

»Ist das deine Tochter?«, gurrte Mary. »Ist die süß!«

»Karina«, sagte ich, »darf ich dir die Damen vorstellen? Das hier sind Mary, Sue und Cindy.«

»Schön, dich kennenzulernen, Schätzchen«, sagte Cindy.

Karina winkte ihnen zu und drehte sich dann wieder zu mir um. »Ich habe mich gerade mit Mom getroffen.« Sie hielt inne, als dächte sie darüber nach, wie sie mir etwas beibringen sollte, das mich aufregen würde.

»Spuck's aus«, sagte ich. »Hat sie einen anderen?«

Karina schüttelte den Kopf und blickte betroffen vor sich auf den Tresen.

»Also ja«, sagte ich. »Aber du bist zu gutherzig, um es mir zu sagen.«

»Ich weiß es nicht, um ehrlich zu sein«, sagte sie. »Aber ich wollte dir eigentlich etwas anderes sagen.«

»Na, dann raus damit.«

»Ich habe ein Handy für dich.« Sie wedelte mit einem Mobiltelefon vor meiner Nase herum und wollte offensichtlich, dass ich es ihr abnahm. »Ich habe für einen Monat im Voraus bezahlt, ab dann musst du selbst übernehmen. Aber ich habe dir einen guten Tarif ausgesucht. Bitte nimm es, Dad. Sei nicht so ein Technikfeind.«

Ich ignorierte das Handy, zu beunruhigt, um ihre Großzügigkeit und Umsichtigkeit anzuerkennen. »Was ist los? Geht es um deine Mutter?«

Sie legte das Telefon neben mein Glas auf den Tresen. »Also erst mal«, sagte sie, »habe ich ein paar Leute ausfindig gemacht, die uns etwas über Hectors Sekte erzählen können und wie wir ihn da wieder rauskriegen. Aber wir müssen als Familie auftreten. Das habe ich Mom gesagt, und jetzt sage ich es dir. Nur so wird es funktionieren. Mom ist einverstanden, sich mit den Typen zu treffen. Ich soll dir ausrichten, dass sie dich weder anschauen noch mit dir sprechen wird. Aber sie kommt. Und sie sagt, dass sie alles für Hector tun würde, ganz egal, wie zornig sie auch sei. Diese Leute wohnen in Queens. Ich hole dich morgen Abend um sieben ab. Mom nimmt nach der Arbeit den Bus und stößt dann direkt zu uns.«

Ich hielt es kaum noch aus. »Und sonst?«, drängte ich.

Karina seufzte. »Sie verliert ihren Job.«

»Wie bitte? Aber sie arbeitet doch schon seit über dreißig Jahren dort!«

»Das Krankenhaus wird geschlossen. Ist wohl bankrott. Alle müssen gehen.«

Ich schnalzte mit der Zunge und versuchte, nicht zu hyperventilieren vor Schreck. »Der Job bedeutet ihr alles. Sie liebt ihre Arbeit im Krankenhaus, es ist ihr zweites Zuhause!«

»Dad, sie wird eine neue Stelle finden, sie ist Krankenschwester! Aber du hast recht, es geht ihr nicht gerade gut. Das ist das Letzte, was sie jetzt noch gebraucht hat.«

»Bestimmt hat sie einen Nervenzusammenbruch wegen des Krankenhauses bekommen!«, sagte ich besorgt.

»Sie ist todunglücklich«, bestätigte Karina.

Darauf wusste ich nichts zu erwidern. Es gab nichts, was ich hätte sagen können.

Karina bedachte mich mit einem Seitenblick und fragte: »Wie läuft's mit Marion?«

»Ich habe sie gestern zum ersten Mal seit zwei Monaten wiedergetroffen. Es geht ihr gut.«

»Mom ist total besessen von ihr. Und ich meine wirklich ›besessen‹.«

»Du lieber Gott«, sagte ich. »Immer noch?«

»Ja, es ist genauso schlimm wie vorher. Vielleicht sogar noch schlimmer. Zurzeit durchforstet sie ihr Gedächtnis nach sämtlichen gemeinsamen Abendessen und Partys der letzten dreißig Jahre. Sie sucht wie eine Irre nach Hinweisen und Dingen, die ihr eventuell entgangen sein könnten oder die sie aus irgendeinem Grund ignoriert hat. Und jetzt stell dir vor: Sie ist zu dem Schluss gekommen, dass ihr schon vor fünfzehn Jahren miteinander ins Bett gegangen seid und seitdem eine Affäre am Laufen habt.«

»Was?!«

»Sie ist völlig von der Rolle und kriegt kaum noch etwas gebacken.«

»Verständlich, wenn sie fünfzehn Jahre einer scheinbar glücklichen Ehe in Frage stellt. Wie kommt sie denn nur darauf?«

»Tja«, sagte Karina, »einmal, vor ungefähr drei Wochen, war Mom fast bereit, dir zu glauben.«

»Nein«, sagte ich. Ich konnte es kaum ertragen, das zu hören. »Nein.«

»Ich habe ihr immer wieder gut zugeredet und gesagt, dass ich nicht an diese Affäre glaube. Irgendwann schien ich zu ihr durchzudringen, zumal ich ihr mehrfach versichert habe, ich sei absolut überzeugt davon, dass du sie liebst.«

»Das tue ich auch«, bekräftigte ich und verspürte eine irrationale, kindische Woge der Hoffnung, dass diese Geschichte kein so brutales Ende nehmen würde wie das, was ich auf mich zurollen sah. »Ich liebe sie. Ich habe sie immer geliebt. Und ich werde sie immer lieben.«

»Sie hat ihrer Therapeutin Helen erzählt, dass sie einen Brief gefunden hat, den Marion dir geschickt hat, als sie in Frankreich war, direkt nach Ikes Tod. Darin stand, dass du ihr ein wahnsinnig guter Freund bist und wie froh sie sei, jemanden wie dich zu haben, einen Bruder, jemanden, den sie als Teil ihrer Familie erachtet. Sie hat sogar geschrieben, sie sei glücklich, dass ihr nie eine romantische Beziehung miteinander hattet.«

»An den Brief erinnere ich mich!«, rief ich. »O Gott, sie hat ihn gefunden?«

»Sie hat mich angerufen und ihn mir vorgelesen. Daraufhin habe ich gesagt: ›Klingt, als würde er die Wahrheit sagen, Mom.‹ Der Meinung war sie auch.«

Beinahe wäre ich vor ängstlicher Freude in die Luft gegangen. »Und dann?«

»Sie hat Helen davon erzählt, und die meinte: ›Was, wenn sie dir den Brief nur untergeschoben haben, um dich aus dem Konzept zu bringen?‹ Helen glaubt fest daran, dass ihr beide seit langem eine Affäre miteinander habt. Sie hat Mom geraten, bei ihrem Entschluss zu bleiben. Alles andere sei naiv und irrational.«

»Im Ernst?«

»Mom mag sie. Sie hält sie für undurchschaubar und mysteriös. Eine Außenseiterin.«

»Mysteriöse Außenseiterinnen sind hervorragende Abzockerinnen«, sagte ich. »Handleserinnen, Zauberinnen. Aber doch keine Therapeutinnen! Nie und nimmer!«

»Ich fürchte, wenn sie jetzt noch ihren Job verliert, dreht sie völlig durch.«

Einen Moment lang brachte ich kein Wort heraus. Dann fragte ich: »Weiß sie, dass ich unter ihr wohne?«

»Ja, inzwischen schon. Aber sie wollte es erst nicht glauben. Sie dachte, du würdest immer noch mit Marion zusammenleben. Auch das mit Zeldah hat sie mir lange nicht abgenommen. Ich musste es ihr schwören, genauso wie ich ihr schwören musste, dass du wieder im Astral wohnst. Sie glaubt, das alles wäre ein Trick, dass du irgendwas im Schilde führst. Dann wollte sie wissen, ob du und Zeldah ein Liebespaar wärt. Ehrlich Dad, sie tickt total aus.«

»Im Grunde würde ich eine Therapie ja sehr befürworten«, sagte ich leichthin, obwohl ich am Boden zerstört war. »Aber genau die scheint ihr ja nicht zu bekommen.« Als George ein Glas vor mich hinstellte, sagte ich: »Danke, zum Wohl, den Umständen entsprechend.« Dann deklamierte ich: »Die Sterne sind nun nicht erwünscht: Löscht sie alle aus. / Verhüllt den Mond mit großen Tüchern und reißt die Sonne raus. / Schüttet die Wasser des Ozeans fort und fegt die Wälder zusammen. / Denn nichts, gar nichts, wird je zu einem guten Ende kommen.«

»Hast du das geschrieben?«, fragte Karina. Ich konnte nicht sagen, ob sie beeindruckt war oder entsetzt.

»Ich wünschte, das hätte ich«, antwortete ich. »Karina, ich weiß nicht, was ich tun soll. Ich vermisse deine Mutter. Als ich sie gestern Morgen getroffen habe, wollte sie nicht mit mir sprechen.«

»Ich weiß, dass sie dich auch vermisst«, antwortete meine Tochter. Ihr Gesicht wirkte verkniffen und ausgemergelt. »Es liegt bloß an ihrem Stolz und an dem Zeug, das Helen ihr eintrichtert, dass sie nicht zugeben kann, im Irrtum zu sein.«

»Ich wünschte, ich könnte diese verdammte Quacksalberin verklagen«, sagte ich. »Es sollte ein Gesetz gegen solche Therapeuten geben. Warum gibt es so was nicht?«

»Tut mir leid, dass ich dir diesen ganzen Mist erzählen musste«, sagte Karina. »Es gefällt mir nicht, zwischen den Fronten zu vermitteln.«

»Wie kann diese Frau einen so großen Einfluss auf das Leben anderer Leute haben? Sie ist eine Soziopathin! Sie ist gefährlich!«

»Dad, hör auf damit. Beruhige dich.«

»Bitte sag deiner Mutter, dass Helen falschliegt. Luz hat sich das alles nur eingebildet, und diese durchgeknallte Seelenklempnerin bestärkt sie noch in ihrer Paranoia.« Ich ballte meine Hände zu Fäusten und drosch auf meine Oberschenkel ein. »Ich halte das nicht mehr aus!«

»Dad, Dad«, sagte Karina.

»Ich muss etwas tun.«

»Das kannst du aber nicht.«

»Und sie war wirklich bereit, mir zu vergeben? Sie hat mir geglaubt? Meinst du, sie hätte mich zurückgenommen?«

»Keine Ahnung, Dad«, erwiderte Karina gepresst.

Endlich begriff ich, dass ich meine Tochter völlig aus der Fassung brachte. »Es tut mir leid«, sagte ich.

Ein Stück weiter hinten lehnte George mit verschränkten Armen am Tresen und hörte dem Geschnatter der drei Gänse zu, das Gesicht eine Maske aschfahler Isolation, die weder Leidenschaft noch Sehnsucht zu erkennen gab. Ich beneidete ihn aus tiefster Seele.

Kapitel vierzehn

Am nächsten Morgen rief ich Helens Büronummer von meinem neuen Handy aus an und teilte ihrem Anrufbeantworter mit, dass ich sie so schnell wie möglich zu sehen wünschte. Sie rief binnen einer Stunde zurück und nannte mir noch für denselben Nachmittag um fünf einen Termin. Am Telefon klang ihre Stimme durch und durch professionell und gab keinerlei Aufschluss, ob sie ahnte, warum ich anrief.

Ich richtete es so ein, dass ich den Holzhandel frühzeitig verlassen konnte, und verbrachte den Tag damit, all das einzustudieren, was ich ihr an den Kopf werfen wollte. Ich wollte ihr die ganzen fünfzig Minuten lang den Prozess machen und sie ihrer unglaublichen Abscheulichkeit überführen. Und am Ende würde ich ihr mitteilen, dass ich ihre Zeit nicht bezahlen würde, da sie mir das schuldete. Es sei das mindeste, was sie tun könne, nachdem sie mein Leben, meine Ehe und das Leben meiner Frau zerstört hatte. Dann würde ich rausmarschieren, und das Ganze wäre abgehakt.

Ihr Büro lag im West Village. Ich ging durch die kleine Marmorlobby und fuhr in dem winzigen Schmuckschächtelchen von Aufzug hinauf in den fünften Stock. Oben angekommen, entdeckte ich eine Tür mit der Aufschrift »Helen Vollmann, M.S.W.« – Master in Social

Work –, trat ein und nahm auf einem der Sessel in dem kleinen Wartezimmer Platz. Ich war fünf Minuten zu früh. Während ich wartete, studierte ich die gerahmten Titelseiten des *New Yorker* an der Wand. Als ich die eingetopfte Sukkulente berührte, stellte ich fest, dass sie künstlich war. Versuchsweise drehte ich die Geräuschmaschine ab, die verhindern sollte, dass man belauschte, was drinnen gesprochen wurde. Ich konnte nichts hören, also stellte ich die Maschine wieder an. Ich gähnte, kratzte mich am Ohrläppchen und stierte auf das abstoßend skurrile *New Yorker*-Titelblatt: ein kleines Mädchen mit Zopf, das auf Rollschuhen durch das Metropolitan Museum glitt und eine leere Rüstung anstarrte.

Mir war sehr wohl bewusst, dass all diese Klienten aus freien Stücken zu Helen kamen, doch genau das machte mich ihr gegenüber nur noch misstrauischer. Meine Freunde waren keine dummen oder naiven Menschen. All der Schaden, den Helen angerichtet hatte, wäre nicht entstanden, hätten sie ihr nicht so viel Macht eingeräumt. Die unzähligen Vergehen, derer ich sie bezichtigen wollte, waren allein schon dadurch begründet, dass sie es sich in ihrer selbstverklärenden, unkonventionellen Art anmaßte, die normalen ethischen Therapiegrenzen, sofern es die überhaupt gab, außer Kraft zu setzen und alles zu tun, was sie wollte. Wahrscheinlich war es genau das, was alle an ihr schätzten.

So naiv diese Empfindung auch sein mochte – es schockierte mich zutiefst, dass Helen von Luz verlangt hatte, unwiderlegbares Beweismaterial außer Acht zu lassen, ja dass sie es sogar ins Gegenteil verkehrt und auf einer Affäre zwischen Marion und mir beharrt hatte. Abgesehen davon hatte es mich immer schon entsetzt, dass Helen bereit gewesen war, eine ganze Gruppe von Freunden zu therapieren, einschließlich mehrerer Ehepaare und noch Menschen, mit denen diese vor und nach ihrer Heirat Beziehungen geführt hatten. Diese Frau schien wie der Blitz einzuschlagen. Und irgendjemand musste ihr das Handwerk legen.

Als sich die Tür öffnete und Helen auf den Flur hinaustrat, mir die Hand schüttelte und sich vorstellte, war ich überrascht und verlegen. Ich war mir nicht sicher, was ich erwartet hatte: wahrscheinlich eine Mischung aus Morticia Addams, Joan Crawford und einem Schuss Lizzie Borden. Was auch immer ich mir vorgestellt hatte – es traf definitiv nicht zu. Helen Vollmann war eine gewöhnlich aussehende Frau mit blonder Helmfrisur, einem reizlosen, wenngleich angenehm verschmitzten Gesicht, weder stämmig noch dünn, ungefähr in meinem Alter, aber besser in Schuss. Sie trug eine weiße Bluse unter einem schwarzen Kostüm, dessen Rock bis zu den Knien reichte, dazu schlichte schwarze Pumps, ein Armband aus Türkisen und goldene Ohrringe. Sie wirkte wie eine exakte Kopie von mehr als der Hälfte der Therapeutinnen im Umkreis von fünf Meilen. Zweifellos war das Teil ihrer Masche, mit der sie sich das Vertrauen der Leute erschlich: Sie sah aus wie eine Therapeutin, war zurechtgemacht wie eine Therapeutin, und demzufolge ...

»Nehmen Sie Platz, Harry«, sagte sie und deutete auf die schwarze Ledercouch, die gegenüber dem ergonomischen Stuhl mit der gepolsterten Kopfstütze stand, auf dem sie sich niederließ. Ich sank auf die Couch, die leise pfiff, als sich die Luft in der Polsterung verlagerte.

Wir standen kurz vor dem großen Showdown.

»Nun«, sagte sie, während sie sich vorbeugte, um mich durchdringend anzusehen. Ihre Hände umschlossen ihre Kniescheiben. »Was führt Sie zu mir?« Als ich eine Furche zwischen ihren Augen und den Ansatz von schlaffer

Haut an Mund und Kinn bemerkte, war ich etwas getröstet.

»Ich weiß gar nicht, wo ich anfangen soll«, erwiderte ich.

»Die meisten Leute, die das erste Mal zu mir kommen, stecken in einer Krise«, sagte sie mit professionell klingender Sorge. »Vielleicht trifft das auch auf Sie zu.«

»Sie wissen, wer ich bin«, sagte ich. »Und Sie wissen, welche Krise mein Leben gerade beherrscht.«

Ihr Gesicht nahm einen skeptischen, missbilligenden und leicht säuerlichen Ausdruck an. »Dann habe ich also recht – Sie sind in der Krise.«

»Hören Sie mit dem Unsinn auf, Helen. Meine Frau, mein halber Freundeskreis und meine Ex-Geliebte sind bei Ihnen in Behandlung. Sie wissen genau, wer ich bin.«

Sie sah mich an. Ihr Gesicht wurde noch mürrischer, aber das kümmerte mich einen Scheißdreck. Ich war nicht hier, um sie zu beeindrucken. Mit derselben grimmigen Miene starrte ich zurück.

Als ich begriff, dass sie nichts sagen würde, detonierte etwas in meinem Kopf, und mein Schädel begann, im selben Rhythmus zu hämmern wie mein Herzschlag. Das Schweigen zog sich in die Länge. Es ballte sich, dehnte sich aus, bröckelte und brach schließlich in sich zusammen.

»Ich bin hergekommen«, sagte ich, »weil ich das dringende Bedürfnis verspüre, Ihren Truthahnhals zu packen und so lange zuzudrücken, bis Sie schlaff wie eine Lumpenpuppe zu Boden gehen.«

Ihre Nasenflügel weiteten sich, sonst zeigte sie keinerlei Reaktion.

»Schlaff wie eine Lumpenpuppe ist ein Klischee«, sagte ich. Mein Herz pochte heftig, und meine Augen glühten vor Zorn. »Dafür entschuldige ich mich. Wie langweilig von mir.«

»Klischees können durchaus nützlich sein«, sagte sie, während sie beiläufig nach ihrem schnurlosen Telefon auf dem Tisch griff. »Dieses hier ist besonders anschaulich.«

Mein linker Arm verwandelte sich in eine Schlange und glitt zum Telefon, das ich vor ihr zu fassen bekam und auf meinen Schoß zog. »Das werden Sie nicht tun«, sagte ich. »Sie werden mir Rede und Antwort stehen.«

»Sie sind ja völlig außer Kontrolle«, sagte sie. »Bitte verlassen Sie mein Büro.«

»Was Sie getan haben«, sagte ich, »war unverantwortlich, und ich bin mir tatsächlich nicht sicher, wohin das hier führen wird. Mir kommt da wieder die Lumpenpuppe in den Sinn.«

Sie reagierte nicht, rutschte nicht auf ihrem Stuhl herum, ja, nicht mal ihr Gesichtsausdruck änderte sich. Wahrscheinlich war ich für sie nichts weiter als die unglückliche Folge ihrer therapeutischen Arbeit. Einer Arbeit, die sie als mysteriös eigensinnige Außenseiterin leistete. Plötzlich sah ich mich mit ihren Augen: verwirrt, verstört, jemand, bei dem man gelassen bleiben musste, um ihn anschließend den Behörden zu übergeben.

»Ich kann spüren, wie zornig Sie sind«, sagte sie.

»Wow, Sie müssen ein Genie sein«, erwiderte ich.

»Mich zu bedrohen, zu verletzen oder umzubringen wird Ihnen leider nichts nützen, denn Sie werden mit den Konsequenzen leben müssen.«

Fast hätte ich gelacht, aber ich riss mich zusammen, denn wenn ich einmal damit anfing, könnte ich womöglich nicht mehr aufhören. »Konsequenzen?«, fragte ich. »Ich würde mich liebend gerne vierzig Jahre lang in einem Hochsicherheitsknast in den Arsch ficken lassen, wenn ich Sie dafür würgen dürfte, bis Sie nur noch heiser krächzen. Und das sage ich nicht nur zur Abschreckung, das können Sie mir glauben.«

»Ah, ja, Analvergewaltigung«, sagte sie. »Lassen Sie uns über Ihr Glücksgefühl bei dieser Vorstellung reden. So einige Menschen sehnen sich danach, und zwar mehr, als man meinen sollte. Manche sind insgeheim so wild darauf, dass sie bereit sind, so gut wie alles dafür zu tun. Ob es ein Schwanz, ein Dildo oder ein Gemüse ist, sie wollen, dass man ihnen etwas in den Arsch schiebt, doch sie bringen es nicht über sich, jemanden darum zu bitten. Die meisten verheirateten, heterosexuellen Männer mittleren Alters empfinden so, Harry, das ist ganz und gar nicht unnormal. Es ist die Sehnsucht nach Unterwerfung, nach Variation, nach jemandem, der zur Abwechslung mal die Führung übernimmt. Das ist ganz typisch für die Lebensmitte … Männer werden femininer, finden Zugang zu ihrer Seele. Ich denke, was Sie zu mir bringt, ist vor allem der Wunsch, Ihr tiefes, unbewusstes Verlangen, sich anal befriedigen zu lassen, zu erforschen. Das hat nichts mit mir oder mit Ihrer Frau zu tun. Meiner Meinung nach wäre es äußerst interessant, wenn Sie sich hier, bei mir, damit befassen. Ich könnte Ihnen helfen, all die Triebe und unerfüllten Bedürfnisse zu entdecken, die Sie in meine Praxis geführt haben.«

»So arbeiten Sie also«, sagte ich. Wir sprachen in einem unverbindlichen Plauderton miteinander, freundlich und zivilisiert, auch wenn wir ganz anders empfanden. »Ich will mir also einen Dildo in den Hintern rammen lassen … Na klar. Genau das muss der Grund dafür sein, dass ich hier bin. Dass Sie meine angeschlagene Ehe vollends zertrümmert und meine bedauernswerte Frau noch weiter in den Wahnsinn getrieben haben, ist natürlich völlig nebensächlich. Alles, was ich brauche, ist ein guter

Analfick! Jetzt verstehe ich, warum die Leute so begeistert von Ihnen sind: Sie sind mysteriös, respektlos und originell. Ich bin beeindruckt.«

»Tatsächlich?«, fragte sie. »Das glaube ich nicht.«

»Absolut brillant. Avantgardistisch. Ich warte nur noch darauf, dass Sie einen Dildo zücken und ihn mir als therapeutische Maßnahme in den Hintern schieben.«

»Aha«, sagte sie. »Interessant. Ich frage mich, woher diese Feindseligkeit gegenüber Frauen kommt.«

»Nicht gegenüber Frauen«, korrigierte ich. »Ihnen gegenüber.«

»Ihre Mutter war vermutlich zurückhaltend und reserviert. Aber sie hatte trotzdem Macht. Sie hat dafür gesorgt, dass Sie ständig nach mehr verlangen mussten. Und bestimmt haben Sie ihr das nie verziehen.«

Okay, sie hatte einen Volltreffer gelandet. Na und? Wahrscheinlich wusste sie das von Luz.

»Sie sind dran«, sagte ich. »Ich kann Sie nicht so leicht durchschauen, denn weder Ihre Freunde noch Ihre Ehefrau sind bei mir in Therapie. Ich weiß nichts über Sie, mit Ausnahme dessen, was ich hier vor mir sehe. Und wissen Sie was? Ich sehe eine Menge. Was Sexualität betrifft, sind Sie total abgefuckt. Vielleicht sind Sie mal belästigt worden, aber das bezweifle ich, dafür sind Sie zu pervers. Es muss komplizierter sein. Ich glaube, Ihre Mutter hat Sie in ein psychosexuelles Netz verstrickt. Und aufgrund Ihrer Bedürftigkeit und den Schuldgefühlen haben Sie jetzt einen Knacks. Sie haben sich nie von ihr befreien können, obwohl sie mittlerweile höchstwahrscheinlich tot ist – Sie sind ja auch nicht mehr ganz taufrisch.«

Darauf wusste sie nichts zu erwidern.

»Dem säuerlichen, einsamen Zug um Ihren Mund nach zu urteilen«, fuhr ich nach einem kurzen Moment fort, »hätten Sie gerne Kinder gehabt, konnten aber keine bekommen. Und Sie waren zu narzisstisch und zu verstockt, um welche zu adoptieren. Außerdem waren Sie unglücklich verliebt. Sie picken sich Verlierer und Nattern raus, denen Sie sich voll und ganz hingeben. Sie werden zu ihrer Sklavin und lassen sich von ihnen betrügen. Von jedem Einzelnen. Sie haben es auf Betrüger abgesehen, weil Sie der Überzeugung sind, dass es ganz selbstverständlich ist, zu betrügen, ganz einfach, weil Sie auch immer betrogen wurden. Vermutlich hat Sie einer nach dem anderen fallengelassen, was Sie nicht haben kommen sehen, nicht nach all den Jahren. Und Sie werden auch wieder auf den nächsten Scheißkerl reinfallen – kommenden Herbst vielleicht, auf einer Kreuzfahrt für Singles. Oder in einer Bar oder beim Online-Dating. Sie werden nie aufgeben und nie dazulernen. Ich glaube, Sie sind einsam, in Geldnot, voller Bitterkeit, Schmerz und Reue, aber was weiß ich? Ich bin nur ein Laie, und es interessiert mich auch nicht wirklich. Was mich dagegen interessiert, ist die Tatsache, dass Sie Ihre unerfüllten Bedürfnisse an Ihren Klienten abarbeiten und ein Machtgefühl aus deren Abhängigkeit ziehen, was Sie in Ihren einsamen Nächten wahrscheinlich zum Orgasmus treibt. Vermutlich masturbieren Sie, während Sie sich Ihre Klienten vorstellen. James Lee? Auf den waren Sie richtig scharf. Sie konnten es nicht fassen, dass er eine Affäre mit Marion Delahunt anfing, anstatt auf Ihr Angebot, ihn zu vögeln, einzugehen. Seitdem bestrafen Sie Marion auf jede nur erdenkliche Weise. Und mich auch. Keine Ahnung, warum, aber auf mich haben Sie es ebenfalls abgesehen. Womöglich stehe ich in Ihrem Kopf stellvertretend für all die Männer, die Sie so schlecht behandelt haben.«

Ich hatte ins Schwarze getroffen, das konnte ich an

ihren Augen sehen, die verschleiert und ausdruckslos dreinblickten. Aber davon ließ ich mich nicht täuschen.

Sie schnaubte. »Bitte, fahren Sie fort. Das scheint sehr befreiend für Sie zu sein.«

»Sie scheren sich doch einen Scheißdreck um mich oder sonst wen«, sagte ich. »Machen Sie mir doch nichts vor. Was war denn zum Beispiel mit Samantha Green?«

Sie blickte mich unverwandt an.

»Oh«, bemerkte ich. »Wie schnell Sie doch vergessen. Vor zwölf Jahren hatte ich eine Affäre mit ihr. Und bestimmt spricht Luz hier in diesem Zimmer sehr oft darüber. Sie war auch eine Ihrer Klientinnen, und vielleicht ist sie es noch immer.«

»Samantha«, sagte Helen. »Ja, ich weiß, wer das ist.«

»Wie rechtfertigen Sie die Tatsache, dass Sie sowohl meine Ehefrau als auch meine Geliebte zu Ihren Klienten zählen? Wie können Sie glauben, da noch objektiv zu sein?« Schwer atmend hielt ich inne. »Stimmt es, dass Sie Luz geraten haben, den Beweis, dass ich keine Affäre mit Marion habe, zu ignorieren?«

»Meine Arbeit mit Luz geht nur sie und mich etwas an«, sagte Helen. »Da sind meine Grenzen leider eng gesteckt.«

»Sie sind eine Lügnerin. Sie kennen gar keine Grenzen, weder im Beruf noch sonst irgendwo.« Ich stand auf. Das schnurlose Telefon glitt mir vom Schoß. Mit dem Fuß stieß ich es unter die Couch und begann, auf dem Teppich, dessen modernes Muster an einen Rorschach-Test erinnerte, auf und ab zu tigern. Hätte mich jemand gefragt, ich hätte geantwortet, dass er mich an einen zertretenen Käfer erinnerte. Und es war mir völlig egal, was das über meine Psyche aussagte.

»Luz läuft Gefahr, ihre Ehe aufs Spiel zu setzen«, sagte ich. »Ihretwegen kann sie nicht tun, was sie wirklich tun möchte, nämlich mir verzeihen und mich wieder aufnehmen. Tief in ihrem Herzen weiß sie, dass ich ihr treu war, doch das kann sie nicht zugeben. Ihr Stolz lässt es nicht zu, und daraus schlagen Sie Kapital. Sie bestärken sie in ihrer Hilflosigkeit und Instabilität. Sie gieren danach, andere Menschen von sich abhängig zu machen. Sie können keine Kinder bekommen, die Männer lassen Sie ständig sitzen, aber wenigstens werden Sie von Ihren Klienten gebraucht und respektiert.«

Ich versuchte, Helen niederzustarren, aber sie blinzelte weder, noch wandte sie den Blick ab. Irgendwo dort in den tiefen Teichen ihrer himmelblauen Augen gab es eine verwundete Kreatur, die zitterte und weinte, doch ihr Gesicht blieb stahlhart und kontrolliert.

»Sie treiben meine Frau in den Wahnsinn«, sagte ich. »Sie hat einen Nervenzusammenbruch, der durch Sie noch schlimmer wird, wenn Sie ihn nicht sogar ausgelöst haben. Dabei sollten Sie ihr helfen, professionell helfen, dafür werden Sie bezahlt. Aber Sie machen alles nur noch schlimmer, versuchen, ihr Leben zu ruinieren. Und wenn Luz Selbstmord begeht, und zwar aus der abgrundtiefen Verzweiflung heraus, in die sie von Ihnen getrieben wurde – wer bezahlt Sie dann?«

Ich blieb stehen und baute mich mit geballten Fäusten vor ihr auf. »Sie sind ein schlechter Mensch«, sagte ich mit unversöhnlicher Stimme. Sie zuckte zusammen, was mich freute und erst recht nicht daran hinderte, weiterzumachen. »Schlecht. Ich benutze dieses Wort nicht leichtfertig. Sie ermutigen meine Frau, einer Lüge über ihren Ehemann Glauben zu schenken. Einen Mann, der sie aus ganzem Herzen liebt und den sie liebt. Und das nur, weil Sie das perverse Bedürfnis verspüren, mich als grausamen Scheißkerl hinzustellen. Sie zwingen Luz Ihre eigene verquere Vergangenheit auf, denn warum sollte die Geschichte von jemand anderem ein glückliches Ende finden und Ihre nicht?« Ich atmete. Ein, aus, ein, aus. »Ich habe keine Affäre mit Marion Delahunt oder sonst wem. Ist das klar?«

Helen antwortete nicht.

»Unglücklicherweise scheint es derzeit keinerlei Möglichkeiten zu geben, schlechte Therapeuten per Gesetz zu verfolgen. Außerdem werde ich alles tun, um meine Ehe zu retten, gerade weil ich unschuldig bin. Luz ist unschuldig. Marion ist unschuldig. Sie sind die Einzige, die hier schuldig ist.«

»Bitte setzen Sie sich«, sagte Helen.

»Haben Sie jetzt kapiert, was ich hier will?«

»Setzen Sie sich, bitte.«

»In Ordnung, ich werde mich setzen«, sagte ich. »Aber nur, weil unsere Unterhaltung noch nicht beendet ist. Sie haben sich noch nicht bei mir entschuldigt. Und das sollten Sie als Erstes tun.«

Ich trat einen Schritt zurück und ließ mich auf die Couch sinken, die Fäuste nach wie vor geballt.

»Okay«, sagte sie, »ich würde gern festhalten, dass Sie den Drang gehabt haben mögen, mir diese Dinge zu sagen, aber es war extrem unangemessen. Extrem, Harry. Unangemessen und unkontrolliert. Das therapeutische Vorgehen in meiner Praxis hat mit Bedrohung nichts zu tun, von keiner Seite. Sie werden mir also nie wieder drohen. Ist das klar?«

»Hier ist nur eins klar«, beharrte ich. »Nämlich, dass dieses Gespräch noch nicht vorbei ist. Und Sie haben zum ersten Mal nicht das Heft in der Hand.«

Sie lehnte sich in ihrem Sessel zurück, schlug die Beine übereinander und bedachte mich mit einem strahlenden Lächeln. »Wir haben noch Zeit«, sagte sie. »Lassen Sie uns darüber reden, weshalb Sie wirklich hier sind. Lassen

Sie uns Ihre Angst, das Kommando zu übernehmen, näher betrachten, Ihre Passivität und Ihre Unfähigkeit, eine andere Realität zu akzeptieren als die, die Sie zur einzig wahren erklärt haben. Lassen Sie uns über Ihre Ehe und die wirklichen Gründe für die Trennung sprechen. Wir können so tief graben, wie es uns die verbliebene Zeit gestattet. Wir können herausfinden, wie sehr es Sie erschreckt, ohne Ihre Frau zu leben, die Person, von der Sie jahrzehntelang abhängig waren. Ihr kleiner Ausbruch war sehr aufschlussreich für mich. Er hat mir ein Fenster zu Ihrer Psyche geöffnet, was für unsere zukünftige Zusammenarbeit äußerst hilfreich sein wird.« Wieder das strahlende Lächeln. »Wir können mit der Analvergewaltigung beginnen, wenn Ihnen das die Sache erleichtert.«

»Das war nie eine spezielle Phantasie von mir«, sagte ich. »Aber wenn es Ihnen Spaß macht – meinetwegen.«

Das Telefon klingelte. Ich angelte unter der Couch danach und blickte auf die Anruferkennung, um zu sehen, wer dran war.

»Alle eingehenden Anrufe werden auf den Anrufbeantworter umgeleitet«, sagte sie. »Während meiner Sitzungen nehme ich keine Telefonate entgegen. Ich wollte den Klingelton abstellen, aber Sie haben mir das Telefon weggeschnappt.«

»Es ist Lisa«, sagte ich und drückte den grünen Knopf. »Lisa. Hier spricht Harry. Ich bin in Helens Praxis. Kann sie dich zurückrufen, wenn wir fertig sind?«

»Ich bin's«, meldete sich James Lee, Lisas Mann, mein Freund und der Typ, mit dem Marion vor Jahren mal eine Affäre gehabt hatte. Etwa zur gleichen Zeit hatte er sich bei Helen beschwert, dass mit seiner Frau im Bett nichts mehr liefe. Helen hatte ihn daraufhin gedrängt, zu einer Prostituierten zu gehen, und ihm anschließend angeboten – laut James im Scherz –, selbst mit ihm zu schlafen. »Kannst du Helen ausrichten, dass ich morgen nicht komme? Celeste hat die Grippe. Ich melde mich noch mal, um einen neuen Termin auszumachen, ich wollte nur, dass sie Bescheid weiß.«

»Mach ich«, antwortete ich. »Schön, mal wieder deine Stimme zu hören. Ist ganz schön lange her. Wir sollten was trinken gehen.«

»Jederzeit«, sagte James. »Das wäre prima.«

»Wie wär's mit heute Abend? In Marlenes Bar?«

»Marlenes Bar?«, fragte James, als hätte ich ein Treffen an der Tankstelle oder in der Schulcafeteria vorgeschlagen. »Nein, komm lieber zu uns. Lisa ist nicht da, und ich muss zu Hause bei Celeste und Ethan bleiben. Komm doch zum Abendessen, wenn du willst gleich nach deiner Sitzung bei Helen.«

»Ich mache mich direkt danach auf den Weg«, antwortete ich und legte auf. »James kommt morgen nicht«, teilte ich Helen mit. »Er meldet sich noch mal, um einen neuen Termin auszumachen.«

Sie schüttelte den Kopf. »Ich hatte Sie gebeten, nicht dranzugehen«, sagte sie.

»Schon gut«, sagte ich bebend. Mein Zorn war ungebrochen, ja, er schien sich sogar noch zu steigern. Meinem Körper nach zu urteilen, hatte ich nicht mal angefangen, mich abzureagieren. Ich hoffte, ich würde Helen nicht wirklich erwürgen, denn ich begriff, dass ich genug Zorn in mir hatte, um eine Gewalttat zu begehen, etwas, was ich noch nie zuvor getan hatte.

»Nein«, widersprach sie. »Nichts ist gut. Das war nicht okay.«

»In meinem Job bin ich für Telefonate zuständig«, sagte ich. »Ich bilde mir gern ein, eine Art rauhen Charme zu besitzen. Aber wo waren wir stehengeblieben?«

»Ich wollte Ihnen dabei behilflich zu sein, die wahren

Gründe für das Aus Ihrer Ehe zu erforschen.« Helen wirkte so kontrolliert, so unbeeindruckt. Aber vor ein paar Minuten hatte ich einen Nerv getroffen. Ich hatte recht, was ihr Liebesleben anbelangte, das wusste ich. Ich konnte es ihr am Gesicht ablesen, konnte das feine Netz der Enttäuschung um ihre Lippen und Augen erkennen, die papierne, pudrige Einsamkeit auf ihren Wangen. Keine Frau, die geliebt wurde, frisierte ihr Haar zu einem derart glatten, glänzenden, künstlich blonden Helm. Angebetete, gut gevögelte Frauen hatten nichts dagegen, wenn ihr Haar in Unordnung geriet, zerzauste oder sich kräuselte. Ich hatte mir nie Gedanken darüber gemacht, doch jetzt konnte ich nicht begreifen, dass ich nicht schon viel früher darauf gekommen war.

»Wir waren dabei stehengeblieben, dass ich eine Entschuldigung von Ihnen erwarte, weil Sie meine Ehe zerstören.«

»Ach ja«, entgegnete Helen. »Ihre Frau hat Sie gebeten auszuziehen. Sie will sich nicht mit Ihnen versöhnen, will Sie weder sehen noch etwas mit Ihnen zu tun haben. Das ist ihre Entscheidung. Darauf habe ich keinen Einfluss. Alles, was ich tun kann, ist, ihr zu helfen, ihre Gefühle besser zu artikulieren und zu verstehen. Mehr nicht.«

Ich starrte sie so durchdringend an, dass meine Augäpfel in ihren Höhlen zitterten. »Lügnerin. Sie haben ihr gesagt, dass Marion und ich miteinander schlafen, obwohl wir das nicht tun. Luz hatte einen echten Beweis dafür, dass wir keine Affäre haben und niemals eine hatten.«

Helen schüttelte den Kopf und schnalzte abschätzig mit der Zunge. »Ich habe vielleicht eine Andeutung in dieser Richtung gemacht, aber da Luz die Ehe mit Ihnen beenden will, ist das doch ohnehin nicht von Belang. Wen interessiert es, was Sie getan haben oder nicht? Sie will Sie nicht zurückhaben.«

»Will sie wohl«, widersprach ich.

»Haben Sie eine Ahnung, was Luz über Sie denkt? Was sie über die Ehe mit Ihnen sagt? Ich weiß es, denn ich höre ihr zu.«

»Sie ist verletzt und zornig«, sagte ich. »Aber sie hat keinen Grund dazu.«

»Sie hat Sie geheiratet, weil sie dachte, Sie seien ein Genie. Sie hat sich jahrelang den Arsch aufgerissen, um Sie und Ihr Geschreibsel zu unterstützen. Sie hat Sie für den nächsten Shakespeare gehalten. Die Wahrheit dämmerte ihr schon vor Jahren, aber sie hat versucht, sie zu verdrängen. Doch irgendwann konnte sie das nicht mehr. Sie findet, dass Sie ein grottenschlechter Schriftsteller sind. Genau deshalb hat sie Ihre Gedichte vernichtet. Weil sie schlecht waren. Und sie hat Sie aus dem Haus geworfen, weil sie mit Ihnen fertig war.«

»Ich habe nie behauptet, dass meine Gedichte gut sind«, entgegnete ich. »Sie waren noch im Entstehen, völlig unfertig. Außerdem hat Luz mir das alles schon gesagt, als sie mich rausgeworfen hat, und ich habe zugehört.«

»Ihre Ehe ist vorbei.«

»Nein«, beharrte ich. »Ist sie nicht. Sie werden schon sehen.«

»Solange Sie sich etwas vormachen und sich weigern, die Wahrheit anzuerkennen, werden Sie nicht weiterkommen. Sie müssen es akzeptieren: Ihre Frau will die Scheidung.«

»Solange Sie sie weiter kontrollieren und belügen, wird es immer schlimmer werden. Sie wird völlig durchdrehen.«

»In meiner Ehe«, sagte Helen bedächtig, »habe ich oft

festgestellt, dass mein Mann mir nicht zuhört, wenn ich mein Anliegen nicht ungefähr achtzigmal wiederholt habe. Meine Kinder«, fügte sie noch dezidierter hinzu, »nennen das ›Dadtardation‹. Harry, Sie sind ein Paradebeispiel für eine solche Retardation. Das ist meine professionelle Diagnose. Sie müssen Ihrer Frau zuhören.«

»Ich höre ihr doch zu«, behauptete ich hartnäckig. »Sie spricht nicht mit mir, aber gestern hat sie unserer Tochter erzählt, dass sie diese ganze Sache mit meiner Affäre in den Wahnsinn treibt und alles immer schlimmer wird. Sie erfindet Dinge und erinnert sich an etwas, was so nie stattgefunden hat.«

Helen neigte den Kopf, erwiderte jedoch nichts. Sie schien darauf zu warten, dass ich fortfuhr.

Ich holte tief durch die Nase Luft. »Vergessen Sie doch mal für einen Moment die Scheidung. Es ist falsch, sie dazu zu bringen, ihre Ehe in Frage zu stellen. Das bereitet ihr nur unnötigen Kummer und lässt sie Dinge glauben, die nicht stimmen. Ob ich etwas getan oder nicht getan habe, spielt durchaus eine Rolle. Es bedeutet ihr mehr als alles andere. Sie sollten ihr doch zumindest gönnen, die Wahrheit zu erfahren und zur Ruhe zu kommen.«

»Dasselbe könnte ich Ihnen sagen, Harry. Geben Sie's auf, lassen Sie sie gehen. Sie hat endlich getan, was sie schon viele Jahre lang tun wollte. Machen Sie es ihr nicht noch schwerer, sich von Ihnen zu befreien. Sie sagen, Sie lieben sie. Wenn das wirklich stimmt, was zu glauben mir äußerst schwerfällt, dann akzeptieren Sie, dass sie fertig mit Ihnen ist.«

»Warum fällt es Ihnen schwer, zu glauben, dass ich meine Frau liebe?«

»Weil Sie keinen Respekt vor der Privatsphäre anderer Menschen haben und kontrollsüchtig sind. Sie hören nicht zu. Sie sind ja sogar in ihr Wohngebäude zurückgekehrt, um Himmels willen! Bei unserer Sitzung heute Morgen hat sie mir erzählt, dass sie sich verfolgt und ausspioniert fühlt. Und jetzt bedrohen Sie auch noch mich, ihre Therapeutin. Sie sind derjenige, der außer Kontrolle ist. Sie sind derjenige, der in den Wahnsinn abgleitet. Sie verlieren jeden Bezug zur Realität.«

»Nein, das ist Luz! Alles, was ich mir wünsche, ist, dass sie die Wahrheit erkennt und danach entscheidet!«

»Sie erwägt eine einstweilige Verfügung«, sagte Helen, »und sie hat vor, Ihnen die Scheidungspapiere zustellen zu lassen.«

Ich starrte Helen durch eine alles verdunkelnde Wolke der Ungläubigkeit an. Helen starrte mit ausdruckslosem Gesicht zurück.

»Wissen Sie, Harry«, sagte sie, wobei sie meine Bestürzung zweifellos genoss, »sie hat mir erzählt, wenn sie von der Arbeit heimkam, saßen Sie an exakt derselben Stelle wie noch am Morgen. Dann hat sie das Abendessen gekocht und den Kindern bei den Hausaufgaben geholfen. Abend für Abend mit jemandem zu verbringen, der gar nicht wirklich anwesend war, so hat sie mir erzählt, sei schlimmer gewesen, als allein zu leben, ein immer wiederkehrender Herzschmerz. Jetzt, da Sie weg sind, kann sie wieder atmen.«

»Aber ich habe die Teller gespült!«, rief ich. »Ich war da! Ich war zu Hause. Ich bin nicht ausgegangen, habe mich nicht herumgetrieben. Ich habe jede Nacht neben ihr geschlafen. Und ich habe ihr nie die Bettdecke weggenommen.«

Am Ende der Sitzung teilte ich Helen trotzig und wenig überzeugend mit, dass ich sie nicht bezahlen würde. Das sei sie mir schuldig gewesen.

»Na schön.« Sie lächelte scheinbar unbekümmert.

»Ich werde die Rechnung an Sie adressieren und an Luz' Adresse schicken.«

Der Gedanke, Luz könne die Rechnung öffnen, entsetzte mich. Ich bezahlte Helen in bar und stolzierte hinaus. Nicht nur, dass ich sie nicht wie geplant abgestraft hatte, ich hatte sie auch noch für mein Versagen bezahlt.

Kapitel fünfzehn

Das Gefühl, geschlagen zu sein, hielt über zwei Blocks an, dann stieg erneut Zorn in mir auf. Dieses verfluchte, verlogene Miststück von einer eingebildeten, schamanistischen Manipulantin mit ihrem versteinerten Gesicht fand genau die richtigen Worte, um die Kontrolle über ihre Patienten zu erlangen. Sie machte sich deren tiefste, intimste, irrationalste Urängste zunutze, bestätigte sie mit einem gewaltigen, erschreckenden Erdrutsch an diagnostischem Humbug, um dann so zu tun, als reiche sie ihren Patienten eine Schaufel, mit der sie sich aus der Lawine befreien sollten, aus einer Lawine, die sie in Wirklichkeit selbst losgetreten hatte. Doch während ihre Patienten schaufelten und schaufelten und schaufelten, überschüttete Helen sie weiter mit Erde, bis sie bei lebendigem Leib begraben waren. Und es war mir scheißegal, dass das eine überzogene, überstrapazierte Metapher war. In meinem Kopf konnte ich verdammt noch mal meinen eigenen Gedanken nachhängen. Das war eines der wirklich guten Dinge am Lebendigsein. Und wenn ihre Patienten dann endgültig beerdigt waren, ließ sie sie bei hundertfünfzig Dollar pro Sitzung ausbluten, mumifiziert, wie sie nun schon waren, und in einem Zustand von Angst und Schwäche. Es war ein einträgliches Geschäft, ähnlich dem Handel mit Heroin. Ich begriff genau, wie sie vorging, doch irgendwie sprang ich nicht auf ihre Tricks an. Vielleicht war ich einfach nicht auf erwartungsfrohe Selbstverbesserung konditioniert. Oder, was wohl eher zutraf, ich war so eingemauert von meiner Skepsis, dass ich dem Einfluss anderer unerreichbar entzogen war.

Was sie über Luz gesagt hatte, war ein riesiger, dampfender Haufen Scheiße. Helen stachelte sie zu diesen Gedanken über mich und unsere Ehe an. Und anders als ich war Luz anfällig für Autoritäten. Übrigens auch anders als Marion. Luz war keine praktizierende Freidenkerin, wie Marion und ich uns in jüngeren Jahren augenzwinkernd genannt hatten. Luz brauchte ein festes Gefüge, feste Glaubenssätze. Jetzt, da ich sie schon so lange kannte, fühlte ich mich in meinem Verdacht bestätigt, dass Menschen, die Religionen und Glaubenssystemen anhingen, von Natur aus rückgratlos waren.

Ihnen fehlte der innere moralische Kompass, und deshalb wussten sie nicht, wie man richtig lebte, wussten nicht, wie man ohne Anstoß von außen auf die eigenen Schwächen und Grenzüberschreitungen reagierte. Ich hatte mich meiner Frau wegen ihres Bedürfnisses zu beichten und zu beten immer überlegen gefühlt. In meinen Augen war das eine Schwäche. Ich war stets entschlossen, mich auf eigene Faust durchzulavieren, Mist zu bauen, mich zu entschuldigen, aus meinen Fehlern zu lernen und weiterzumachen. Das war es, was Erwachsene taten. Das war der eigenverantwortliche Weg, die Dinge anzugehen.

Luz war ein Kind, ein Naivling, ein Boleslaw. Sie konnte die menschliche Komplexität nicht begreifen: Jeder musste entweder durch und durch gut oder durch und durch schlecht sein. Dabei war sie selbst ziemlich komplex, sie wusste es nur nicht. Sie war blind sich selbst gegenüber und daher auch blind für alles andere, vor allem was mich betraf. Sie war auf eine simple Art moralistisch und stur wie ein Esel: eine fatale Kombination. Vergebung erfolgte nur unter Vorbehalt. Aus den Fehlern der Vergangenheit zu lernen war etwas, was in ihren Augen niemandem gelang, einfach deshalb, weil sie es selbst nicht konnte. Ihr fehlte es an Vorstellungskraft. Marion hatte recht. Das war eine fatale Schwäche.

Und der eigentliche Grund, warum sie mich brauchte. Luz nahm mich, gewissermaßen stellvertretend, als Beispiel dafür, wie es sich anfühlte, nach seinen ganz eigenen verfluchten Vorstellungen zu leben. Sie selbst suchte Halt in den künstlichen Regeln der Religion und der Obrigkeit. Dabei gefiel es ihr, mir bei meinem Tun zuzusehen. Sie zog Befriedigung aus meiner Fähigkeit, selbständig zu atmen, so, wie es einem kleinen Polio-Patienten in einer Eisernen Lunge ergehen mochte, der durchs Fenster des Sanatoriums ein gesundes Kind beim Spielen an der frischen Luft beobachtete.

Da war ich nun, drehte mich immer und immer wieder im Kreis, ohne einen Ausweg zu finden.

Ich wünschte, es gäbe einen Gott, dem ich die Schuld geben könnte,
Einen Jehovah mit harten Fäusten und tief gefurchter Stirn,
Dem ich mit erstickter Stimme und ausgestrecktem Zeigefinger Vorwürfe machen könnte.
Oder, besser noch, einen aalglatten, hündischen Satan –
Ich könnte mir einen herauspicken, doch wozu?
Es gibt niemanden, den ich verantwortlich machen könnte für unser gegenseitiges

Entbehren, unsere gemeinsame Einsamkeit, jeder von uns steckt fest
In seiner fleischlichen Hülle, unfähig zu schlafen
Ohne den Körper des anderen neben sich
Nach der ungezwungenen Bereitwilligkeit gewohnheitsmäßiger Vereinigung,
Damals, als jede Nacht eine Probe
Für das Grab war, zumindest dachte ich das.

Verdammt sollte sie sein. Und verdammt sollte auch dieses selbstgerechte Miststück von einer Seelenklempnerin sein. Mit ihrer sogenannten Therapie sorgte sie dafür, dass Luz noch mehr litt, als wenn sie auf sich allein gestellt wäre. Helen war genauso schlecht wie die katholische Kirche. Sie erfand Sünden, wo keine existierten, postulierte eine übergeordnete Autorität, um damit Autonomie und innere Gesinnungen abzutragen. Sie erschuf ein stringentes, aber illusorisches System der Selbstgeißelung und Sühne und ließ die Leute dafür zahlen, zahlen, zahlen. Therapie per se war nicht das Problem. So naiv war ich nicht. Ein aufrichtiger, engagierter Therapeut hätte Luz durchaus helfen können, ihren eigenen verkrüppelten Zustand zu erkennen, und ihr eine provisorische Krücke angeboten, moralische Übungen etwa, ein echtes, wirksames Mittel zur Selbsterkenntnis und womöglich mehr Eigenständigkeit. Helen hingegen gehörte gekillt. Oder vielleicht brauchte es etwas, was mehr Symbolkraft hatte.

Weil sie diese Macht über meine Frau und so viele meiner Freunde hatte, dachte Helen zweifellos, sie könne mich ebenfalls absorbieren und dazu bringen, mich ihrer Version von Realität anzuschließen. Nun, da hatte sie mich unterschätzt. Ich wusste, was ich wusste, da konnte mir keiner etwas anderes erzählen. Meine Erfahrungen waren die oberste und einzige Autorität. Sie waren hart genug erworben und kumulierten in der Erkenntnis all dessen, was echt war und nicht nur zu den guten Dingen des Daseins zählte.

Ich bin mein eigener Herr, murmelte ich, wie Karina es getan haben mochte, als sie vier oder fünf Jahre alt war.

All das spielte sich in meinem Kopf ab, während ich die Delancey Street entlangradelte, über die Williamsburg Bridge und am Ufer entlang nach Greenpoint. Als ich an der Noble Street ankam, hatte ich mich dazu durchgerungen, auf gesellige Stimmung umzuschalten, aber es hatte mich einige Mühe gekostet. Ich stieg die Stufen von James' und Lisas Haus hinauf und klingelte, wobei mir – zu spät – auffiel, dass ich kein Gastgeschenk mitgebracht hatte.

»Komm rein«, sagte James, der sich eine riesige Metzgerschürze um den schmächtigen Körper gebunden hatte, die mit etwas verschmiert war, was aussah wie Blut – was es auch tatsächlich war, wie sich später herausstellte.

»Führst du gerade eine Operation durch?«

»An toten Kaninchen.«

In der geräumigen, von einer Strahlerleiste erhellten, blitzenden, technisch ausgefeilten Küche reichte er mir ein Glas Wein, der ausgezeichnet schmeckte und, wie ich wusste, lächerlich teuer gewesen war. James musste immer das Beste vom Besten haben, ganz gleich, ob es um ein Auto ging, einen Kontrabass, ein Paar Schuhe oder um das Zubehör für seine Küche. Oder um eine Geliebte. In all unseren Gesprächen über seine lang zurückliegende Affäre mit Marion hatte mich stets das leicht unheimliche Gefühl beschlichen, sie wäre eine seiner Luxus-Trophäen gewesen. Trotz seiner scheinbaren Großzügigkeit und Fürsorge war James ein kühler Pragmatiker. Genau deshalb war er mit Lisa verheiratet geblieben: Er hatte gar keine echte Beziehung gesucht. Stattdessen bereitete es ihm eine große Befriedigung, seine Frau zu hassen, sie auf unmerkliche, wenngleich profunde Art herauszufordern, während es nach außen so aussah, als würde er sich unterordnen.

James und Lisa hatten unmittelbar nach ihrem Abschluss an der Wesleyan University ihr eigenes Unternehmen gegründet. Als Stipendiaten hatten sie sich gleich im ersten Semester kennengelernt, damals, in den frühen 1970ern. Beide waren vielversprechende Musiker gewesen. James spielte ausgezeichnet Kontrabass und Lisa Trompete. Außerdem sang sie mindestens ebenso meisterhaft. Zusammen mit drei anderen College-Freunden hatten sie eine avantgardistische Cabaret-Rockband gegründet, die angeblich kurz davor stand, von einem bedeutenden Plattenverlag unter Vertrag genommen zu werden. Was auch immer sich daraus hätte entwickeln können – vermutlich wären sie tatsächlich Rockstars geworden –, Lisa setzte dem ein Ende, indem sie urplötzlich beschloss, dass sie und James heiraten und wohlhabende Bürger werden müssten. Also keine glamouröse Superkarriere.

Lisa war ein rothaariger Donnerkeil, kompromisslos und humorvoll, launisch und unsicher, pragmatisch und voller diffuser Ängste. Sie traf sämtliche wichtigen Entscheidungen, und James, der verträumt war, ernsthaft, nach außen hin sanft und bescheiden, innerlich jedoch ein Vulkan an unausgelebter, kreativer Energie, stimmte um des lieben Friedens willen allem zu. Beide waren gebürtige New Yorker und Kinder mittelloser Einwanderer. James' Eltern waren Chinesen. Sie betrieben eine Schuhwerkstatt auf der Lower East Side. Lisas Vater war ein deutscher Dissident, der 1939 den Nazis entkommen war und seine rumänische Frau sowie die beiden Kinder mehr schlecht als recht durchgebracht hatte, indem er wissenschaftliche und technische Abhandlungen übersetzte. Weder James noch Lisa machten sich Illusionen, was jegliche Hungertuchromantik anging. Lisas Entscheidung, ihre gemeinsamen Talente in ein solides Unternehmen statt in eine launenhafte, risikoreiche Musikkarriere zu investieren, hatte sich in exakt der Weise bezahlt gemacht, die sie sich erhofft hatte. Custom Case, ihr Geschäft für Instrumentenkoffer-Design und -Reparatur, nahm eine gesamte Etage in einem schönen alten Lagerhaus in Red Hook ein. Sie arbeiteten für die Ikonen der klassischen Musik, für Rockstars und für ganz gewöhnliche Kids, die sich für ihre Trompeten, Gitarren und Geigen coole Koffer wünschten. Infolgedessen waren Lisa und James heute Millionäre mit einem wunderschön renovierten Stadthaus in der Noble Street. Ihr ältester Sohn arbeitete in ihrem Unternehmen und würde Custom Case zweifelsohne eines Tages übernehmen. Ihr Zweitältester hatte genau das getan, was sich seine Eltern versagt hatten, und war Rockstar geworden. Die beiden Jüngsten wohnten noch zu Hause. James und Lisa hatten sie adoptiert, als die älteren Kinder aufs College gegangen waren. Lisa war damals ausgeflippt und hatte James mitgeteilt, sie brauchten unbedingt noch mehr Kinder.

Allen gegenteiligen Erwartungen zum Trotz gab diese sexlose, abgeklärte, gefühlskalte Ehe den beiden exakt das, was sie am dringendsten brauchten. Es funktionierte, weil jeden von ihnen eine Aura eigenständiger Macht umgab, die der andere nicht störte. Das Ganze basierte auf einem präzise kalibrierten Arrangement. Er führte das Unternehmen, sie führte ihrer beider Leben. Und gemeinsam wahrten sie die Etikette einer anständigen Ehe. James' Affäre mit Marion hatte Konsequenzen gehabt. Die offensichtlichste war die, dass die beiden ehemals befreundeten Paare nicht mehr miteinander sprachen. Lisa zog bei jedem, der es hören wollte, auf übelste Weise über Marion her und verspritzte ihr Gift in unserem gesamten Freundeskreis. James, in seiner Eigenschaft als Schuldiger, hatte Lisa einen Freibrief dafür ausgestellt, seine Zeit, seine Freiheit und seine Ausgaben noch akribischer zu kontrollieren als bisher. Aber ich vermutete, dass er das ohnehin die ganze Zeit schon gewollt hatte, und sei es unterbewusst. Kurz und gut: James und Lisa führten eine der erfolgreichsten Ehen, die mir je untergekommen waren.

Jetzt gerade hatte James zwei gehäutete Kaninchen auf ein großes Holzschneidebrett gelegt, die aussahen wie die nackten, gekrümmten Leichen zweier Kleinkinder. Wie die Leichen von Hänsel und Gretel vielleicht. Auf dem riesigen Profigasherd, selbstverständlich technisch der neueste Schrei, köchelte etwas in einem Topf vor sich hin. Von einem Edelstahlrost über James' Kopf baumelte an Fleischerhaken eine Auswahl von Kupfertöpfen und gusseisernen Pfannen. Seine Messer waren in einer grausig anmutenden Reihe auf einem Magnetstreifen angeordnet. Die Arbeitsflächen bestanden aus einem extrafunkelnden Granit, vermutlich mit einem hohen Pyrit-Anteil. Der Fußboden war aus polierten Eichenholzdielen, die jedweden Spritzer und alle Arten von verschütteten Flüssigkeiten absorbierten. Die Küche erinnerte an eine mittelalterliche Folterkammer, aggressiv kulinarisch, nicht im mindesten einladend oder gemütlich.

»Wie geht es dir, Harry?«, fragte James mit seiner wohlklingenden Stimme. Sein Kopf hatte die Form einer Kichererbse, rund und mit einem ausgeprägten Kinn. Er hatte kurzes, dichtes schwarzes Haar und schwarze, mandelförmige Augen. Seine Haut hatte die Farbe von schwarzem Tee. Sein Gesichtsausdruck war meist arglos, fröhlich und gutherzig. Marion hatte mir erzählt, sie habe sich in ihn verliebt, weil er offen und voller Enthusiasmus gewesen sei, was für sie so erfrischend war wie kaltes Wasser für einen ausgedursteten Wüstenbewohner. Ihr eigener Ehemann war stur, mürrisch und launisch gewesen. Während jener Zeit hatten Marion und er sich in verschiedene Erdumlaufbahnen katapultiert, wie lang verheiratete Paare das im Allgemeinen vorübergehend, wenngleich häufig auf erschreckende Weise tun. Im Vergleich zu ihrem unaufmerksamen, ständig arbeitenden Ehemann wirkte James absolut präsent. Ikes wahre Qualitäten wurden ihr erst sehr viel später bewusst. Das hatten Affären so an sich. Ich konnte mich nur allzu gut daran erinnern, wie schwindelerregend perfekt mir meine heimliche Geliebte erschienen war, verglichen mit meiner langweiligen, obligaten Ehehälfte. Diese Verblendung war eine Art Wahnsinn, doch das begriff man immer erst im Nachhinein. Zu wissen, was ich jetzt über Samantha wusste, zeigte mir deutlich, wie ungeeignet wir füreinander gewesen waren. Ob ich diese Erkenntnis bedauern sollte oder nicht, konnte ich nicht sagen. Vielleicht hatte ich einen derart kolossalen Fehler begehen müssen, um in Zukunft andere, womöglich schlimmere zu vermeiden.

»Geht so«, antwortete ich und setzte mich auf einen Hocker vor der Kücheninsel, die in der Mitte des Raumes stand. Ich nahm einen Schluck Wein. »Ist mir schon besser gegangen. Du hast den Tratsch mit Sicherheit gehört.«

Wir umtanzten die mir angedichtete Affäre mit Marion.

»Wie war deine Sitzung bei Helen?«, fragte James. »Ich wusste gar nicht, dass du bei ihr in Behandlung bist, aber überraschen tut es mich nicht. Machst du eine Einzeltherapie, oder gehst du zusammen mit Luz zu ihr?«

»Das war eine einmalige Sache«, sagte ich. »Ich habe sie aufgesucht, um ihr zu sagen, dass sie gefälligst aufhören soll, Luz zu manipulieren. Dass sie damit ihr Leben zerstört. Irgendwann hab ich gedroht, sie umzubringen.«

James hörte auf, die Kaninchen zu entbeinen, sah zu mir auf und brach in schallendes Gelächter aus. »Ich wette, das hat ihr gefallen! Sie sucht immer nach Herausforderungen.«

»Es hat ihr ganz und gar nicht gefallen«, widersprach ich.

Immer noch grinsend, behielt James mich weiter im Blick. »Vielleicht hast du sie missverstanden.«

»James«, sagte ich. »Die Frau ist der Leibhaftige in Person. Gelinde gesagt. Warum geht ihr alle immer noch zu ihr? Was glaubst du, wie viel Geld du ihr die ganzen Jahre über in den Rachen gestopft hast? Du bist einmal in der Woche dort, machst zweimal im Monat eine Gruppentherapie, suchst sie einmal im Monat zusammen mit deiner Frau auf, und dann kommen noch Lisas Stunden dazu. Habt ihr auch schon die Kinder zu ihr geschickt?«

James wandte sich wieder seinen Kadavern zu. »Sie ist ihr Geld wert. Ich werde mich so lange von ihr behandeln lassen, bis sie in Ruhestand geht oder ich sterbe, je nachdem, was zuerst eintritt.«

»Bist du je auf ihr Angebot, sie zu vögeln, zurückgekommen?«

James prustete wie ein vielversprechender Nachwuchsschauspieler los, der Lachen übte, doch eigentlich lachte er immer so. »Ho, ho, ho«, dröhnte er. »Das habe ich dir damals erzählt? Hör zu, das war doch nur ein Scherz. Das ist nun mal ihre Art von Humor.«

»Sie hat sich auch einen Scherz übers Arschficken erlaubt. Mit mir. Total lustig.«

»Helen provoziert gern. Es gefällt ihr, ihre Patienten verbal in den Hintern zu treten, uns zu einer Reaktion zu bewegen, dazu, dass wir in eine andere Richtung denken. Sie ist da sehr offen. Es gibt nichts, wohin sie sich nicht vorwagen würde. Sie ist ein Genie.«

»Wenn man Gehirnwäsche für etwas Geniales hält.«

James gab eine abgewandelte, zurückhaltende Version seines Lachens von sich. »Gehirnwäsche?«

»Sie versucht, Luz davon zu überzeugen, dass unsere Ehe ein Fehler war. Sie ermutigt sie, abscheuliche Dinge über mich zu denken. Du weißt, wie leicht sich Luz beeinflussen lässt. Sie liebt absurde Theorien, die an der Realität vorbeiführen. Und Helen hat einen ganzen Haufen solcher Theorien. Zusammen sind die beiden wie Benzin und Streichholz, und ich bin der Abfallhaufen, den sie anzünden.«

James legte seine jungenhaft glatte Stirn in Falten, um mitfühlende Besorgnis auszudrücken. »Ich weiß, dass du großen Kummer hast«, sagte er. »Ich weiß auch, dass das eine schreckliche Zeit für dich ist, und ich entschuldige mich, dass ich dich nicht schon eher zum Abendessen eingeladen habe. Aber die Wahrheit ist …« Eingehend betrachtete er die ordentlichen Häuflein Kaninchenfleisch, die er ausgelöst hatte.

»Es ist wegen Marion«, sagte ich. »Hab ich recht? Lisa denkt, ich hätte was mit ihr, und deshalb will sie nichts mehr mit mir zu tun haben.«

James blickte mich mit großen Augen an, was ich als ein unfreiwilliges Bekenntnis auffasste.

Mit vor Zorn zusammengekniffenen Augen leerte ich mein Weinglas und stellte es vorsichtig auf die Granitoberfläche der Kücheninsel. »Wie kann es sein, dass du, der du tatsächlich eine Affäre mit Marion hattest, immer noch in diesem großen schönen Haus wohnst, eine intakte Ehe führst und dich niemand für irgendetwas zum Buhmann macht? Ich hingegen stecke in diesem albernen Schlamassel, obwohl ich nicht mit ihr geschlafen habe. Was ist dein Geheimnis, James?«

»Lisa konnte es sich nicht leisten, ihren Mann rauszuwerfen«, sagte er und füllte mein Glas nach. »Luz dagegen schon.«

Wir lachten beide. Es stimmte. Die Anspannung, die seit meiner Ankunft in der Luft gelegen hatte, hatte sich in nichts aufgelöst, oder zumindest bildete ich mir das ein. Bei James wusste man nie. Er war ein aalglatter kleiner Mistkerl. Trotzdem entspannte ich mich auf meinem Küchenhocker. Er war aus poliertem Edelstahl und zweifellos der beste, den man mit Geld kaufen konnte. »Sie kann es sich nicht leisten, es nicht zu tun«, sagte ich. »Wenn es nach Helen geht, bin ich nichts als Ballast.«

»Wir sind alle Ballast.«

»Du nicht, schließlich kann Lisa es sich nicht leisten, dich rauszuwerfen.«

»Nur finanziell. Emotional betrachtet bin ich ein Mühlstein an ihrem Hals. Mehr sind wir nicht mehr, wir Ehemänner, hab ich recht?«

Ich weigerte mich, ihm zuzustimmen, und das auf diese verbissene Art und Weise, die von Selbsthass erfüllten Männern überall zu eigen war. Der Luxus, über meine eigene Hilflosigkeit zu lachen, war mir nicht länger vergönnt. Was das betraf, hatte ich meinen Humor verloren. »Hast du schon gehört, ich habe einen Vollzeitjob«, sagte ich. »Bei dem chassidischen Holzhandel, in der Kreditorenbuchhaltung. Ich bin übrigens wieder in den Astral gezogen.«

»Gut, gut, gut«, erwiderte James, der all das offensichtlich längst wusste. »Schreibst du?«

»Kaum. Interessiert das jemanden? Machst du Musik?«

»Wie ein Besessener«, antwortete James. »Interessiert das jemanden?«

Mit seiner eng geschnürten Schürze wirbelte er in seiner überquellenden Küche herum, adrett und wohlgefällig. James erinnerte mich immer an einen stillvergnügten Käfigvogel, der so tat, als wolle er fliehen, wenn das Gittertürchen einmal offen stand. Gleichzeitig musste er sich sicher sein, jederzeit in die Gefangenschaft seines Käfigs zurückzukönnen.

»Noch einmal, James, ich muss das fragen, finanzielle Erwägungen mal beiseitegelassen«, sagte ich mit einer Stimme, die schrill klang vor Dringlichkeit. »Was weißt du, was ich nicht weiß? Warum wohnst du noch hier? Bin ich schuldiger als du, obwohl ich nichts falsch gemacht habe?«

James legte den Kopf schräg, blinzelte und hielt seine geschäftigen Hände für einen Augenblick still, um nachzudenken.

»Vielleicht ist es ja ganz egal, was wir tun oder nicht tun«, fuhr ich fort. »Vielleicht zählt nur, welche Strafe die anderen für angemessen halten. Unschuldige Menschen wurden auf dem Scheiterhaufen verbrannt oder von Erschießungskommandos abgeknallt. Unschuldige Ehemänner werden vor die Tür gesetzt. Und Bösewichte leben ungestört und behaglich vor sich hin. Fremdgehenden Ehemännern hingegen wird verziehen.«

»Was willst du damit sagen?«, fragte James, ohne mich aus den Augen zu lassen.

»Könnte es nicht sein, dass das Vergehen an sich irrelevant ist? Was ist mit deinem Gewissen, James?«

»Es ist rein«, antwortete er. »Ich schlafe nachts gut. Und ich denke nicht, dass ich besser oder schlechter bin als der Durchschnittsmann. Okay, womöglich ein bisschen schlechter, aber das gilt auch für Lisa. Sie ist auch schlechter als die Durchschnittsfrau. Da sind wir auf Augenhöhe.«

»Hat sie je eine Affäre gehabt?«

»Harry«, sagte er. »Gehst du wirklich nicht mit Marion ins Bett?«

»Wenn du wüsstest, wie oft ich das schon gefragt worden bin. Und ich habe es so satt, diese Frage zu verneinen.«

»Vor langer Zeit«, sagte James, »ein paar Jahre vor meiner Affäre mit Marion, hat sich Lisa in jemand anderen verliebt. In eine Frau.« James zwinkerte mir zu, woraus ich schloss, dass er das für sexy hielt. Es gelang mir nicht, zurückzuzwinkern. Die Vorstellung von Luz mit einer Frau löste rein gar nichts in mir aus. Wahrscheinlich war ich, was das betraf, nur ein halber Mann. Dass Luz mit einer Frau schlief, war genauso unwahrscheinlich wie der Gedanke, dass sie jemanden erstach, kochte und verspeiste. Beides war für mein schlichtes Gehirn nicht mal ansatzweise vorstellbar.

»Ihr Name war Sherry. Sherry hat sich ebenfalls in Lisa verliebt und irgendwann gefordert, dass sie mich verlässt. Aber das wollte Lisa nicht. Als Sherry drohte, mir alles zu erzählen, hat mir Lisa die ganze Sache gebeichtet. Es war einer der schwierigsten Momente ihres Lebens, das arme Mädchen.«

James' zur Schau getragene Beschützerrolle amüsierte mich. Hinter ihrer ostentativ neurotisch-empfindsamen Verletzlichkeit war Lisa beinhart, und James schien schon immer auf diese charakterliche Disparität abgefahren zu sein. Er schien den Gedanken zu genießen, dass sie zerbrechlich war, selbst wenn sie ihn herumschubste und manipulierte. Wenn ich es mir recht überlegte, war vielleicht er derjenige, der in den Arsch gefickt werden wollte. Womöglich hatte Helen ihre seltsamen Vorstellungen, Ehemänner mittleren Alters betreffend, von ihm.

Egal. Ich wollte etwas von James, Informationen, und nicht bloß irgendwelchen Klatsch. Auf eine irrationale, kindische Art und Weise hatte ich das Gefühl, als sei er mir das schuldig.

»Was reden die Leute über Luz und mich?«, fragte ich. »Unsere Freunde, Phil und Suzie zum Beispiel. Ich habe sie nicht mehr gesehen.«

James ging zum Kühlschrank und nahm ein paar Sachen heraus. Ich sah ihm zu und wartete auf eine Antwort, während er Pilze und Schalotten schnitt, sie in Butter dünstete, Weißwein und verschiedene, klein gehackte Kräuter hinzufügte, umrührte, abschmeckte, schwarzen Pfeffer hinzufügte, umrührte, Sahne hinzufügte, abschmeckte und seine Sauce mit der grotesken Leichtfertigkeit eines Leprechauns in einem wissenschaftlichen Labor zusammenbraute.

Celeste, die Tochter, die James und Lisa adoptiert hatten, kam im Schlafanzug in die Küche getappt, das Gesicht gerötet, das blonde Haar wirr. Sie ignorierte mich. »Haben wir frisch gepressten O-Saft, Dad?«

»In einer Kanne im Türfach.«

»Wann hast du den gemacht?«

»Vor drei Stunden.«

»Dann ist er alt!«

»... beschwerte sich meine Appalachen-Waise, von ihren liebenden Adoptiveltern vor einem Leben in den Kohlebergwerken gerettet.«

»Ich hätte nicht in einem Kohlebergwerk gearbeitet«, behauptete Celeste. »Ich wäre davongelaufen und Kinderfilmstar geworden, aber das geht ja jetzt nicht mehr.«

»Warum nicht?«, fragte ich.

Sie ignorierte mich immer noch, griff in die Kühlschranktür, schnupperte am Saft, schenkte sich ein Glas ein, ließ die Kanne auf der Anrichte stehen und schlurfte wieder hinaus.

James stellte den Saft zurück in den Kühlschrank, trat an den Herd und probierte seine Sauce, fügte noch ein kleines bisschen Sahne hinzu und probierte noch mal. Endlich sagte er: »Wie könnte ich mir ein Urteil über dich erlauben, Harry? Wie könnte sich überhaupt jemand ein Urteil über dich erlauben?«

»Genau das würde ich gerne herausfinden.«

»Nun, die Wahrheit ist wohl, dass wir uns alle längst ein Urteil gebildet haben.«

»Was meinst du damit?«

James griff nach einem in Papier eingewickelten Päckchen und holte eine Lage Schinkenspeck daraus hervor. »Wir sprechen über den Vorfall, zerpflücken ihn und ergreifen Partei. Wir halten Luz entweder für verrückt oder für einen Fels in der Brandung und Marion wahlweise für rücksichtslos oder für die unschuldige Zuschauerin in einem Ehe-Psychodrama. Und dich bezeichnen wir als Narr oder Scheißkerl.« Er wickelte ein Stück rohes Kaninchen in eine Scheibe rohen Schinken und legte es beiseite. »Und weißt du was? Eigentlich haben wir keinen verdammten Schimmer, was wirklich los ist, aber darüber zu reden ist lustiger als alles, was hier sonst so passiert.« Er lächelte mich an.

Ich lachte. Es klang ein wenig gezwungen. Ich versuchte, mir nicht anmerken zu lassen, wie aufgeregt ich war, wie dringend ich mir wünschte, dass er damit aufhörte, so zu tun, als sei das Ganze eine Übung in vergnüglichem Gesellschaftsverhalten. Ich wollte nicht, dass James eine Schwäche an mir wahrnahm, was natürlich lächerlich war. Er war kein niederträchtiger Kerl. Er würde mich verstehen. Doch mein männlicher Stolz untersagte mir, nach Verständnis oder Mitgefühl zu heischen. »Willst du wissen, was wirklich los ist?«

»Nein!«, sagte er, die Lippen betont geschürzt. »Das würde alles ruinieren. Ich liebe es, mir euch beide zusammen vorzustellen. Lass mir doch das bisschen Aufregung.« Er umwickelte ein weiteres Stück Kaninchen mit Schinken, dann noch eins. »Gestatte mir wenigstens diese kleine Phantasie!«

»Marion und ich sind ein Liebespaar seit dem Tag, an dem wir uns begegnet sind«, sagte ich mit einer so sarkastischen Stimme, dass ich mir nicht vorstellen konnte, er könne anders darauf reagieren als mit Lachen. »Als wir uns damals kennenlernten, waren wir zweiundzwanzig, und ich sage das, damit du dir *sie* mit zweiundzwanzig vorstellen kannst, nicht mich. Wir haben uns betrunken, ich bin mit ihr auf die Toilette des Pyramid Club verschwunden, habe ihr das Kleid hochgeschoben und sie vor dem Waschbecken genommen.«

»Vielen Dank«, sagte James tonlos, den Blick starr auf seinen kleinen Haufen Kaninchen und Schinkenspeck gerichtet.

Ich sah ihn mit unverhohlenem Hass an, doch er war so auf seine Kocherei konzentriert, dass er das gefährliche Glitzern in meinen Augen nicht bemerkte. Glücklicherweise befanden sich die Messer außerhalb meiner Reichweite.

»War doch nur ein Scherz«, fügte er ohne aufzublicken hinzu. »Entspann dich.«

»Was zum Teufel machst du da eigentlich?«

»Weiß noch nicht. Das fällt mir dann ein, während ich es mache. Improvisiertes Kochen mit maximalem Fettgehalt. Ich muss sagen, Harry, ich finde dich mittlerweile zu besessen. Du hast Helen bedroht. Und du bist wieder in den Astral gezogen. Du denkst so viel über Luz nach, dass dein Hirn einen Kurzschluss produziert. Und du hörst nicht auf, in Gedanken mit ihr zu erörtern, was nun mit Marion war oder nicht. Ich will ehrlich zu dir sein: Im Prinzip denkt keiner von uns darüber nach, denn es gibt gerade einen brandneuen Skandal.« Er machte eine Pause. »Hast du schon von Debra MacDougal gehört?«

»Was ist mit ihr? Ich habe vor kurzem erst an sie gedacht.«

»Sie hat vor drei Wochen versucht, sich das Leben zu nehmen, nachdem sie ihren Ehemann mit ihrem Zwillingsbruder im Bett erwischt hat.«

»Sie hat geheiratet? Wen?«

»Diesen Typen, den sie im Internet kennengelernt hat. Sie waren erst seit einem Jahr verheiratet, wenn nicht noch kürzer. Mit ihrem Zwillingsbruder«, wiederholte er und sah mich bedeutungsschwer an.

»Dann ist das also deine neue Phantasie«, stellte ich fest. »Debras Mann und ihr Bruder zusammen im Bett.«

Sofort bekam seine Ernsthaftigkeit einen Sprung. »Du und Marion, ihr wurdet langsam langweilig.«

»Das kann ich mir vorstellen«, sagte ich. »Spricht sie noch mit ihrem Zwillingsbruder?«

»Keine Ahnung«, antwortete er. »Sie hat eine Überdosis Dilaudid genommen und wäre fast gestorben. Sie ist gerade erst aus dem Krankenhaus entlassen worden.«

»Wie ist sie denn an so viel Dilaudid rangekommen?«

»Das habe ich mich auch gefragt.«

»Welches Krankenhaus?«

»Spielt das eine Rolle?«

»Ich will dir ja nur zeigen, dass ich über den Tellerrand meines chaotischen Lebens hinausblicken kann.«

»Bellevue Hospital Center«, sagte er.

»Hat sie ihren Mann verlassen?«

»Sie hat ihn rausgeworfen. Ihr seid jetzt also beide Singles. Du solltest sie anrufen.«

»Ich bin kein Single«, widersprach ich.

Er bedachte mich mit einem noch bedeutungsschwereren Blick als zuvor. »Harry, Luz war letzte Woche hier, um mit Lisa zu sprechen. An deiner Stelle würde ich die Sache hinter mir lassen. Akzeptier endlich, dass deine Ehe vorbei ist.«

»Ist Luz ...« Mein Mund war so trocken, dass ich einen Schluck Wein trinken musste, bevor ich weitersprechen konnte. »Ist sie mit einem anderen zusammen?«

»Luz? Mit einem anderen Mann? Nein, im Moment hasst sie unser ganzes Geschlecht. Sie ist verbittert, Harry. Was Marion und dich angeht, hat sie sich kein bisschen beruhigt. Sie geht hoch wie eine thermonukleare Bombe. Lisa macht sich Sorgen um sie.«

»Ich kann mir gut vorstellen, wie die beiden auf Marion herumhacken.«

»Lisa sagt, die Lästerei hätte Luz nicht erleichtert, sondern nur noch mehr angestachelt«, erwiderte James. »Luz will sich mit allen erdenklichen Mitteln an dir rächen. Wenn ich es mir recht überlege, ist sie genauso besessen wie du.«

Ich lachte. So gut ich konnte.

»Ich weiß«, sagte James. »Es ist hart.«

»Gar nichts weißt du«, widersprach ich. Ich wollte nichts mit meinem wachsenden Neid auf James zu tun haben. Seit ich sein Haus betreten hatte, hatte ich versucht, darüber zu lachen, mich davon zu distanzieren, meinen Neid zu leugnen und ihn wie einen schweren Mantel abzuwerfen. »Versuch dir nur mal eine Minute lang vorzustellen, du wärst derjenige, der seine Sachen hätte packen müssen. Stell dir vor, du müsstest in einem elenden Ein-Zimmer-Apartment hausen und Lisa würde nicht mehr mit dir sprechen, ja dich eigentlich sogar hassen.«

»Ich wäre frei«, erwiderte er prompt und mit einer rohen Sehnsucht, die ich ihm keine Millisekunde lang abkaufte. »Das ist Ironie, nicht wahr? Deine Frau zwingt dich zu gehen, und du willst sie zurück. Meine Frau hingegen lässt mich nicht aus ihrer tödlichen Umklammerung, dabei würde ich mich liebend gern von ihr rausschmeißen lassen.«

»Du könntest sie verlassen.«

»Lisa? Bei einer Scheidung würde sie mich bluten lassen. Sie kämpft mit harten Bandagen.«

»Das sagst du immer. Mit einer gewissen Schadenfreude, muss ich hinzufügen. Ich dachte, sie könne es sich nicht leisten, dich rauszuwerfen.«

Er überging meine letzte Bemerkung. »Von Schadenfreude kann wohl kaum die Rede sein, wenn ich das Opfer bin. Sie würde mir alles nehmen, das Haus behalten, die Kinder, das Geld und meine Unterwäsche. Gott weiß, was sie damit anfangen würde.«

»Aber du wärst frei. Außerdem verdienst du genug Geld für euch beide zusammen.«

»Ja, darauf verstehe ich mich«, pflichtete er mir vage bei. Dass er seiner vorigen Aussage widersprach, schien er gar nicht zu bemerken. Er rührte in seiner Sauce, die duftete, als käme sie aus einer Alchimistenküche. »Ich verdiene Geld, sie beschlagnahmt es. Dabei geht sie nicht unbedingt gerissen, aber doch tragisch penibel vor.«

»Ich glaube, es gefällt dir, von ihr kontrolliert zu werden und dieses perverse kleine Machtspiel zu spielen.« Ein leises Blöken drang aus meiner Hosentasche. Ich zog das Handy hervor, das Karina mir geschenkt hatte. »Hallo?«

»Dad, wo bist du?«

»Bei James und Lisa«, antwortete ich.

»Bleib, wo du bist, ich bin nur ein paar Blocks entfernt.« Sie legte auf.

»Verdammt«, sagte ich zu James. »Kein fettes Kaninchen mit ausgefallener Sauce für mich. Ich hab völlig vergessen, dass ich zu diesem Treffen wegen Hectors Sekte muss. Luz wird auch da sein. Kein Wunder, dass ich das total verdrängt habe. Karina holt mich in drei Minuten ab.«

»Du und Luz im selben Zimmer«, sagte James mit einem breiten Grinsen. »Ich wünschte, ich könnte Mäuschen spielen … Trotzdem, schade. Ich wollte noch etwas anderes mit dir besprechen.«

»Du meinst, es gibt in diesem Universum noch ein Thema außer meiner Ehe?«

Er lachte. »Ich wollte dir einen Job anbieten.«

»Ich habe einen Job.«

»Ich wollte dir einen besseren anbieten.«

»Und was müsste ich da tun?«

»Für mich arbeiten.«

»Und was müsste ich da tun?«, fragte ich erneut. Misstrauische Zurückhaltung lag in meiner Stimme. James hatte mal vor mir damit geprahlt, wie billig er an seine überwiegend ausländische Belegschaft gekommen war. Ich verspürte nicht den Wunsch, zu seinen unterbezahlten Mexikanern zu zählen.

»Kreditorenbuchhaltung, genau das, was du jetzt auch bei diesem Holzhandel machst, aber für mehr Geld.« Er nannte mir eine Summe, die beträchtlich über dem lag, was ich bei J & B verdiente. »Das dürfte reichen, um aus dem Astral auszuziehen und dir eine anständige Wohnung zu mieten.«

»Ich wittere eine Bedingung«, sagte ich. »Hat Luz dich dazu angestiftet, damit sie mich loswird?«

Er blickte erst zur Decke, dann auf seine Hände, dann auf mich. »Es ist mir gerade erst eingefallen.«

»Die Antwort lautet nein, aber danke.« Ich stand auf.

An der Eingangstür umarmte mich James, eine männliche Umarmung, trotz seiner lächerlichen Schürze. Sie fühlte sich echt an, wenn auch ein wenig theatralisch. »Komm wieder, wenn du zum Essen bleiben kannst«, sagte er.

»An einem Abend, an dem Lisa nicht zu Hause ist?«, fragte ich. Ihre Ablehnung ärgerte mich maßlos. Es war mein gutes Recht, sie nicht zu mögen, aber umgekehrt hatte sie kein Recht, mich nicht zu mögen.

Kapitel sechzehn

Ich kann nicht glauben, dass du das vergessen hast!«, rief Karina, als ich in den Wagen stieg. »Dabei haben sie uns doch gebeten, pünktlich zu sein, weil sie um neun noch einen anderen Termin haben.«

»Ich hoffe, die Typen taugen was. James hat Kaninchen mit Schinkenspeck in Sahnesauce gemacht.«

»Ganz bestimmt taugen sie was. Sie sind auf den Ausstieg aus Sekten spezialisiert. Und sie wissen alles über Christa. Letztes Jahr haben sie drei Mitgliedern aus einer anderen Sekte den Ausstieg ermöglicht, die ebenfalls von ihr geleitet wurde.«

»Ich freue mich nicht gerade darauf, deine Mutter wiederzusehen.«

»Das ist gut, denn sie wird nicht da sein.«

»Wie bitte?«

»Sie weigert sich, mit dir in einem Zimmer zu sein. Ich habe ihr gesagt, dass du sehr wohl dazu bereit bist und dass es schließlich um Hector geht. Sie müsste ja nicht mal mit dir reden oder dich ansehen. Aber sie wollte nicht. Wenn es unbedingt sein muss, meinte sie, würde sie sich mit diesen Leuten allein treffen.«

»Und das sagt eine Frau, die behauptet, Hector über alles zu lieben?«

»Sie redet zurzeit nicht mit ihm.« Karina machte ein

halb säuerliches, halb amüsiertes Gesicht. »Und auf mich würde sie eh nicht hören.«

»Sie hört auf niemanden. Deine Mutter ist wie ein Käfer, der in seinen eigenen Exkreten gefangen ist.«

»He, ich ergreife hier keine Partei, ich gebe nur die Fakten wieder«, sagte Karina.

Ende April hatten Karina und ich eine weitere Wallfahrt nach Long Island unternommen, um Hector und seine Gruppe zu besuchen, die sich nun »Kinder Haschems« nannte. Bei diesem zweiten Besuch war alles ganz anders gewesen, angestrengter irgendwie. Seit unserem letzten Besuch, so erzählte uns Hector, hätten sie immer intensiver um Entrückung und die Wiederkehr Jaschuas gebetet. Seltsamerweise schien Hector im Zentrum all dieser Aktivitäten zu stehen, doch warum und auf welche Weise erschloss sich mir nicht. Karina versuchte, ihm alle möglichen Informationen zu entlocken, doch je mehr sie nachbohrte, desto verschlossener wurde er. Christa war nirgendwo zu sehen, und die Gruppenmitglieder hatten ganz offensichtlich nicht länger die Anweisung, uns freundlich zu behandeln. Stattdessen waren sie auf eine nervöse Art gleichgültig und aggressiv ausweichend. Die Pferdeschwänze der Männer kamen mir straffer vor, die Bärte biblischer. Die Frauen wirkten insgesamt ernster, puritanischer und sehr viel weniger hübsch. Karina dachte, ihr verändertes Verhalten resultiere aus ihrer Vermutung, wir wüssten, dass es sich um eine Sekte handelte. Vielleicht hatten sie Wind davon gekriegt, dass wir überlegten, ihnen Hector zu entreißen, aber ich war mir da nicht so sicher. Sie schienen nur an ihren eigenen Plänen und Projekten interessiert, sonst zeigten sie keinerlei Neugier.

Seit jenem Besuch war Hector kaum noch ans Telefon zu kriegen und rief mich nie zurück, obwohl ich es mittlerweile mehrmals die Woche bei ihm probierte. Die beiden Male, bei denen es mir gelungen war, ihn an den Apparat zu bekommen, hatte er manisch und wichtigtuerisch geklungen. Seit er sprechen konnte, hatte ich ihn nie so erlebt. Hector war immer der bescheidenste, am wenigsten anmaßende Mensch gewesen, den ich je kennengelernt hatte. Diese plötzliche Veränderung bei meinem fast krankhaft aufrichtigen Sohn alarmierte mich weit mehr als das seltsame Verhalten seiner Kohorten, Leute, die mich keinen Deut scherten und die mir, ehrlich gesagt, ganz und gar nicht geheuer waren, schon gar nicht in einer derartigen Anzahl.

In Forest Hills parkte Karina in einer baumbestandenen Seitenstraße mit schmalen Doppelhaushälften im Pseudo-Tudor-Stil des frühen zwanzigsten Jahrhunderts. Als wir vor einem der vielen identischen Häuser standen, läuteten wir und warteten mehrere Sekunden, bis die Tür aufschwang und eine Stimme ertönte: »Kommen Sie doch herein! Sie müssen Karina und Harry sein.«

Karina ging voran. Der Flur war zu eng, als dass zwei Leute hätten nebeneinander stehen können, und ziemlich dunkel. Wir folgten der schemenhaften Person ins hell erleuchtete Wohnzimmer. »Ich bin June«, stellte sie sich mit hoher, lebhafter Stimme vor und drehte sich lächelnd zu uns um. »Und das hier ist Emery. Setzen Sie sich, bitte. Möchten Sie Tee? Er ist schon fertig. Ich hab auch einen Teller Sandwiches gemacht, falls jemand hungrig sein sollte.«

»Wie nett von Ihnen«, sagte ich. »Ich hatte noch keine Zeit zu essen.«

June war eine kleine, besorgt dreinblickende Blondine mit schwer zu bändigendem Haar. Ihrem Akzent nach zu urteilen stammte sie aus dem Mittleren Westen. Sie trug einen rosa Pulli und eine hochgeschnittene Jeans. Ihr

Mann Emery war ein kräftiger, dunkelhäutiger Mann mit Koteletten und zusammengewachsenen Augenbrauen. Er trug ein kariertes Flanellhemd, eine Arbeitshose und nahm den größten Teil der Couch in Beschlag. Mit seinen gehäkelten Spitzenschonbezügen und den Chintz-Vorhängen hätte das Wohnzimmer aus einem Farmhaus in Iowa aus dem Jahr 1956 stammen können. Es sah genauso aus wie die vielen Nachbarhäuser aus meiner Kindheit. Tatsächlich glaubte ich, in dem gestickten Kissen auf der Fußbank neben der Etagere dasselbe Blumenmuster wie im Wohnzimmer von Mrs. Jones wiederzuerkennen.

Karina nahm mit ungewöhnlich zurückhaltender Höflichkeit auf einem Sessel Platz. Ich tat dasselbe und fühlte mich dabei wesentlich wohler als sie, ganz wie zu Hause. Ich nahm mir ein Sandwich, biss hinein und hätte vor Freude fast gegrinst: Schinken und Velveta-Käse auf Weizenbrot.

»Wir sind froh, dass Sie kommen konnten«, sagte June und reichte uns zwei Teetassen.

»Wir sind froh, dass es Sie gibt«, erwiderte Karina. »Wir machen uns solche Sorgen um Hector.«

»Nun, dann lassen Sie uns gleich zur Sache kommen«, sagte June. Sie setzte sich neben ihren Mann auf die Couch. Nebeneinander wirkten die beiden komisch und unheimlich zugleich. Wie ein hinterwäldlerischer Axtmörder mit seinem süßen, kleinen Opfer. »Damals in Taos, wo wir Christa kennengelernt haben – das dürfte in etwa zehn Jahre her sein –, hat sie sich Isis genannt und war als Heilerin, Schamanin und was weiß ich noch alles tätig. In erster Linie war sie eine Diebin und Lügnerin.«

»Ihr richtiger Name ist Kirsty McDevitt«, fügte Emery hinzu. Er sprach langsamer als seine Frau und ein, zwei Oktaven tiefer. Sein schleppender Akzent kam von noch weiter westlich als ihrer, ich hätte auf Idaho oder das östliche Washington getippt. Ein bisschen war es, als würde man Archivaufnahmen in zwei unterschiedlichen Geschwindigkeitsstufen lauschen. »Sie ist achtundvierzig Jahre alt. Kommt aus Salt Lake City. Ist bei den Mormonen aufgewachsen.«

»Eine Zeitlang hat sie sich von allem losgesagt und als Stripperin gearbeitet«, sagte June, die sich alle Mühe gab, nicht voreingenommen zu klingen. »Ich schätze, sie hat ihren Job ziemlich gut gemacht, denn sie ist in den großen Casino-Shows in Las Vegas aufgetreten, bevor sie nach Taos gekommen ist. Soweit wir wissen, hat sie auch als Prostituierte gearbeitet, aber das konnten wir nie beweisen, und sie würde es natürlich nie zugeben, und das, obwohl sie sich mit ihrer dunklen, sündigen Vergangenheit brüstet. Sie hat sich eine wundersame Geschichte über die Offenbarung ihrer Kräfte, die Kehrtwende in ihrem Leben und ihre Verbindung zur Geistwelt zurechtgelegt. Sie behauptet, wir alle könnten dasselbe erreichen, wenn wir ihrem Beispiel folgen und unsere magischen Kräfte entfesseln.« June verdrehte die Augen. »Und wir sind darauf reingefallen.«

»Isis hat eine Riesengruppe von Leuten geneppt, uns eingeschlossen«, erklärte Emery, der ein fleischiges Bein über das andere schlug und sich den Bauch rieb. Seine Hand hatte in etwa die Größe eines Hackbratens. »Sie ist eine wahre Künstlerin im Betrügen und macht sich dann mit dem Geld anderer Leute aus dem Staub. Wir haben sie verfolgt und vor Gericht gebracht.«

»Sie können das alles bei Google nachlesen«, bestätigte June. »Das war vielleicht ein Prozess! Sie hat behauptet, wir würden eine Hexenjagd veranstalten und sie schikanieren.«

»Wir haben gewonnen«, sagte Emery. »Sie hat fünf

Jahre im Gefängnis gesessen. Jetzt ist sie wieder da und fängt das Ganze wieder von vorn an.«

»Verstößt sie damit nicht gegen ihre Bewährungsauflagen?«, erkundigte sich Karina.

»Sie ist nicht auf Bewährung«, sagte June. »Sie hat ihre Zeit abgesessen. Wenn sie wollte, könnte sie nach China reisen. Ich wünschte, sie würde es tun!«

»Bei dieser neuen Gruppe«, schaltete sich Emery ein, »in der Ihr Sohn Mitglied ist, handelt es sich um etwas Ernsteres. Sie spricht wieder von der Endzeit, aber diesmal geht es um Jesus, die Apokalypse und den Feuersee der Hölle, nicht um Geisttiere und Schwitzhütten und die 2012 betreffende Prophezeiung des Maya-Kalenders. Sie hat es wirklich auf etwas abgesehen. Das schicke Strandhaus gehört ihr rechtmäßig, und offensichtlich legt sie Geld zurück. Ihr ehemaliger Finanzberater war früher ebenfalls Teil der Gruppe, Sie werden ihn noch kennenlernen. Er behauptet, sie habe fast eine Million auf der hohen Kante. Sie hat wohl gerade einen Getty rekrutiert, der sein ganzes Vermögen der Gruppe überschrieben hat.«

»Sie will Hector heiraten!«, rief Karina.

»Das wissen wir«, sagte June. »Er ist noch Jungfrau. Eine reine Seele. Sollte ihre Vergangenheit je ans Licht kommen, würde es sich positiv für sie auswirken, wenn sie jemanden wie ihn an ihrer Seite hätte. Laut Jennifer, dem Sektenmitglied, dem wir jüngst zum Ausstieg verholfen haben, hat Christa ihren Anhängern verkündet, Hector habe ›die Macht‹, was immer das auch heißen soll. Den Mitgliedern soll weisgemacht werden, er sei eine Art Messias. Es klingt sogar so, als hielten sie ihn für den wiederkehrenden Jaschua. Und um das zu beweisen, muss er drei Prüfungen bestehen. Das ist alles, was wir wissen.«

»Prüfungen«, sagte ich. »Das klingt nicht gut.«

»Stimmt«, erwiderte Emery.

»Das klingt total beschissen und gefährlich!«, rief Karina. »Wissen Sie, um was für Prüfungen es sich handelt?«

»Wie auch immer sie aussehen«, sagte ich, »Hector wird nicht widerstehen können.« Ich spülte meinen Tee mit großen Schlucken hinunter und stellte die Tasse auf einen Untersetzer auf dem Tisch neben mir. »Die wenigsten Menschen würden sich die Chance entgehen lassen, für den wiederkehrenden Messias gehalten zu werden.«

»Weiß Hectors Mutter, was da läuft?«, fragte June. »Ich dachte, sie wollte heute auch kommen?«

Karina sah mich an und wartete ganz offensichtlich darauf, dass ich etwas dazu sagte. Schweigend starrte ich zurück, bis sie gereizt-trotzig erklärte: »Ich soll Ihnen ausrichten, dass es ihr sehr leidtut, aber sie hat es einfach nicht geschafft.«

»Das ist zu schade«, sagte June.

Fand ich gar nicht. Ich konnte mir genau vorstellen, wie anders dieses Treffen in Luz' Anwesenheit verlaufen wäre. Ich malte mir aus, wie sie in erstarrt-abweisender und tragischer Selbstgerechtigkeit dasitzen würde, die Mutter mit dem gebrochenen Herzen, die betrogene Ehefrau. Sie würde sich ein stummes Urteil über June und Emery bilden und ganz bestimmt etwas an den beiden auszusetzen haben. Wahrscheinlich wären sie ihr zu New-Age-artig angehaucht oder zu rechthaberisch oder was weiß ich was. Nicht ein einziges Mal würde sie in meine Richtung blicken, aber ihren Hass, den würde ich sehr wohl zu spüren bekommen. Offen gestanden war ich von Herzen froh, dass sie nicht da war. Ich nahm mir eine Handvoll Kartoffelchips. Frauen aus dem Mittleren Westen wussten immer, welche Sorte die beste war. Diese

Chips hier mochte ich am liebsten. Ich war wieder in Muscatine vor fast fünfzig Jahren, auf dem Weg zum Fluss, um Sonnenbarsche zu fangen. Vor nostalgischer Wonne konnte ich kaum die Füße stillhalten.

»Meine Eltern leben seit kurzem getrennt«, erklärte Karina. »Meiner Mutter geht es nicht besonders gut, daher haben wir ihr nicht alles erzählt. Wir wollten erst mal abwarten, was wir heute Abend erfahren, bevor wir sie einweihen.«

»Stehen sie und Hector sich nahe?«, fragte June.

»Das kann man wohl sagen«, erwiderte ich.

»Sie spricht nicht mehr mit ihm, seit er der Gruppe beigetreten ist«, erklärte Karina, »aber vorher haben sie sich sehr nahegestanden.«

June schüttelte den Kopf und wirkte immer besorgter. »Dann sollte sie mit uns an einem Strang ziehen! Und seine Freunde am besten auch! Je mehr Leute wir zusammenbringen, desto besser.«

»Nun überstürz mal nichts, June«, sagte Emery. Sie lächelte ihn an, als könne sie sich nichts Schöneres vorstellen, als von ihrem Mann gebremst zu werden. »Bevor wir anfangen, irgendwelche Pläne zu schmieden, gibt es noch eine Menge zu tun.« Er stellte seine Beine wieder nebeneinander auf den Boden und lehnte sich noch weiter in die Sofakissen zurück. Die Couch knarzte. »Haben Sie das Buch gelesen, das ich Ihnen empfohlen habe?«

»Ich schon«, antwortete Karina, »aber ich bezweifle, dass mein Vater es gelesen hat.«

»Ungefähr zur Hälfte«, sagte ich mit einem Blick auf sie. »Es ist faszinierend. Den Rest nehme ich mir diese Woche vor.«

»Dann sind Sie ja schon ziemlich gut über das Prinzip der Bewusstseinskontrolle informiert«, sagte Emery. Es klang wie eine Herausforderung. »Das ist schön.«

»Ja«, erwiderte ich verärgert, weil hier so offen daran gezweifelt wurde, dass ich meine Hausaufgaben gemacht hatte. Ich beschloss, etwas von meinem Wissen zum Besten zu geben. Das geschah ihnen recht. Mich anzuzweifeln! »Ich fand es interessant«, sagte ich und versuchte, nicht beleidigt zu klingen, »dass das sogenannte ›Liebesbombardement‹ zu den typischen Taktiken zählt, mit denen eine Sekte um Mitglieder wirbt. Ein warmes Bad völliger Akzeptanz und die Illusion einer utopischen Gemeinschaft, die einen willkommen heißt. Unter entsprechenden Umständen kann jeder dafür empfänglich sein, doch im Großen und Ganzen sind die Menschen, die Sekten beitreten, wie Hector: intelligente, irgendwie vom Weg abgekommene junge Leute, die sich in der Kultur der breiten Masse fehl am Platze fühlen und begierig nach einer besseren, gemeinschaftlichen, spirituell geprägten Lebensform suchen. Und, wie mache ich mich bislang?«

»Dad«, sagte Karina. »Du hast das Buch gelesen?«

Statt einer Antwort stellte ich mir Hector vor, wie er zufällig irgendwohin ging, in ein Café oder zu einem Musik-Festival, um andere suchende junge Leute kennenzulernen, mit denen er sich austauschen konnte. Dann waren da plötzlich zwei, drei außergewöhnlich optimistische, außergewöhnlich wortgewandte Gleichaltrige, die an ihn herantraten und ihn in ein Gespräch verwickelten. Sie beschrieben ihr Leben in so glühenden, idealisierten, strahlenden Hyperbeln, dass Hector gar nicht anders konnte, als fasziniert davon zu sein. Sie luden ihn nach Long Island ein, damit er sich ihr Paradies anschauen und die anderen Gruppenmitglieder kennenlernen konnte. Bei seiner Ankunft wurde er mit offenen Armen empfangen und dazu beglückwünscht, etwas Besonderes zu sein, einer von ihnen, einer mit einem spirituellen Bewusstsein. Man gab ihm das Gefühl, dazuzugehören, und verleitete ihn, länger zu bleiben. Die verwahrlosten Straßen von Greenpoint und das heruntergekommene Chaos des Astral wurden von einem ruhigen, lichten, geordneten Ort abgelöst, an dem all seine Fragen beantwortet wurden, alle Teller zusammenpassten und das Seegras in der Morgenbrise wogte. Und er musste dort nicht mehr gegen den engstirnigen Katholizismus seiner Mutter und den sturen Atheismus seiner Vaters ankämpfen.

»Ist man erst mal beigetreten«, erklärte June, »ist Schluss mit dem Liebesbombardement. Als neues Sektenmitglied macht man nach und nach Erfahrung mit Isolation, Schlafentzug und Überarbeitung. Und zurückziehen kann man sich auch nicht. Stattdessen muss man sich an ständig wechselnde Regeln halten. An die Stelle der eigenen Persönlichkeit tritt das Sekten-Ich. Die meisten Mitglieder bekommen sogar einen neuen Namen.«

»Hector heißt jetzt Bard«, sagte ich. »Was interessant ist, wenn man bedenkt, dass er aus dem Bard College geworfen wurde und sein Vater ein Dichter ist.«

»Oh«, sagte June, »Sie sind Dichter? Wow. Ich liebe Lyrik. Aber wo waren wir stehengeblieben? Ja, richtig, das Sekten-Ich. Man verspürt Angst, Erschöpfung und Verwirrung. So haben wir es erlebt, und Hector wird es nicht anders gehen. Jedes Mal, wenn sein altes Selbst erwacht und anfängt, Fragen zu stellen oder zu zweifeln, tritt das Sekten-Ich in Aktion. Bewusstseinskontrolle ist ein in sich geschlossenes System. Sektenmitglieder haben das Gefühl, sie müssten so tun, als sei alles phantastisch, um ihre störenden Gedanken unter Kontrolle zu halten und um nicht von den anderen verpetzt zu werden. Dieses freudestrahlende Gehabe führt wiederum dazu, dass andere darauf reinfallen und der Gruppe beitreten. Gerade Außenseiter sind davon überzeugt, dass die Leute in den Sekten absolut glücklich sind, dass es sich um fundierte Glaubenssysteme und eine sinnvolle Lebensweise handelt. Doch hinter dieser lächelnden, fröhlichen Maske verbergen sich in Wirklichkeit Ängste und ein entsetzlicher Selbsthass. Ich weiß das, denn ich habe es selbst erlebt.«

»In Sekten geht es größtenteils um Macht«, erklärte Emery. Ich versuchte, mein Gehör auf den plötzlichen Abfall des Stimmtimbres und das verlangsamte Sprechtempo einzustellen. »Mag sein, dass sie mit den besten Absichten gegründet werden, aber wie heißt es so schön? Macht korrumpiert, und absolute Macht korrumpiert absolut, ganz gleich, ob es sich um Hitler, den Papst oder Kirsty McDevitt aus Salt Lake City handelt. In dieser neuen Gruppe hat sie jetzt auf Hyperdrive geschaltet. Ihre Anhänger sind nur Mittel zum Zweck, und dieser Zweck kennt kein Limit. Natürlich geht es auch ums Geld. Jeder Führer bereichert sich an seinen Anhängern, während er Armut und Bescheidenheit predigt. Genau an diesem Punkt befindet sich Hector jetzt. Er schuftet vierzehn Stunden am Tag, der mit einem zweistündigen Gebetstreffen beginnt und endet.«

»In Christas letzter Gruppe war es auch schon so«, sagte June. »Wir wurden dazu aufgefordert, jeden bloßzustellen, der Zweifel äußerte oder die Doktrin nicht hochhielt. Es war entsetzlich. Und solche Vergehen wurden streng geahndet. Man musste Buße tun und immer wieder beichten, bis man ›gereinigt‹ war. Eigentlich sollte man meinen, dass die Leute irgendwann gehen, aber auch davor hatten sie Angst. Sie hämmern einem ein, dass den Abtrünnigen furchtbare Dinge zustoßen, dass sie von einem Lastwagen überfahren werden, durchdrehen, an Krebs sterben oder homosexuell werden. Und diese Menschen glauben das wirklich.«

Ein bisschen wie in meiner Ehe, dachte ich mit beißendem Humor. Es war, als würden wir eine Zwei-Personen-Version dieser Gruppendynamik durchziehen. Angefangen hatte es mit einem Liebesbombardement, einer verheißungsvollen Utopie. Nachdem ich sie überzeugt hatte, mich zu heiraten, hatte Luz mich schlichtweg vergöttert. Sie nannte mich ein Genie, kochte für mich, lobte meine Arbeit und unterstützte mich, als ich finanziell nichts zu unserem Leben beitragen konnte, was fast die ganze Zeit über der Fall war. Und ich machte mit, ließ mich von ihr verhätscheln. Ich wurde passiv, wehrlos, verweichlicht. Meine Identität verschmolz mit der meiner Frau. Ohne es zu merken, gab ich Stück für Stück meinen freien Willen auf, meine Autonomie, meine Fähigkeit zu handeln, und dachte dabei kein bisschen an ihre Wünsche und Bedürfnisse.

Nach meinem Kavaliersdelikt mit Samantha stieß mich Luz vom Sockel und richtete ihre Scheinwerfer auf jedes winzige Indiz, jeden unbedeutenden Widerspruch und jede klitzekleine Ungereimtheit, die sie entdecken konnte. Sie trug jede Menge Beweismaterial dafür zusammen, dass ich ein verlogener, betrügerischer Wurm war. Aber ganz ehrlich: Jeder sah wie ein Wurm aus, wenn der Kläger nur besessen genug war und ausreichend viele Steine aufhob. Wie dem auch sei, Luz hatte mich mit ihrem faschistischen Seziermesser aufgeschlitzt, um mir anschließend das tropfnasse Gekröse meiner Schuld überzubraten. Mit Lisa hatte James dasselbe Schicksal ereilt. So war die Ehe eben manchmal. Die Frauen stellten ihre Männer unter den Pantoffel und ließen sie dort. Ja, genauso gingen sie vor, diese besitzergreifenden, manipulativen, bedürftigen, kontrollsüchtigen Kreaturen: Sie taten so, als wären sie sanft und verletzlich, zuckersüß und liebevoll, und wir fielen wie große, dumme Hunde auf ihre gurrende Schöntuerei und ihre üppige Weichheit herein, versuchten, die Helden zu sein, die sie sich wünschten, und nach ihren Erwartungen zu leben. Wenn wir versagten, schlugen unsere Frauen um sich, und wir schlichen geduckt, mit eingezogenem Schwanz und heischendem Hundeblick umher. Wir tanzten nach ihrer Pfeife, bis sie uns endlich verziehen, wenn sie es denn taten. Genau das passierte jetzt meinem Sohn. Christa ernannte ihn zum neuen Messias, huldigte der Reinheit seiner Seele und bog ihn sich mit Schmeicheleien, Verführungen und Gebeten zurecht. Doch in dem Augenblick, in dem er ihr in die Quere kam, würde sie ihn vernichten.

Nicht alle Frauen waren so – Marion beispielsweise hatte selbst etwas von einem Hund an sich. Nur leider war ich nicht in sie verliebt, war es nie gewesen.

»Wir gehörten zu den ersten Anhängern der Taos-Sekte«, fuhr Emery fort, »zu ihrem inneren Kreis. Wir sahen und hörten Dinge, von denen die anderen nichts wussten – von heimlichen Doktrinen zum Beispiel.«

»Das ist richtig«, bestätigte June. »Die heimlichen Doktrinen sind die entscheidenden. Damit grenzen sich Sekten von echten Religionen ab.«

»Genau das habe ich dir gesagt, Dad«, schaltete sich Karina ein. »Erinnerst du dich?«

»Bei einer Religion«, fuhr June fort, »weiß man von Anfang an, worauf man sich einlässt. Selbst die meisten fundamentalistischen Randgruppen wie die Mormonen oder die Chassidim sagen einem klipp und klar, womit man zu rechnen hat. Bei Sekten hingegen wird einem nur das gezeigt, was man sehen soll, bis man ihnen in die Fänge und damit in ihre Bewusstseinskontrolle gerät. Dann erst enthüllen sie einem nach dem Need-to-know-Prinzip den Rest. Damit sie dich auf Trab halten und ihre

Macht ausüben können. Heimliche Doktrinen. Kenntnis nur nach Bedarf. Das ist Kirstys Handwerkszeug.«

»Und jetzt ist sie wieder da«, sagte Emery, »mit derselben alten Masche wie vorher.«

»Mir gefallen diese drei Messias-Prüfungen nicht, die Hector da bestehen muss«, sagte Karina. »Worum zum Teufel handelt es sich dabei? Wissen Sie Näheres? Es klingt so verrückt und albern, wie ein Kinderspiel.«

June stellte die Teetasse auf den Tisch mit dem Untersetzer und dem Spitzendeckchen. Mir fielen die selbst gehäkelten Spitzendecken meiner Mutter ein, die sie immer überall verteilt hatte, auf Tischen und auf den Arm- und Rückenlehnen von Sesseln und Sofas. Man hatte stets noch einen Untersetzer oder eine Serviette darüberlegen müssen, um sie nicht zu beschmutzen. Wie lange hatte ich kein Häkeldeckchen, keine Läufer oder Überzüge mehr gesehen! Ich hatte sie fast vergessen. Jetzt erfreute mich ihr Anblick. Er beruhigte mich und gab mir inneren Halt.

»Jennifer, das ehemalige Mitglied, das wir gerade gerettet haben, meinte, zum Zeitpunkt ihres Ausstiegs sei die Gruppe gerade dabei gewesen, die Prüfungen auszuarbeiten«, antwortete June. »Das war vor einigen Wochen. Sie sagte, sie sei sich nicht sicher, aber eine davon beinhalte das Gehen über Wasser.«

»Och, na dann …«, sagte ich und schlug einen scherzhaften Ton an, um meine aufsteigende Panik zu unterdrücken, »… ist er wohl nicht der Messias. Er kann nicht mal schwimmen.«

»Wie konnten Sie Jennifer helfen?«, fragte Karina. »Und wie wollen Sie Hector da rausholen?«

»Eine solche Intervention bedeutet heutzutage nicht mehr das Entführen und Neuprogrammieren der betreffenden Person«, erklärte Emery. »Damit würde man lediglich eine Form der Bewusstseinskontrolle durch eine andere ersetzen. Heutzutage sollte der Betreffende die Sekte aus freien Stücken verlassen. Wir müssen Hector lediglich an einen sicheren Ort bringen, der ein bisschen abgeschieden liegt und den er nicht so leicht verlassen kann. Das könnte zum Beispiel eine Hütte in den Bergen sein. Sagen Sie doch einfach, Sie wollen ihn zu einem Camping-Ausflug mit der Familie einladen. Für kurze Besuche dürfen die Sektenmitglieder die Gemeinschaft verlassen. Wir könnten natürlich auch einen Ort hier in der Stadt wählen, aber das ist wesentlich heikler. Denn wenn die Situation ein bisschen extremer wird – und das wird sie in solchen Fällen immer –, muss er durchhalten. Er muss die Wahrheit über die Gruppe und sich selbst erkennen.«

»Emery meint damit, dass er zu seinem eigenen Schutz von der Außenwelt abgeschottet werden muss. Es wird nichts passieren, womit Hector nicht einverstanden ist, es gibt keinerlei Zwang oder Trickserei. Sie, Harry, müssen lediglich dafür sorgen, dass er sich hinsetzt und Ihnen zuhört. Dann sollten Sie ungefähr Folgendes sagen: ›Sohn, wir haben ein paar Dinge über Christas Gruppe gehört, die uns wirklich Angst machen, und wir sind sehr besorgt um dich. Wir hätten gerne, dass du dir diese Dinge anhörst, und zwar von den Leuten, die sie erlebt haben. Wenn sie nicht stimmen, können wir aufhören, uns Sorgen um dich zu machen. Bist du damit einverstanden?‹ Wenn er Ja sagt, werden Emery und ich zusammen mit Jennifer und den anderen beiden Ex-Mitgliedern Toby und Sylvia ins Zimmer kommen, Platz nehmen, und die Intervention beginnt.«

»Und wenn er Nein sagt?«, fragte ich. »Ich kenne Hector, er wird sich mit Sicherheit weigern.«

»Dann lassen Sie nicht locker«, sagte June. »Haben Sie

keine Scheu, hartnäckig zu bleiben. Formulieren Sie Ihre Bitte neu. Fragen Sie ihn, was er zu verlieren hat. Sagen Sie ihm, Sie hätten gehört, Christa sei eine Stripperin und eventuell sogar eine Prostituierte gewesen und dass sie wegen Veruntreuung im Gefängnis gesessen habe. Sagen Sie ihm, Sie hätten gehört, dass es sich bei der Gruppe um eine Sekte handelt. Zeigen Sie ihm, wie besorgt Sie um ihn sind, wie sehr Sie ihn lieben. Irgendwann wird er in ein Gespräch einwilligen, und sei es nur, um zu beweisen, dass er recht hat.«

»Und was dann?«

»Dann erzählen wir ihm von unseren Erfahrungen mit Christa, als sie noch Isis war. Die ganze Geschichte. Wir zeigen ihm Zeitungsartikel und Prozessabschriften. Wir werden ihm erklären, wie Bewusstseinskontrolle funktioniert, wie man da reingezogen wird und wie man wieder rauskommt, kurzum alles, was wir jetzt wissen. Ein solches Gespräch ist für gewöhnlich sehr intensiv und dauert viele Stunden, eventuell auch zwei, drei Tage. Eine Intervention kann äußerst emotional für die Beteiligten werden. Oft treten innerhalb der Familien die unterschiedlichsten Dinge zutage. Doch das Wichtige ist, bei ihm zu bleiben, niemals aufzugeben, ihm immer wieder die Wahrheit zu sagen, so lange, bis er sie wirklich gehört hat, so lange, bis er sie nicht länger leugnen kann. Und dann, wenn er über alles Bescheid weiß, kann er seine eigene Entscheidung treffen.«

»Aber vielleicht entscheidet er sich ja zu bleiben«, gab ich zu bedenken.

»Manche Menschen kehren nach einer Intervention in der Tat zu ihrer Gruppe zurück«, sagte Emery, »aber ihr bewusstes Ich erinnert sich an alles, was es gehört hat, und das löst etwas aus, was man ›kognitive Dissonanz‹ nennt: Das Sekten-Ich und das wahre Ich geraten miteinander in Konflikt, und zwar auf eine Art und Weise, die nicht lange vertretbar ist. Wenn Hector also zurückkehrt, müssen wir nur Geduld haben und darauf vertrauen, dass er letztlich nicht in der Lage sein wird, sein Wissen mit den Forderungen der Sekte in Einklang zu bringen.«

Ah, dachte ich, meine alte Freundin, die kognitive Dissonanz, das Unbehagen, hervorgerufen durch den Versuch, an zwei unvereinbaren Vorstellungen festzuhalten. Das kannte ich nur zu gut. In fanatischen Denkweisen – im Glaubenssystem meines Sohnes etwa – hatte das eigene Ich stets unterdrückt zu werden. Eine Aussöhnung oder auch nur ein tolerantes Nebeneinander der beiden Ichs gab es nicht. Eines davon musste sterben: das Sekten-Ich oder das wahre Ich, Bard oder Hector, Glaubender oder Zweifelnder. Mein Sohn war in diesem inneren Kampf gefangen, und er musste eine Hälfte von sich töten. Es war ein Kampf, den er nicht gewinnen konnte. »Ohne Gegensätze ist kein Fortschritt«, hatte Blake in seinem Werk »Die Hochzeit von Himmel und Hölle« geschrieben. Ich hätte hinzugefügt: »Ohne Gegensätze keine Poesie.« Das Schreiben war der einzige Ort, an dem meine beiden disparaten Ichs nebeneinander bestehen konnten, wo mir die Illusion zugestanden wurde, ein ganzheitliches Wesen zu sein. Es war der Ort, wo der Teil von mir, der ein guter, respektabler, verantwortungsvoller Mensch sein wollte, und der andere Teil meiner selbst sich begegneten. Jener Teil nämlich, der ganz versessen darauf war, in gedankenlos animalische Vergnügungen einzutauchen. Wenn sich diese beiden Anteile meiner selbst begegneten, schillerten sie in dissonanter Anmut. Ich konnte andere Frauen vögeln und meiner eigenen Frau gleichzeitig treu sein. Mein geiles Selbst konnte ihre Schenkel in Besitz nehmen, ihre herb schmeckenden Falten und Spalten, ihre weichen Pobacken, den lieben langen Tag lang, und dann konnte mein gutes Ich in nahezu perfektem monogamen Schlummer die ganze Nacht lang neben meiner angetrauten Ehehälfte liegen. Ich hatte gedacht, ich könnte damit davonkommen, hätte meinen Kuchen und könnte davon naschen. Ich hatte auch gedacht, meine Frau würde mich wahrhaftig lieben. Der Versuch, diese simultanen, unvereinbaren poetischen und häuslichen Illusionen auszubalancieren, hatte mich glücklich gemacht.

»Lassen Sie uns hoffen, dass Hectors wahres Selbst stark genug ist, der fragwürdigen Ehre zu widerstehen, Bard der Messias zu sein«, sagte ich. »Und den Reizen der Kirsty McDevitt.«

»Diese Reize lassen irgendwann nach, keine Sorge«, erwiderte Emery.

Ich warf ihm einen scharfen Blick zu. In seinem Gesicht stand der Rest der Geschichte geschrieben, der Teil, den er uns nicht erzählt hatte.

»Gott«, sagte Karina. »Diese ganze Sache ist so traurig, aber ich bin irgendwie genervt. Ich kann einfach nicht fassen, dass Hector auf diese Schickse und ihren Schwachsinn reinfällt!« Niemand erwiderte etwas. »Entschuldigung«, sagte sie. »Ich wollte damit nicht sagen ...«

»Ist schon okay«, antwortete June. »Wir können selbst nicht fassen, dass wir ihr auf den Leim gegangen sind. Aber das passiert nun mal. Selbst klugen Menschen.«

»Es ist nur, dass mir das alles so schwierig vorkommt«, sagte Karina. »Es wird so viel Zeit, Energie und Geld verschlingen, und alle in meiner Familie arbeiten so hart, wir haben nicht viel, was wir sparen können. Es macht mich einfach stinksauer, dass Hector uns das antut, das ist alles.«

»Es ist in Ordnung, dass Sie wütend sind«, sagte June.

Karinas Augen verengten sich zu Schlitzen.

»Woher kommen Sie?«, fragte ich June.

»Gebürtig? Aus Coralville, Iowa. Nach dem College bin ich nach Seattle gegangen, und dort habe ich Emery kennengelernt.«

»Ich komme aus Muscatine«, sagte ich.

»Los, Hawkeyes, los!«, feuerte June das Football-Team der University of Iowa an. Ich hätte sie umarmen können.

Im Auto auf der Rückfahrt nach Brooklyn sagte Karina: »Ehrlich gesagt glaube ich nicht, dass jeder in den Sog einer Sekte geraten kann. Dir und mir würde das nicht passieren, da kann mich keiner vom Gegenteil überzeugen. June und Emery sind Sonderlinge, Hector ist ein Sonderling, sie alle sind es. Das Ganze macht mir Bauchschmerzen. Ich bin so sauer auf meinen Bruder.«

»Das verstehe ich«, sagte ich.

»Es stinkt mir einfach«, fuhr sie fort. »Ich liebe ihn, ich will ihm helfen, aber ich hätte gerade echt noch was anderes zu tun. Und was ist mit Mom? Wird sie uns unterstützen, selbst wenn sie sich dafür mit dir in einem Zimmer aufhalten müsste? Diese Familie ist echt bescheuert. Ihr seid alle völlig bekloppt.«

»Du bist nicht für Hector verantwortlich«, sagte ich. »Genauso wenig wie ich und genauso wenig wie deine Mutter. Hör auf, dich um jeden kümmern zu wollen. Warum vergisst du diese Intervention nicht einfach? Von jetzt an übernehme ich. Ich werde mit deiner Mutter reden.«

Gerade als die Zugbrücke hochgefahren wurde, bogen wir auf die Pulaski Bridge ab. Während wir im Auto hockten und darauf warteten, dass das Schiff unter uns durchfuhr, strich ich über Karinas Schulterblätter, genau wie damals als kleines Mädchen, wenn sie einen ihrer Heulanfälle bekommen hatte. Als die Zugbrücke wieder unten war, schenkte sie mir ein schwaches Lächeln, legte den Gang ein und folgte der Autoschlange. Zurück in Brooklyn, auf dem McGuinness Boulevard, sagte sie: »Das wird schon wieder. Ich muss einfach mal einen richtigen Nervenzusammenbruch kriegen. Schließlich kann ich nicht zulassen, dass Hector die ganze Aufmerksamkeit bekommt.«

»Die Rivalität unter Geschwistern stirbt nie, hab ich recht?«

»Das kannst du doch gar nicht wissen. Du bist ein Einzelkind.«

Wir bogen in die India Street ein. Als wir nur noch einen Block vom Astral entfernt waren, erinnerte ich mich für den Bruchteil einer Sekunde daran, wie ich mit einem Stift und einem Notizbuch in meinem alten Sessel am Fenster gesessen hatte und das Licht der Sonne oder das einer Laterne ins Zimmer gefallen war. Alles war so anheimelnd und still gewesen. Luz kochte und rief mir gelegentlich eine Frage oder Bemerkung zu. Ich hörte das Klappern des Pfannenwenders und wie der Ofen geöffnet und wieder geschlossen wurde. Wie glücklich war ich all die Jahre über dieses Leben gewesen! Doch angesichts meiner verklärten Erinnerung bemerkte ich zum ersten Mal die Schraubzwinge um mein Hirn und wie sehr ich mich zusammengerissen hatte, um Luz zu geben, was sie wollte. Ich sah, wie kastriert ich gewesen war, dort in diesem Sessel, wie gefügig, rückgratlos, weil ich sie immerzu hatte beschwichtigen und von meiner Treue hatte überzeugen wollen. Und doch hatte ich versagt, sie wollte mich nicht mehr. Ich konnte nicht mit ihr reden, keine Einwände erheben. Sie wusste alles über mich, was es zu wissen gab. Es war vollkommen egal, ob ich unschuldig oder schuldig war, treu oder ein Ehebrecher, ein Genie oder Vollidiot. Nichts, was ich sagen oder tun konnte, würde ihre Meinung ändern. Denn ausnahmsweise hatte nicht ihr Verstand die Entscheidung getroffen, sondern ihr Herz, und da gab es nichts zu diskutieren. Unsere Ehe war vorbei.

Karina hielt vor dem Astral und wartete, dass ich ausstieg, damit sie nach Crown Heights zurückfahren konnte. Sie sah aus wie ein hutzeliger, gramerfüllter kleiner Kobold.

»Geht es dir eigentlich gut, so ganz allein in dem Haus, da draußen in Zulu-Land?«, fragte ich.

»Dad!« Ich liebte es, meine politisch korrekte Tochter zu foppen, indem ich mich als ahnungslosen Trottel hinstellte. Doch mittlerweile hatte sie sich daran gewöhnt. »Das ist so was von rassistisch! Ja, es geht mir gut.«

»Wie wär's, wenn ich in dein freies Zimmer einziehe? Brauchst du nicht ein bisschen Gesellschaft? Und eine Finanzspritze? Ich könnte Miete bezahlen.«

»Du ziehst aus dem Astral aus?«

»Lass uns ein anderes Mal darüber reden«, sagte ich. »Und jetzt fahr nach Hause und mach was Schönes.«

»Meinen Kühlschrank auswischen?«

»Nein, nicht so was.«

»Das steht aber an.«

»Diese Jugend heutzutage ...« Ich küsste sie und stieg aus. »Wo sind der Sex, die Drogen und der Vandalismus?«

Sie lachte und fuhr davon.

Ich betrat das Gebäude, ging die Treppe zu meinem Apartment hinauf, schloss die Tür auf, schaltete das Licht an, hantierte eine Weile herum, stellte mich unter die Dusche und ging um kurz vor zehn ins Bett. Da lag ich also auf meinem Futon und lauschte auf die Leute im Treppenhaus, in den Wohnungen über mir und draußen auf dem Gehsteig.

Zum ersten Mal war ich mir nicht mehr sicher, ob ich zu Luz zurückkehren wollte. Selbst wenn sie eine komplette Wende vollzogen und sie sich mir an den Hals geworfen hätte, flehend, in Tränen aufgelöst – ich wusste es nicht. Nichts würde sich ändern, wenn ich zurückkehrte. Ich hatte es satt, ihr ständig beweisen zu müssen, dass nicht alle Männer waren wie ihr bezaubernder, verlogener, unzuverlässiger, lang verschwundener und mittlerweile verstorbener Vater. Schließlich hatte ich sie auch nie darum gebeten, den Schaden, den meine ebenfalls verstorbene Mutter bei mir angerichtet hatte, wiedergutzumachen. Außerdem hatte ich ihr unberechenbares Schwanken zwischen unterwürfiger Hingabe und irrationalem Psychodrama satt, und zwar zutiefst. Hingabe war nichts anderes als Kontrolle im Schafspelz, und Psychodrama war nichts weiter als ein Mittel, der aufrichtigen inneren Auseinandersetzung mit sich selbst aus dem Weg zu gehen. Ich war ausgelaugt von ihrer Blindheit in Bezug auf sich selbst und von ihrem giftigen Zorn. Mit ihrer reißwolfartigen Härte hatte sie mich in Stücke gerissen. Diese letzte Inquisition hatte mich fast kaputtgemacht. Sie hatte mich und Marion ausspioniert – Marion, meine älteste Freundin, die nie etwas anderes gewollt hatte als meine Gesellschaft. Luz hatte unsere Freundschaft missverstanden und versucht, sie zu zerstören. Sie hatte mein Buch, diese albernen, unschuldigen Gedichte, die ich aus einem Gefühl der Freiheit, Verspieltheit und Liebe heraus geschrieben hatte und damit ich ihr treu blieb, diese Gedichte also hatte sie unerlaubt gelesen und vernichtet. Sie konnte weder das eine noch das andere verstehen, und dabei bedeuteten mir genau diese Dinge neben meiner Ehe und meiner Familie am meisten. Sie hatte mich aus meinem Zuhause geworfen, dem Ort, an dem meine Kinder groß geworden waren, wo ich die meiste Zeit meines

Erwachsenenlebens verbracht hatte. Sie hatte alles, was ich liebte, zerstört mit ihrem unseligen Hang, meine Gedanken, meine Seele, mein Herz, meinen Körper zu kontrollieren wie eine faschistische Ein-Frau-Regierung.

Warum hatte ich so hart darum gekämpft, zu ihr zurückzukehren? Ich war wie ein Hund gewesen, der es auf einen unerreichbaren, fauligen Knochen abgesehen hatte. Wahrscheinlich, weil ich sie nicht hatte haben können und weil ich mich, wie ein Hund, nach dem Vertrauten, Bequemen und Bekannten gesehnt hatte. Unsere Ehe war für keinen von uns gut gewesen, eine lange Zeit nicht, vielleicht nie. Das Leben mit mir, ihrem verträumten, mit sich selbst beschäftigten, zeitweise untreuen Ehemann, hatte Luz in einen permanenten Zustand des Misstrauens, der Frustration, der Einsamkeit und des Zorns versetzt. Ich hatte versucht, ihren Erwartungen gerecht zu werden und mich auf eine ungefährliche, handliche Größe zusammenzuschrumpfen, damit sie sich nicht von meiner ungestümen Neugier, meinen Begierden und Launen bedroht fühlte. Ich hatte es versucht, aber es war mir nicht gelungen. Sie war ein geistloses kleines Ding. Sie sehnte sich nach Zuverlässigkeit, Stabilität, Sicherheit und Aufmerksamkeit. Ich hingegen war ein wildes Tier, das versucht hatte, in einem Käfig zu leben, sich zu benehmen, sich zu domestizieren. Ich fürchtete sie, und sie langweilte mich. Aber jetzt war ich frei. Sie hatte mich gezwungen, meinen Käfig zu verlassen, aber nun hatte zum ersten Mal ich entschieden, mich nicht länger in meinem Gefängnis aufzuhalten, und genau das machte den Unterschied.

Ich lag lange wach, fühlte mich innerlich mürbe und ein bisschen unsicher. Ich war so darauf fixiert gewesen, meine Ehe zu retten, dass ich nur noch an diesen Kampf hatte denken können. Meine plötzliche, unvorhergesehene Kapitulation hatte mich hintenübergeworfen, und es gab nichts, woran ich mich hätte festhalten können. In meinem Inneren herrschte eine unheimliche Ruhe wie nach einem Tornado. Und nun: Vogelgesang, Sonnenschein, übersatte Farben. Überall um mich herum Trümmer und mittendrin ich selbst, hinkend und benommen.

TEIL DREI

Kapitel siebzehn

Karina hatte sich direkt nach dem College ein Eigenheim gekauft. Jemand hatte ihr den Tipp gegeben, ein Reihenhaus aus dem neunzehnten Jahrhundert stünde wegen einer Zwangsvollstreckung zum Verkauf, angeblich »für fast umsonst«. Das Gebäude selbst, so hatte sich herausgestellt, war innen voller Schrott und beängstigend heruntergekommen, doch neben den hässlichen Einbauten und Tapeten fanden sich originale Zierleisten, Fenstertüren, ein Garten und ein funktionierender Kamin. Dem Ingenieur zufolge, den Karina bestellt hatte, war auch die Bausubstanz intakt. Karina steckte all ihr Geld in den Kauf des Hauses, das sie während ihres kurzen, anspruchslosen, arbeitsamen Lebens auf die hohe Kante gelegt hatte, und unter Zuhilfenahme von Luz' Ersparnissen und dem mittelgroßen Erbe meines Vaters reichte es tatsächlich.

Gleich nach Abschluss der Transaktion zog Karina zusammen mit ihrer College-Freundin Maureen dort ein, ein mürrisches, pummeliges, nicht gerade gesprächiges Mädchen mit totenbleicher Haut, zahllosen Piercings und einem pechschwarzen Bürstenschnitt, das seinen Mangel an sichtbaren Reizen mit Geschicklichkeit, Geschäftstüchtigkeit und verblüffender Körperkraft wettmachte. Sie wohnte mietfrei bei Karina und übernahm im

Gegenzug einen Großteil der Renovierungen. Vor und nach ihrer eigentlichen Beschäftigung als schlechtbezahlte Praktikantin bei einer Nachrichten-Website unterstützte Karina sie als eine Art Handlanger und Assistentin. Es war beeindruckend, wie die beiden Mädchen zupacken konnten. Nachdem sie geschmacklose Wandverkleidungen, abgehängte Decken, minderwertige Trennwände und Plüschteppiche herausgerissen und den Garten von einem mehr als einen halben Meter hohen Haufen Schutt und Steine befreit hatten, verbrachten sie Monate damit, neue Leitungen zu verlegen, die Sanitäranlagen zu erneuern, neu zu verputzen, Trockenbauwände einzuziehen, zu streichen und die Eichendielen abzuschleifen. Mit ein wenig Unterstützung von mir, Hector und einer Handvoll College-Freunden gelang es den beiden jungen Frauen, das Untergeschoss in eine Mietwohnung zu verwandeln und das ehemalige Schlafzimmer im Erdgeschoss in eine Küche. Sie schlugen eine Wand heraus, um im Badezimmer im oberen Stockwerk Platz für eine Klauenfußbadewanne, eine Waschmaschine und einen Trockner zu schaffen. In einem Vorort-Lagergebäude, das so gut wie ausschließlich gespendetes oder recyceltes Material verkaufte, fanden sie alles, was sie brauchten – Bauzubehör, Einbauten, Haushaltsgeräte und Armaturen. Sie säten Rasen und legten Blumenbeete mit Torf und Samen an, die sie von einer im Einzugsgebiet von Long Island gelegenen, pleitegegangenen Gärtnerei bezogen. Danach gossen sie eine Betonterrasse, überdachten sie mit einem Stück gewelltem Fiberglas und richteten das Haus per »Bordstein-Shopping« ein, wie sie es nannten. Auf verschiedenen Freeganer-Websites stießen sie auf Küchenutensilien, Haushaltstextilien, Gartengeräte und Übertöpfe. Und irgendwann hatte sich Karinas hässliches Ghetto-Haus in eine Oase mit einer Mietwohnung im Untergeschoss und einem netten Garten für laue Grillabende verwandelt. Der Immobilienteil der *Times* bekam Wind davon und fragte Karina, ob sie etwas darüber bringen dürften, doch meine Tochter ließ sie mit ihrem typischen Fick-dich!-Misstrauen abblitzen, das sie jeglicher unerwünschter Publicity entgegenbrachte.

Als der Großteil der Renovierungen abgeschlossen war, zerstritt sie sich mit Maureen, die daraufhin auszog. Es gelang mir nicht, meine Erleichterung zu verbergen. Trotz ihrer handwerklichen Fähigkeiten hatte ich Maureen als durch und durch unpassend für meine entzückende, kluge Tochter empfunden, als nicht ansatzweise angemessen – doch wer konnte es einem liebenden Vater schon recht machen? Seitdem lebte Karina mit Dewey, ihrem Untermieter, zusammen, einem zurückhaltenden Schwarzen mittleren Alters, der zu den merkwürdigsten Uhrzeiten als Taxifahrer arbeitete und kaum einen Laut von sich gab. Seine Miete reichte für den Unterhalt von Karinas Wagen, die Nebenkosten und die Steuern. Sie beschaffte sich möglichst viele Lebensmittel, Kleider und Haushaltsgegenstände aus Abfallcontainern. Wenn nötig, nahm sie irgendwelche Freiberuflerjobs an. Ihre Lebenseinstellung als »Power Freeganer«, wie sie sich selbst scherzhaft nannte, war leidenschaftlich engagiert, wenngleich eher pragmatisch als belehrend. »Für die meisten Leute geht das gar nicht«, sagte sie, als ich sie nach der Philosophie hinter dem Ganzen fragte. »Ich denke, es ist richtig, so billig zu leben, wo es da draußen so viele gute Sachen umsonst gibt, aber ich weiß, dass es extrem und nicht jedermanns Sache ist.« Sie war ein paarmal in Radio-Talkshows interviewt worden, wie sie auf WBAI und WFUV liefen. Man hatte sie als eine der wortgewandteren, gemäßigten, nicht fanatischen Sprecherinnen der Bewegung geladen, die dabei geholfen hatte, eine der besser besuchten Freeganer-Websites aufzubauen, und Versammlungen in ihrem Wohnzimmer abhielt. Eine dieser Versammlungen war gerade in vollem Gange, als ich abends am letzten Tag im Mai mit meinen Sachen bei ihr eintraf, um als zahlender Mieter das freie Zimmer im ersten Stock zu beziehen.

Ich stieg mit einem Koffer und einer Reisetasche an der U-Bahn-Haltestelle Utica Avenue die Rolltreppe hinauf und ging durch Crown Heights, benommen von einer Vorfreude, wie ich sie zuletzt als junger Mann verspürt hatte, lange vor meiner Ehe. Ich war verblüfft über meine Euphorie, aus Greenpoint rauszukommen, weg vom Astral und Luz' und meinen gemeinsamen Bekannten.

Es dauerte eine Weile, bis ich den Grund für meine neu gefundene Fröhlichkeit erkannte. Etwa einen Block vor Karinas Haus, als ich den aufreizenden, in einer engen Jeans steckenden Hintern einer Frau betrachtete, die vor mir herging, wurde mir schlagartig klar: Zum ersten Mal in all diesen Jahren, in all diesen Jahrzehnten, stand es mir frei, jemand anderen als Luz zu vögeln. In aller Freiheit, ganz offen und ungeniert. Die Erkenntnis war so spritzig und aufregend wie eine Droge oder ein kühler Windstoß an einem brütend heißen Tag. Die Tatsache, dass ich bei meiner Tochter einzog und meine Ausschweifungen ein wenig würde einschränken müssen, verpasste mir einen kleinen Dämpfer. Aber ich hatte keine Eile. Allein zu wissen, dass ich es durfte, schien mir für den Augenblick genug.

Der Abend war heiß, laut, feucht und voller Rauch von den zu Grills umfunktionierten Ölfässern auf dem Gehsteig, von Joints und Zigaretten, Dieselabgasen und den Belüftungen der Fastfood-Läden. Es war Memorial Day, jener Gedenktag, der alljährlich am letzten Montag im Mai zu Ehren der im Krieg fürs Vaterland Gefallenen begangen wird. Laute Hip-Hop-Beats wummerten aus einem Cadillac Escalade, der mit quietschenden Reifen vor einer roten Ampel hielt. Der Bass dröhnte so laut, dass der Wagen vibrierte. Drei männliche Chassidim hasteten in voller Sommermontur an mir vorbei. Sie trugen weiße Kniestrümpfe und Mützen, die wie pelzbesetzte Scheiben auf ihren Köpfen thronten. Der Brathähnchen-Imbiss an der Ecke war in ein grelles Neonlicht getaucht und rappelvoll mit Jugendlichen, allesamt schwarz. Am liebsten hätte ich ihnen gesagt, sie sollten sich ein bisschen über die Gegend verteilen, da ihre geballte Anwesenheit nur sämtliche ethnischen Stereotype nähren würde, aber ich ließ es lieber bleiben. Das Brathähnchen duftete wundervoll. Fast wäre ich in den Laden marschiert, um mir eins zu kaufen. Ich konnte verstehen, warum sie alle hier rumhingen.

»Dad«, sagte Karina, als sie mich ins Haus ließ, »möchtest du nach oben gehen und dich einrichten, oder möchtest du meine Freunde kennenlernen? Es liegt an dir.«

»Entschuldige die brüske Frage«, sagte ich. »Aber hast du was zu essen?«

»Warum bist du denn immer so hungrig?«

»Ich weiß es nicht. Vermutlich, weil ich vergesse zu essen. Es ist eine ziemlich komplizierte …«

»Ich habe Chili gemacht«, unterbrach sie mich. »Aber ich warne dich, ich habe alle Zutaten aus dem Müll gefischt!«

Ich verstaute meine Sachen oben in meinem Zimmer und ging dann wieder in die Küche, wo ich ein Keramikschälchen mit Karinas vegetarischem Chili füllte. Es sah köstlich aus und duftete auch so. Ich hatte keinerlei Bedenken, davon zu essen, denn ich wusste, dass Karina ihr Essen nicht im wörtlichen Sinne aus Müllcontainern fischte. Sie ging in Läden und Restaurants und pickte sich die nicht verwertbaren Lebensmittel heraus, die andernfalls weggeworfen worden wären. Die Bohnen, das übrige Gemüse und die Gewürze hatten ihr Verfallsdatum bestimmt schon überschritten, waren aber dennoch genießbar. Vermutlich hatte Karina sie bei einer ihrer Touren mit dem Auto zusammengesammelt. Es war fast, als würde sie im Supermarkt einkaufen, nur dass sie die Lebensmittel eben umsonst bekam.

Ich gesellte mich zu den Mülltauchern in ihrem Wohnzimmer. Sie standen herum und redeten, ein kunterbunter Mischmasch aus Rassen, Altersgruppen und Typen, deren gemeinsamer Nenner offenbar »positive Energie« war. Zumindest hatte man es damals noch so genannt, als ich in Karinas Alter war. Ich saß auf meinem Stuhl, den sie zusammen mit sieben anderen, dazu passenden Stühlen von einem Restaurant abgestaubt hatte, und betrachtete mein Umfeld, während ich das Chili in mich hineinschaufelte. Als mein Blutzucker wieder auf ein akzeptables Level gestiegen war, merkte ich, dass eine der anwesenden Frauen offenbar in meine Tochter verliebt war. Sie war eine große, breitschultrige Brünette, die wohl mindestens vierzig sein musste – ich war nicht besonders gut darin, das Alter anderer Leute zu schätzen. Sie hatte klare Gesichtszüge, ein sportliches Äußeres und sie war »ansehnlich«, wie die Romanciers früherer Tage zu einer Frau gesagt hätten, die nicht im herkömmlichen Sinne schön war, aber mit dem Alter gewann. Sie lehnte abseits am Kaminsims und sagte nicht viel, doch sie hörte allem, was Karina sagte, mit vor Bewunderung glänzenden Augen zu. Als ich meine leere Schüssel mit Maisbrot auswischte und die letzten köstlichen Bissen mit Bier hinunterspülte, fiel mir auf, dass Karina ihre attraktive ältere Verehrerin kaum wahrzunehmen schien.

Sie war zu sehr damit beschäftigt, sich mit einem grauhaarigen Dreadlock-Typen über Veganismus und Moral auseinanderzusetzen. Er war ein Befürworter, Karina nicht. »Wenn es all diese wunderbare Milch und den Käse gibt«, gab sie zu bedenken, »warum sollten wir sie dann nicht verwenden?«

»Wo ziehst du die Grenze?«, fragte der Dreadlock-Typ. »Von Molkereiprodukten zu abgepacktem Hähnchenfleisch und Medikamentenrückständen in Hamburgern ist es nicht weit.«

»Nein, das stimmt nicht«, widersprach Karina. Ihre Haltung wirkte gelassen, doch auf ihrem Gesicht lag ein entschlossener Ausdruck. »Ich kenne den Unterschied. Wofür hältst du mich, für eine Zweijährige?«

»Das Entscheidende ist doch«, warf Karinas dunkelhaarige Verehrerin ein, »nicht die konsumfreundliche, auf Tierquälerei basierende Wirtschaft zu unterstützen. Wir alle können entscheiden, auf wessen Seite wir uns innerhalb dieser Parameter schlagen. Es gibt viel Spielraum.«

»Aber was würden Sie ohne unsere Wirtschaft machen?«, fragte ich und hielt meine leere Schüssel hoch. »Was würden Sie ohne diese übermäßige Verschwendung essen? Würden Sie den Prospect Park nach essbaren Gräsern absuchen?«

Karina schnaubte. »Dad«, sagte sie, »ich bitte dich. Natürlich würden wir das. Oder wir würden selbst etwas anbauen. Viele Leute hier tun das bereits.«

Ich versank in demütiges Schweigen. Als sich die Versammlung langsam auflöste, setzte sich Karinas Verehrerin neben mich auf einen leeren Stuhl. »Ich heiße Diane«, sagte sie. Ihr Händedruck war überraschend sanft und feminin. »Und Sie sind Karinas Vater?«

»Ja«, antwortete ich. »Mein Name ist Harry.«

Sie lehnte sich in ihrem Stuhl zurück, schlug die Beine übereinander und schenkte mir ein direktes, einnehmendes Lächeln. Sie hatte ein ausdrucksstarkes, quadratisches Gesicht, eisblaue Augen und einen kleinen Mund mit vollen Lippen. Ihr Haar war zu einer Art Bob geschnitten, der ihre Wangenknochen in einer seidigen Linie umspielte. Sie sah ein bisschen wie eine nordische Berühmtheit aus, wie eine ehemalige Olympia-Ski-Medaillenträgerin. Es kam mir vor, als würde sie mit mir flirten. Womöglich hatte ich sowohl ihre sexuelle Orientierung als auch ihre Gefühle für meine Tochter fehlinterpretiert.

»Sind Sie gekommen, um mehr über uns zu erfahren?«, fragte sie.

»Um ehrlich zu sein, nein«, antwortete ich. »Ich bin in Karinas freies Zimmer eingezogen und dachte, ich zeige mich mal von meiner geselligen Seite.«

»Nun«, sagte sie mit einem weiteren einnehmenden Lächeln, »dann wird sie Sie in null Komma nichts dazu bringen, Ihren Kopf in einen Müllcontainer zu stecken.«

»Das würde mich nicht überraschen«, erwiderte ich.

Karina, die gerade den letzten Mitgliedern ihrer Freeganer-Truppe eine gute Nacht gewünscht hatte, zog sich einen Stuhl heran. In einem lauschigen Dreieck saßen wir vor dem prasselnden Kamin.

»Paul wird mir langsam ein bisschen zu heftig«, sagte sie, an Diane gewandt. »Ich bin mir nie sicher, ob er es hundertprozentig ernst meint oder nicht.«

»Abgesehen davon sollte er sich diese dämlichen Dreadlocks abschneiden«, sagte Diane.

Karina lachte. Ich stand auf, ging in die Küche und holte ein paar neue, kalte Bierflaschen, die ich den Damen überreichte.

»Bei Weißen sind Dreadlocks lächerlich«, sagte Karina. »Okay, wenn man dreiundzwanzig ist, mag das noch ganz süß sein, aber Paul ist doch bestimmt schon … so alt wie mein Vater?«

Ich stieß einen Pfiff aus vor lauter Schreck, dass noch jemand außer mir so furchtbar alt war. Wir lachten und tranken dann gleichzeitig einen Schluck Bier.

»Dad«, sagte Karina. »Ich bin wirklich froh, dass du hier bist. Als ich dich vor vier Tagen das letzte Mal gesehen habe, hast du noch im Astral gewohnt und … Ich frage mich, ob etwas passiert ist? Mit Mom?«

Ich blinzelte. »Nein«, sagte ich. »Nichts ist passiert.«

»Entschuldigung«, wandte sich Karina an Diane. »Ich hatte bislang keine Gelegenheit, mit ihm darüber zu reden, dabei beschäftigt mich die Frage schon den ganzen Abend. Meine Eltern stehen im Augenblick nicht gerade auf gutem Fuß miteinander.«

»Das tut mir leid«, erwiderte Diane. »Dann mach ich mich mal lieber auf den Weg, damit ihr zwei euch in Ruhe unterhalten könnt.«

»Nein, nein«, widersprach ich, bevor sie aufstehen konnte. »Das ist schon in Ordnung. Ich habe nichts zu sagen, was Sie nicht auch hören dürften.« Ich sah Karina an. »Um es kurz zu machen, damit wir uns wieder interessanteren Themen zuwenden können: Mir ist klargeworden, dass es nichts bringt, wenn ich dortbleibe, und ich genauso gut dir die Miete zahlen kann. Du kannst es gebrauchen, und so haben wir wenigstens beide was davon. Außerdem wird es mir ganz gut tun, für eine Weile aus dem Astral raus zu sein.«

»Oh«, sagte Karina. Ich sah, wie sie mit der Versuchung kämpfte, mich weiter auszufragen. Doch sie besann sich eines Besseren. »In jedem Fall freut es mich, dass du hier bist.«

Ich hatte beschlossen, ihr nicht die ganze Wahrheit zu

sagen, zumindest nicht gleich, denn sie hatte recht: Das Ganze kam extrem plötzlich, aus heiterem Himmel, und mit spontanen Veränderungen konnte Karina nicht gut umgehen. Außerdem war dies nicht der richtige Zeitpunkt, um ihr mitzuteilen, dass Luz und ich die Scheidung eingereicht hatten. Am Tag nach dem Sekten-Interventionstreffen bei June und Emery hatte ich eine Nachricht auf ihrem Handy hinterlassen und gesagt, dass ich bereit sei. »Luz, hier spricht Harry. Ich habe in den vergangenen Wochen viel nachgedacht, und ich bin zu dem Schluss gekommen, dass du recht hast: Unsere Ehe ist vorbei. Ich bin bereit, einen Schlussstrich zu ziehen, und das würde ich gerne so einvernehmlich wie möglich tun.« Meine Stimme hatte völlig ton- und emotionslos geklungen. Ich hatte sie nicht um Rückruf gebeten, sondern ihr stattdessen meine Adresse genannt. Als ob sie die nicht längst wüsste. Und als ob sie nicht einfach die Treppe herunterkommen und mir die Papiere persönlich übergeben könnte. Sie hatte sie mir unverzüglich und ohne jeden Gruß zugeschickt. So standen die Dinge also. Die Unterlagen befanden sich oben in meinem neuen Zimmer. Noch hatte ich sie nicht unterschrieben, aber allzu lange wollte ich nicht damit warten. Die Sache musste geklärt werden.

»Wow«, sagte Diane. »Den meisten Töchtern würde das gar nicht gefallen. Ich würde in einer Million Jahre nicht wollen, dass mein Vater bei mir einzieht. Ich liebe ihn, aber er würde mich in den Wahnsinn treiben.«

»Ich hoffe, ich treibe dich nicht in den Wahnsinn, Karina«, sagte ich.

»Wenn, dann schmeiße ich dich raus.«

Wir lachten. In meiner abgefüllten, benebelten Bierseligkeit fand ich Diane umwerfend. Vielleicht stand sie gar nicht auf mich oder meine Tochter, vielleicht war sie glücklich verheiratet und hatte einen hingebungsvollen, gutaussehenden, sexuell versierten Mann mit dickem Bankkonto.

»Was machen Sie so?«, fragte ich. »Wo leben Sie?«

»Ich bin Lehrerin und wohne in Kensington. Ich unterrichte Englisch für die Mittelstufe an einer Privatschule in Park Slope.« Mit beiden Händen strich sie sich ein paar Haarsträhnen aus dem Gesicht, die sofort wieder zurückfielen, seidig und glänzend. »Diese Jugendlichen sind die verletzlichsten, liebenswertesten, ernsthaftesten Wesen, denen ich je begegnet bin. Sie haben einen so schlechten Ruf, diese Zwölf- und Dreizehnjährigen, aber in Wirklichkeit sind das noch Kinder, die sich nach Aufmerksamkeit, Liebe und Respekt sehnen. Und wenn man ihnen das gibt, hat man keine Probleme mit ihnen. Okay, jetzt gerade sind Sommerferien. Wahrscheinlich sehe ich deshalb alles so rosarot. Fragen Sie mich nächsten Februar noch mal, wenn es kalt ist, alle unausgeschlafen sind und keiner seine Hausaufgaben gemacht hat.«

»Was lernt man heutzutage im Englischunterricht?«, erkundigte ich mich. »Macht noch irgendjemand Satzdiagramme? Lesen die Jugendlichen Lyrik? Oder geht es nur noch um standardisiertes Abfragen?«

»Das Abfragen macht den überwiegenden Teil aus, aber wenn wir dem Stundenplan voraus sind und zwanzig Minuten zur freien Verfügung haben, biete ich als Zusatzbonbon Kreatives Schreiben oder Grammatik-Wettbewerbe im Gameshow-Stil an. Es gelingt uns schon, ab und an etwas Spaß zu haben.«

Ich war so entzückt, dass ich fast vom Stuhl gefallen wäre. »Ich wünschte, ich hätte Sie in Englisch gehabt«, sagte ich. »Meine Lehrerin war eine alte Schrulle namens Mrs. Morneau, die ständig den Weltuntergang gepredigt hat. Sie hat mir eine Höllenangst eingejagt.«

»Ich hatte Englisch bei Schwester Mary-Bernadette«, schaltete sich Karina ein. »Ich habe sie verehrt. Sie war mein erster Schwarm. Als sie meinen Aufsatz der Klasse vorgelesen hat, bin ich fast in Ohnmacht gefallen.«

»Du bist auf eine katholische Schule gegangen?«, fragte Diane lachend. »Haben Sie sie dorthin geschickt?«, wandte sie sich ungläubig an mich.

»Ihre Mutter«, erwiderte ich. »Ich hatte diesbezüglich nichts zu sagen.«

»Mir hat es auf der Northside gefallen«, sagte Karina. »Es war eine reine Mädchenschule, was ich als Lesbe natürlich großartig fand. Außerdem trugen wir alle Schuluniformen, so dass ich mir nie Gedanken um meine Klamotten machen musste. Die Lehrer waren verschroben und voller aufgestauter sexueller Energien, aber uns Kids ging es nicht anders, also hatten wir etwas gemeinsam. Und wenn man schlau war und seine Hausaufgaben gemacht hat, haben sie einen sofort ins Herz geschlossen.«

»Was ist mit Ihnen, Harry?«, fragte Diane. »Woher kommen Sie?«

Ich setzte zu einem Monolog über meine Dichterei an, erzählte, dass ich in Iowa aufgewachsen war und in welcher Situation ich gerade steckte. Die Details meiner ehelichen Trennung streifte ich nur oberflächlich. Stattdessen betonte ich so klar wie möglich und ohne Karina zu beunruhigen, dass ich Single war – nur für den Fall, dass Diane ihre Antennen in diese Richtung ausstreckte. Während ich sprach, beobachtete ich ihre Reaktion. All meine Sinne waren geschärft, während ich versuchte, ihr Lufteinziehen zu deuten, ihr erstauntes Nicken, ihr ermutigendes Lachen und ihr aufmunterndes Räuspern. Bedauerlicherweise war ich völlig aus der Übung. Vermutlich war sie einfach nur freundlich und zeigte sich jedem

Menschen auf diesem Planeten gegenüber aufgeschlossen und warmherzig interessiert.

Wir tranken noch mehr Bier, gingen mit unseren Flaschen nach draußen, setzten uns auf die Treppe, genossen die warme Nacht und sahen den Jugendlichen zu, die in lärmenden Gruppen durch die Gegend zogen. Nach einem einvernehmlichen, zufriedenen Schweigen streckten wir uns und gähnten.

»Ich muss ins Bett«, sagte Karina. »Bleibt ihr zwei ruhig noch sitzen, du musst mir nur versprechen abzuschließen, Dad. Diane, es ist schon spät, und ich weiß, dass es ganz schön weit bis zu dir nach Hause ist. Wenn du willst, kannst du gerne auf der Couch schlafen, die ist ziemlich bequem.«

»Oh«, sagte Diane. »Wie spät ist es denn? Ich habe die Zeit vollkommen vergessen.«

»Ich lege dir ein Shirt raus«, sagte Karina. »Ich müsste sogar noch irgendwo eine unbenutzte Zahnbürste haben.«

»Eine Zahnbürste aus dem Müll?«, fragte ich.

»Ob du's glaubst oder nicht, bei Hygieneartikeln ziehe ich die Grenze«, erwiderte Karina.

Sie ging ins Haus und ließ uns auf der Treppe sitzen. Diane legte den Kopf zurück und warf mir einen Seitenblick zu. »Ich glaube, ich habe zu viel getrunken«, sagte sie. »Ich sollte öfter mal ausgehen, ich bin eine viel zu brave Bürgerin.«

»Wie bringen Sie den Freeganismus mit Ihrer Tätigkeit als Lehrerin in Einklang?«, fragte ich. »Das ist doch ein Vollzeitjob, der einem nicht viel Zeit zum Hamstern lässt.«

»Oh«, sagte sie lachend, »ich gehöre nicht zu den radikalen Freeganern, aber ich habe Respekt vor ihren Prinzipien. Ich tue, was ich kann. Ich besuche ihre Versammlungen, identifiziere mich mit ihren Vorstellungen … Aber natürlich kann ich mich da nicht so reinhängen wie alle anderen.«

»Also«, sagte ich, um sie zu necken, »sind Sie eine dieser Heterofrauen, die der Meinung sind, Lesben hätten die richtige Einstellung. Und deshalb treiben sie sich mit ihnen herum und unterstützen ihre Gesinnungen, aber ins Bett wollen sie nicht mit ihnen.«

»Genauso ist es.«

»Offen gestanden hatte ich Sie für lesbisch gehalten«, sagte ich. »Als ich Sie vorhin zum ersten Mal gesehen habe, dachte ich, Sie wären in Karina verliebt, weil Sie sie so verliebt angeschaut haben. Und ich muss sagen, dem ersten Eindruck nach zu urteilen, hätte ich Sie gern zur Schwiegertochter.«

Sie warf den Kopf zurück und lachte. »Ich bin vermutlich nur ungefähr fünf Jahre jünger als Sie!«

»Ich bin siebenundfünfzig«, sagte ich.

»Ich neunundvierzig«, gab sie zurück. »Und durch und durch hetero. Ich halte Karina einfach für eine wunderbare junge Frau. Ich finde es übrigens toll, dass Sie so gut mit Ihrer Tochter befreundet sind. Ich dachte mir schon, dass sie großartige Eltern hat.«

»Ich habe mein Bestes gegeben«, sagte ich. »Aber um ehrlich zu sein, ist sie schon so auf die Welt gekommen. Wir haben nicht viel dazu getan. Haben Sie Kinder?«

»Nur meine Schüler«, antwortete sie. »Das reicht mir. Ich liebe es, nach Hause zu kommen und ganz für mich zu sein.«

Sie lebte also allein. Ungezwungen plauderten wir weiter und lehnten uns angenehm entspannt aneinander. Ihre Lippen waren feucht, weil sie immer wieder mit der Zunge darüberfuhr. Im Licht der Straßenlaterne sprühten ihre Augen so verheißungsvoll wie Diamanten. Inzwischen hegte ich keinerlei Zweifel mehr, dass sie sich für mich interessierte.

Ich stand auf. »Ich gehe besser ins Bett«, sagte ich. »Es war mir ein Vergnügen, mich mit Ihnen zu unterhalten.«

Sie folgte mir ins Haus und wartete dicht neben mir, während ich die Tür abschloss. Als wir in dem dunklen Flur am Fuß der Treppe standen, drehte ich mich zu ihr um, um ihr eine gute Nacht zu wünschen und ihr höflich die Hand zu schütteln. Das Nächste, woran ich mich erinnere, ist, dass wir uns plötzlich küssten. Ich hatte es bestimmt nicht darauf angelegt. Andererseits wäre Diane dann ja allein dafür verantwortlich gewesen, dass wir nicht mehr einfach nur nebeneinanderstanden, sondern volle Kanne rummachten. Nein, das konnte nicht an ihr allein liegen, denn ich fühlte mich in keiner Weise genötigt, und natürlich gehörten zu so etwas immer zwei.

Ihr Körper war weicher und anschmiegsamer, als ich erwartet hatte. Ihr Mund schmeckte nach Bier und ihrer eigenen Süße. Sie duftete so gut, dass ich sie am liebsten durch die Nase eingesogen hätte. Es war so lange her, dass ich eine Frau berührt hatte, so lange, dass ich von einer Frau berührt worden war. Der ungewohnte Körperkontakt machte mich ganz benommen, und fast wäre mir übel geworden. Ihre Hände glitten unter mein Hemd und legten sich auf meinen Rücken. Mit einer Hand umschloss ich ihren Nacken, mit der anderen tastete ich verwegen nach ihrer Brust. Ihr Nippel war hart. Genau wie jeder einzelne Teil von mir.

Doch mein Gehirn ratterte. Wenn ich über die Konsequenzen nachdachte, schwante mir nichts Gutes. Ich dachte an den psychopathischen Flegel Boleslaw, der mich aus heiterem Himmel zusammengeschlagen hatte, weil ich mit einer Doughnut-Verkäuferin geflirtet hatte, an die Stunden in der Arrestzelle, als meine Nase gebrochen gewesen war und ich geblutet hatte. Ich sah Zeldah Specks gequälte, stolze Miene vor mir, als sie mich bat, ihr Haus zu verlassen, damit ich kein Auge auf ihre kostbare Tochter werfen konnte. Dann rief ich mir meine vorausschauende, aber eher untypische Umsicht vor Augen. Ich sah mich Schadensbegrenzung betreiben und aus dem Mullet flüchten, bevor Lexy Levys Freundin auf der Bildfläche erschien – jene von der Welt der Stars faszinierte, zweifelsohne thermonuklear heiße Freundin und mein angeblicher Fan. Wie klug ich damals gewesen war und wie unklug die anderen beiden Male, als ich mir zugestanden hatte, eine gewisse Anziehungskraft zu empfinden. Beide Male war ich als ironisches Echo auf meinen Rauswurf durch Luz bestraft worden, prompt und gründlich, obwohl ich im Grunde nichts getan hatte. Als ich hingegen einmal Zurückhaltung geübt hatte, war ich mit einem herrlichen Nickerchen ohne Kater und dem Jobangebot beim Holzhandel belohnt worden.

Diane gab ein kehliges Schnurren von sich.

»Nein, nein«, sagte ich, den Mund auf ihren gepresst, und versuchte, mich zu befreien.

»Legen wir uns aufs Sofa«, flüsterte sie und schmiegte sich noch enger an mich. »Das fühlt sich so gut an.«

Wir fingen wieder an, uns zu küssen, vielleicht weil ich törichterweise annahm, das würde die Sache verhindern. Im Grunde wünschten wir uns beide dasselbe, aber da wir uns nicht im Haus ihrer Tochter befanden, war sie wesentlich unbefangener als ich. In meinem ganzen Leben hatte sich noch nichts so gut angefühlt wie ihr Gesicht, das sich mit geöffnetem Mund an meins presste, der Duft ihres Atems, ihr seidiges Haar und ihre harte Brustwarze unter meiner erwartungsvollen Hand, das verblüffende Wissen, dass sie mit mir vögeln wollte.

Der vernünftige, sich selbst schützende, aufsässig zurechnungsfähige Teil meines Gehirns warf jenen Traum auf die innere Projektionsfläche meines Schädels, den ich während meines Nickerchens nach meiner Flucht aus dem Mullet gehabt hatte: ich allein in einem Ruderboot auf einem stillen, klaren See. Um mich herum nichts als Berge und die dichten alten Wälder Neuenglands. Mit einem Gefühl glücklicher, jungenhafter, unschuldiger Freiheit trieb ich dahin.

Das hier war das Haus meiner Tochter, wo ich meine erste Nacht als ihr Mieter verbrachte. Sie war nach oben ins Bett gegangen, unbeschwert, selbstverständlich und ohne irgendeine Warnung ausgesprochen zu haben. Das bedeutete, dass sie mir trotz allem noch vertraute. Und wenn ich ihr Vertrauen jetzt missbrauchte, wäre ihre gute Meinung von mir den Bach runter, unwiederbringlich verloren, das tragische emotionale Äquivalent zur Ölkatastrophe im Golf. Ich wusste, dass diese Gefahr tatsächlich bestand. Ich war gegen nichts immun. Was war das Gegenteil von einer guten Fee? Das, was ich hatte.

»Wir sollten das lieber nicht tun, wir befinden uns im Haus meiner Tochter«, sagte ich so ruhig, wie ich nur konnte. Mir war sehr wohl bewusst, dass Karinas Schlafzimmer direkt über uns lag und es hier ziemlich hallte, weil es weder Teppiche noch Gardinen gab. »Kann ich dich anrufen? Darf ich dich zum Essen einladen? Ich würde dich wahnsinnig gerne wiedersehen.«

»Okay, dann gute Nacht«, erwiderte Diane mit einem langen, bedauernden Seufzer.

»Schlaf schön«, sagte ich.

Wenig später war ich in Sicherheit, allein, oben in meinem neuen Zimmer. Karina hatte mein Bett frisch bezogen, die Fenster geöffnet und ein paar Blumen aus dem Garten in einem Einweckglas auf die Kommode gestellt. Ich putzte mir die Zähne und kroch keusch in T-Shirt und Unterhose zwischen die sauberen Laken. Mit brummendem Schädel lag ich wach und fühlte mich, als wäre ich gerade aus einer Situation geflüchtet, die ich in Wirklichkeit mehr als alles andere herbeigesehnt hatte. Draußen ging es jetzt richtig rund, es war noch nicht mal Mitternacht. Ich hörte Rufe, Musik, dröhnende Bässe und aufheulende Motoren. Alle Welt da draußen war lebendig, und auch mein Körper kam nicht zur Ruhe. Erst als schon fast die Morgendämmerung anbrach, wurde es ruhig. Die grellen Straßenlaternen erloschen, und das Licht bekam einen angenehm rosig-sanften Schimmer.

Kapitel achtzehn

Am nächsten Morgen wuchtete ich mich aus dem Bett, noch bevor jemand von den anderen wach war. Ich streifte mir ein paar Sachen über und schlich auf Zehenspitzen hinunter in den Flur, wobei ich versuchte, möglichst kein Geräusch auf den altersschwachen Stufen zu machen, die knarrten und knirschten wie die osteoporotische Wirbelsäule einer alten Frau. Ich schlüpfte aus dem Haus, ohne Diane aufzuwecken, deren schlafende Gestalt ich mit einem Anflug erinnerter Lust aus dem Augenwinkel heraus erspähte, als ich an den Fenstertüren zum Wohnzimmer vorbeikam.

Es war ein warmer, schwüler, wolkenverhangener Vormittag. Die Straße war so still, dass ich das Klappern meiner Schuhe auf dem Asphalt hören konnte. Ich war aus dem Haus gestürzt, fieberhaft bestrebt, schon fort zu sein, wenn die beiden Frauen erwachten, und hatte deshalb weder gepinkelt noch Kaffee getrunken. Meine Blase war voll, mein Kopf schmerzte vom Bier und vom Schlafmangel. Ich hatte mein Fahrrad abgeschlossen vorm Astral stehen lassen, also ging ich Richtung Church Avenue und dann zur Haltestelle Utica Avenue. Von Crown Heights zum Holzhandel zu kommen war ziemlich einfach, eine durchgehende Fünfundvierzig-Minuten-Fahrt Richtung Norden mit der Buslinie 46. Ich setzte mich in den rüttelnden, fast leeren Bus, presste meine Oberschenkel und die Zähne zusammen, entschuldigte mich bei meiner Blase und lechzte nach Kaffee. Das hatte den Vorteil, dass sich all meine Aufmerksamkeit allein darauf konzentrierte und ich nicht überlegen musste, was mit Diane passiert war beziehungsweise um ein Haar passiert wäre. Der Gedanke, sie anzurufen und ein Treffen außerhalb von Karinas Zuhause zu vereinbaren, war so peinigend süß, dass ich ihn auf der Zunge spüren konnte, was meinem schalen Bier- und Morgengeschmack entgegenwirkte.

Ich stieg aus dem Bus und marschierte wegen meiner drückenden Blase fast im Sturmschritt den Broadway entlang. Glücklicherweise hatte der völlig überteuerte Coffeeshop in der Nähe der Berry Street geöffnet. Ich ging hinein und pinkelte gefühlte fünf Minuten lang, atemlos vor Freude über meinen kräftigen Strahl, der in das altmodische WC des kunstvoll gestalteten Toilettenraums schäumte. Ich kaufte mir einen Vier-Dollar-Kaffee, schüttete so reichlich Milch und Zucker hinein, dass er mir das Frühstück ersetzte, und kippte ihn auf meinem Weg zum Holzhandel hastig in mich hinein.

Bei J & B war ganz offensichtlich etwas vorgefallen. Noch mehr Papiere aus der Kreditorenbuchhaltung wurden vermisst. Moishe war finsterer Stimmung. Ich stand an meinem Schreibtisch und trank in kleinen Schlucken einen Kaffee aus unserer Büromaschine. Nach dem French-Roast-Kaffee aus biologischem Anbau, der zur Hälfte mit frischer Bauernhofmilch aufgegossen und mit braunem Rohrzucker bestreut worden war, schauderte es mich bei diesem ätzenden Geschmack nach angebranntem Kaffeesatz, milchfreiem Kaffeeweißer und Süßstoff. Alle Chassidim schienen Diabetiker zu sein. Richtiger Zucker war hier Mangelware. Mein leerer Magen zog sich vor lauter Schlafmangel und Anspannung zusammen, als Moishe vor sich hin schimpfend das Büro auf den Kopf stellte, Schubladen aufriss und wie eine außer Kontrolle geratene Bestie durch die Nase schnaubte.

Yanti war noch nicht eingetroffen. Als sich Moishes Zorn zu einer Art Höhepunkt hochschraubte, wechselten Levi und ich ein paar besorgte Blicke. In all den Monaten, die ich nun schon hier arbeitete, hatten er und ich nie eine kollegiale Beziehung aufgebaut. Er war so fad und langweilig und beinahe unsichtbar. Ich hingegen war kein Chassid und, noch viel schlimmer, ich war Yantis Freund. Ich hatte schnell begriffen, dass die beiden Todfeinde waren. Es musste irgendwas mit Moishe zu tun haben. Yanti galt als sein Günstling. Der Oberboss bevorzugte das schwarze Schaf, den sündhaften Cracksüchtigen, während er den ruhigen, hart arbeitenden Levi, das rotäugige Kaninchen, übereifrig und zurückhaltend, links liegen ließ.

Ich gab einen Scheiß auf diesen internen Konkurrenzkampf. Alles, was mich interessierte, war mein Lebensunterhalt. Ganz offensichtlich sabotierte jemand aus der Kreditorenbuchhaltung einen anderen aus eben dieser Abteilung, und wir waren nur zu dritt. Ich hoffte, außen vor zu sein. Ich wusste, dass ich einen guten Job machte. Mir, einem verträumten Dichter, fiel es erstaunlich leicht, Geschäftszahlen hin und her zu schieben. Aber wenn mich jemand aus genau diesem Grund loswerden wollte, machte das durchaus Sinn. Ich war der Neue hier. Das Geschäft lief schlecht, genau wie die gesamte Wirtschaft im Land. Mir waren Gerüchte zu Ohren gekommen, dass der Holzhandel gerade an ein paar Bauunternehmer verkauft worden sei, die planten, an seiner statt einen zweiundzwanzig Stockwerke hohen Apartmentkomplex zu errichten. Ich hatte beschlossen, erst daran zu glauben, wenn mir tatsächlich gekündigt wurde.

Moishe grillte Levi eine Weile auf Jiddisch, deutete auf die Akten, den Computer, auf mich, auf den Fußboden, auf das, was vermutlich entweder Haschem oder Deckenplatten waren. Levi antwortete, doch seine Stimme klang so tragisch zurückhaltend und sein Benehmen war so krankhaft unterwürfig, dass ich schon dachte, er würde jeden Moment eine Maschinenpistole zutage fördern und seinen Vorgesetzten niedermähen, wie es geknechtete, pathologisch jähzornige und schließlich explodierende Befehlsempfänger überall auf der Welt taten. Doch wie durch ein Wunder geschah nichts dergleichen. Auch Yantis Name fiel kein einziges Mal. Kein empörter, defensiver, schuldzuweisender Zeigefinger. Daraus schloss ich, dass Levi entweder wahnsinnig altruistisch war, schuldig im Sinne der Anklage, oder etwas wusste, von dem ich keinen blassen Schimmer hatte.

Dann war ich an der Reihe: Moishe nahm mich mit seinem schwerfälligen, herablassenden Englisch ins Verhör und stellte klar, dass er sauer auf unsere ganze Abteilung sei. Aber noch saurer sei er auf diejenigen, die mich zur Welt gebracht und großgezogen hatten, weil sie ihn dazu zwängen, diese niedere, ordinäre Sprache, welche die Puerto Ricaner als Zweitsprache verwendeten, über seine erhabenen Lippen zu bringen. Wie dem auch sei, er hasse sie.

Dann schien alles gleichzeitig zu passieren. Moishes Verhör entpuppte sich als dramatischer Monolog in der Tradition verschiedener Dramatis Personae, darunter Hamlet. Er erklärte, dass er dem Täter auf die Schliche kommen und dessen Blut vergießen werde. Damals, als die verschwundene Rechnung auf der Herrentoilette wieder aufgetaucht war, hatte Moishe mich widerwillig wegen des beträchtlichen Mangels an Beweisen freigesprochen. Danach hatte es noch ein paar weitere Zwischenfälle gegeben, doch es war für alle Beteiligten von Vorteil gewesen, sie unter menschlichem Versagen zu verbuchen und umgehend zu vergessen. Wie es aussah, stand ich seit geraumer Zeit unter Verdacht. Es war das erste Mal, dass ich von meinem angeblich schuldhaften Handeln erfuhr, aber natürlich sprach ich kein Jiddisch, also entging mir das meiste von dem, was um mich herum geschah.

Als Moishe mit Shakespeareschem Scharfsinn beschlossen hatte, dass ich die Schuld an allem trug, forderte er mich auf, meine Sachen zusammenzupacken und mich vom Acker zu machen. Dann verschwand er in einer Wolke schwarzen, schwefelhaltigen Rauchs.

»Wenn du mich stichst, blute ich nicht? Ist ein *goi* im Wald gefallen?«, reklamierte ich, Unbekümmertheit heuchelnd, um meine Scham und meine Sorge zu verbergen. Ich warf meinen leeren Kaffeebecher in den Papierkorb und sah mich im Büro um, um sicherzugehen, dass ich keins meiner Besitztümer vergessen hatte. »Etwas ist faul im Staate Jidmark.«

»Es war Yanti«, sagte Levi, der direkt neben mir stand. »Er hat dich gelinkt. Sie wollten einen von uns wegrationalisieren. Er hatte Angst, es könnte ihn treffen.«

»Danke, dass du dich für mich eingesetzt hast«, antwortete ich.

»Ich sage dir«, fügte er mit zuckender Nase hinzu, »es war Yanti.«

Wir blickten einander fest in die Augen.

»Ist schon gut, Levi. Ich weiß, dass du dich neben einem Cracksüchtigen, den du nicht leiden kannst, um dich selbst kümmern musst. Das ist eine Stammesfrage. Ich war froh, diesen Job überhaupt bekommen zu haben.«

»Er ist nicht dein Freund«, beharrte Levi. Dann kroch er zurück in seinen Kaninchenbau und verschwand.

Mit einem grimmigen Lachen verließ ich den Holzhandel und machte mich zu Fuß auf den Weg die Kent Avenue entlang Richtung Franklin Street und zum Astral, um mein Fahrrad zu holen. Ich analysierte diesen jüngsten Tiefschlag in meinem Leben, das so langsam aus nichts anderem mehr zu bestehen schien. Das kindische Gefühl, bestraft zu werden, setzte die Existenz eines Strafenden voraus, aber an so etwas glaubte ich eigentlich nicht. Insofern waren diese »negativen Ereignisse«, wie ich beschlossen hatte, sie von nun an euphemistisch zu nennen, lediglich die natürliche soziale Konsequenz meines eigenen Handelns, nichts, was ich persönlich nehmen müsste. Sie waren nicht mehr als ironische Tropen, während mein Leben als Ganzes ein katastrophaler kleiner Essay blieb.

Es war zu früh, um Marlenes Bar aufzusuchen. Mit dem Fahrrad fuhr ich die Calyer Street hinauf und bog dann nach rechts in die Guernsey ab, eine heruntergekommene, schmale Straßenschlucht zwischen den hoch aufragenden, nackten Wänden zweier Wohnblöcke, die einander in beklemmender Enge gegenüberstanden. Die feindselig wirkenden Kronen der hoch aufragenden Bäume mit ihren dürren Ästen bildeten unheimliche Muster. Die Menschen, die in dieser Straße wohnten, waren mir stets wie Höhlenbewohner vorgekommen, wie mythische, nachtaktive Untiere, bleiche, schauerliche Geister, die über die dusteren Gehsteige hasteten, voller Angst, dem Blick eines anderen zu begegnen, gehetzt von ihren eigenen Schatten. Unter dem Blätterdach war es an diesem sommerlichen Vormittag kühl und dämmrig, und es roch nach schalem Urin.

Als ich wieder ans Tageslicht kam, radelte ich in den McCarren Park. Jeden Samstagmorgen fand hier bei gutem Wetter der Greenmarket statt, wo die glücklichen, gesunden Bewohner von Greenpoint und der angrenzenden Stadtviertel althergebrachte Sorten von Speisekürbissen, hausgemachte Marmeladen und biologisch angebautes Gemüse betasteten, während ihre Kinder im Gras herumtollten. Heute war es hier leer, doch ich konnte die subatomaren Impulse didaktischer Schlemmereien spüren, die von ebenjenem Pflaster ausgingen. Ich wich dem schmalen Höllenstreifen aus, radelte zwischen ungepflegten Baseballfeldern hindurch, kreuzte die Driggs Avenue und passierte schließlich den Hundeauslauf mit seinen verhaltensgestörten Kötern und ihren neurotischen, selbstgerechten Besitzern. Ich stieg von meinem Fahrrad ab, kettete es an einen Zaun und schlenderte zu der Laufbahn, die rund um den Fußballplatz führte. Dort setzte ich mich auf eine Bank, die mitten im diffusen Sonnenlicht stand, und sah den Leuten zu, wie sie Runde um Runde auf dem roten Kunststoffpfad zurücklegten. Jeder der Läufer hatte einen ganz eigenen Stil. Ein hagerer alter Mann joggte mit nach vorne gekrümmter Schulter und einem leichten Seitendrall. Eine fette kleine Latina in todschicken Shorts trottete stumpfsinnig vor sich hin. Ein gertenschlankes Mädchen mit blondem Pferdeschwanz, der zwischen ihren Schulterblättern hin und her wippte, zog in einem leichten Galopp an mir vorbei. Dann sah ich einen kräftigen, muskulösen Schwarzen mit gewaltigen Oberschenkeln, der sich in kleinen Sprüngen fortbewegte. Menschen waren die Landschaft der Großstadt, das Wetter, das Wild. Wie lange hatte ich nicht mehr einfach nur dagesessen, um die Einheimischen zu beobachten! Es fühlte sich seltsam an, nicht mehr in der Arbeit zu sein, keine feste Anstellung mehr zu haben. Ich vermisste Luz, doch ich kämpfte das Gefühl nieder, wohl wissend, dass es sich nur um eine schlechte alte Angewohnheit handelte, die sich gerade wieder meldete, weil mir so elend zumute war.

Neben dem Gummipfad kam Marion auf mich zu. Sie trug ein ärmelloses Sommerkleid und Sandalen. Ihr Haar wehte ihr goldbraun ins Gesicht, keine Spur mehr von dem unscheinbaren Grau. Sie war gebräunt, wirkte glücklich und sorglos. Um ihre Schulter lag ein Arm, der einem jungen, dunkelhaarigen Mann gehörte. Er sah auffallend gut aus und wirkte ein bisschen wie ein Zigeuner. Ich musterte ihn. Mit einem Anflug von Neid dachte ich, dass er vermutlich überall die Blicke auf sich zog, ganz gleich, wohin er ging. Und ganz bestimmt wusste er mit dieser Aufmerksamkeit umzugehen. Er hatte einfach das gewisse Etwas. Marion sah zu ihm auf, sagte etwas und lachte. Er lächelte, zog sie näher zu sich heran und küsste sie. Dann trennten sie sich. Er ging zurück zur Lorimer Street, während sie lächelnd und gedankenverloren in meine Richtung kam. Sie wäre glatt an mir vorbeigegangen, hätte ich nicht »Hallo!« gerufen.

Sie drehte sich um und sah mich. »Harry«, rief sie und blieb vor mir stehen. »Mensch, wie geht's dir denn?«

Ich machte eine vage, alles einschließende, unverbindliche Handbewegung. »Ganz gut.« Ich erhob mich, und wir schlenderten gemeinsam auf die andere Seite des Parks.

»Also deshalb siehst du so gut aus«, sagte ich.

»Ich werde nicht so tun, als wüsste ich nicht, wovon du sprichst. Oder als würden mir deine Worte nicht schmeicheln.«

»Wie alt ist er?«

»Er ist gerade dreiunddreißig geworden.«

»Dann ist er ja fast fünfundzwanzig Jahre jünger als wir!« Ich versuchte, amüsiert zu klingen, doch ich hatte ein beklemmendes Gefühl in der Magengrube, als würde ich betrogen werden. Natürlich hätte ich das niemals zugegeben, nicht in einer Million Jahre, doch irgendwie schien mich Marions Affäre mit diesem jungen Mann auf eine sehr grundlegende, irrationale Weise zu bedrohen. Zumindest Frauen sollten sich doch an ihre eigene Altersgruppe halten! Was zum Teufel konnte ihr diese postadoleszente Rotznase schon bieten? Einer Frau mit ihrer Erfahrung und Intelligenz! Was wusste er schon? Hatte er auch nur die leiseste Ahnung, was er im Bett mit ihr anstellen sollte?

»Ich weiß«, sagte sie. Sie klang belustigt und übersprudelnd. »Er ist in den späten Siebzigern zur Welt gekommen. Kannst du dir das vorstellen?«

»Als wir uns das erste Mal begegnet sind, war er noch gar nicht geboren!«

Sie blickte mich von der Seite an und schüttelte den Kopf. »Ja und? Wie alt war Samantha? Das hat dir doch damals auch nichts ausgemacht.«

»Doch, ihr Alter hat mich beschämt!«, rief ich. »Ich wusste, dass sie zu jung für mich war.«

»Blödsinn«, entgegnete Marion. »Du warst alles andere als beschämt, du hast allenfalls so getan. Es hat dir gefallen, dass sie so jung war, du hast dich gefühlt wie ein junger Hengst. Diese Doppelmoral ist idiotisch. Das Alter spielt keine Rolle. Er heißt übrigens Adrian, und er ist umwerfend!«

Adrian. Natürlich. Das passte zu seinem quasi-europäischen Aussehen, der katzenhaften Anschmiegsamkeit und dem vollen, schwarzen, mediterranen Haar.

»Davon bin ich überzeugt«, sagte ich. »Ich freue mich für dich.« Und das meinte ich auch so, zumindest teilweise.

Wir setzten unseren Weg fort, vorbei an Bänken voller Leute mit angeleinten Hunden und an selbstbewusst dreinblickenden Picknickern auf ihren im Gras ausgebreiteten Decken. Eine nicht enden wollende Phalanx von Menschen kam uns entgegenmarschiert, meist waren es junge Leute. Marion und ich kannten einander zu gut, um dieses Gespräch gedankenlos fortzuführen. Wir ließen zu, dass sich Schweigen zwischen uns ausbreitete, bis wir uns wieder wohl miteinander fühlten. Das war einer der reizvollen Vorzüge einer langjährigen Freundschaft, und ich war glücklich, dass ich dies einmal mehr bestätigt fand, als ich es am meisten brauchte.

»Was ist eigentlich mit dir?«, wollte sie wissen. »Hast du schon eine neue Freundin?«

»Wie bitte?«, fragte ich, Empörung heuchelnd, doch insgeheim geschmeichelt. »Als wir uns das letzte Mal gesehen haben, habe ich gerade noch versucht, meine Ehe zu retten. Wie du weißt, bin ich immer noch verheiratet!«

Sie lachte. »Als wir uns das letzte Mal getroffen haben, warst du der masochistische Leibeigene einer rasenden Psychopathin, die uns beide am liebsten erdolcht hätte. Nach allem, was sie gesagt und getan hat, glaube ich nicht, dass du sie immer noch zurückwillst.«

»Wir wollen uns scheiden lassen«, erklärte ich.

Verblüfft blieb Marion stehen. »Du machst Witze. Seit wann das denn?«

»Seit ein paar Tagen. Ich habe schon die Papiere.«

»Du meine Güte!«, sagte sie. »Woher der Sinneswandel? Ist was passiert?«

Ich erzählte ihr, was sich seit unserem Treffen in der vergangenen Woche ereignet hatte, von meiner Therapiestunde bei Helen, meinem Gespräch mit James und dem Treffen mit den Sektenausstiegsberatern. »Und dann ist es mir gekommen«, sagte ich, befeuert von dem dringenden Bedürfnis, ihr alles mitzuteilen, jener fieberhaften Intensität, die sich aufbaute, wenn man nur lange genug monologisierte, ohne von seinem Gegenüber unterbrochen zu werden. »Als wir in diesem Wohnzimmer saßen und über die Mechanismen der Bewusstseinskontrolle gesprochen haben, fühlte ich mich plötzlich an meine Ehe erinnert, und mir wurde klar, dass ich nicht zu Luz zurückkann – selbst wenn sie mich wollte, was nicht der Fall ist.«

Marion sagte nichts, sondern starrte nur mit undurchschaubarer Miene auf den Weg vor uns. »Über die von Sekten praktizierte Bewusstseinskontrolle zu sprechen hat dich auf deine Ehe gebracht?«

»Ja«, bestätigte ich. »Ich habe noch mit niemandem darüber gesprochen. Klingt verrückt, nicht wahr?«

Marion lachte. »Harry. Glaubst du allen Ernstes, Luz hat dich einer Gehirnwäsche unterzogen?«

»Na ja ...«, erwiderte ich ein wenig verlegen.

Ihr kluges, lebendiges Gesicht verzog sich zu einem mitfühlenden Lachen. »Also bitte! Du kannst doch deine Ehe nicht mit dem ideologischen Drill einer Sekte vergleichen! Du wurdest keiner Gehirnwäsche unterzogen, sondern warst lediglich Teil einer Partnerschaft. So läuft das eben.«

Wir waren dem Menschengewühl um den Park herum ausgewichen. Die anderen Leute schienen nichts weiter als Statisten, so sehr waren wir in unser Gespräch vertieft. Als hätten wir uns abgesprochen, steuerten wir auf eine freie Bank zu und setzten uns. Unter der Sitzfläche schnüffelten zwei kleine angeleinte Hunde wie Trüffelschweine nach Krümeln. Andere trotteten an ihren Leinen an uns vorbei, während ihre Besitzer miteinander plauderten. Von der anderen Seite der Driggs Avenue in unserem Rücken drangen Hundejaulen, Gekläffe und spitze Schreie zu uns herüber.

»So viele Hunde«, bemerkte ich. »So viele gab es in dieser Gegend noch nie.«

»Ich hätte fast einen bei mir aufgenommen«, sagte Marion. »Ein großes silbernes Pitbull-Weibchen, das auf den Namen Xanadu hört.«

»Wie bitte?«

»Ja, komischer Name, ich weiß«, sagte sie. »Die Leute im Tierheim haben sie so genannt. Ich würde sie als grenzwertig psychotisch bezeichnen, ganz besonders den Typen, der die Einrichtung leitet, diesen fetten, glotzäugigen Misanthropen. Er heißt Sal und kann ausgesprochen grob werden, wenn man sich als unwürdig erweist, einen seiner Hunde zu adoptieren. Sein Tierheim ist grauenhaft. Es stinkt nach Pisse, die Tiere sind in enge Käfige gepfercht, bekommen das billigste Futter … Im Grunde genommen brauchten die Angestellten dort viel dringender Hilfe. Die wirken allesamt, als hätten sie einen leichten Dachschaden. Um ihren Menschenhass zu kompensieren, stellen sie sich mit einem fanatischen Beschützerinstinkt vor diese bedauernswerten Kreaturen. Ob sie alle von ihren Eltern sexuell missbraucht wurden? Oder hat man sie als Babys gequält?«

»Vielleicht handelt es sich um den ganz normalen Wald-und-Wiesen-Wahnsinn«, gab ich zu bedenken.

»Entweder das oder sie haben tatsächlich recht. Je älter ich werde, desto weniger möchte ich mit Menschen zu tun haben. Ich denke darüber nach, mein Haus zu verkaufen und nach Maine zu ziehen. Ich meine es ernst, Harry. Hier geht doch eh alles den Bach runter.« Sie verstummte. »Übrigens hat die arme Xanadu ein neues Zuhause gefunden, gleich nachdem ich es mir anders überlegt hatte.«

»Warum hast du sie nicht zu dir genommen?«

»Weil ich zu dem Schluss gekommen bin, dass ich sie doch nicht mag. Sie war schön, aber so dumm und störrisch. Als ich das den Leuten vom Tierheim gesagt habe, haben sie mich angeschaut, als hätte ich irgendeine entsetzliche Greueltat begangen. Eine Woche später bin ich noch mal dorthin, um mich nach einem anderen Hund zu erkundigen. Sie wollten mir nicht in die Augen schauen und haben getan, als müsste ich mich in Grund und Boden schämen. Du lieber Himmel!«

Lachend ließ ich mich gegen die sonnengewärmte Banklehne sinken und atmete die feuchte, nach Gras duftende Luft ein. »Ich bin heute Morgen rausgeflogen«, sagte ich. »Bei dem Holzhandel. Mein cracksüchtiger Freund Yanti hat mich gelinkt, weil er Angst hatte, dass es ihm sonst an den Kragen geht.«

»Wirklich?«, fragte sie. »Mein Gott, das tut mir leid. Was hast du jetzt vor?«

Ich wusste, dass James für Marion ein heikles Thema war. Andererseits wollte sie immer alles ganz genau wissen, ohne viel Drumherumgerede und ohne Beschönigungen.

»James hat mir einen Job in seiner Firma angeboten«, sagte ich.

Bis auf ihr zuckendes linkes Augenlid veränderte sich ihre Miene kaum, was ich Adrians heilenden Kräften zuschrieb. »Das ist gut«, sagte sie.

»Außerdem bin ich gerade bei Karina eingezogen. Sie braucht einen Mitbewohner, und ich musste weg von Luz. Ich wohne also jetzt in Crown Heights. Ich bin froh, dass ich aus meiner alten Gegend raus bin. Es überrascht mich, wie gut sich das anfühlt. Hier kann ich ja kaum eine Straße entlanggehen, ohne an tausend Dinge erinnert zu werden und ohne jemandem zu begegnen, den ich kenne. Es war eine so lange Zeit. Jahrzehnte angesammelten Ballasts. Ich hatte schon gedacht, ich wäre mit diesem Teil der Stadt verwachsen. Mir war gar nicht mehr klar, dass ich einfach nur aufstehen und gehen musste. Crown Heights ist nur ein paar Meilen entfernt, aber wenn es nach mir geht, könnte es auch ein komplett anderes Land sein. Mir geht es plötzlich so viel besser. Ich bin fast froh, dass ich aus meinem Job geflogen bin, denn jetzt muss ich wirklich keine Zeit mehr in diesem Teil der Welt verbringen.«

»Ja, das verstehe ich«, sagte Marion. »Adrian wohnt in der South Slope. Ich liebe es, ihn in seinem kleinen Apartment zu besuchen. Mein Haus ist so voll mit jahrzehntelang aufgehäuften Emotionen, mit guten und schlechten – und viele davon sind schmerzhaft. Meine Ehe, meine Affäre, die Probleme bei der Arbeit, die negativen Erfahrungen mit Galeristen, der Wettbewerb mit anderen Fotografen, die rauschenden Partys ... Wenn ich zu Adrian gehe, ist es, als würde ich Urlaub machen.«

»Nun sag schon«, erwiderte ich und gab mir Mühe, aufgeschlossen und unvoreingenommen zu klingen, »wie hast du ihn kennengelernt? Er ist der Typ aus der Bar, der dich immer wieder angerufen hat, stimmt's?«

»Nein, ob du's glaubst oder nicht, das war ein anderer, wesentlich jüngerer Mann.« Sie lachte. »Adrians Tante und ich haben eine gemeinsame Freundin, Laura, die uns verkuppelt hat. Mittels eines Blind Date. Sie sagte: ›Der Neffe meiner Freundin ist perfekt für dich, das weiß ich einfach. Er ist jung, aber das sollte dich nicht aufhalten, gib ihm eine Chance.‹ Nur deswegen bin ich hingegangen: Da er so jung war, konnte ja gar nichts dabei herauskommen, also war ich in Sicherheit. Das war vor einer Woche.« Sie reckte sich, gähnte und rieb sich die Hände. »Wie dem auch sei, ich bin froh, dass du endlich von Luz loskommst. Ich kann dir gar nicht sagen, wie froh!«

»Ich auch, und das meine ich ernst. Du hattest völlig recht mit dem, was du über sie gesagt hast.« Ich räusperte mich. »Ich habe gestern Abend eine Frau kennengelernt. Eine Lehrerin. Sie war bei Karina zum Abendessen. Sie sind befreundet, aber sie ist fast so alt wie wir.«

»Wie gesagt – wen kümmert das Alter? Wie ist sie?«

»Schön und clever«, sagte ich. »Ich mag sie. Sie mag mich. Ich kann nicht glauben, dass ich sie … du weißt schon.«

»Vögeln darfst?«

Ich lachte. »… ›ausführen darf‹, wollte ich sagen. Aber ja, jetzt, da du es erwähnst …«

»Ist das nicht das Beste am Ende einer Ehe? Plötzlich darf man mit anderen ins Bett gehen, ohne dass einem jemand einen Vorwurf macht.«

»Genau das habe ich letzte Nacht auch gedacht«, sagte ich.

»Nach Ikes Tod habe ich so viel geweint, dass ich dachte, ich könnte nie mehr damit aufhören. Vor lauter Weinen habe ich eine Augenentzündung gekriegt. Unsere Ehe war kompliziert, und trotzdem hätte ich mich immer wieder dafür entschieden. Ich dachte, ich würde nie über diesen Verlust hinwegkommen. Wir sind dieses Jahr durch die Hölle gegangen, du und ich. Wir haben beide unsere Partner verloren. Schön für uns, dass wir jetzt so beisammen sein können.«

»Ja, schön für uns«, sagte ich.

Wir verfielen in ein abwesendes Schweigen, zwei alte Freunde, die sich in der Sonne wärmten und ihre Wunden heilen ließen. In jenem Augenblick gefiel mir diese Vorstellung.

Kapitel neunzehn

Der einzige Vorteil, keinen Job zu haben, bestand darin, dass ich jetzt nicht mehr jeden Tag zur Arbeit musste. Ich konnte mir die Zeit so einteilen, wie ich wollte.

Unten in der Küche hatte Karina gerade eine Kanne Kaffee gekocht und machte Rührei. Wir setzten uns zum Frühstück an den Tisch und planten den Tag: Am Nachmittag würden wir nach Long Island rausfahren und Hector überraschen. Wenn wir ihn überrumpelten, würden wir ihn vielleicht dazu kriegen, irgendwo in der Nähe mit uns zu Abend zu essen. Sollte uns das misslingen, wollten wir versuchen, bei ihm zum Dinner eingeladen zu werden. Aber in jedem Fall wäre es besser, wenn wir ihn für uns allein hätten. »Teile und herrsche«, sagte Karina.

»Karina«, sagte ich. »Darf ich dich etwas fragen?«

»Tust du doch schon.«

»Du hast alles mitbekommen – war ich in deinen Augen ein schlechter Ehemann?«

»Du warst mein Vater«, erwiderte sie und sah mich an. »Und sie war meine Mutter. Ihr beide wart in meinen Augen immer gute Menschen. Mag sein, dass sie sich manchmal mehr Aufmerksamkeit von dir gewünscht hat, aber meines Erachtens ist Mom ziemlich fordernd, und du warst beschäftigt.«

Ich musste lachen. »Ich mag's, dass du so gar nicht melodramatisch bist. Immer geradeheraus.«

»Ich bin nun mal keine Romantikerin. Seit eure Ehe in die Brüche gegangen ist, seit ich euch einzeln erlebe, kann ich euch objektiv als getrennte Individuen betrachten, und ich muss sagen, so gut, wie ich euch inzwischen kenne, finde ich es erstaunlich, dass eure Ehe so lange gehalten hat. Was eure Chemie betrifft, scheint ihr zwei völlig unterschiedlichen Stämmen anzugehören. Und damit meine ich nicht, dass sie Mexikanerin ist und du … was auch immer, ein Typ aus Iowa eben. Aber eure jeweiligen Stammesfarben sind dem anderen ganz und gar fremd. Verstehst du, was ich meine?«

Ich umschloss mit beiden Händen meine Kaffeetasse und musterte meine Tochter. »Ja«, wiederholte ich. »Ich verstehe, was du meinst.« Wir lächelten einander zu, doch die Luft war erfüllt von melancholischer Schwermut und Bedauern.

Nachdem ich abgespült hatte, ging ich nach oben, um James anzurufen. Er hob nach dem zweiten Klingeln ab. »Custom Case«, meldete er sich. »Oh, verflixt, das ist ja mein Handy. Hallo?«

»James, hier spricht Harry.«

»Harry, wie schön, deine Stimme zu hören.«

»Lass mich gleich zur Sache kommen: Ich bin gestern gefeuert worden.«

»Was ist passiert?«

»Soweit ich weiß, hat mich ein panischer Cracksüchtiger reingeritten, weil er dachte, dass einer von uns beiden gehen muss. Er hat ein paar Rechnungen versteckt, und da ich der Außenseiter dort war, haben sie mich verdächtigt. Steht dein Angebot noch? Ich bin echt gut, das kannst du mir glauben.«

»Da habe ich keinen Zweifel«, antwortete er. »Wann

kannst du anfangen? Montag? Zu den Bedingungen, die ich neulich Abend genannt habe?«

»Abgemacht. Soll ich zu dem Lagerhaus in Red Hook kommen?«

»Genau, du weißt ja, wo es ist. Komm um neun in mein Büro, dann zeige ich dir alles.«

Und einfach so, im Handumdrehen, hatte ich einen neuen Job. Es war schon gut, auf dieser Welt Freunde zu haben.

Nach dem Mittagessen fuhren Karina und ich in ihrem Wagen los. Es war ein kühler, klarer, auffallend schöner Tag. Eine Brise wehte durch die offenen Fenster – und mit ihr das aufregende Gefühl vielfältiger Möglichkeiten. Mit Karina im Auto zu sitzen und durch die Gegend zu fahren brachte mich immer wieder dazu, Dinge auszusprechen, die mir sonst nie über die Lippen gekommen wären. »Deine Freundin Diane gefällt mir«, sagte ich. Ich musste fast brüllen, um das Pfeifen des Windes und das Dröhnen der Lastwagen zu übertönen.

Karina warf mir einen Seitenblick zu. »Das habe ich gemerkt. Ihr habt wie zwei Teenager miteinander geflirtet.«

»Stimmt«, sagte ich. »Karina, ich muss dir etwas sehr Ernstes über deine Mutter und mich mitteilen.«

»Und was wäre das?«, fragte sie.

»Wir werden nicht wieder zusammenkommen«, sagte ich. »Wir wollen uns scheiden lassen.«

Es war eine Erleichterung, endlich reinen Tisch zu machen, und es war viel einfacher, die Wahrheit in einem fahrenden Auto herauszuschreien, als sie meiner Tochter am stillen Frühstückstisch ins Gesicht zu sagen.

»Tatsächlich?« Die Hände fest am Lenkrad, starrte Karina mich an. Sie wirkte schockiert. Der Wagen machte einen leichten Schlenker. Mit einer ruckartigen Kopfbewegung blickte sie wieder auf die Straße.

»Ja«, sagte ich. »Ich muss akzeptieren, dass es vorbei ist.«

»Und du bist dir ganz sicher? Hast du mit ihr gesprochen?«

»Wenn ich gekonnt hätte, hätte ich es getan«, sagte ich in das Verkehrsgetöse hinein. »Glaub mir, das hätte ich. Als wir uns das letzte Mal unterhalten haben, wollte sie die Scheidung, und das ist schon ziemlich lange her. Sie wird mich nicht zurücknehmen. Und ich muss aufhören, mir etwas anderes einzureden, und nach vorne blicken.«

»Mit diesem Nach-vorne-Blicken ist nicht zufällig Diane gemeint?«

Ich grübelte ein paar Minuten darüber nach.

»Hallo, Dad?«

»Vielleicht schon«, antwortete ich schließlich. »Ich weiß, dass sie deine Freundin ist und du das vermutlich komisch findest.«

»Vermutlich?«, schrie sie. »Ich finde es sogar äußerst komisch!«

Die nächsten Meilen legten wir schweigend zurück. Wir kamen an einen Verkehrsknotenpunkt und fuhren langsamer, krochen weiter voran, ohne einander anzusehen.

»Hast du gestern Nacht mit ihr geschlafen? In meinem Haus?«, fragte Karina.

»Natürlich nicht!« Ich war so erleichtert, das mit aufrichtigem Nachdruck behaupten zu können, dass mir ein wenig schwindelig wurde. »Das würde ich niemals tun.«

»Ich bin nicht deine Mutter«, sagte sie. »Es ist nur … du weißt schon.«

Der Stau löste sich auf, und wir legten wieder an Tempo zu.

»Hör mal«, sagte ich nervös, aber bestimmt. »Ich würde sie gern zum Abendessen ausführen. Ich verspreche, sie nicht mit in dein Haus zu bringen, wenn du das nicht möchtest. Ich versichere dir außerdem, dass ich Luz damit nicht hintergehe. Was ich tue, interessiert sie mittlerweile einen Scheißdreck.«

Karina tippte mit den Daumen aufs Lenkrad – eine nicht ganz unbewusste Imitation ihrer Mutter. »Du bist ein erwachsener Mann, Dad. Und ich bin nicht dein Kindermädchen. Du kannst tun und lassen, was immer du möchtest, und ich weiß es zu schätzen, dass du mir all das anvertraut hast.« Sie unterbrach sich für einen Augenblick. »Ich will nicht wie eine verzogene kleine Göre wirken. Ich mag Diane sehr. Sie hat eine schlimme Trennung hinter sich und könnte gerade jetzt Ablenkung gebrauchen. Also ist es okay für mich, ganz bestimmt, ich schwör's dir.«

Ich streckte den Arm aus und strich ihr über die Schulterblätter. »Entspann dich«, sagte ich.

»Ich versuch's ja«, erwiderte sie.

»Ich weiß. Ich auch, glaub mir. Es sieht zwar nicht so aus, aber trotzdem.«

»Das ist alles irgendwie seltsam.«

»Ja, das ist es. Als hätten wir die Rollen getauscht. Dein Vater bittet dich um Erlaubnis, sich mit deiner Freundin verabreden zu dürfen. Und obendrein wohnt er auch noch wie ein Kind in deinem Haus.«

»Solange du um zehn zu Hause bist …« Sie versuchte zu lächeln, und fast wäre ihr das auch gelungen. »Aber bitte nimm ein Kondom.«

Um kurz vor drei bogen wir in Hectors Auffahrt auf Long Island ein und parkten im Schatten einer Baumgruppe. Hier draußen war es kühl und sehr viel windiger als in der Stadt. Karina hatte in weiser Voraussicht ein Sweatshirt mitgenommen, das sie sich jetzt überzog. Ich hingegen hatte ihren Rat, eine Jacke einzupacken, in wenig weiser Voraussicht ignoriert, und so blieb mir nun nichts anderes übrig, als die Zähne zusammenzubeißen und in meinem kurzärmeligen Baumwollhemd aus dem Wagen zu steigen. Wir gingen über die mit zerstoßenen Austernschalen gepflasterte Auffahrt zum Haus. Abgesehen von unseren knirschenden Schritten und dem Wind in den Sanddünen und Baumkronen war nichts zu hören. Das Haus sah verwaist aus. Die Fenster waren blaue, den leeren Himmel spiegelnde Scheiben. Auf der Veranda und auf dem Rasen war niemand zu sehen.

Wir stiegen die Stufen hinauf und läuteten. Die Türglocke hallte im leeren Innern des Hauses wider.

»Vielleicht sind sie unterwegs«, sagte Karina. Just in diesem Moment öffnete sich die Tür. »Oh!«, rief sie.

Im Gesicht der jungen Frau spiegelte sich keinerlei Wiedererkennen. Vielleicht war sie ein neues Mitglied, oder man hatte sie darauf trainiert, so zu tun, als würde sie Außenstehende grundsätzlich nicht erkennen. Vielleicht konnte sie sich aber auch einfach nicht an uns erinnern. Sie sah genauso aus wie die anderen jungen Frauen, denen wir bei unseren letzten Besuchen begegnet waren – jugendlich frisch, adrett und tadellos gekleidet. Es war unmöglich, ihr einen Namen zuzuordnen.

»Wir sind hier, um Hector, äh, ich meine natürlich Bard, zu besuchen«, sagte ich. »Ist er da?«

Der Sektenklon rührte sich nicht vom Fleck. »Er wird gerade vorbereitet. Es tut mir leid, bitte kommen Sie ein anderes Mal wieder.«

»Vorbereitet für was?«, fragte Karina.

Die junge Frau wollte gerade die Tür schließen, als Karina ihren Fuß in den Spalt steckte. Das Ganze wirkte beiläufig, als sei ihr Bein rein zufällig in diese Richtung gezuckt.

»Ich bin Bards jüngere Schwester, und das hier ist

unser Vater«, sagte sie mit ihrer lieblichsten Stimme, während sie den Kopf senkte und die Frau von unten durch ihre Wimpern hindurch anblickte. Eine rote Locke fiel ihr auf die blasse, sommersprossige Wange. »Wir waren gerade in der Gegend und hatten gehofft, er würde einen Spaziergang mit uns machen und wir könnten vielleicht gemeinsam zu Abend essen. Wir vermissen ihn. Könnten Sie ihm bitte ausrichten, dass wir da waren?«

In dem ausdruckslosen Gesicht des Mädchens zuckte es kaum merklich. »Warten Sie hier«, sagte es und schloss die Tür.

Karina und ich setzten uns auf zwei Verandastühle, die neben dem Haus standen, und blickten hinaus auf den wogenden, im Wind schäumenden Ozean. Ich fröstelte in meinem Sommerhemd.

»Glaubst du, sie lassen ihn raus?«, fragte Karina.

»Ich frage mich eher, ob sie uns reinlassen«, erwiderte ich.

»Du frierst! Willst du mein Sweatshirt?«

»Ist schon in Ordnung«, sagte ich.

Wir flüsterten beinahe, als fürchteten wir, belauscht zu werden, und als könnte unser Gespräch den wahren Grund unseres Kommens enthüllen. Karina blickte genauso unbehaglich und schuldbewusst drein, wie ich mich fühlte. »Besuchen Sie ihn so oft Sie können«, hatten June und Emery uns geraten. »Versichern Sie ihm, dass Sie ihn lieben, erzählen Sie ihm von Leuten, die er kennt, erinnern Sie ihn an sein wahres Ich. Je mehr Kontakt Sie zu ihm haben und je mehr er Ihnen vertraut, desto besser.« Im Moment hatte ich das Gefühl, als würden wir ihn betrügen, und ich fürchtete, dass er das instinktiv spürte. Unsere Anwesenheit kam mir falsch und manipulativ vor, als ginge es um eine streng geheime Spionagekampagne gegen unseren Sohn respektive Bruder. Die Tatsache, dass wir aus einem Gefühl der Sorge heraus handelten und aus dem aufrichtigen Wunsch, ihm zu helfen, vermochte mich nicht zu trösten.

Die Sekten-Magd spähte um die Ecke des Hauses. »Kommen Sie rein«, sagte sie. »Er möchte Sie sehen.«

Karina und ich wechselten einen Blick. Die junge Frau klang, als spreche sie über den Kaiser auf seinem goldenen Thron, über einen Pascha, dem seine Eunuchen Kühlung zufächelten. Wir folgten ihr durch die Eingangstür und die geschwungene Treppe hinauf zu einem großen, asketischen, sterilen Schlafzimmer im Obergeschoss. Darin standen vier Etagenbetten mit sauber gefalteten, weißen Decken, mehrere schlichte Kommoden und ein kleiner Tisch samt Stuhl mit gerader Rückenlehne. Hector lag barfuß und mit nassem Haar auf einem der Etagenbetten. Er trug eine weiße Baumwollhose und ein ebenso weißes Baumwollhemd. Seine Augen waren geschlossen, und er lächelte. Es entsetzte mich, wie fett er geworden war. Weich und wabbelig zeichnete sich sein Bauch unter dem dünnen Stoff ab. Er hatte regelrechte Babyspeckwangen bekommen.

»Ich habe Lake gebeten, euch zu mir nach oben zu bringen«, sagte er, immer noch lächelnd und ohne die Augen zu öffnen. Seine Stimme triefte vor Lauterkeit. »Ich muss noch eine Weile hier liegen, aber ihr könnt trotzdem ruhig mit mir sprechen.«

Ich unterdrückte ein spöttisches Hüsteln. Er klang wie ein zweitklassiger Schauspieler in einem schlechten Science-Fiction-Film, in dem alle dieselben altmodisch gestelzten Redewendungen benutzten, so als würde sich die menschliche Kommunikation zu einer gekünstelt vornehmen Sprache zurückentwickeln, statt immer salopper und moderner zu werden.

»Bitte nehmt Platz«, fügte er hinzu, als hätte er sich daran gewöhnt, dass man ihm gehorchte.

Ich setzte mich neben ihn auf das untere Etagenbett. Karina nahm den Stuhl.

»Wie geht es dir, Hector?«, erkundigte ich mich. »Bist du krank?«

Er lachte, aber er klang nicht amüsiert, sondern eher, als hätte man ihm eine blödsinnige, törichte Frage gestellt. »Nein«, sagte er. »Ich bin ganz und gar nicht krank. Es ging mir noch nie besser.«

Karina und ich sahen uns an. Sie wollte etwas sagen, besann sich dann jedoch eines Besseren. Wir warteten darauf, dass er fortfuhr. June hatte uns dazu geraten. Wenn wir ihm Informationen entlocken wollten, sollten wir einen Raum des Schweigens entstehen lassen, den er zu füllen hatte, anstatt ihm direkte Fragen zu stellen. Das alles erschien mir beunruhigend falsch, und dieser ganze Ort machte mich dermaßen wahnsinnig, dass ich es kaum noch eine Minute aushalten konnte. Ich versuchte, daran zu denken, dass das Leben meines Sohnes in Gefahr war, vielleicht nur im übertragenen Sinne, vielleicht aber auch buchstäblich. Ich musste das hier durchziehen, und ich musste es richtig machen. Egal wie abwegig mir die ganze Sache erscheinen mochte, es gab keinen anderen Weg, um ihm zu helfen. Ich sah Karina an, dass sie den gleichen inneren Kampf ausfocht wie ich, dass sie versuchte, ihren ausgeprägten Impuls, stets die Wahrheit zu sagen und direkt zu sein, mit dem zu vereinbaren, was wir gelernt hatten. Ich war froh, dass Hector die Augen geschlossen hatte, denn auch er hätte uns diesen Zwiespalt sicherlich angemerkt.

Lake erschien in der Tür. »Bard«, sagte sie, »darf ich deiner Familie unten ein paar Erfrischungen anbieten?«

»Ich würde mich gern mit meinem Vater unterhalten,

während ich mich ausruhe und vorbereite. Vielleicht kann euch meine Schwester in der Küche helfen.«

Karina stand auf. »Sehr gerne«, sagte sie. Ich wusste, was sie dachte, ja, es war, als hätte sie es laut ausgesprochen: Im Moment fand sie es sehr viel leichter, mit Fremden umzugehen als mit ihrem eigenen Bruder. Den Frauen würde sie so viele Fragen stellen können, wie sie nur wollte, und sie würde es aussehen lassen, als sei sie nur neugierig. Abgesehen davon konnte sie ihre Hände beschäftigt halten.

Lake hielt ihr die Tür auf, und die beiden verschwanden.

Allein mit meinem Sohn, ohne Karina, die meine Perfidie bezeugte und teilte, fühlte ich mich etwas unbefangener. Ich lehnte mich an die Kissen auf dem Bett und blickte hinaus auf Himmel und Ozean, zwei aneinandergrenzende blaue Streifen, durchbrochen von Schaumkronen und winzigen Wölkchen, zusammengenäht von herabtauchenden Möwen. Durch die welligen alten Glasscheiben kam mir alles furchtbar unwirklich und ursprünglich vor. Wenn man hier lebte, war es gewiss sehr leicht zu vergessen, was draußen im Rest der Welt vor sich ging. In den wenigen Minuten, die ich mich nun in diesem Haus befand, hatte ich mich bereits von der kollektiven Prägung dieser unheimlichen Gruppe oder Sekte oder was immer das war beeinflussen zu lassen. Ich spürte, wie ihr Verhalten auf mich und auf meine Gedanken abfärbte. Sogar mir selbst gegenüber gestand ich das nur ungern ein, doch als ich es realisiert hatte, fing ich an, mich dagegen zu wehren. Diese Leute hier waren alle ausgelaugt, verloren, paranoid und voller Sorge. Sie wirkten glücklich, hatten auf jede Frage eine Antwort und schienen mit der vorherrschenden Hackordnung einverstanden zu sein. Doch all das täuschte. Unter der Oberfläche brodelte ihr wahres, zum Schweigen gebrachtes Ich. Jede Kraft, die diesem Ort innewohnte, leitete sich ab aus der Unterdrückung von Wahrhaftigkeit und Freiheit. Aus historischer Sicht wusste ich natürlich, dass solche Kontrollmechanismen nie lange funktionierten. Bla, bla, bla.

Hector bewegte seine Hüfte, wiegte sie sanft von einer Seite auf die andere. Er hatte die Füße an den Knöcheln übereinandergeschlagen und rieb seine Zehen aneinander. Das hatte er schon als Kind getan, wenn er sich sicher und geborgen fühlte. Jetzt im Moment war diese Geste das einzig Authentische an ihm, und darauf vertraute ich. Ich beschloss, den ganzen Sekteninterventions-Quatsch beiseitezulassen und offen mit ihm zu reden.

»Du wirkst glücklich«, sagte ich.

»Das bin ich auch«, erwiderte er.

»Was ist heute los? Wo sind die alle hin?«

»Die anderen Männer sind bei der Arbeit. Sie renovieren ein Haus. Die Frauen befinden sich alle irgendwo auf dem Gelände, ein paar arbeiten im Garten, andere kochen oder räumen auf.« Diesmal klang sein Lachen fast echt.

»Und wo ist Christa?«

»Sie ist geschäftlich in der Stadt unterwegs. Zur Zeremonie heute Abend wird sie zurück sein.«

Ich gab mein Bestes, nicht allzu besorgt zu klingen. »Was für eine Zeremonie?«

»Dad«, sagte er. Seine Stimme klang brüchig, als er mich so nannte. Jetzt, da er ein erwachsener Mann war, hatte diese Bezeichnung etwas Förmliches und gleichzeitig Zärtliches. »Ich werde heute Abend geprüft. Die Mägde des Herrn bereiten mich auf die Herausforderung vor, die Haschem für mich vorsieht. Sie salben meinen Kopf mit Öl, waschen mir die Füße, segnen mich und beten für mich. Ich sammle meine Kräfte. Ich muss mich ausruhen, denn der heutige Abend wird die Wahrheit ans Licht bringen.«

»Und was für Prüfungen musst du da bestehen?«, fragte ich meinen dicken, gesegneten, träge auf dem Rücken liegenden Sohn mit seinem öligen Kopf und den sauberen Füßen. Mein Herz pochte vernehmlich.

»Dieselben Prüfungen, die auch Jaschua bei seiner ersten Menschwerdung bestanden hat, als er auf die Erde herniedergekommen ist«, erklärte Hector, dem nicht ansatzweise bewusst zu sein schien, wie durchgeknallt das klang. »Ich muss drei Wunder verrichten.«

»Was denn für Wunder?«

»Ich muss übers Wasser gehen, Leitungswasser in Wein verwandeln und meine kranke Schwester Lake durch Handauflegen heilen.«

»Lake ist krank?«

»Sie hat Lupus«, erklärte Hector.

»Und du weißt, wie man Lupus heilt?«, fragte ich.

»Christa vertraut mir. Und ich ihr.« Sein Kinn straffte sich unter seinem neuen Fettring. Hätte ich ihn nicht so aufmerksam beobachtet, wäre es mir womöglich gar nicht aufgefallen.

»Ich hoffe, sie hat recht«, sagte ich. »Du kannst nicht schwimmen, Hector.«

»Das muss ich auch nicht. Meine Füße werden die Wasseroberfläche gar nicht berühren.«

»Aha«, entgegnete ich. »Verstehe.« Das Ganze war so lächerlich, dass ich am liebsten laut aufgelacht hätte. Erst diese klischeehafte Einfallslosigkeit der drei Wunder, und dann wurde das alles auch noch wie ein Kinderspiel dargestellt. Dazu die Art, wie mein in Brooklyn geborener Sohn jetzt sprach, wie er näselnd die Vokale abflachen ließ, als würde er Christas westlichen Akzent imitieren und sich um eine möglichst biblische Ausdrucksweise bemühen. Was für ein protoplasmatischer Schnösel mein Sohn doch war, wie er da so wichtigtuerisch mit seinen geschürzten Lippen auf dem Bett lag, mit seinen jungen Gottesdienerinnen, die ihn salbten, und seiner heißen Ex-Stripperin, die ihm einredete, er sei die zweite Menschwerdung Jesu, und die ihn mit dem Versprechen auf ein Ehegelübde und von Gott gebilligtem Sex köderte. Solange er kein besseres Angebot bekam, würden wir ihn hier nie wieder rauskriegen. Doch was könnte besser sein als das hier?

»Du hast keinen Glauben«, sagte Hector mit der gleichen uralten Ungeduld, die er schon sein ganzes Leben lang hegte. »Deshalb kannst du dir nicht vorstellen, was diejenigen vollbringen, die einen Glauben besitzen. ›Gesegnet aber ist der Mann, der sich auf den Herrn verlässt und dessen Zuversicht der Herr ist.‹ ›Wie ihr geglaubt habt, so soll es geschehen.‹ ›Alle Dinge sind möglich dem, der da glaubt.‹ Die Bibel ist die Wahrheit, Dad. Die einzige Wahrheit.«

»Da widerspreche ich wie immer vehement, mein herzallerliebster Sohn.« Ich konnte sehen, wie er sich verspannte und eine bissige Gegenbemerkung auf der Zunge hatte. »Aber«, so fügte ich mit salbungsvoller Stimme hinzu, »ich respektiere deine Überzeugungen, auch wenn sie ganz und gar von meinen abweichen. Kannst du dasselbe von dir behaupten?«

»Nein«, antwortete er. »Ich würde lügen, wenn ich behauptete, ich hielte deinen Glauben – oder vielmehr deinen fehlenden Glauben – auch nur ansatzweise für so fundiert oder wahr wie meine Ansichten. Hier geht es um das Absolute, Dad, nicht um etwas Relatives oder Vergleichbares. Entweder man glaubt, oder man glaubt nicht. Entweder man hat recht oder man hat unrecht. Einen Mittelweg gibt es nicht. Du glaubst nicht, also fürchte ich um deine sterbliche Seele. Ich fürchte um deine Zukunft nach der Entrückung, fürchte, dass du für alle Ewigkeit im Feuersee brennen wirst. Ich wünschte, ich könnte deine Seele retten, doch das kannst nur du selbst, indem du Jaschua als deinen Herrn und Retter anerkennst.«

»Das werde ich nie tun«, entgegnete ich. »Dafür bin ich nicht geschaffen. Hector, deine Mutter macht sich große Sorgen um dich. Würdest du sie bitte anrufen? Bald? Morgen?«

»Warum sollte ich?« Er klang verletzt. »Sie wird ja doch nicht mit mir reden.«

»Doch, das wird sie«, sagte ich. »In letzter Zeit ist alles ein bisschen schwierig für sie. Das Krankenhaus schließt. Und wir lassen uns scheiden.«

Hector riss die Augen auf und starrte mich an. »Hast du wieder eine Affäre?«

Ich stieß ein zorniges Lachen aus, das wie ein Bellen klang. Vermutlich hatte ich es verdient, doch in Anbetracht der Umstände ärgerte mich seine Frage. Als ich sah, wie betroffen er wirkte, zügelte ich meine Hitzköpfigkeit. »Das glaubt sie, aber ich schwöre auf alles, was dir heilig ist, dass es nicht stimmt. Im Übrigen ist das gar nicht der Punkt. Sie ist fertig mit mir und brauchte lediglich einen Vorwand, um mich loszuwerden.«

Hector schloss die Augen wieder, doch sein Gesichtsausdruck war längst nicht mehr so glückselig wie vorher.

»Es tut mir leid, dass ich an einem so wichtigen Tag damit herausplatze«, sagte ich. »Ich bin eigens hergekommen, um dir davon zu erzählen. Mir ist klar, dass das ein schlechter Zeitpunkt ist, aber ich finde, du solltest wissen, was los ist.«

»Sicher«, entgegnete er. »Natürlich. Ich werde sie anrufen.«

»Danke«, sagte ich.

»Das tue ich nicht für dich«, sagte er. »Sondern für sie.«

»Trotzdem. Ich freue mich. Sie wird so froh sein, von dir zu hören.«

»Wenn du meinst …«, erwiderte er mit hörbarer Skepsis in der Stimme. Er wirkte so schmerzlich jung und verletzlich. Wahrscheinlich würde er das immer tun, egal wie alt er wäre. Ich konnte mir nicht vorstellen, ich würde einmal nicht diese Mischung aus väterlicher Zärtlichkeit und Verärgerung ihm gegenüber empfinden. Er war so wahnsinnig besserwisserisch und herablassend, so liebenswert, bewundernswert und intelligent. »Liebst du sie noch?«, fragte er.

»Ich werde sie immer lieben«, erwiderte ich. »Schon bevor ihr auf die Welt gekommen seid, war sie meine Frau. Aber sie ist fertig mit mir, Hector. Ich habe alles versucht, sie davon zu überzeugen, dass ich nicht mit Marion schlafe …«

»Sie hat gedacht, du würdest mit Marion schlafen?« Er lachte. »Ach. Ganz was Neues. Und das stimmt nicht?«

Etwas hatte sich verändert. Ich spürte, dass Hector jetzt ganz bei mir war, sein altes, wahres Ich hatte das abgedrehte, messianische verdrängt. Seite an Seite lagen wir auf dem Rücken, getrennt durch nichts als ein paar Zentimeter Luft.

»Natürlich habe ich nicht mit Marion geschlafen.«

»Und du tust es immer noch nicht?«

»Ich schlafe mit niemandem, Hector. Marion hat einen neuen Freund, der kaum älter ist als du.«

»Scheint ansteckend zu sein«, sagte er. »Christa ist achtundvierzig. Hast du Mom gesagt, dass du keine Affäre hast?«

»Ich habe es ihr immer und immer wieder gesagt, bis ich blau angelaufen bin, und sie hat mir trotzdem nicht geglaubt. Aber im Endeffekt spielt das auch gar keine Rolle mehr. Sie will die Scheidung, und ich werde einwilligen. Du kennst sie. Man kann sie zu nichts bewegen, was sie nicht will. Außerdem würde sie nie zugeben, dass sie im Unrecht ist.«

»Einmal hat sie es zugegeben«, sagte Hector. »Vor etwa zehn Jahren, als sie eine Wette verloren hat. Ich weiß nicht mehr, worum es ging. Doch selbst damals hat sie behauptet, nicht ganz falschgelegen zu haben, sie hätte lediglich nicht alle Fakten gekannt. Sie hat versucht, das Ganze wie ein Missverständnis aussehen zu lassen. ›Ne, Mom‹, hab ich gesagt, ›raus mit der Kohle.‹ Es hat sie fast umgebracht, mir den Dollar zu geben.«

Wir lachten. »Es tut gut, dich zu sehen«, sagte ich. »Ich habe dich vermisst, Hector, und deine Schwester ebenfalls. Ich wünschte, wir bekämen dich öfter zu Gesicht.«

»Ich bin doch hier«, sagte er.

»Ich weiß, geographisch gesehen bist du nicht weit weg. Und diese neue Gruppe scheint genau das zu sein, was du dir so lange gewünscht hast. Ich bin froh, dass du sie gefunden hast, aber wie du weißt, bin ich auch dein Dad. Und ein paar Dinge hier machen mir Sorgen.«

»Du hältst uns für eine Sekte«, antwortete Hector amüsiert. »Du denkst, dass wir alle einer Gehirnwäsche unterzogen wurden, hab ich recht?«

Ich legte die Hände hinter den Kopf. »Ja, der Gedanke ist mir durchaus schon gekommen.«

Hector schnaubte, doch er wirkte nicht verärgert. »Ich bin zutiefst glücklich«, sagte er und klang nun wieder ganz wie sein neues Ich. Anscheinend hatte das Wort

»Sekte« eine Art Verteidigungsmechanismus in Gang gesetzt, der ihn augenblicklich in die Rolle des Bard zurückkatapultierte und meinen echten Sohn Hector in seine alte Unterwürfigkeit presste wie einen Schlafsack in seine Hülle. »Dies ist der Ort, den ich mein ganzes Leben lang gesucht habe. Ich war in der Wüste, habe nach Wasser gelechzt, und jetzt endlich habe ich mein wahres Zuhause gefunden.«

»Wirst du diese … Christa wirklich heiraten?«

»Es ist uns vorherbestimmt. Wir sind Seelenverwandte.«

»Was weißt du über sie?«

»Alles«, erwiderte er. »Wir haben keine Geheimnisse voreinander.«

»Du kennst ihre Vergangenheit?«

»Sie war eine Stripperin«, sagte er. »Und sie hat wegen Veruntreuung im Gefängnis gesessen. Sie hat ihre Sünden zutiefst bereut. Und nachdem sie all das durchgemacht hat, ist sie nun geläutert, wiedergeboren in Jaschua.«

»Und diese Prüfungen heute Abend … Ich weiß, dass ich wie eine überfürsorgliche alte Glucke klinge, aber wie in aller Welt willst du übers Wasser gehen? Für mich klingt das bestenfalls unmöglich und schlimmstenfalls gefährlich.«

»Ich werde in den Weiher steigen«, sagte er, »und mein Glaube an Gott wird meine Fußsohlen tragen, den Wellen Weisung geben und ihre Beschaffenheit verändern.«

»Was ist das für ein Weiher? Ist er tief?«

»Ja, ziemlich.« Er lachte auf diese neue, überlegene Art. »Aber ich werde nicht ertrinken. Das verspreche ich dir.«

»Schwörst du mir das?«

Wir blickten einander in die Augen. In meinen stand Sorge, in seinen nichts als unerschütterliche Überzeugung.

»Ich schwöre«, sagte er, belustigt über meine Angst. Mir blieb nichts anderes übrig, als ihm zu glauben.

Kapitel zwanzig

Als Lake die Treppen heraufkam, teilte Hector ihr mit, dass Karina und ich zur Zeremonie bleiben würden.

»Sag Birch, sie soll ihnen alles zeigen.« Seine Stimme klang sachlich und ruhig. In Lakes Anwesenheit war sein vertrauliches, offenes Verhalten komplett verschwunden. »Vater, ich sehe dich dann beim Abendessen.«

Er hatte mich noch nie im Leben Vater genannt. Offensichtlich hatte auch ich einen neuen Namen bekommen.

Ich folgte Lake nach unten. Auf mich wirkte sie vollkommen gesund, aber woher sollte ich auch wissen, wie ein Mensch mit Lupus aussah? Schließlich war ich noch nie jemandem mit dieser Krankheit begegnet.

»Ich führe die beiden liebend gern herum«, sagte Birch, die gerade dabei war, im Esszimmer blitzsaubere Servietten zusammenzufalten. Ich folgte den beiden Frauen in die Küche, wo Karina gemeinsam mit zwei Mägden des Herrn an einem Arbeitstisch saß und einen gewaltigen Stapel Muscheln putzte. Auf der Anrichte lag ein Berg Fisch.

»Ihr fangt euren Fisch nicht selbst?«, fragte meine Tochter.

»Nicht immer«, antwortete eine der Frauen, ein frisch aussehendes Mädchen mit nussbraunem, zu einem Knoten geschlungenem Haar und strahlend blauen Augen. Jemand in der Klon-Zentrale war definitiv reif für eine Gehaltserhöhung. »Nur manchmal. Aber unsere Muscheln besorgen wir uns immer selbst.«

»Dann lebt ihr sozusagen autark?«

»Nein«, antwortete sie etwas defensiv. »Aber wir tendieren immer mehr dahin. Die Endzeit steht bevor. Hungersnöte und Krankheiten werden ausbrechen. Aber solange wir Haschems ewig strahlendem Königreich angehören, sind wir hier in Sicherheit.«

»Ich bin Birch«, sagte einer der Klone zu Karina. »Dein Bruder hat mich gebeten, dich und deinen Vater herumzuführen.« An Lake gewandt, fügte sie hinzu: »Ich werde selbstverständlich rechtzeitig zurück sein, um meinen Pflichten in der Küche nachzukommen.«

»Aber vorher findet noch das Frauengebet statt«, sagte Lake.

»O ja«, antwortete Birch. »Natürlich!«

»Sie ist neu«, erklärte Lake. »Sie braucht noch eine Weile, um sich bei uns einzugewöhnen.«

Birchs Gesicht wirkte versteinert. Mir war klar, dass sie innerlich Harakiri beging, weil sie das Gebet vergessen hatte. Etwas hatte sich seit unserem ersten Besuch verändert, als alle noch so fröhlich und gastfreundlich gewesen waren. Die Luft wirkte aufgeladener, melancholischer, und die Gruppenmitglieder waren angespannt. Der heutige Tag konnte sich als verhängnisvoll oder wunderbar entpuppen, in jedem Fall aber war er mit einem hohen Einsatz verbunden. Und nun waren auch noch Karina und ich uneingeladen hier aufgetaucht. Offensichtlich war es an Hector gewesen, zu entscheiden, ob er uns sehen wollte oder nicht, genau wie es allein an ihm gewesen war, uns die Erlaubnis zum Bleiben zu erteilen. Niemand schien seine Autorität in Frage zu stellen.

Seit unserem letzten Besuch war sein Ansehen augenscheinlich sprunghaft gestiegen. Aber er war ja auch der womögliche Messias und stand im Begriff, die geistige Führerin der Gruppe zu heiraten. Mir dämmerte, dass das, was ich bei diesen Frauen spürte, vielleicht gar keine Kritik oder Ablehnung war, sondern lediglich Befangenheit, gemischt mit Besorgnis.

»Hier gibt es ganz schön viel zu bedenken«, sagte ich und empfand Mitleid angesichts ihres streng reglementierten Lebens. »Ihr arbeitet so hart und habt so viele Verpflichtungen.«

Mit beflissenem Eifer entgegnete Birch: »Mein Leben hier ist voller Freude! Ich bin dankbar für jede Aufgabe, die ich in Seinem Namen ausführen darf. Jeder Moment ist erfüllt von der Anwesenheit Haschems. Wir verspüren nicht mal das Bedürfnis zu schlafen, damit wir nicht eine bewusste Sekunde seiner Gnade verpassen.«

»Das stimmt!«, bestätigte Lake. »Ich kneife mich nachts im Bett, um wach zu bleiben.«

»Manchmal schlage ich mir selbst auf die Wangen.«

»Ich werfe die Bettdecke zurück, damit mich die Kälte wach hält.«

»Aber schlafen tut gut«, sagte Karina. »Ich muss jede Nacht acht Stunden schlafen, sonst werde ich zur Furie.«

Die Frauen blickten sie mitleidig lächelnd an.

Birch führte uns aus der Windfangtür auf eine neu gebaute, windgeschützte, überdachte Veranda. Der Geruch von frischem Holz und tierischen Hinterlassenschaften schlug uns entgegen. Eine Wand war von Metallkäfigen gesäumt, in denen je ein riesiges, regloses Kaninchen kauerte. Auf dem Boden lagen durchweichte Salatblätter verstreut. »Das sind die Häschen«, sagte sie. »Wir sind ihre Diener, und sie entlohnen uns mit ihrem Fleisch.«

Sie führte uns nach draußen und zeigte uns einen riesigen Abfallbehälter aus Holz. »Der Kompost«, erklärte sie. Als sie den Deckel hochklappte, stieg uns ein strenger Geruch in die Nase. »Hier kommt alles Organische rein, Erde zu Erde.«

»Ihr solltet euch ein paar Würmer besorgen«, sagte Karina.

»Ich weiß«, erwiderte Birch. »Ich kümmere mich bereits darum.«

Hier draußen, abseits von der Gruppe, wirkte sie etwas weniger steif. So langsam erkannte ich die Person, die sie gewesen war, bevor sie sich in einen Haschem-Freak verwandelt hatte: ernst, leicht überheblich und schnell zu begeistern. Über ihre Figur konnte ich nicht viel sagen, denn wie alle anderen auch trug sie einen langen Rock und einen locker sitzenden Kittel. Doch sie schien eins dieser kräftigen, vollbusigen Mädchen vom Land zu sein, mit denen ich als Teenager rumgemacht hatte. Mit ihrem runden Gesicht und den strahlenden Augen war sie durchaus hübsch, und wenn sie nicht gerade unter Bewusstseinskontrolle stand, übte sie auf manche Männer vermutlich einen großen Reiz aus. Obwohl, wenn ich es recht bedachte, fühlte sich diese Sorte Männer von so etwas vielleicht erst recht angetörnt. Meinen Erzfeind Dan Levy beispielsweise konnte ich mir sehr gut dabei vorstellen, wie er jede Menge heißen Rauch in ihre Richtung blies.

»Sie sind der Gruppe erst kürzlich beigetreten?«, erkundigte ich mich, als sie uns zu einem kleinen Nebengebäude hinter den Ställen führte.

»Vor etwa einem Monat«, antwortete sie. »Alle hier sind so dankbar für unseren Bruder Bard. Wir vertrauen darauf, dass er unser Herr ist, der zurückgekehrt ist, um uns zu führen.«

Da war sie erst einen Monat hier und verzog doch keine Miene, wenn sie so einen Blödsinn von sich gab.

»Und was, wenn er es nicht ist?«, fragte Karina. »Was, wenn er die Prüfungen nicht besteht?«

Birch machte ein fröhliches, nichtssagendes Gesicht. Ich konnte förmlich sehen, wie allein die Andeutung eine Tür in ihrem Kopf zuschlagen ließ. »Das wird nicht passieren«, sagte sie. »Christa hatte eine Vision.«

»Aber ich kenne Hector, seit ich auf der Welt bin«, gab Karina zu bedenken. »Er ist mein Bruder und ein wirklich großartiger Kerl, aber der Messias? Das glaube ich nicht.«

Birch sah aus, als wollte sie widersprechen, doch irgendetwas hielt sie davon ab. Vielleicht war ihr klargeworden, wie sinnlos eine Diskussion mit uns war, weil Karina und ich wohl kaum zu neuen Mitgliedern würden.

»Das hier sind unsere Mädels«, sagte sie, als sie die Tür zum Hühnerstall öffnete und winzige Federn aufstoben. Drinnen hörte ich Rascheln und ein heiseres Gackern. »Gack, gack, ihr Süßen«, sagte Birch. »Oh, seht nur, da liegen ein paar Eier.«

Pflichtbewusst begutachteten wir die Schar goldbrauner Hühner und zogen dann weiter, um in einem Gewächshaus sprießendes Gemüse und Tomatenpflanzen zu bewundern. Karina stellte eine Reihe pointierter, halb schulmeisterlicher, öko-freeganer Fragen über Pestizide, Pflanzzyklen und Hühnerfutter. Birch antwortete bereitwillig und offen: Nein, sie verwendeten keine chemischen Pestizide, nur natürliche Pflanzenschutzmittel. Ja, sie mischten ihr eigenes Hühnerfutter, das zu hundert Prozent organisch war. Nein, sie pflanzten nicht nach den Phasen des Mondes, daran glaubten sie nicht.

»Ihr habt euch hier draußen wirklich großartig eingerichtet«, sagte Karina. »Ich wünschte, ich könnte das auch, aber ich wohne in Brooklyn.«

»Du könntest herziehen«, schlug Birch vor.

Karina lächelte. Ihre Blicke begegneten sich eine Sekunde länger als nötig.

Flirteten sie miteinander? Ha! Bestimmt war lesbische Liebe im Hause Haschems nicht geduldet! Also verschloss Birch entweder die Augen vor der Wahrheit, oder aber sie war fest entschlossen, dagegen anzukämpfen.

»Sind Sie verheiratet?«, fragte ich.

»Noch nicht«, erwiderte sie mit einem breiten Lächeln. »Aber ich bete dafür, dass Haschem mich bald zu meinem Seelenverwandten führt.«

»Sind die anderen verheiratet?«

»Nicht alle«, erwiderte sie. »Bislang haben wir dem Bund der Ehe viermal unseren Segen gegeben, und jetzt sind drei meiner Schwestern schwanger. Haschem zeigt uns zu gegebener Zeit die Wege auf, die wir beschreiten sollen. Die Vereinigung von Mann und Frau ist der Spiegel unserer vollkommenen, segensreichen Verschmelzung mit der Seele Haschems. Solange wir nicht verheiratet sind, sind wir nicht wirklich eins mit ihm.«

»Verstehe«, sagte ich, und eine seltsame, völlig unerwartete Sehnsucht nach Luz überkam mich. Es war eigenartig, nicht mehr mit ihr zusammen zu sein, eine Erkenntnis, die mich wie aus heiterem Himmel in die Magengrube traf. Für einen Moment wusste ich nicht mehr, warum wir uns eigentlich getrennt hatten.

»Und jetzt zeige ich euch die Gärten! Hier rüber!«, rief sie. Wir folgten ihr über einen Pfad unter ein paar windzerzausten Bäumen hindurch zu einem großen Beet, das von einem Hühnerdraht umgeben war. Überall blinkten Spiegel, und in der Mitte stand eine handgefertigte Vogelscheuche, die wie jemand wirkte, der, in Anstaltsklamotten und an einer Stange zur Schau gestellt, für sein sozial abweichendes, perverses Verhalten bestraft werden sollte. Hohe Pflanzen wuchsen in ordentlichen Reihen. In den Beeten kräuselten sich spitze und breite Blätter in Smaragdgrün, Dunkelgrün oder Blassgrün.

»Wow«, sagte Karina. »Das ist einfach phantastisch. Hast du das alles angelegt? Du bist doch erst seit einem Monat hier!«

»Die anderen haben natürlich schon vorher damit angefangen, aber Lake, ich und noch zwei andere Schwestern haben sehr hart an dem Beet gearbeitet, praktisch von früh bis spät.« Etwas in Birchs Verhalten änderte sich. Sie glitt zurück in ihre weniger authentisch wirkende Rolle der begeistert naiven Persönlichkeit, die hier jeder vor sich herzutragen schien. Anscheinend wurde dieser Wechsel durch einen negativen Gedanken oder einen nagenden Zweifel hervorgerufen. »Ich liebe dieses Leben hier«, sagte sie. »Ich bin hier so glücklich.« Sie breitete die Arme aus, wie um den Garten, das Haus, den Ozean und den Himmel zu umfassen. »Es ist das Paradies auf Erden, hier mit meinen Brüdern und Schwestern in Frieden und Harmonie zu leben. Ich hätte mir nie träumen lassen, dass das möglich ist.«

»Woher kommen Sie?«, fragte ich.

»Ich bin auf einer Farm weiter nördlich aufgewachsen, in Columbia County, in der Nähe der Berkshires, was Sie vermutlich für wundervoll halten, aber ich habe es dort gehasst. Meine Familie war unglaublich dekadent und atheistisch. Meine Eltern haben Marihuana geraucht und an die soziale Freiheit geglaubt, dabei fehlte ihnen jegliche moralische Basis. Ich bin nach New York gezogen, habe drei Jahre in einem Büro gearbeitet und versucht, genug Geld zu sparen, um mir ein eigenes Stück Land zu kaufen. Es war trostlos, absolut trostlos. Jetzt wache ich bei Sonnenaufgang auf, meine Hände graben den ganzen Tag in der Erde, und ich bete mit meinen besten Freunden, die wie eine Familie für mich sind. Was könnte es Schöneres geben?« Ihre Handflächen formten ein Dreieck unter ihrem Kinn, als wollte sie beten. »Ich liebe Christa so sehr. Sie ist unsere spirituelle Mutter, ein wahres Kind Haschems. Und jetzt werde ich euch den Obstgarten zeigen.«

Der Obstgarten war ein Stück Wiese mit kleinen, knorrigen Apfel-, Pflaumen- und Pfirsichbäumen. »Sie machen nicht viel her, aber Lake sagt, sie werfen genug Früchte ab, um uns im Sommer rund um die Uhr mit Einmachen zu beschäftigen.« Sie lachte. »Es mag verrückt klingen, doch ich kann es gar nicht erwarten. Aber jetzt muss ich ins Haus, um mit den anderen Frauen zu beten. Ihr zwei könnt gerne noch ein wenig hierbleiben oder euch auf die Veranda setzen. Ganz wie ihr wollt.«

Karina und ich schlenderten hinunter zum Strand. Ich fröstelte. Der Wind wehte kühl und heftig und schmeckte nach Salz.

»Du lieber Gott«, sagte sie, als wir durch die Dünen liefen. »Ich habe das Gefühl, als würde mir gleich der Kopf platzen. Diese Frauen in der Küche waren schrecklich besorgt, dass ihnen auch nur ein falsches Wort entwischen könnte. Dabei habe ich bloß ein paar harmlose Fragen gestellt. Man hätte meinen können, ich würde mit jemandem vom Kundendienst sprechen, so vorgefertigt und unaufrichtig waren ihre Antworten. Wie kann Hector so leben?«

»Ich glaube, er liebt es«, sagte ich. »Für ihn ist ein Traum in Erfüllung gegangen. Er wird verhätschelt und viel besser behandelt als die anderen. Sie kümmern sich um ihn. Was das betrifft, mache ich mir keine Sorgen mehr. Aber während du in der Küche warst, hat er mir erzählt, dass heute Abend seine Messias-Prüfungen anstehen. Er muss übers Wasser gehen. Und das bereitet mir sehr wohl Sorgen. Ich bin froh, dass wir hier sind, nur für alle Fälle.«

Karina kuschelte sich in ihre Kapuze und vergrub die Hände in ihren Taschen. »Vielleicht fällt er in den Tümpel, und sie lachen ihn aus. Dann können wir ihn rausziehen und mit zurück nach Brooklyn nehmen.«

»Das wäre das Extremszenario im positiven Sinne«, antwortete ich.

»Andererseits, hast du dich je gefragt, was aus ihm werden soll, wenn er hier weggeht? Bevor er der Gruppe beigetreten ist, hatte er kein besonders erfülltes Sozialleben. Und so richtig gemütlich ist die Welt da draußen auch nicht.«

»Darüber habe ich sehr oft nachgedacht«, erwiderte ich, »und ich komme immer wieder zu demselben Schluss: Es ist besser, nicht mehr weiterzuwissen und keinen Halt zu finden, als von einem fundamentalistischen Glauben kontrolliert zu werden. Schließlich wäre er außerhalb der Gruppe wieder im Vollbesitz seiner geistigen Kräfte. Wenn ich an irgendetwas glaube, dann daran. Und an einige wenige andere Dinge.«

»Ganz meine Meinung«, sagte Karina, »aber ich muss es mir öfter mal in Erinnerung rufen.«

Der nasse beigefarbene Sand war von Reifenspuren durchzogen und mit Fußabdrücken übersät. Hier und da waren Plastikflaschen und Tampon-Applikatoren an die Flutmarke gespült worden. Wir kamen an einer toten Möwe vorbei, einem kleinen Haufen aus Knochen und schmutzigen Federn. Eine glasklare, seichte Meerwasserwoge rollte heran und umspülte unsere Schuhsohlen. Das

Sonnenlicht war diffus und verschwommen. Ich atmete tief durch die Nase ein und fühlte, wie der salzige Sprühnebel in meine Lunge drang.

Mir kamen ein paar Zeilen aus García Lorcas quälend unheilvollem Werk »Malagueña« in den Sinn: *Y hay un olor a sal / y a sangre de hembra / en los nardos febriles / de la marina.* Und es gibt einen Geruch nach Salz / und dem Blut von Frauen / in den fiebrigen Narden / des Küstengebiets. Luz hatte es genossen, das Gedicht in der hitzigen, seelenvollen Trance zu rezitieren, in die sie immer verfallen war, wenn wir miteinander geschlafen und den Geruch eingeatmet hatten, den unsere Körper produzierten. Den Geruch nach Monatsblut, den Geruch der fiebrigen Narden ... Was bitte waren Narden? Ich hatte sie mir immer als eine Art schlüpfriges Seegras vorgestellt, das unter Wasser hin und her wogte wie das lange schwarze Haar einer Frau. Wenn ich daran dachte, wie Luz nackt und mit geblähten Nasenlöchern in unserem Bett gelegen und spanische Lyrik rezitiert hatte, fiel es mir schwer zu glauben, dass unsere Ehe vorbei war. Ich ertappte mich dabei, dass ich sie immer noch als meine Frau empfand, und fragte mich, wie lange es wohl dauern würde, bis die Botschaft »Deine Ehe ist beendet« zu meinen Synapsen vorgedrungen sein würde.

Als Karina und ich zum Haus zurückkehrten, war die Küche erfüllt von Topfdeckelgeschepper, von weiblichen Stimmen und dem Duft nach gebratenem Fleisch und Fisch. Hector lag noch immer oben in seinem Zimmer und bereitete sich auf die abendliche Prüfung vor. Die Männer waren verschwitzt und schmutzig von ihrer Arbeit auf dem Bau zurückgekehrt und hetzten nun wild hin und her, um eine Holzkonstruktion zu errichten und Wildblumen und blühende Zweige aus einem anderen

Garten herbeizuschaffen, den Birch uns nicht gezeigt hatte. Vermutlich war der Blumengarten nicht ihre Domäne.

Karina und ich setzten uns auf der Veranda in zwei Lehnstühle, während die Männer Tische und Stühle nach draußen auf den frisch gemähten Rasen trugen, Tischtücher, Besteck, Gläser und Porzellan auflegten und schließlich Blumenvasen in die Mitte stellten und eine provisorische Anrichte vorbereiteten.

»Christa ist zurück!«, rief jemand. Ausrufe freudiger Erregung ertönten. Als ihr Wagen vor dem Haus hielt, versammelten sich mehrere ihrer Anhänger, um sie zu begrüßen. Mit Taschen und Paketen beladen, welche die Aufschrift »Calypso« und »Anthropologie« trugen, kletterte sie vom Rücksitz. Als der Fahrer ausstieg, meinte ich, den blonden, burschikosen Wing in ihm zu erkennen, aber da er mit seinem Bart, dem kurzen Pferdeschwanz und der schlichten Baumwollkleidung genauso aussah wie die übrigen Männer hier, hätte ich es nicht genau sagen können. Er öffnete den Kofferraum, entnahm ihm weitere Taschen und Päckchen und folgte Christa die Stufen hinauf. Sie trug ein langes, weißes, ausgeschnittenes Kleid und goldene Schnürsandalen, die an eine griechische Göttin erinnerten. Ihr Haar war so blond, dass es fast weiß wirkte. Sie sah künstlich aus, sexy und durchtrieben. Als sie Karina und mich sah, lächelte sie, doch für einen winzigen Moment drückte ihr Gesicht etwas anderes aus als nur reine Freude über unser unerwartetes Auftauchen. Wortlos verschwand sie im Haus.

Das Abendessen wurde um sieben serviert. Wir versammelten uns an den gedeckten Tischen. Christa bat Karina und mich, an ihrem Tisch Platz zu nehmen. Der leere Stuhl, so nahm ich an, war für meinen Sohn reserviert. Christa wirkte distanziert, abwesend und wechselte kaum ein Wort mit uns. Als alle Platz genommen hatten und sich Essen auf ihre Teller luden, erschien Hector auf der Veranda. Er trug ein neues, etwas formelleres Ensemble, das aus einer weißen Baumwollhose und einem weißen, kittelartigen Baumwollhemd bestand. Er war barfuß, und sein Haar triefte noch immer vor Öl. Langsam stieg er die Stufen hinab und setzte sich zu Christa, Karina und mir an den Tisch. Stille senkte sich über die Gesellschaft. Hector hob sein Weinglas und sagte: »Gott segne euch alle.«

»Gesegnet sei Jaschua«, murmelte die Gruppe, und wir fingen an zu essen.

Hector lächelte Christa an. »Meine Geliebte«, sagte er. »Willkommen zurück! Wie war es in der Stadt?«

»Anstrengend«, erwiderte sie, und ihre verstörend blauen Augen blickten in die seinen, ohne ein einziges Mal zu blinzeln. Sie sprach mit dieser ganz speziellen kalifornischen Mischung aus Surfer-Girl und Guru. »Die Menschen wirken alle so verloren! So voller Furcht und Leere. Sie hetzen durch die Gegend, versuchen von A nach B nach C zu gelangen, während sie in ihre Handys plappern. Es ist ein Segen, wieder hier zu sein, wo alles, was wir tun, eine Absicht und eine Bedeutung hat. Es ist, als kehrte man zurück ins Paradies.«

Das hier war offensichtlich eine Aufführung, ein Bühnenstück, vermutlich für Karina, mich und die anderen an unserem Tisch, vielleicht aber auch für Christa und Hector selbst. Es war unmöglich, einzuschätzen, was die beiden wirklich füreinander empfanden. Ihre Verbindung erinnerte mich an die arrangierte Ehe zweier Adliger, die dadurch zu Medienstars wurden. Sie wurde größtenteils öffentlich zelebriert und sollte vor allem dem Zweck dienen, andere von ihrer Glaubwürdigkeit zu überzeugen.

Und wozu das Ganze? Aus Gründen der Macht oder, heutzutage, aus Gründen der Publicity. Bei Christa und Hector kam beides zusammen. Ihre Fans waren gleichzeitig ihre Untertanen. Und sie beide waren sowohl die Show als auch die Leute, die den Laden schmissen. Als ich meinen Sohn dabei beobachtete, wie er sich mit dieser Frau wie mit einer gleichwertigen Partnerin unterhielt, hatte ich endgültig das Gefühl, dass er im wahrsten Sinne des Wortes nicht länger mein war. So angespannt und unvollkommen unsere Bindung auch von jeher gewesen sein mochte, so hatte sie doch etwas Inniges gehabt. Und jetzt war sie gerissen. Aus irgendeinem Grund wusste ich, dass ein Exodus, sollte sich mein Sohn je dazu entschließen, die Gruppe zu verlassen, nicht die Rückkehr zu seiner Familie bedeuten würde. Er würde vielleicht wieder Kontakt zu seiner Mutter aufnehmen, aber das wäre etwas anderes.

Noch interessanter war die Tatsache, dass der jungfräuliche Hector wenigstens zur Hälfte die Kontrolle über diese Beziehung zu haben schien, was immer auch auf privater Ebene mit dieser sehr viel älteren, erfahrenen und unleugbar machtvollen Frau ablief. Ich fragte mich, ob er sie wirklich liebte oder ob er zu sehr von sich selbst in Anspruch genommen war, um einem anderen Menschen Aufmerksamkeit zu schenken. Fanatismus erforderte ein gewaltiges Ego, zumindest war es mir immer so vorgekommen: Gott wurde nach dem Bild seiner Anhänger erschaffen. Und vielleicht sahen Hector und Christa im jeweils anderen entgegengesetzte, sich komplementär ergänzende Wunschbilder ihres eigenen, idealisierten Selbst. Das wiederum erschien mir als ein durchaus legitimer Grund, sich in jemanden zu verlieben und ihn zu heiraten. Bei Luz und mir war es ähnlich gewesen, und es hatte unsere besten Seiten zum Vorschein gebracht, zumindest eine Zeitlang, bis das Unausweichliche eingetreten war.

Ich war perplex und beeindruckt von Hectors Selbstbeherrschung. Wo hatte er das gelernt? Bei seinem Vater bestimmt nicht. Meine Mutter, ein Eismeer aus notorischer Korrektheit, Scharfsicht und strengem Puritanertum, hatte mich dazu gebracht, keine Wärme und kein Verständnis von Frauen zu erwarten. Und das, obwohl sie einen Wunderknaben und ihr hellstes Licht in mir gesehen hatte. Luz' verhaltene Begeisterung, ihr stets misstrauischer Seitenblick, ihre geringen Erwartungen, selbst noch, als sie mich heiratete, meine Kinder zur Welt brachte und mich ein poetisches Genie nannte, hatten sehr viel mehr mit meinen Kindheitserfahrungen gemein als die übermütige, unverdiente Verehrung meiner Highschool- und College-Freundinnen. Und da ich die Einschränkungen und Möglichkeiten dieser Art Liebe von jeher kannte, hatte mir Luz' erfrischend skeptische Einstellung ein Gefühl von Sicherheit und Wohlbehagen vermittelt.

Vielleicht hatte Luz' blinde Liebe unserem Sohn genau dieses außergewöhnliche Selbstvertrauen im Umgang mit Frauen gegeben. Da ich ihn noch nie mit einer gesehen hatte, war dies meine erste und womöglich einzige Chance, etwas darüber herauszufinden.

Das Abendessen endete, Musik setzte ein, und ein Gebetskreis wurde abgehalten, bei dem sämtliche Gruppenmitglieder ihre Dankbarkeit für die Existenz ihres Bruders Bard bekundeten und voller Hoffnung und Vertrauen waren, dass er von seinem Vater Haschem befähigt würde, die anvisierten drei Wunder heute Abend zu vollbringen. Karina und ich standen am Rand. Ich musste gegen den starken Drang ankämpfen, in spöttisches Gelächter auszubrechen. Doch irgendwie gelang es mir, respektvolles Schweigen zu bewahren.

Endlich war es Zeit, zum Weiher zu gehen, um Hector dabei zuzusehen, wie er hineinfiel und wild mit den Armen ruderte. Während wir im Gänsemarsch landeinwärts durch grasbewachsenen Sand und Gestrüpp tappten, vorbei an den Gärten und der Obstwiese zu einem stillen Weiher mittlerer Größe, dachte ich mit nicht eben geringer Ironie, wie schade es war, dass seine Mutter jetzt nicht dabei sein konnte und dementsprechend nichts von dem mitbekam, was zweifellos das größte Ereignis in Hectors bisherigem Leben darstellte. Es war, als würde sie seine ersten Schritte verpassen oder die Abschlussfeier seiner Highschool. Trotz allem fühlte ich mich auf eine irrationale Weise glücklich, hier zu sein, und ich vermisste Luz. Was sie von diesem Szenario gehalten hätte, konnte ich mir lebhaft vorstellen. Sie wäre nicht bereit gewesen, ihre Zunge im Zaum zu halten, wie Karina und ich es taten. Nachdem sie sich ausführlich über die Lächerlichkeit seines Aufzugs ausgelassen hätte, hätte sie ihm befohlen, mit dieser Respektlosigkeit aufzuhören, um dann einen leidenschaftlichen Streit über Doktrinen, Glauben, Heiligungen und die Wahrheit vom Zaun zu brechen. Sie hätte ihm mitgeteilt, dass sie im Auto warten würde, wo sie mit einer Stinkwut vor sich hin gekocht hätte, bevor sie sich auf ihn gestürzt und ihn mit Fragen und empörten Vorwürfen bombardiert hätte.

In gewissem Sinne war ich erleichtert, dass sie nicht hier war. Wenn ich mir allerdings vorstellte, wie sie Hectors verrückten Glauben attackierte, seine Äußerungen in Bezug auf Jesus in Bausch und Bogen abtat, ganz zu schweigen von seiner Behauptung, der Messias zu sein, versetzte mir das einen heftigen, fast schmerzhaften Stich, und ich verspürte eine von Sehnsucht erfüllte Leere. Luz war eine hitzköpfige Naturgewalt mit einem ebenso hitzigen Herzen. Ich war aus einem kühleren, gemäßigteren

Holz geschnitzt, ein bedächtiger Anhänger des Skeptizismus, der auf die vulkanischen Eruptionen ihrer Unbedingtheit getroffen war. Wir taten einander gut, sie und ich. Sie hatte mich aufgemuntert, mich unterhalten, mich gewärmt, und ich hatte sie zur Ruhe gebracht und herausgefordert. Jetzt, da ich mich nicht länger gegen ihre kolossale, nachdrückliche Engstirnigkeit auflehnen musste, ließ mein Bedürfnis nach Sinn-Nuancen und feineren Schattierungen nach, ja, es wurde gar unaufrichtig. Unsere Streitereien hatten mich in meinem Unglauben bestärkt. Jetzt hingegen fühlte er sich blass an, lustlos, ohne jedes Leben, ohne jeden Witz und Verstand.

Die Gruppe stand am Ufer, als Hector vom gegenüberliegenden Ufer auf uns zuruderte, wobei er dem sich kräuselnden Spiegelbild des Mondes folgte, der hinter ihm aufstieg. Er stand im Boot und musterte uns wie ein ikonisches Gründungsvater-Gemälde, während einer der »bärtigen dankbaren Männer«, wie ich sie mittlerweile insgeheim nannte, am Ruder saß. Ich konnte gerade noch Christas Gestalt ausmachen, die vor ihm im Bug kniete, den Kopf in den Nacken legte, die Hände faltete und zweifellos in einer Art ehrfurchtsvoller Bewunderung zu ihm aufblickte. Die Nacht war warm und feucht. Nur das rhythmische Zirpen der Grillen und das Knarren der Ruder waren zu hören. Hier, ein Stück weiter landeinwärts, war das Tosen der Brandung durch die Dünen gedämpft. Die Stimmung der kleinen Gruppe am Ufer war freudig erregt und – soweit ich es von meinem Platz aus mitbekam – kein bisschen nervös oder zweifelnd. Ich merkte, wie ich von diesem hoch ästhetisierten Tableau vivant mitgerissen wurde, als hätte man mich eingeladen, bei Filmaufnahmen an einem Originalschauplatz dabei zu sein und einer Szene beizuwohnen, in der mein Sohn die Hauptrolle als Jesus spielte.

Als sie etwa fünfzehn Meter vom Ufer entfernt waren, hielt das Boot an, und der Ruderer steckte eines seiner Ruder vertikal ins Wasser, um es zu stabilisieren und vielleicht auch, um uns zu beweisen, dass der Weiher über einen Meter und nicht nur ein paar Zentimeter tief war. Christa fuhr mit der Hand durchs Wasser, erhob sich und tupfte ein paar Tropfen auf Hectors Stirn. Mein Sohn wandte sich ab und kletterte aus dem Boot. Er ging nicht unter. Meine Augen wurden trocken, so angestrengt starrte ich ohne zu blinzeln zu ihm hinüber, starrte auf seine Füße – doch sie blieben auf dem Wasser. Neben mir legte Karina eine Hand auf meinen Oberarm und lehnte sich an mich. Ein paar andere schnappten aufgeregt nach Luft. Hector setzte einen Fuß vor, zog den anderen nach und glitt über die Wasseroberfläche, schwerelos, körperlos, als würde er Rollschuh laufen oder tanzen. Er sah aus wie ein menschlicher Ballon. Es hätte ein vergnüglicher, märchenhafter Anblick sein können, dieser pummelige, von Kopf bis Fuß in Weiß gekleidete Mann auf dem mondbeschienenen Weiher. Er riss die Arme hoch, hin zu etwas, das er für die himmlischen Gefilde zu halten schien. Ich vermutete, dass man vorübergehend einen hölzernen Steg im Wasser versenkt hatte, der ihn oben hielt.

»Haschem sei Dank!«, rief Christa mit rauher, heiserer Stimme vom Boot aus.

»Haschem sei Dank! Gelobet sei Bard!«, erwiderte ein ausgelassener Chor.

Hector drehte sich um, lief über das Wasser zurück zum Boot und stieg wieder ein. Ich wartete beinahe darauf, dass irgendjemand »Cut!« rief, doch stattdessen weinte die Menge um mich herum. Das Boot kam über den Weiher auf uns zu und glitt ans Ufer. Als Hector an Land ging, wurde er hysterisch umarmt und geküsst. Glückselig und leicht wichtigtuerisch nahm er die Huldigungen seiner Gruppenmitglieder entgegen.

Karina und ich standen, völlig bedeutungslos geworden, dabei. Meine Tochter war still und konsterniert. Ich hingegen verspürte ein seltsames Gemisch aus väterlichem Stolz und einer guten Portion Enttäuschung. Aber worauf genau konnte ich eigentlich stolz sein? Darauf, dass mein Sohn eine Horde bewusstseinsmanipulierter Sektenmitglieder hinters Licht geführt hatte? Es gab so viele andere Dinge, die er hätte tun können. Wieder unterdrückte ich ein hyänenartiges Lachen. Damals, als ich in seinem Alter gewesen war, hatten wir die Welt aus den Angeln gehoben, zumindest unserer Ansicht nach. Ich sah zu, wie sich Hector den ekstatischen Umarmungen der Sektenmitglieder hingab. Er schien sich nicht mal daran zu erinnern, dass wir da waren.

»Komm«, sagte ich zu Karina, als mir klarwurde, dass Hector keinerlei Absicht hegte, zu uns herüberzukommen. Wir folgten der Menge zurück zum Haus, die Stufen hinauf und ins ausgeräumte Esszimmer, wo wir uns versammelten.

Christa stand an einem kleinen Tisch am gegenüberliegenden Ende des Raums und hob einen Glaskrug hoch, in dem sich eine Flüssigkeit befand, die aussah wie Leitungswasser. Dann sagte sie: »Getragen von seinem Glauben an Haschem, soll Bard nun dieses Wasser in den wohlschmeckendsten Wein verwandeln.« Sie hielt den Krug noch höher, damit wir ihn alle sehen konnten, und reichte ihn an Hector weiter, der neben ihr stand. Er schüttete etwas von der Flüssigkeit in ein Weinglas, steckte zwei seiner kindlich-knuffigen Finger hinein und rührte langsam darin herum. Und siehe da, die Flüssigkeit färbte sich rot wie Blut oder Wein oder chemisch verändertes Leitungswasser. Jubelrufe ertönten, und die Mägde des Herrn fingen an, Weinflaschen zu öffnen, sich selbst und uns etwas davon einzuschenken und Gläser herumzureichen. Karina stöhnte hörbar, hielt sich an mir fest und flüsterte mir ins Ohr: »Ich halte das nicht mehr aus. Was für ein Schwachsinn!« Jemand reichte uns einen Wein, und die Gruppe stieß auf Bard und Haschem an.

Ich beobachtete Hector, wie er den Wein – oder was auch immer das sein mochte – an seine Lippen führte und das Glas anschließend feierlich zurück auf den Tisch stellte. Sein Gesicht war ausdruckslos. Christa, die neben ihm stand, sagte: »Schwester Lake möge vortreten, um sich heilen zu lassen.« Als Lake nach vorne kam, legte Hector seine Hände auf ihren Kopf, blickte ihr in die Augen, hielt ihren Kopf eine Zeitlang zwischen seinen Händen, küsste ihre Stirn und sagte: »Gehe fort bei guter Gesundheit, Schwester Lake.«

»Danke«, erwiderte sie, während sie sich wieder zu den anderen Anhängern gesellte. Allgemeines Abwarten. Sie berührte ihre Brust, ihre Arme, ihr Gesicht. »Ich fühle mich wunderbar«, rief sie. »Es geht mir gut! Gelobet sei Bard! Gelobet sei Jaschua!«

»Woher zum Teufel will sie wissen, ob sie geheilt ist?«, flüsterte Karina mir ins Ohr. Ihre frustrierte Stimme ging fast in dem Tumult aus Glückwünschen und Freudenbekundungen unter.

»Die Macht der Suggestion«, sagte ich.

»Das Ganze ist ein jämmerlicher Trick, und das weiß er auch. Mein Gott, Dad, er führt hier die Regie, hab ich recht?«

Ich schaute zu Hector hinüber, der mich kalt, distanziert und emotionslos musterte, so als habe er gar nicht vorgehabt, mich anzusehen und sei meinem Blick nur versehentlich begegnet. Arm in Arm spazierte er mit Christa aus dem Zimmer, um sich zu den Feiernden draußen auf dem Rasen zu gesellen. Es hätte genauso gut ihre Hochzeit sein können. Und wir hätten sie genauso gut sprengen können.

»Lass uns rausgehen«, schlug Karina vor. Ihr Kopf lehnte an meinem Bizeps. Sie war zu klein, um meine Schulter zu erreichen. »Mir ist schlecht.«

»Ja, gehen wir«, sagte ich und führte sie zur Tür.

Wir hasteten die Auffahrt hinunter. Das große Haus hinter uns war hell erleuchtet. Auf dem Rasen spielte ein kleines Orchester, das aus einem Akkordeon, einer Gitarre und einer Geige bestand. Wir hörten Rufe, Gelächter, Gesang.

»Ich bin gleich zurück«, sagte ich. »Warte hier oder steig schon mal ins Auto, ich muss nur kurz mit Hector sprechen.«

Bevor mir Karina mein Vorhaben ausreden konnte, marschierte ich zur Rückseite des Hauses, wo sich die Gruppe versammelt hatte.

Hector und Christa standen am entlegensten Ende des Rasens gegenüber der Auffahrt. Ich näherte mich ihnen von hinten, ohne dass sie mich hörten.

Als ich Hectors Ellbogen berührte, zuckte er zusammen und fuhr herum. Seine Miene war defensiv, verwundbar. Als er mich erkannte, entspannte er sich. »Dad«, sagte er.

»Wir müssen reden, Hector«, sagte ich. »Ich muss dir ein paar Fragen stellen.«

»Wir sind mitten in der Party«, entgegnete er.

»Rede mit deinem Vater«, sagte Christa. »Es ist immer gut, wenn wir den Leuten verstehen helfen, worin unsere Taten bestehen.«

Ich sah ihr in die Augen. Sie waren ausdruckslos und selbstgerecht, die gnadenlosen Augen einer Soziopathin, die jedem alles antun würde und keine Skrupel hatte.

»Geh mit mir spazieren, Hector«, bat ich. »Nur fünf Minuten.«

Ich konnte spüren, wie widerwillig sich Hector von Christa löste. Als er mit mir um die Wiese herumging, schimmerte der sandige Pfad matt im Mondlicht.

»Was gibt's, Dad?«

»Du hast kein einziges Wunder vollbracht«, sagte ich. »Und ich kann nicht glauben, dass diese armen Trottel darauf reingefallen sind. Sie stehen unter Bewusstseinskontrolle, natürlich, sonst hätten sie dich schlichtweg ausgelacht.«

Hector schwieg. Ich wartete auf eine Antwort, doch er ging einfach nur wortlos hinter mir den Pfad entlang. Hätte ich ihn nicht atmen hören und seine leisen, tapsenden Schritte vernommen, ich hätte gedacht, er sei zur Party zurückgekehrt.

Am Weiher angekommen, blieben wir am Ufer stehen und blickten auf das Wasser.

»Ich möchte, dass du eins weißt, Hector. Ich kann verstehen, warum du hier leben willst. Und ich verstehe auch, warum du mit diesen Menschen zusammen sein möchtest. Sie wirken äußerst idealistisch und aufrichtig, als würden sie nur die besten Absichten verfolgen. Ein netter Haufen junger Leute. Aber Christa ist nicht nett, sie ist nicht aufrichtig, und sie hat diese guten Absichten nicht. Sie ist eine Betrügerin, die Bonnie und Clyde mit dir spielt. Ich kann nicht einfach so danebenstehen und zusehen, wie du dich in einen Kriminellen verwandelst.«

»Ich bin kein Krimineller«, widersprach Hector. Er tat sein Bestes, ruhig und gelassen zu klingen, dennoch bemerkte ich ein leichtes Zittern in seiner Stimme. Trotz Christas verführerischer Unterweisungen und ihres schmeichelnden Determinismus war er noch immer der Junge, den Luz und ich großgezogen hatten. Er hatte ein

Gewissen, und das war im Augenblick nicht völlig rein. »Welches Gesetz habe ich denn gebrochen?«

»Verschon mich mit dieser Scheiße«, sagte ich. »All diese Menschen haben Christa jeden Cent in den Rachen gestopft, den sie besitzen. Sie haben alles aufgegeben. Ihr habt sie mit einem Trick dazu gebracht, an eine Lüge zu glauben. Und natürlich weißt du, dass deine Zukünftige schon mal im Gefängnis gesessen hat.«

»Sie hat bereut«, sagte er. »Sie ist geläutert und wieder …«

»Unter dem Wasser war ein Steg«, unterbrach ich ihn. »Und du und Christa, ihr habt ihn dorthin geschafft.«

Hector starrte aufs Wasser hinaus. Das Mondlicht glitzerte auf der stillen Oberfläche. Die Luft roch nach Kiefernharz, salzig und frisch. Ich fröstelte, aber ich war noch nicht bereit, nach Hause zu fahren.

»Ich könnte rausrudern, um zu sehen, ob ich recht habe«, sagte ich. »Leugnen ist zwecklos.«

»Du würdest es nicht verstehen, Dad«, sagte Hector.

»Was verstehen?«

»Die Notwendigkeit einer milden Täuschung, um ein übergeordnetes Ziel zu erreichen. Du würdest nichts von alldem verstehen. Du hast keinen Glauben. Für dich ist alles entweder so oder so.«

»Für mich ist alles vollkommen klar. Du hast vorgegeben, etwas zu tun, und du hast auch tatsächlich etwas getan. Und zwar gelogen, dreimal, um genau zu sein.«

»Im Dienste Jaschuas sind bestimmte Schritte notwendig geworden«, erwiderte er. »Um den endgültigen Sieg zu erringen, bedarf diese Gruppe einer absoluten Gewissheit. Wir müssen in harmonischem, unumstößlichem Glauben zusammenleben.«

»Du meinst, Christa braucht die totale Kontrolle, und sie benutzt dich, um sie zu erlangen. Sie hat den Messias geschaffen. Damit sind die anderen ihr doppelt verbunden. Du eingeschlossen. Vor allem du. Ich hoffe, du endest nicht als Schoßhund einer Bauernfängerin. Ich hoffe, du stellst irgendwann fest, dass es das nicht wert ist. Du bist ein aufrichtig Glaubender, Hector. Was das anbelangt, bist du vollkommen authentisch, das hier hingegen ist nichts als Lug und Trug. Christa korrumpiert dich mit all dieser Macht und diesem Glanz. Aber so wirst du nie in der Lage sein, deinem wahren Glauben treu zu bleiben.«

»Schöne Worte, Dad. Du hast keine Ahnung, wovon du sprichst. Absolut keine Ahnung. Lass uns jetzt zurückgehen. Jetzt bist du ja losgeworden, was du mir sagen wolltest.«

Wir kehrten zum Haus zurück. Begeistertes Jubeln ertönte, als Hector wieder auftauchte. Er verabschiedete sich nicht von mir, wünschte mir keine gute Nacht, sondern verschwand einfach in der Menge, die ihn als ihr Retter absorbierte.

Mit klappernden Zähnen ging ich zurück zum Auto. Als Karina mich kommen sah, kurbelte sie das Fenster runter. »Wie ist es gelaufen?«, fragte sie.

»Er wird hier nicht so schnell weggehen«, antwortete ich. »Dafür hat er zu viel Spaß.«

»Wie soll ich das bloß Mom beibringen?«, grübelte sie, als ich einstieg.

»Gar nicht«, entgegnete ich. »Ich werde mit ihr reden. Das ist meine Aufgabe.«

Sie ließ den Motor an. »Versprochen?«

»Versprochen.«

»Wenn diese Leute nicht so einen Mist labern würden, wäre das hier ein wirklich schöner Ort«, sagte Karina, als sie von der Auffahrt in die Straße bog. »Warum müssen die so einen Mist labern?«

»Genau das ist die Frage.«

Wir fuhren im Mondschein nach Hause. Ich fühlte mich wehmütig und verbittert. Vermutlich ging es Karina ähnlich. Mondschein, dachte ich. Schwindelei, Trickserei, Betrügerei, Quacksalberei – einerlei.

Kapitel einundzwanzig

Diane hatte mich gebeten, um neunzehn Uhr zu kommen, doch befeuert von Verlangen, war ich schon um achtzehn Uhr fünfundfünfzig in Kensington. Ich kettete mein Fahrrad vor ihrem Block an eine Straßenlaterne und bummelte so lange um ihr Gebäude und um das nächste herum, bis ich exakt zehn Minuten zu spät war. Dann stieg ich die Stufen des dreistöckigen Backsteinhauses hinauf, das genau wie alle anderen Häuser des Blocks aussah, und klingelte. Irgendwo drinnen kläffte sich ein Hund die Seele aus dem Leib, aber das konnte mich nicht in die Flucht schlagen. Ich hörte Schritte. Diane öffnete die Tür. Ihre Wangen waren gerötet, und ihre Augen funkelten. Sie sah genauso aus, wie ich mich fühlte: wie ein Teenager bei seiner ersten Verabredung. »Komm rein«, sagte sie und klang ein wenig atemlos.

Ich folgte ihr die zwei Treppen hinauf zu ihrer Wohnung. Ich konnte nicht anders, ich musste ihren Hintern anstarren, der in ihrem eng anliegenden Sommerrock sehr hübsch aussah. Als wir uns dem zweiten Stockwerk näherten, wurde das durchdringende Kläffen lauter, brach dann ab und verwandelte sich schließlich in ein Jaulen. Diane bat mich in ihr Apartment und schloss die Tür hinter uns. Wir standen in einer kleinen Küche. Auf dem Herd brodelte etwas in einem Topf.

»Ich bin froh, dass das nicht dein Hund ist«, sagte ich.

»So«, erwiderte sie lächelnd und drehte sich zu mir um. »Kann ich dir etwas zu trinken anbieten?«

Ich überreichte ihr die gekühlte Flasche weißen Bordeaux, die ich in dem Weinladen in Karinas Viertel gekauft hatte. »Die ist schon ziemlich kalt, aber ein paar Minuten im Gefrierschrank könnten nicht schaden.«

»Vielen Dank!«, sagte sie. »Das ist wunderbar.« Sie öffnete die Flasche, wobei sie ein bisschen mit dem Korken kämpfte. Unschlüssig stand ich daneben und überlegte, ob ich das nicht selbst hätte tun sollen. Wir brachten unsere Gläser in ein helles, vollgestelltes Wohnzimmer und setzten uns Seite an Seite aufs Sofa. Auf dem kniehohen Couchtisch vor uns stand eine Platte mit einem runden, weißen Käse, einem Messer und ein paar runden, weißen Kräckern. Während mein Adrenalinpegel rasant stieg, schnitt ich mir ein Stück Käse ab, legte es auf einen Kräcker und schob mir beides in den Mund. »Hübsch hier«, nuschelte ich.

Sie sah sich in ihrem Wohnzimmer um. »Findest du? Dabei habe ich so viel Zeug, und nichts passt hier wirklich rein. Ich überlege immer wieder, ein paar Freeganer anzurufen, damit sie die Hälfte davon abholen.«

»Es ist gemütlich«, sagte ich, nachdem ich runtergeschluckt hatte. Seit mehr als dreißig Jahren hatte ich kein erstes Date mehr gehabt. Samantha zählte nicht. Bei Karina hatten wir uns auf Anhieb verstanden, hatten ein paar Bier getrunken, und alles hatte sich so ungezwungen angefühlt. Jetzt, da wir zu zweit hier bei Diane herumsaßen und es nichts anderes zu tun gab, als nach dem Essen miteinander ins Bett zu gehen, mussten wir die obligatorischen Stunden bis dahin mit Gesprächen füllen. Die entspannte Lockerheit zwischen uns war dahin, unser Austausch festgefahren und gezwungen. Ich spürte, wie die Unruhe erneut in mir aufflackerte, die mich schon befallen hatte, als ich mich nach dem Duschen abgetrocknet hatte. Nach der ganzen Fahrradfahrerei und Lauferei in den vergangenen Monaten war ich wesentlich besser in Form als letzten Winter, als Luz mich vor die Tür gesetzt und mich verwelkt und gescheitert genannt hatte. Doch inzwischen ging ich auf die achtundfünfzig zu. Egal, was ich tat, die Dinge waren nicht mehr so, wie sie mal gewesen waren, und würden auch nie wieder so werden. Diane hingegen sah umwerfend aus, ihr Gesicht war straff, die ärmellose Bluse betonte ihre wohldefinierten Armmuskeln, und ihre Waden waren schlank und geschmeidig. Wie stellten Frauen es an, sich ein derart jugendliches Aussehen zu bewahren? Ich aß noch ein Stück von dem Brie, diesmal ohne Kräcker (sie waren etwas fad), und hoffte, sie wäre nicht enttäuscht von dem, was sie da im klaren Licht des Abends sah. Ich hatte mich sorgfältig rasiert, mir große Mühe gegeben, präsentabel auszusehen, und mich für ein frisches weißes Hemd und eine saubere Sommerhose entschieden. Vielleicht hätte ich noch meine zottigen weißen Augenbrauen zurechtstutzen und mir einen neuen Haarschnitt verpassen lassen sollen.

»Ich bin vor ein paar Jahren geschieden worden«, sagte Diane. Sie strich mit ihren Händen über ihre Oberschenkel, als wolle sie sie an ihrem Rock abtrocknen. »Ich hatte keine Lust, meine Sachen einzulagern. Viel zu teuer. Also habe ich sie nach der Trennung vorübergehend hierhergeschafft. Eigentlich hatte ich gedacht, ich würde mir eine größere Wohnung nehmen, wenn wir unser Haus verkauft und das Geld aufgeteilt hätten. Aber ich hasse es, so oft umzuziehen, und es war so wahnsinnig mühsam, das Apartment zu finden, alles die zwei Treppen hier hochzuschleppen und sich einzurichten. Und da bin ich einfach irgendwie ... hängengeblieben.«

»Karina hat erwähnt, du hättest eine schlimme Trennung hinter dir«, sagte ich.

»Oh!« Sie wirkte verdutzt. »Oh, nein, das ist noch nicht so lange her ... das war ... ähm, das war der Typ, für den ich meinen Mann verlassen habe. Es hat nicht funktioniert. Beziehungsweise: Es hat drei Jahre gehalten, war also offensichtlich kein Strohfeuer. Ich klinge defensiv. Ich fühle mich defensiv.« Sie redete schnell und blickte dabei starr geradeaus. »Ich habe es viel zu lange mit Eric ausgehalten, unbewusst vielleicht, damit Alex, mein Ex-Mann, nicht mit seiner ›Hab-ich's-dir-nicht-gesagt‹-Tirade loslegen konnte. Mein Ex-Mann benimmt sich mir gegenüber wie ein hämischer älterer Bruder, der nur darauf wartet, dass ich mein Leben versaue, der hofft, dass ich ohne ihn auf die Nase falle, damit er sich bestätigt fühlen kann.« Sie rieb sich die Hände und fuhr sich dann übers Haar. »Ich rede zu viel. Um ehrlich zu sein – ich bin nervös. Ich habe mich so auf diesen Abend gefreut. Seit Eric und ich uns getrennt haben, habe ich kein Date mehr gehabt.« Sie hob ihr Weinglas und sagte: »Lass uns auf den Abend anstoßen. Ich hab das Gefühl, für dich ist es auch schon eine Weile her.«

Ich stieß mit ihr an, wir tranken, und ich sagte, um eine selbstsichere Stimme bemüht, auch wenn ich mich alles andere als selbstsicher fühlte: »Woher willst du das wissen?«

»Das hat mir Karina erzählt«, sagte sie. Wir lachten und blickten einander endlich in die Augen.

Ich lehnte mich in die Kissen zurück und sah mich im Zimmer um, das in der Tat vom Fußboden bis zur Decke vollgestellt war: An jedem freien Fleckchen an der Wand oder auf dem Boden fanden sich Möbel, teils aufeinandergestapelt, dazu Bücher, primitiv aussehende Saiteninstrumente und Trommeln, gerahmte Fotos und Gemälde, Pflanzen, Kerzen, bemalte Holzmasken, gewebte Wandbehänge, gestickte Kissen und Vasen. Ich verstand, warum sie all das behalten wollte. Es war eine prächtige Sammlung von Besitztümern und zweifellos die Summe eines reichen, interessanten Lebens. Dennoch, es passte nicht in dieses Zimmer, überhaupt nicht.

Ich legte meine Hand auf ihre. Ich konnte ihre zarten Knochen spüren, ihren Herzschlag. Ich ließ meine Hand dort, ließ sie ein bisschen zu schwer auf ihrer ruhen. Sie seufzte und lehnte sich an mich.

»Diane«, sagte ich. »Seit neulich Abend habe ich ununterbrochen an dich gedacht.«

»Wirklich? Ich auch an dich.« Ihr Haar duftete nach einem frischen, fruchtigen Shampoo, Erdbeere oder Pfirsich. Ich spürte, wie sie ein- und ausatmete. »Ich habe keine Ahnung, was ich da zum Abendessen zusammengebrutzelt habe. Um ehrlich zu sein, bin ich keine besonders gute Köchin.«

»Macht nichts«, sagte ich. Ich umschloss ihre kleine, nervöse Hand und fühlte mich viel besser.

Einen Augenblick lang saßen wir wortlos da.

»Oh!«, rief sie plötzlich. »Verdammt! Die Pasta.« Sie sprang auf und rannte in die Küche. Töpfe schepperten, Wasser rauschte. Ich betrachtete das Wohnzimmer. Es war vollgepackt mit Kunstgegenständen wie der Lagerraum eines Museums, mit schmalen Gängen zwischen den Stapeln, durch die man sich hindurchschlängeln konnte – es war ein Ort, an dem sie ihre Vergangenheit aufbewahrte, hauptsächlich ihre Ehe. Ich konnte sehen, dass Diane und Alex nach Mexiko, in die Türkei und nach China gereist waren, dass sie Maler und Fotografen zu ihren Freunden gezählt und sich für Musikinstrumente interessiert hatten, wenn auch nur, um sie auszustellen. Es könnte aber auch sein, dass Alex den ganzen Krempel gehasst und von ihr untergeschoben bekommen hatte. Vielleicht war ihm das Zeug schrecklich auf die Nerven gegangen, und jetzt, da sie geschieden waren, lebte er in einer nackten, modernen Schachtel aus Chrom und Glas.

Ein Türbogen gab den Blick auf ein weiteres kleines Zimmer frei, wo sich Pappkartons fast bis zur Decke stapelten. Alles war genauso ordentlich und genauso vollgepackt wie hier. Hinter Dianes obsessiver Zwanghaftigkeit steckte eine Methode, man konnte Muster und Gruppierungen ausmachen. Wenn man dieses Apartment als Metapher für ihren Geist betrachten wollte, verfügte sie sowohl über einen ausgeprägten Intellekt wie auch über einen ausgeprägten Sinn für Ordnung. Sie hatte ein hervorragendes Gedächtnis, und es bereitete ihr Probleme, die Vergangenheit oder irgendetwas anderes loszulassen. Genauer gesagt: Sie hatte kein Problem, sich von den Dingen zu trennen, mit denen sie fertig war, doch sie klammerte sich an das, was sie schätzte. Sie hatte einen Ehemann, ein Haus und ein ganzes Leben über Bord geworfen. Demnach waren die gesammelten Objekte hier also die Dinge, die sie am meisten liebte, waren Erinnerungen zum Anfassen.

Wie interessant, wenn auch beängstigend es war, so spät noch mal von vorn anzufangen. Luz und ich waren sehr jung gewesen, als wir uns kennengelernt hatten, wir hatten nicht viel über unsere Vergangenheit zu erzählen gehabt. Bei Diane verspürte ich einen gewissen Widerwillen, das Thema anzuschneiden. Wenn wir erst mal damit anfingen, würden wir monatelang über nichts anderes reden. Wir würden dem anderen all das vorrechnen, was er verpasst hatte. Wir hatten so viel aufzuholen und so wenig Zeit, die uns noch blieb. Eine solche Aufgabe ergab ein Ungleichgewicht, also würden wir Kürzungen vornehmen müssen, um auf denselben Nenner zu kommen. Schließlich waren wir fast im selben Alter.

Diane kam zurück und setzte sich wieder neben mich, aber nicht so dicht wie zuvor. »Die Pasta hat ein bisschen zu lange gekocht, ist aber noch genießbar«, sagte sie, ohne mich anzusehen. Ich hatte den Eindruck, als wäre sie nach ihrem Abstecher in die Küche plötzlich schüchterner geworden. »Das Problem beim Kochen ist, dass viele so ein Theater darum machen. Du weißt schon, die richtigen Zutaten kaufen, das neue Rezept ausprobieren, das niemand sonst kennt. Aus irgendeinem Grund hat mich dieser zwanghafte Dünkel genervt, also habe ich mich dem Trend verweigert. Ich habe keine Lust, mir so viele Gedanken über Lebensmittel zu machen. Es sind doch bloß *Lebensmittel,* um Himmels willen, wir alle nehmen Nahrung zu uns! Also habe ich versucht, gegenzusteuern. Und das Essen heute Abend wird der Beweis dafür sein.«

Ich lachte. »Glaubst du an Gott?«, fragte ich.

Sie lachte ebenfalls und schien sich zu entspannen. »Was für eine seltsame Frage. Glaubst du, nur weil ich eine schlechte Köchin bin, werde ich in der Hölle landen?«

»Nein«, antwortete ich. »Im Gegenteil, ich bewundere deine Einstellung zu Lebensmitteln. Ich frage nur, weil ich in letzter Zeit viel über diese Dinge nachgedacht habe.«

»Nein, ich glaube *nicht* an Gott«, sagte sie. »Beziehungsweise denke ich einfach nicht viel darüber nach und habe deshalb keine feste Meinung zu dem Thema. Meine Familie gehörte keiner Religion an. Schätze, ich bin eine ignorante Agnostikerin. Was ist mit dir?«

»Ich bin ein evangelischer, fundamentalistischer Ungläubiger. Aktiv glaube ich nicht an Gott. Und ich überlege, damit Klinken putzen zu gehen.«

Sie betrachtete mich neugierig amüsiert. »Aber woher willst du wissen, dass es keinen Gott gibt? Wie kannst du dir so sicher sein?«

»Ich bin mir genauso sicher, dass es keinen Gott gibt, wie sich mein Sohn Hector sicher ist, dass er eben doch existiert. Wir sind beide gleichermaßen stur und gleichermaßen extrem. Wie der Vater, so der Sohn, nehme ich an.«

»Karina hat mir erzählt, er ist Mitglied einer religiösen Gruppe auf Long Island?«

»Inzwischen ist er sogar der Anführer. Er und der Gruppenguru Christa. Er heiratet sie. Ich sollte so stolz auf meinen Jungen sein. Er ist an die Spitze seiner Firma aufgestiegen, der Geschäftsführer sozusagen. Und Christa ist die Firmenpräsidentin. Oder umgekehrt. Sie ist übrigens über zwanzig Jahre älter als er. Nicht dass das eine Rolle spielen würde.«

Auf diese ironisch scherzende Art über Hector und sein Leben zu reden, löste die Schraubzwinge um mein Hirn. Ich hatte noch nicht mit Luz gesprochen, hatte nicht mal versucht, mit ihr zu reden. Ich fürchtete das Gespräch mit ihr. Wenn sie hörte, was los war, würde sie sich womöglich wehklagend die Kleider zerfetzen und die Haare raufen. Diane lächelte und nahm alles, was ich sagte, für bare Münze, einschließlich meines Tons.

»War Christa schon mal verheiratet?«, fragte sie.

»Keine Ahnung, warum?«

Sie grinste. »Früher verließen Frauen mittleren Alters ihre Männer für gewöhnlich für andere Männer mittleren Alters. Heute verlassen sie sie für wesentlich jüngere Männer. Mein Ex-Freund war zwölf Jahre jünger als ich.

Und da bin ich beileibe keine Ausnahme. So ist unsere Spezies nun mal.«

»Für wen verlassen Männer mittleren Alters ihre Ehefrauen?«

»Männer mittleren Alters verlassen ihre Ehefrauen nicht.«

»Du scheinst dir da sehr sicher zu sein.« Unsere Weingläser waren leer. Mein Arm lag auf der Rückenlehne ihrer Couch, der Kino-Standardtrick aus der Highschool. Ich streichelte ihre Schulter und zog sie näher an mich heran. Ihr Kopf lag auf meiner Schulter. Sie zog die Knie an, um sich an mich zu kuscheln, legte ihren Unterarm auf meinen Oberschenkel und umfasste meine Kniescheibe. Die Dinge entwickelten sich rasant und gut.

»Ich habe ein gewisses Maß an Forschung betrieben«, erklärte sie. Ich spürte ihren warmen Atem an meinem Hals. Ihr Unterarm ruhte immer noch auf meinem Schenkel. »Informell natürlich, aber deswegen nicht weniger gründlich.«

»Im Grunde genommen habe *ich* meine Frau verlassen. Sie hat mich rausgeworfen, aber gegangen bin ich.«

»Wenn sie dich nicht vor die Tür gesetzt hätte, wärst du aber immer noch bei ihr«, stellte Diane fest. Ihr dunkles, seidiges Haar kitzelte mein Ohr und schickte mir eine Wolke sexy Erdbeerduft in die Nase. Ich atmete tief ein.

»Oder?«

»Ja, von mir aus«, sagte ich. »Und welche Schlüsse hast du nun aus deinen Forschungen gezogen?«

»Ach«, sagte sie, »das erzähle ich dir nach dem Essen.«

»Das Essen ist doch jetzt unwichtig«, sagte ich, während ich mit meiner freien Hand ihren Nacken hochglitt, sie zart an der Wange berührte und ihr Gesicht zu mir drehte. Unser Kuss begann sanft, zögernd, romantisch, doch das blieb nicht lange so. Bald schon waren unsere Münder geöffnet und gierig aufeinandergepresst. Wir atmeten heftig, und unsere Hände wanderten hungrig umher. Es war ein wildes Fummeln wie unter Teenagern, voll unverfrorener Geilheit. »Dürfen wir jetzt all unsere Klamotten ausziehen?«, fragte ich, ohne meinen Mund von ihrem zu lösen.

»Keine Ahnung«, sagte sie. »Ein Ungläubiger wie du?«

»Ich glaube an viele Dinge«, murmelte ich. »Außer an Gott. Zählt das?«

Sie neigte den Kopf, um mich anzusehen, und lachte. »An was glaubst du?«

»Ich bin Dichter«, sagte ich und zog die Augenbrauen hoch, um zu signalisieren, wie viel das über mich aussagte. »Das bedeutet, ich bin gefühlvoll, romantisch und ernsthaft.«

»Und mystisch«, fügte sie hinzu.

»Sehr mystisch«, bestätigte ich. Meine Fingerspitzen schlossen sich um ihre Brustwarze und liebkosten sie.

»Du weißt, wer die wahren Mystiker waren? Die Physiker. Sie sind diejenigen, die den Daumen am Puls des Universums haben oder wie immer diese Redewendung heißt.«

»Das stimmt!«, sagte ich. »Im Vergleich dazu ist die Poesie absolut zahm.« Ich nahm ihre Hand. »Lass uns ins Bett gehen«, sagte ich. »Aber du musst mich führen, ich weiß nämlich nicht, wo das Schlafzimmer ist.«

»Es ist eigentlich kein Schlafzimmer«, sagte sie und führte mich durch den Türbogen in den kleinen Raum mit all den Kartons. In der Ecke stand ein antikes gusseisernes Bett, auf dem eine weiße Tagesdecke lag.

»Was ist es dann?«

»Laut Immobilienmakler eine Schlafnische«, erklärte sie, während sie aus ihrer Bluse schlüpfte. Sie trug keinen

BH. Ihre Brüste waren klein, wohlgeformt und genauso ansprechend wie der Rest von ihr. Schwindlig vor Erregung streifte ich mit einer einzigen Bewegung meine Hose und Unterhose über meine Erektion und schlüpfte aus den Hosenbeinen. Nackt fielen wir auf die blütenweiße Bettdecke. Ich stützte mich auf einen Ellbogen und blickte auf sie hinunter. Ihre Beine waren kräftig und wohlgeformt, ihre Hüften voll und göttlich. Beide hatten wir das typisch weiche, schlaffe Bäuchlein und die leicht dickliche Taille von sonst schlanken Menschen, die bereits ein gewisses Alter erreicht hatten. Bei ihr sah es bezaubernd und sexy aus. Schnell wandte ich den Blick von meinem Körper ab. Ich wusste nur allzu gut, wie ich aussah.

»Du bist umwerfend«, sagte ich. Ich legte meine Hand um ihren Kopf und umfasste mit der anderen ihre Hüfte. Ihr Körper war eleganter als der von Luz, länger und schlanker. Ihre Haut war sahnig hell, die von Luz olivfarben, dunkler pigmentiert und an manchen Stellen rauh. Als ich merkte, dass ich die beiden miteinander verglich, verbannte ich jeden Gedanken an meine Frau aus meinem Kopf. Ich versuchte, an nichts anderes zu denken als an Diane. Ich berührte, küsste und liebte sie, und da war dieser warme, dunkle, uterusförmige Tunnel, in den meine Seele beim Sex immer hineingezogen wurde. Ich befand mich in seinem verlockenden Strudel und kapitulierte vor seiner Anziehungskraft. Anschließend gab er mich frei, und ich kam am anderen Ende ins Licht und ins Leben zurück. Diane war so liebevoll und anschmiegsam, als hätte sie nicht bemerkt, dass ich fort gewesen war. Sie schlang ihre langen Beine um meine, legte ihre Hand auf meinen Bauch und küsste meinen Nacken, meine Schulter und mein Gesicht so lange, bis ich wieder hart war. Wir blieben lange in ihrem Bett, Stunden, bis weit nach Einbruch der Dunkelheit. Irgendwann verließen uns unsere Kräfte. Wir schliefen ein Weilchen, um dann mit einem Bärenhunger zu erwachen. Wir standen auf und setzten uns nackt auf die Couch, wo wir noch mehr Wein tranken und riesige Teller voller weichgekochter, auf Zimmertemperatur abgekühlter Spaghetti mit Parmesan und Olivenöl verschlangen.

»Das ist die beste Mahlzeit, die ich je hatte«, sagte ich.

»Du Ärmster«, bedauerte sie mich.

Wir grinsten uns an, überwältigt und benommen. Sie sah wundervoll aus, wie eine junge Frau auf einem Gemälde. Ich wiederum fühlte mich wenigstens wundervoll. Wie ich aussah, war mir egal.

»Was hast du in den ganzen Kartons?«, fragte ich.

»Meine Geheimunterlagen.«

»Tatsächlich?«

»Nun, vieles davon ist Steuer- und Behördenkram, aber da sind vor allem Bücher drin. Ich habe so viele verfluchte Bücher.«

»Du solltest jemanden beauftragen, ein paar Regale anzubringen. Würde doch hübsch aussehen, eine Bücherwand in deiner Schlafnische.«

»Ja«, antwortete sie mit ausdruckslosem Blick. »Das sollte ich wohl.«

»Ich könnte …« Ich überlegte: Wusste ich wirklich, wie man Regale montierte?

»Vergiss es«, sagte sie. »Ganz bestimmt nicht. Ich habe dich gerade erst kennengelernt.« Sie lächelte immer noch, doch irgendwas hatte sich verändert. Die Stimmung war nicht mehr so unbeschwert wie noch vor ein paar Sekunden. »Harry …«

Ich aß meine Spaghetti auf und stellte meinen Teller auf den Couchtisch. Plötzlich wurde mir bewusst, dass wir beide splitternackt auf ihrem lupenreinen Sofa saßen und uns gerade stundenlang geliebt hatten. Ich verlagerte mein Gewicht, schlug die Beine übereinander und hoffte, ich würde keine Schweiß- oder sonstigen Flecken auf ihrem Polster hinterlassen. Ich vermisste die euphorische Glut zwischen uns, den Rausch der Endorphine, den ich mit meiner Bemerkung über die Bücherregale gedämpft hatte. »Ja?«

»Nur dass du's weißt: Ich erwarte nichts. Mir ist klar, dass du gerade eine Ehe hinter dir hast und noch nicht mal geschieden bist.«

»Die Unterlagen habe ich schon«, entgegnete ich. »Das ist bloß noch eine reine Formalität. Ich bin frei und alleinstehend. Wirklich.«

»Na schön«, sagte sie und hob die Hände, als wolle sie mich abwehren. »Trotzdem, ich möchte unmissverständlich klarstellen, dass ich keinerlei Erwartungen an dich stelle. So bin ich nicht.«

»Ich habe eben nur gezögert«, tastete ich mich langsam vor, »weil ich mir nicht sicher bin, ob ich die Regale überhaupt montieren kann. Nicht, weil ich es nicht tun möchte. Entschuldige, wenn das ungeschickt war. Aber es wäre schrecklich für mich, wenn ich dir so etwas anbieten und mit Regalbrettern hier aufkreuzen würde, nur um dann den ganzen Nachmittag hier rumzupfuschen und dir am Ende die Wand zu versauen. Aber wenn ich wüsste, wie man das macht, würde ich es liebend gerne übernehmen. Es würde mich zutiefst befriedigen, einen Teil der Kartons zu leeren. Ergibt das irgendeinen Sinn?«

»Ja«, sagte sie und entspannte sich wieder. »Möchtest du noch einen Wein? Ich habe noch eine Flasche im Kühlschrank.«

»Sehr gerne«, sagte ich. »Aber nur, weil ich dann noch nicht gehen muss.«

»Du kannst gerne über Nacht bleiben!« Wieder veränderte sich etwas in ihrem Gesicht. »Ich würde es aber auch verstehen, wenn du lieber nach Hause wolltest. Manche Leute schlafen lieber in ihrem eigenen Bett.«

Offenbar hielt sie mich für eine Art Wildtier, das sich nur widerwillig in die Falle locken ließ, ein Geschöpf des Waldes, das man mit ein paar Leckerlis und einem Freiheitsversprechen ködern musste. Ich konnte sehen, wie nervös ich sie gemacht hatte. Die Möglichkeiten, was noch aus uns werden konnte, der zögerliche und dennoch überstürzte Taumel, den wir soeben gemeinsam erlebt hatten – all das hing schwer und gewichtig zwischen uns. Sie war verletzlich, das verstand ich. Ich war auch verletzlich, aber natürlich konnte sie das nicht von vornherein wissen. Nun, sie würde es bald erfahren.

»Ich soll in die Mönchszelle im Haus meiner Tochter zurück, statt die ganze Nacht lang meine Glieder mit einer umwerfenden Frau in ihrem wunderbaren Bett zu verschränken? Hältst du mich für verrückt? Diane, ich würde am liebsten die ganze Woche hierbleiben!«

Sie lachte und versuchte nicht, ihre Erleichterung zu verbergen. »Ich bin gleich zurück.«

Sie ging in die Küche und kehrte mit einer offenen Flasche kaltem Weißwein zurück, aus der sie unsere Gläser nachfüllte.

»Und jetzt«, sagte ich, »da wir zu Abend gegessen haben, musst du's mir erklären.«

»Was?«, fragte sie über den Rand ihres Weinglases hinweg.

»Die Tatsache, dass Ehen heutzutage nur enden, wenn sich Frauen mittleren Alters in einen zwölf Jahre jüngeren Knaben verlieben.«

»Ach, das«, sagte sie. »Frauen wollen Aufmerksamkeit. Wir wollen Nähe, egal ob wir das zugeben oder nicht. Wenn unsere Ehemänner anfangen, uns zu ignorieren, suchen wir uns jemand anderen. Früher haben wir uns mit Frauen zusammengetan, die das Gleiche gesucht haben, heute sind es süße junge Lämmchen, die mit strahlenden Augen und emotional aufgerüstet zu uns kommen, weil ihre Mütter ihnen beigebracht haben, ihren Angebeteten mehr Aufmerksamkeit zu schenken. Sie sind begeistert, weil wir keine Kinder wollen, es nicht eilig haben zu heiraten und weil wir unabhängig, erfahren und sexuell souverän sind. Hältst du dieses Pauschalisieren für absurd? Wenigstens frage ich dich nicht, ob du an Gott glaubst.«

»Das war ein bisschen anmaßend, oder?«

»Vor allem angesichts der Tatsache, dass du es nicht tust.«

Wir lachten.

»Sag schon«, drängte ich sie wie ein Terrier, der Witterung aufgenommen hatte. »Verlassen Frauen ihre Ehemänner oder werfen sie sie raus, weil sie sich von ihnen ignoriert fühlen?«

Einen Augenblick lang sah sie mich durchdringend an. Mir dämmerte, dass diese Frage womöglich mehr über mich und meinen Gemütszustand preisgegeben hatte, als gut für mich war, vor allem wenn man bedachte, dass Diane und ich einander … etwas bedeuteten.

»Belassen wir's dabei«, sagte ich.

»Nein, ist schon okay«, entgegnete sie. »In Wahrheit kann ich unmöglich wissen, warum eine Frau ihren Mann verlässt, aber da mir Verallgemeinerungen im Blut liegen, würde ich deine Frage mit Ja beantworten. Das heißt, wenn man von Missbrauch, Sucht und alldem mal absieht. Männer beanspruchen so viel Raum. Bis zur Hochzeit seid ihr bescheiden und zuvorkommend. Danach wird euch allmählich klar, dass wir nicht wieder gehen. Das ist euer Freibrief, unseren Bedürfnissen keine Beachtung mehr zu schenken, euch auf U-Bahn-Sitzen breitzumachen, im Bett zu schnarchen, uns nachts die Decke wegzunehmen, den Fernseher viel zu laut zu stellen und euch allgemein so aufzuführen, als wären wir allein dazu da, euch in eurer Herrlichkeit zu bestärken. Es ist wirklich schwierig, sich nicht zu verlieren, wenn man als Frau mit einem Mann zusammenlebt. Selbst heute noch, trotz des sogenannten Feminismus und der Gleichberechtigung. Klinge ich zornig?«

»Nein«, sagte ich. »Aus irgendeinem Grund nicht.«

»Das kommt daher, weil ich nicht zornig bin, sondern eher belustigt. In meinem Alter ist Zorn ziemlich schwer zu ertragen. Ich liebe es, allein zu leben. Ich habe es nicht eilig, wieder zu heiraten. Wenn ich das tue, bin ich wieder da, wo ich angefangen habe, egal, ob ich dich, den Postboten, den Nachbarn oder Brad Pitt heirate.«

»Ich widerspreche dir lautstark und ganz und gar, aber respektvoll«, sagte ich. »Ich glaube nicht, dass ich meine Frau jemals ignoriert habe. Sicher habe ich andere schreckliche Dinge getan, aber das nicht.«

»Dann hatte deine Frau vermutlich einen anderen Grund«, sagte sie. »Aber wenn ich sie zu einer Tasse Tee einladen würde, würde sie mir bestimmt Dinge erzählen, die dich überraschen.«

Der Gedanke an Luz und Diane, die zusammen Tee tranken und über mich sprachen, schmeichelte mir ungemein, aber das konnte ich natürlich nicht zugeben. »Ich zittere vor Furcht bei der Vorstellung, wie ihr zwei mich bei einer Tasse Tee auseinandernehmt«, sagte ich.

»Tust du nicht«, widersprach Diane und verdrehte die Augen. »Der Gedanke erregt dich.«

»Wenn mir das Glück zuteilwürde, dich zu heiraten, würde ich dich nie ignorieren. Ich würde dich anbeten und schätzen bis zum Schluss.«

Wieder verdrehte sie die Augen, aber diesmal lachte

sie, und ich konnte sehen, wie sie auftaute. Sie wollte, dass ich ihr das Gegenteil bewies, und ich hätte es nur allzu gern getan. Das Problem war nur, dass sie aller Wahrscheinlichkeit nach recht hatte, wenn auch nur, weil sie auf diesem Gebiet bewanderter war als ich. Zum Glück mussten wir darüber nicht streiten. Noch nicht. Vielleicht würden wir es nie müssen. Ganz bestimmt aber für eine lange Zeit nicht. Fürs Erste konnten wir unseren Wein austrinken und zurück ins Bett gehen. Wir liebten uns, zärtlicher als zuvor, mit einem wissenden, verliebten Lächeln in den Augen. Danach kuschelte ich mich an sie und hielt sie fest umschlungen, während sie schlief.

Ihre Matratze war fest und die Luft im Zimmer so warm, dass man keine Decke brauchte, aber doch nicht unangenehm. Ich konnte nicht fassen, dass ich nackt neben einer solchen Frau liegen durfte. Ich blieb wach und dachte nach. In der Dunkelheit der Nacht, ohne Zeugen, musste ich mir eingestehen, dass ich mir extrem einfältig vorkam, mich in meinem Alter mit Diane einzulassen. Als wäre ich der Typ Mann, mit dem so jemand zusammen sein wollte. Die Tatsache, dass sie so wundervoll war, machte mir zu schaffen. Sie hatte teilweise recht, wenn sie behauptete, Männer beanspruchten zu viel Raum für sich. Das Wesentliche jedoch hatte sie nicht erfasst, den wahren Grund, warum wir uns gegenüber unseren Ehefrauen und allen Frauen, mit denen wir eine Beziehung hatten, so verhielten, wie wir es taten. Im mittleren Alter hatten die meisten von uns, die Schlauen jedenfalls, den Glauben an ihre Vorzüge und Zukunftsaussichten verloren. Wir sahen die clownesken, übellaunigen Wesen mit Haaren in den Ohren, zu denen wir geworden waren, und konnten die erforderliche Selbstliebe nicht mehr aufbringen, die es brauchte, um uns selbst in unseren Neigungen zu bestärken. Wir verkamen zu schnarchenden, starrsinnigen, passiven Trutzburgen, umgeben von alligatorenverseuchten Gräben. Wir ließen zu, dass uns unsere Frauen entglitten, weil wir uns selbst hassten, nicht, weil wir sie nicht liebten. Diese jungen, munteren Burschen in ihren Zwanzigern oder frühen Dreißigern hatten noch all die Verwegenheit und Zuversicht, die wir älteren Männer durch simplen Verschleiß eingebüßt hatten. Am Ende hatte die Welt uns gelehrt, dass wir nicht annähernd so großartig waren, wie unser Ego es uns vorgegaukelt hatte. Doch dieses Wissen kam uns nicht in Form von Selbstmitleid oder Selbstbezogenheit oder sonst irgendeines Selbst-Dings zu Bewusstsein, ganz im Gegenteil: Es ging mit einem Selbstverlust einher. Als Hector über den Weiher gelaufen war, als ich gesehen hatte, wie seine Füße über die Wasseroberfläche glitten, war mir das als eine ziemlich gute Metapher für eine gewisse Sorte junger Männer erschienen. Das heißt: bevor ich das Ganze als ausgemachten Schwachsinn abgetan hatte.

Kapitel zweiundzwanzig

Die Radtour am Montagmorgen zu James' Fabrik war angenehm und abwechslungsreich. Die Strecke von Crown Heights nach Red Hook war kurz, aber sie führte durch einen Mischmasch verschiedener Stadtteile und Bezirke. Die Gegend, in der Karina wohnte, bestand aus breiten Straßen, gesäumt von Stadthäusern und Bäumen, und grenzte an eine chaotische vielspurige Durchgangsstraße mit Ladenketten. Ich ließ die Gegend hinter mir und tauschte sie gegen eine Straße ein, die von höhlenartig-düsteren und durchlöcherten Industrieruinen dominiert wurde. Die Straße ging unversehens in kurvige, sehr nette Sträßchen mit Reihenhäusern über. Dann, ebenso plötzlich, sah ich mich dem Lastwagenverkehr ausweichen und unter dem katastrophal lauten Brooklyn–Queens Expressway dahinstrampeln – auf dem schwer zu beschreibenden Boulevard, der zu der ruhigen, ehedem gesetzlosen Hafengegend führte, die Red Hook genannt wurde – diese flache, runde Halbinsel, die ins Wasser der Upper New York Bay hineinragte wie ein Polyp, schön und geheimnisvoll mit ihren Werften, alten Lagerhäusern und freistehenden Holzrahmenhäusern, den kleinen, familienbetriebenen Geschäften und Restaurants. Außer dem riesigen IKEA und einem gigantischen Supermarkt im Hafen auf dem Gelände einer ehemaligen Werft war das Viertel weitgehend unberührt erhalten. Hierher fuhren keine U-Bahnen, und auch der Busverkehr war begrenzt. Einen Ort wie diesen verließ man nicht, aber man suchte ihn auch nicht gezielt auf. Red Hook war wie eine kleine, in sich geschlossene Zeitkapsel Brooklyner Hafenlebens, dessen Ruhe ungewöhnlich und ungestört war.

Während ich in die Pedale trat, schlug eine Erkenntnis auf der obersten Stufe meines Bewusstseins auf wie die neueste Zeitung, die der Postbote dort soeben hat fallen lassen: Diane würde mich vermutlich ebenso viel Mühe kosten wie Luz, doch diese Mühe wäre von anderer Qualität. Sie würde genauso bedürftig und fordernd sein, aber auf eine sanftere, stillere Weise als Luz. Und sie würde nach genauso viel Aufmerksamkeit verlangen und genauso verletzt sein, wenn es mir nicht gelänge, ihr diese zu geben. Doch irgendwie spürte ich, dass sie nicht zwanghaft oder anklagend wäre. Sie würde mir nicht hinterherspionieren oder mich mit gnadenloser, eiskalter Entschlossenheit wegen eines erfundenen Vergehens verfolgen. Sie würde zusammensacken, sich in ihre Höhle zurückziehen, ihre Wunden lecken und jammern, und ich würde sie wieder hervorlocken müssen. Ich konnte bereits spüren, dass es zwischen uns zu Missverständnissen kommen würde, zu verletzten Gefühlen und vermeintlichen Verfehlungen. Ich kannte mich und wusste, dass es in meiner Natur lag, wie ein Scheißkerl zu wirken, wenn ich abgelenkt war und schrieb und nur in meinem Kopf lebte. Das würde sich nicht ändern, nur weil ich mit einer anderen Frau zusammen war. Ich würde mich nicht plötzlich bessern, und Diane wäre nicht zwangsläufig besser als Luz. Doch ihre Sanftheit und Gelassenheit zog ich Luz' lautstarker Entrüstung und Härte vor.

Wir waren alle verrückt, so viel stand fest. Aber diesmal würde ich mir jemanden herauspicken, mit dessen Schwächen und Reaktionen ich von Haus aus leben könnte, dessen Art von Verrücktheit mit meiner korrespondierte. Es würde mir nichts ausmachen, Diane nachzustellen, sollte sie sich zurückziehen. Das wäre weitaus besser als Luz' Attacken ausgeliefert zu sein. Es war einen Versuch wert. Nichts war perfekt, aber das hier könnte angenehmer werden als meine Ehe. Und vielleicht wäre ich Diane ein besserer Mann, als ich es Luz gewesen war. Vielleicht war ich gar kein Arschloch. Vielleicht war ich angesichts von Luz' knallhartem, irrationalem, furchterregendem Mangel an Vertrauen in mich nur unfähig, mich korrekt zu verhalten.

James' Firma war in den Beard Street Warehouses untergebracht, einer Reihe von schönen, alten, restaurierten Fabrik- und Lagergebäuden am Hafen. Nachdem man mich eingelassen hatte, fuhr ich mit einem quietschenden Lastenaufzug in den dritten Stock hinauf. James wartete am Fahrstuhlschacht auf mich. Er sah adrett aus, frisch rasiert und – wie immer – unnatürlich erholt.

»Willkommen bei Custom Case, Harry«, begrüßte er mich mit einem halb ironischen Grinsen. Wie gewöhnlich umarmte er mich herzlich und den Bruchteil einer Sekunde zu lang. Seine Umarmung wirkte nicht schwul, das nicht, eher sozial unbeholfen. Er führte mich durch ein Stahltor und über einen knarzenden Gang mit einem hellen Holzfußboden zu seinem Büro, einer riesigen, fast leeren Höhle mit hoher Decke. Dies war also der Ort, wo er den Großteil seines Tages verbrachte, von dem aus er sein kleines Imperium leitete, Songs schrieb, im Internet surfte und weiß Gott was sonst noch alles tat – ein privater, luxuriöser Rückzugsort, für den die meisten Männer ihre linke Nuss hergegeben hätten. Neben einer ausladenden Ledercouch standen ein Kontrabass und ein Notenständer. Auf einem Regal thronte eine teure Stereoanlage. Ein Drehstuhl und ein Edelstahlschreibtisch mit nichts darauf als einem gigantischen Flachbildschirm standen in der Mitte des Raums, dahinter ein Arbeitstisch voller Holz- und Stoffmuster. Außerdem mehrere Instrumentenkästen, die, so nahm ich an, Prototypen darstellten. Riesige, stoffverhängte Fenster gingen auf den New York Harbor hinaus. Durch die duftigen Vorhänge konnte man in der Ferne die Freiheitsstatue erkennen, die ihre Fackel in die Luft hielt und genauso streitbar, maskulin und unversöhnlich aussah wie immer. Auf der anderen Seite des Wassers lagen die flachen, hässlichen Ufer von New Jersey, weichgezeichnet durch das Baumwollgewebe.

»Tasse Kaffee?«, fragte er und ging zu einem langen Tisch, auf dem ein Minikühlschrank, eine Kaffeemaschine und eine Mikrowelle standen. »Milch und Zucker, richtig?«

Ich trank meinen Kaffee auf einem Stuhl mit aufrechter Lehne, den James aus einem versteckten Winkel hervorgeholt hatte, während er rasch ein paar E-Mails checkte und ein Telefonat führte, in dem es um einen Koffer für eine Harfenistin ging, der heute Nachmittag fertig werden musste. James beruhigte die Dame und wimmelte sie ab, ohne ihr etwas zu versprechen. Dann wandte er sich mit einem breiten Grinsen an mich.

»Schön, dass du hier bist«, sagte er. »Es ist gut, einen Freund um sich zu haben.«

»Na ja, du rettest mir den Arsch«, sagte ich. »Daher bin ich froh, dass du meine Anwesenheit als gut empfindest und nicht als unvermeidbar oder peinlich.«

Er schwang die Füße auf die Schreibtischplatte. »Wie geht's dir zurzeit?«

»Viel besser.«

»Hast du Debra MacDougal schon angerufen?«, fragte er mit Schalk in den Augen. »Jetzt, wo ihr Mann mit ihrem Bruder durchgebrannt und sie wieder zu haben ist?«

»Nein, habe ich nicht«, sagte ich. »Ehrlich gesagt hatte ich den Eindruck, das würdest du selbst gern tun.«

Er lachte, widersprach jedoch nicht.

»Sei's drum«, sagte ich. »Ich wohne jetzt übrigens bei Karina, und ich habe Luz' Scheidungswunsch akzeptiert. Zeit, nach vorne zu blicken, loszulassen und so weiter.«

»Ja«, sagte er. »Ich habe gehört, dass du aus dem Astral ausgezogen bist und es mit der Scheidung vorangeht.«

»Von Luz?«

»Nicht direkt. Sie kommuniziert nur mit Lisa, nicht mit mir.«

»Und ich kommuniziere nur mit dir«, sagte ich. »Also wird alles, was ich dir erzähle, über Lisa an Luz weitergereicht, denn zwischen Eheleuten gibt es keinen Verschwiegenheitskodex.«

Wir sahen uns lange an. Ich wusste, er brannte darauf, zu erfahren, was er Lisa nicht weitersagen sollte.

»Ich verspreche dir«, begann James, »wenn du mich ausdrücklich bittest, Lisa nichts zu sagen, wenn du mir etwas strikt Vertrauliches mitteilst …«

»Ich habe eine Frau kennengelernt«, sagte ich. »Vielleicht ist dir mein rosiges Aussehen ja schon aufgefallen.«

James bemühte sich sichtlich, seine Überraschung zu verbergen. »Wo hast du sie kennengelernt?«, fragte er. Es klang, als wolle er mir beweisen, dass so etwas gar nicht sein konnte, da ich doch so gut wie keine Gelegenheit hatte, Frauen kennenzulernen, oder dass er es, sollte ich wirklich die Wahrheit sagen, durch sarkastisches Nachfragen ungeschehen machen könnte.

»Bei einem Freeganer-Treffen im Haus meiner Tochter, an dem Abend, als ich bei ihr eingezogen bin. Wir haben uns auf Anhieb verstanden. Ich habe sie zum Essen eingeladen, sie hat mich zu sich nach Hause gebeten, ich bin hingegangen und habe die Nacht bei ihr verbracht.«

James' Gesicht verkrampfte sich vor Fassungslosigkeit, und seine Augenbrauen zuckten in die Höhe. »Du … schläfst mit ihr?«

»Ich habe mit ihr geschlafen«, präzisierte ich. »Einmal. Aber ich werde es vermutlich wieder tun. Hoffentlich. Wenn ich Glück habe. Ich mag sie. Ihr Name ist Diane. Sie unterrichtet Englisch an der Junior Highschool. Sie ist komplett anders als Luz, was ich als Wohltat empfinde. Soweit ich das beurteilen kann, neigt sie weder zu dramatischen Ausfällen noch zu moralischen Erpressungen. Sie ist eine Oase der Ruhe und Liebenswürdigkeit. Freude und Licht, das ist es, was sie mir schenkt.«

»Wow«, sagte er. Wieder zuckten seine Augenbrauen in die Höhe, und er blinzelte ein paarmal rasch hintereinander, als versuche er, die Vorstellung in sein Gehirn zu kneten, dass ich tatsächlich, wirklich und wahrhaftig eine Beziehung mit jemand anderem als Luz hatte, mit einer anderen Frau als meiner Ehefrau schlief und dass ich das jetzt offen tun durfte, ohne Heimlichtuerei. Ich konnte sehen, wie schwer es ihm fiel, diesen Gedanken zu fassen, wie sehr dieser seine selbst auferlegten Beschränkungen und Verbote bedrohte. Ich wartete, bis er ein weiteres Mal den Kopf schüttelte und sagte: »Das sind verblüffende Neuigkeiten, Mann. Wie schön für dich.«

»Ja, das ist wirklich schön für mich«, erwiderte ich. »Die Sache mit Diane ist nichts, was man auf die leichte

Schulter nehmen könnte. Sie ist ein außergewöhnlicher Mensch …«

»Du bist drauf und dran, dich in sie zu verlieben, hab ich recht?« Seine Stimme klang ein wenig piepsig. Seine Augenbrauen waren noch immer hochgezogen, als stelle er insgeheim Berechnungen und Vergleiche an. James hatte mich immer an Pete Dyer erinnert, den besten Freund, den ich als Kind gehabt hatte. Er war ein kleiner, zäher Kerl gewesen, mit dem ich mich in der dritten Klasse fast schon gezwungenermaßen zusammengetan hatte, als er ins Nachbarhaus gezogen war, in der Schule neben mir gesessen hatte und unsere Eltern sich angefreundet hatten. Mit vierzehn war Pete nicht darüber hinweggekommen, dass ich mich jetzt mit Mädchen treffen durfte und er nicht. »Das kann nicht wahr sein«, hatte er gesagt, als ich ihm davon erzählte. »Das *kann* nicht wahr sein.« Es schien, als hoffte er, den alten Zustand wiederherzustellen, wenn er ihn nur lange genug in Frage stellte. Doch stattdessen begleitete ich Annabelle Morrissey am darauffolgenden Freitagabend ins Kino, und Pete Dyer saß mit Moe Harris, dem Dritten im Bunde, ein paar Reihen hinter uns.

Mit James war es ähnlich gewesen. Auch mit ihm war ich fast automatisch zusammengewürfelt worden, weil wir denselben Freundeskreis hatten und unsere Frauen enge Freundinnen geworden waren. Dass wir einander aufrichtig mochten, war, genau wie bei Pete, reines Glück gewesen. Und genau wie damals konnte ich jetzt spüren, dass James lieber mit mir zusammen war, wenn ich verschmäht wurde. Wenn ich rausgeworfen wurde, keine Frau mehr hatte und ihn wie bei unserem letzten Treffen unverhohlen beneidete. Aber natürlich würde er sich das niemals eingestehen. Er hatte sich darauf gefreut – und wer konnte ihm das verdenken –, mich mit Kaffee und einer Schulter zum Anlehnen bei meiner neuen Arbeitsstelle zu begrüßen und mir in Form eines Gehaltsschecks und einer Eheberatung Trost zu spenden. Und dies alles von zweifach sicherer Warte aus: der seines Firmenimperiums wie der des verheirateten Mannes. Stattdessen hatte er soeben erfahren, dass ich, als frisch befreiter Vertreter seines Geschlechts, exakt das tat, was er sich insgeheim am meisten wünschte, und das auch noch mit einer ebenbürtigen, interessanten, ungebundenen Frau.

»Nein, nein, ich bin nicht dabei, mich zu verlieben«, antwortete ich versöhnlich. »Ich mag sie, ich fühle mich zu ihr hingezogen, aber es ist noch zu früh, um an etwas Ernstes zu denken. Streng genommen bin ich ja immer noch verheiratet. Ich meine, ich fühle mich immer noch verheiratet.«

»Ich frage mich, wann sich das wohl legen wird«, erwiderte er mit echter Neugier.

»Keine Ahnung«, sagte ich. »Ich glaube, ich werde mich immer irgendwie mit Luz verheiratet fühlen. Ich kann all diese Jahre nicht auslöschen. Es ist, als würde ich meinen Weg weiterhin mit ihr beschreiten, im übertragenen Sinne natürlich, nicht wirklich.«

James wirkte lockerer, ungezwungener, als wir wieder auf meine gegenwärtigen Probleme zu sprechen kamen. »Wenn Luz dich bitten würde, zurückzukommen, würdest du es dann tun?«, fragte er und beugte sich vor. Seine Nase zuckte, als versuchte er, meine Antwort zu erschnüffeln. Ich merkte, dass er überzeugt war, ich würde seine Frage bejahen. Mir dieses Eingeständnis zu entlocken wäre eine Rechtfertigung für sein eigenes, begrenztes Leben.

»Gestern habe ich zufällig Marion getroffen«, sagte ich, um ihn abzulenken und zugegebenermaßen auch, um ihm seine selbstsüchtige Frage heimzuzahlen. »Sie hat einen neuen Freund. Ich habe die beiden zusammen im Park gesehen. Hat mir einen leichten Schock versetzt.«

Ich lehnte mich zurück und sah, wie die Rädchen in seinem Gehirn ratterten, sah, wie er das Thema Luz und Harry nur widerwillig fallen ließ und für einen Augenblick in einer Art Gesprächs-Limbo hängenblieb, während er meine Worte verarbeitete. Dann jedoch schien ihn Marions neuer Freund brennend zu interessieren.

»Warum?«, hakte er nach.

»Weil der Typ kaum älter ist als Hector«, antwortete ich. »Und weil er aussieht wie ein italienischer Filmstar. Ich muss zugeben, ich war im ersten Moment ein bisschen perplex. Ich hab sie nach ihm gefragt. Sie sagt, sie ist glücklich. Das glaube ich ihr.«

James starrte mich so durchdringend an, dass seine Augen hervorzuquellen schienen. »Wow«, sagte er.

»Sie sah umwerfend aus«, fügte ich grausam, aber ehrlich hinzu. »Strahlend.«

»Oh«, sagte er. »Dann ist sie wohl wirklich glücklich.«

»Sie wirkte ein wenig defensiv, aber vielleicht auch nur, weil sie sich denken kann, dass ich …«

»Dass du eifersüchtig sein würdest?«

»Gott, nein! So empfinde ich nicht für sie, James, das weißt du doch. Dass ich ihr Techtelmechtel missbilligen würde, wollte ich sagen. In einem brüderlichen Sinne. Im ersten Augenblick dachte ich tatsächlich, sie hätte sich jemanden … na schön, jemanden suchen sollen, der ein bisschen mehr ist wie wir, in unserem Alter, jemanden mit mehr Format. Du weißt schon. Ike war ein zuverlässiger Kerl, ein erwachsener Mann. Was sie auch immer für Probleme gehabt haben mögen, sie befanden sich auf Augenhöhe. Mein erster Gedanke, als ich sie mit diesem Typen gesehen habe – er heißt übrigens Adrian –, war, dass er zu jung und zu schön für sie ist und sie nur aufs

Kreuz legen will. Aber nachdem ich mit ihr gesprochen hatte, hatte ich einen anderen Eindruck. Sie ist glücklich, und das ist alles, was für mich zählt. Und sie ist kein Dummkopf.«

»Vielleicht versucht sie bloß, ihre Einsamkeit zu kompensieren«, gab James zu bedenken, der seinen Gleichmut wiedergefunden hatte. Er lebte stets auf, wenn er die Schwächen, Unsicherheiten und möglichen Fehlentscheidungen ihm nahestehender Menschen analysierte, die er insgeheim selbst gerne getroffen hätte. »Sie hat keine Kinder. Ohne Ike ist sie ganz allein. Dieser schöne junge Mann füllt wohl eine große Lücke in ihrem Leben.«

»Wie ein Haustier?«, fragte ich.

James hatte den Anstand, über meinen Witz zu lachen.

»Sie ist wirklich glücklich«, beharrte ich, weil ich meiner besten Freundin gegenüber loyal sein wollte. James sollte das wissen und sich nichts vormachen. Wie Marion mir neulich deutlich vor Augen geführt hatte, hatten wir beide den Verlust unserer Ehepartner zu verwinden. Ich wollte, dass James begriff, dass das möglich war. Aber da James seine Frau nicht wirklich verlassen wollte, schien ich insgeheim etwas anderes im Sinn zu haben, als ihm Mut und Hoffnung zuzusprechen. Ich musste mir eingestehen, dass ich ihm in Wirklichkeit beweisen wollte, dass sein Leben nicht besser war als meins oder Marions, bloß weil er über ein paar Dinge verfügte, die wir nicht hatten. Gut, sie hatte nie Kinder bekommen, und sie hatte ihren Mann verloren, aber jetzt gab es Adrian. Und ja, ich hatte Luz verloren und war aus meiner Wohnung geflogen, doch jetzt war ich Diane begegnet und bei meiner Tochter eingezogen. Ich wollte James' Mitleid nicht.

Ich kam zu dem Schluss, dass sein Mitgefühl und seine Analysen nur dazu dienten, seine unterdrückten Emotionen im Zaum zu halten. Sie waren seine wichtigste

Zuflucht vor seinen eigennützigen, unerbittlich niedergekämpften Trieben. Warum sollte ich ihm das nehmen? Schließlich war ich sein Freund.

»Unser Gespräch endete damit, dass wir einräumten, wie hart dieses Jahr für uns gewesen war«, sagte ich. »Sowohl für Marion als auch für mich war es die schwerste Zeit unseres Lebens. Es ist schön, dass wir beide nach so viel Leid ein wenig Trost gefunden haben.«

Ich kannte James so gut. Ich konnte förmlich sehen, wie er in einem warmen innerlichen Windhauch des Mitleids aufging und errötete. Ich hatte ihn mit einer Massage am Solarplexus bearbeitet. »Ich freue mich für euch beide«, sagte er. Ich hatte den Eindruck, als sei er sehr glücklich, diese Behauptung mit Verve in den Raum stellen zu können, ohne dabei eine unterschwellige Bedrohung zu verspüren. »Vermutlich hast du es noch nicht gehört: Luz hat einen neuen Job gefunden, als private Vollzeit-Krankenschwester bei einem reichen alten Mann auf der Upper East Side. Sie teilt sich den Vierundzwanzig-Stunden-Tag mit zwei anderen Krankenschwestern, und er zahlt ein Vermögen. Es scheint ihr zu gefallen. Sie hat Lisa erzählt, nach der Arbeit im St. Vincent's Hospital käme es ihr vor wie ein Wellnessurlaub, in einem exklusiven Apartment auf einen alten Mann aufzupassen.«

James' Telefon klingelte. Er ging dran, fertigte den Anrufer ab und legte wieder auf.

»Soll ich mich an die Arbeit machen?«, fragte ich.

»Nein«, antwortete er. »Noch nicht. Möchtest du noch einen Kaffee?«

»Gerne«, sagte ich. »Du machst großartigen Kaffee, das muss ich schon sagen.«

»Dazu braucht man nur die weltbeste Maschine, den weltbesten, frisch gemahlenen Kaffee, das weltbeste Wasser und das perfekte Verhältnis«, entgegnete er, während er mir nachschenkte und den Kaffee umrührte. »Dann ist es kein Kunststück.«

»Danke.« Ich nahm ihm die Tasse ab. »Wie geht es Lisa? Ich habe sie seit Monaten nicht mehr gesehen.«

»Wie immer«, sagte er und strahlte vor Vergnügen. »Ihrer Ansicht nach stehen wir am Rande des Bankrotts. Außerdem wirken die Kinder, als hätten sie eine Störung. Ach ja, und sie glaubt, sie hat Hautkrebs. Sie ist so bezaubernd katastrophenfixiert wie in ihren besten Zeiten. Ich würde mich furchtbar erschrecken, wenn sie plötzlich alles okay finden würde. Dann wüsste ich, dass wir ein echtes Problem haben. Apropos Problem: Wie geht es Hector bei dieser Gruppe?«

»Karina und ich waren gerade bei ihm. Er steckt bis über beide Ohren in der Sache drin. Er heiratet die Führerin und denkt, er ist der Messias.« Ich erzählte ihm von den drei Prüfungen, die er hatte ablegen müssen, und was sich danach abgespielt hatte. »Luz wird gleich noch einen Nervenzusammenbruch bekommen, wenn ich ihr davon erzähle. Aber wissen muss sie es.«

»Ja«, sagte James. »Soll ich Lisa bitten, mit ihr zu reden?«

»Danke, aber ich rufe sie lieber selbst an«, sagte ich, kam jedoch sogleich ins Grübeln. Lisa könnte mir den Weg ebnen. Wenn Luz etwas nicht tun wollte, brauchte sie für gewöhnlich einen starken Ansporn, ja, man musste sie meist schlichtweg überreden. »Wenn ich so darüber nachdenke, wäre es vielleicht doch besser, wenn Lisa vorher mit ihr redet.«

»Wird sofort erledigt«, sagte James mit herrischem, ehemanntypischem Großmut. Ich beschloss, seine Antwort als Lohn für meine geleisteten Dienste zu verstehen. Er sprang auf und tänzelte wie ein chinesischer Kobold im Koffeinrausch über den hellen Holzfußboden seines Herrschaftsbereichs hinüber in die gegenüberliegende Zimmerecke. Dort schmiegte er sich an seinen Kontrabass, eine auf Hochglanz polierte Antiquität, die er scherzhaft Isebel nannte, und fing an, voller Elan die Saiten zu zupfen. »Schreibst du momentan?«

»Schätze, ich hab's aufgegeben«, erwiderte ich, begleitet vom Plunk-Plunk-Plunk des Instruments.

Er stellte den Kontrabass beiseite und lehnte sich an seinen Arbeitstisch. »Was meinst du mit ›aufgegeben‹?«

»Ich habe dieses Frühjahr ein neues Buch angefangen«, sagte ich. »Aber das Ganze hat sich totgelaufen.« Ich zögerte. In mir stieg ein Gefühl auf, das ich bislang nicht gekannt hatte, etwas, was tief in meinem Innern gelauert hatte und sich mir jetzt zum ersten Mal zeigte. »Ich bin unsagbar gelangweilt vom Klang meiner poetischen Stimme. Ich habe das Gefühl, als wäre ich so weit gegangen, wie es mir möglich war. Ich habe alles gesagt, was ich zu sagen hatte. Als Luz mein letztes Buch vernichtet hat, hat sie mich offenbar kastriert.«

»Das kann nicht sein!«, rief James. »Es geht immer irgendwie weiter!«

»Nein«, sagte ich. Das dunkle, kreatürliche Gefühl stieg weiter aus meinem Innersten auf und gab sich immer deutlicher zu erkennen. Während ich sprach, hielt ich es fest und betrachtete es. »Ich habe den egomanischen Schwung verloren, meine Befeuerung. Ohne diesen Saft vertrocknen die Themen, über die ich schreibe, oder sie werden verweht.«

James kräuselte die Lippen und stieß nachdenklich die Luft aus. »Klingt, als solltest du deine elegische Phase einläuten. Wie wär's mit Sehnsucht und Verlust? Gedanken über die Sterblichkeit, eine Betrachtung der Jahre, des körperlichen Verfalls – irgendwas in der Art?«

»Ja, um so was streiche ich schon seit Monaten herum.« Ich lachte.

»Ich würde wirklich gerne sehen, woran du arbeitest«, behauptete er mit liebenswert ernstem Gesicht. Er griff nach einem Stück Stoff, das aussah wie rohe Seide, und ließ es durch seine Finger gleiten. »Warum bereiten dir diese Themen so viel Mühe?«

»Anscheinend bin ich mit dem Kopf frontal gegen eine Ziegelmauer geknallt und habe mir eine Gehirnerschütterung zugezogen. Entschuldige die Metapher. Ich kann's nicht lassen. Aber wenn wir schon von Metaphern sprechen: Genau das ist die Crux an der Sache. Nichts hat einen objektiven Wert. Es gibt nur zwei tatsächliche Gegebenheiten, die ich anerkannt habe: Wahrnehmung und Erfahrung. Und auch die sind subjektiv, veränderlich und für jedermann verfügbar. Es gibt gewissermaßen keine Sonne, weil es ja auch die ultimative, belegbare Wahrheit nicht gibt. Deshalb kann alles alles sein, wenn man es nebeneinanderstellt. Das sagt mir mein Verstand. Diese Gedanken waren meine Kraftquelle, allerdings handelt es sich dabei um eine Form der Egomanie, eine Art Großtuerei, der das Älterwerden nicht bekommt und die die Lebensmitte nicht überstehen kann. Als ich jünger war – also quasi bis vor ein paar Monaten –, habe ich meinen ganzen Glauben in Tropen gelegt. Ich habe einzig und allein an die Magie verbaler Überformung geglaubt, bin dem Lyrismus ausgewichen und habe mich für Ironie entschieden. Ich habe mich für unglaublich clever gehalten und dachte, ich würde den Fallgruben ausweichen, in die andere Dichter stürzen – den vertikalen Kreisen des Glaubens, den Sprüngen und Schnörkeln der Religion, der ganzen gottverdammten Gott-Chose. Ich dachte, ich wäre besser als die anderen. Ich habe nur formkorrekte Verse zu Papier gebracht und an traditionellen Strukturen festgehalten. Doch die allgemeine Auffassung, dass Poesie Transzendenz erfordert, habe ich nicht akzeptiert. Ich habe Transzendenz gemieden, habe die Möglichkeit ihrer Existenz bewusst geleugnet. Ich habe meine Arbeit auf eine immanente, innerweltliche Ebene beschränkt, auf das, was man sehen und fühlen kann. Aber jetzt ...«

James nickte, als wolle er meinen Ausbruch aus der Tradition unterstützen, aber ich hätte nicht sagen können, ob er tatsächlich begriff, wovon ich sprach. Niemandem gefiel es so sehr wie ihm, sich in die Probleme anderer hineinzuversetzen, ganz egal, ob diese Probleme nun künstlerischer Natur waren oder nicht. Bei dieser Art Aderlass blühte sein vampirhaftes Selbst auf. Ich wartete darauf, dass er etwas erwiderte. In unseren Gesprächen entstanden öfter lange Momente gemeinsamen Schweigens, da er gern ausführlich nachdachte. Er befingerte das Stück Seide, das er in der Hand hielt, und legte es schließlich auf seinen Arbeitstisch zurück. Dann griff er nach einem kleinen Stück Laminat und fuhr mit dem Finger über die glänzende Oberfläche, bis er sie mit seinem Hautfett verschmiert hatte.

»Warum nimmst du nicht das als Thema?«, fragte er, nachdem er wieder konsterniert die Augenbrauen hochgezogen hatte. »Schreib über dein Bedürfnis nach einer Art Glauben, um mit dem Schreiben weitermachen zu können. Über die Suche nach Transzendenz, nach einem gewollt glaubensfreien Leben. Es könnte ein episches Gedicht werden. Ein Meisterwerk.«

Ich lachte. Er musterte mich mit unbewegter Miene.

»Ich meine es vollkommen ernst«, sagte er. »Ich denke, du bist deiner eigenen Raffinesse überdrüssig. Du brauchst etwas Neues, etwas, was dich gefangen nimmt. Eine Herausforderung. Und wenn das keine Herausforderung ist für jemanden wie dich: zuzugeben, dass der eigene Erfahrungshorizont begrenzt ist, die eigene Wahrnehmungsfähigkeit beschränkt und dass es da ein paar irre Geheimnisse gibt, die man nur mit Ehrlichkeit, Wissbegier und Bescheidenheit durchschauen kann. Ich fände es toll, ein solches lyrisches Werk von Harry Quirk zu lesen, und ich bin sicher, vielen anderen würde es genauso gehen.«

»Ich mache mich jetzt mal besser an die Arbeit«, antwortete ich und stellte meine leere Kaffeetasse auf einer Ecke seines Schreibtischs ab. »Neuerdings gehöre ich in die Kreditorenbuchhaltung.«

»Die Kreditorenbuchhaltung«, wiederholte James, dessen schimmerndes schwarzes Haar den Glanz des Fußbodens einfing. »Die Kreditorenbuchhaltung. Da hast du den Titel deines neuen Buches ...«

»Vielen Dank«, sagte ich, als ich ihm aus seinem feudalen Büro über den Gang und in ein sehr viel kleineres, fensterloses Büro mit drei Schreibtischen folgte. »Ich werde darüber nachdenken.«

»Willkommen«, sagte er. »Ich schicke Maureen zu dir, damit sie dich einweisen kann. Lass uns später zusammen Mittag essen. Ich würde mich gerne noch ein bisschen ausführlicher mit dir unterhalten. Komm um zwölf Uhr dreißig zu mir, dann gehen wir zusammen los.«

»Einverstanden«, sagte ich. James drehte sich um und verschwand. Ich ging zu dem Schreibtisch, der offensichtlich unbesetzt war, da keine persönlichen Dinge darauf standen, setzte mich und wartete, dass Maureen auftauchte, wer auch immer das sein mochte.

Kapitel dreiundzwanzig

Es war ein seltsames Gefühl, mit meinem alten Schlüssel in den Astral zurückzukehren. Seltsam, die alten Stufen hinaufzusteigen und an meine Wohnungstür zu klopfen. Und noch seltsamer, von meiner versteinert dreinblickenden, schweigenden Ehefrau in mein altes Zuhause eingelassen zu werden. Ohne einen Kuss. Ohne jede Herzlichkeit.

Sie führte mich in die Küche. Ich setzte mich an unseren alten Tisch aus Chrom und Kunststoff, auf denselben Stuhl, auf dem ich jahrzehntelang gesessen hatte. Die Fingerspitzen meiner linken Hand ruhten auf dem vertrauten, tröstlichen Rostfleck an der Unterseite der Sitzfläche.

Luz hatte eingewilligt, mich zu treffen, weil Lisa ihr erzählt hatte, es gäbe wichtige Neuigkeiten, unseren Sohn betreffend, die ich ihr persönlich überbringen müsse. Sie hatte sich geweigert, mich auf neutralem Boden zu treffen. Wir hatten beide einen langen Arbeitstag hinter uns, und ich konnte sehen, wie müde sie war. Sie wirkte älter, blasser und schmaler als bei unserem letzten Zusammentreffen. Dass sie eine rentable neue Stelle gefunden hatte, erleichterte mich sehr. Und sie war vermutlich ebenso erleichtert über meinen neuen Job.

Luz setzte Kaffee auf, ohne mich zu fragen, was ich

trinken wollte. Hätte ich wählen dürfen, ich hätte sie um einen Tee gebeten. Seit Karina mir nach der Arbeit mal eine Tasse starken schwarzen Tee mit Honig und Zitrone vorgesetzt hatte, lief mir mit Pawlowscher Vorfreude das Wasser im Mund zusammen, wenn ich mit dem Fahrrad von Red Hook nach Crown Heights strampelte. Tee schmeckte so viel besser als Kaffee, zumindest, wenn meine Tochter ihn machte, und ich spielte mit dem Gedanken, auch morgens darauf umzusteigen. Ich sah Luz zu, wie sie einige Löffel Kaffeepulver abmaß und selbiges wortlos in einen Filter füllte.

Ich war überlegen gerüstet: mit dem Reiz meines neuen Lebens, mit meinen jüngsten Entschlüssen und Erkenntnissen, den Gesprächen der letzten Woche, dem aufregenden Sex mit Diane und natürlich mit den unterschriebenen Scheidungspapieren in meiner Tasche. Dennoch kam mir meine gegenwärtige Situation im Vergleich zu meiner Rückkehr hierher auf zudringliche Weise unwirklich vor. Das Schweigen zwischen uns war einvernehmlich, und es dehnte sich in die Länge. Es war für uns beide gleichermaßen belastend wie schmerzhaft. Während das Wasser im Kessel heiß wurde, lehnte Luz mit verschränkten Armen am Küchentresen. Sie sah mich nicht an. Ich wusste, dass sie diesen Kaffee nicht aus Großmut oder Freundlichkeit kochte, sondern weil sie etwas zu tun haben wollte. Die Abendsonne fiel durchs Fenster und warf einen rechteckigen Lichtfleck auf die buttergelbe Wand und die beschichteten Küchenschranktüren.

Schließlich stellte sie eine Tasse Kaffee vor mich hin, mit Milch und Zucker, genau, wie ich ihn früher gemocht hatte. Sie nahm mir gegenüber Platz und sah mich endlich an, die Hände um ihre eigene Tasse geschlossen. Ich erwiderte ihren Blick.

»Schieß los«, sagte sie. Ihre Stimme war so kühl und ausdruckslos wie ihr Gesicht. Die Tischplatte zwischen uns glänzte vom jahrzehntelangen Abwischen.

»Zunächst mal«, sagte ich, während ich die Papiere aus meiner Tasche nahm, sie auseinanderfaltete und glatt strich, »habe ich die hier unterschrieben. Da. Für dich.« Ich schob ihr die Unterlagen über den Tisch hinweg zu. Sie blieben vor ihrer Tasse liegen, mit der beschrifteten Seite nach oben, damit sie einen Blick darauf werfen konnte. Doch das tat sie nicht, nicht mal flüchtig. Offensichtlich wartete sie darauf, dass ich sagte, was ich zu sagen hatte, meinen Kaffee trank und mich wieder vom Acker machte, am besten für immer.

Ich hatte nichts anderes erwartet. Trotzdem wurde ich zornig. Nach all unseren gemeinsamen Jahren machte sie sich nicht mal die Mühe, sich die unterzeichneten Papiere anzusehen oder die Tatsache zur Kenntnis zu nehmen, dass wir so gut wie geschieden waren. Natürlich, sie hatte sich hinter einer dicken Glasscheibe verschanzt, um ihre Emotionen zu verschleiern und meinen Anblick einigermaßen ertragen zu können. Aber es machte mich trotzdem wütend.

»Hector heiratet seine Sektenführerin«, sagte ich. Meine Worte klangen wie kleine, harte Kieselsteine, die auf ihre Glasscheibe schlugen. »Sie haben beschlossen, ihn für die Wiederkunft Christi zu halten. Wir haben jede Hoffnung aufgegeben, ihn da rausholen zu können. Er ist der Täter, nicht das Opfer …«

»Ich weiß«, sagte Luz. »Er hat es mir erzählt.«

»Wann?«

»Er hat letzte Woche angerufen. Wir haben lange geredet.«

»Und da bist du nicht sofort zu ihm gefahren, um ihn zu retten?«

»Was hätte das gebracht?«, fragte sie. Sie wirkte erschöpft und verhärmt, dabei aber viel zu distanziert und unnahbar, um Mitleid zu erwecken. »Du hast es doch selbst gesagt: Er wird nicht gehen. Er heiratet. Es gibt nichts, was wir tun könnten.«

»Was zum Teufel mache ich dann hier?«

»Wie meinst du das?«

»Du hast doch nur deshalb zugestimmt, mit mir zu reden, weil Lisa dir gesagt hat, ich hätte dir etwas Wichtiges über Hector mitzuteilen.«

»Woher sollte ich wissen, dass es um etwas gehen würde, was mir bereits bekannt war? Ich habe seit meinem Gespräch mit Hector nicht viel geschlafen, aber wirklich, ich habe keine Ahnung, was wir diesbezüglich noch besprechen könnten.«

Ich wusste genau, was sie meinte: Wir waren nicht mehr zusammen, also würde sie Hectors Verlust allein durchstehen müssen, ohne mich. Und für mich galt das Gleiche.

Mein Zorn verdoppelte sich. Zur Hölle mit diesem ganzen Käse! »Karina und ich waren vor kurzem draußen auf Long Island, und ich muss sagen, im Großen und Ganzen ist das kein schlechter Ort. Aber dann haben wir diese ›Messias-Prüfungen‹ miterlebt. Wir haben gesehen, wie er übers Wasser gegangen ist, Wasser in Wein verwandelt und eine junge Frau mit Lupus geheilt hat.«

Ich wartete. Sie sagte nichts, aber ich hatte ihre Aufmerksamkeit geweckt.

»Das also macht unser Sohn mit seinem Leben. Diese Christa ist eine unseriöse, korrupte Person. Ich habe mir vorgestellt, wie du dort hineinstürmst und ihr mit deinen ganzen katholischen Dogmen kommst.«

»Ich komme niemandem ›mit meinen katholischen

Dogmen‹, Harry.« Ihre Mundwinkel verzogen sich zu einem halben Lächeln.

»Doch, tust du.«

Zwischen uns entstand ein unangemessener, fast herzlicher Moment, den Luz rasch beendete, indem sie seufzte und mit kalter, mürrischer Distanziertheit sagte: »Am Telefon konnte ich nicht viel sagen, sondern lediglich zuhören. Er wusste, dass ich aufgeregt war. Als ich ihn gefragt habe, ob ich zu seiner Hochzeit kommen könne, hat er gesagt, Außenstehende seien nicht eingeladen, da es sich um eine private Zeremonie handle. Außenstehende! Das also bin ich jetzt für ihn. Du kannst dir vorstellen, was für ein Gefühl das ist.«

Ich trank meinen Kaffee aus und stellte die Tasse auf exakt dieselbe Stelle, auf die ich sie immer gestellt hatte: in die Nähe der Tischmitte, wo ein kleiner, kommaförmiger Brandfleck in der Kunststoffoberfläche prangte. Es war ein nahezu unbewusster Vorgang gewesen, wie bei einem Hund, der jeden Tag an dieselbe Stelle pinkelte.

»Lupus«, sagte Luz.

Wie immer hatte ihre Stimme diesen näselnden Unterton, ein moskitoähnliches, gehauchtes Sirren, das ich einst für rührend, manchmal für sexy und oft für spaßig gehalten hatte, wenn sie sich über jemanden lustig machte oder über etwas lachte. Jetzt aber rief es ein rastloses, kribbelndes Bedürfnis in mir hervor, aufzustehen und durchs Zimmer zu tigern. Ich schob meinen Stuhl zurück, trat ans Spülbecken, nahm mir ein Glas Wasser und lehnte mich an den Tresen, wobei ich das Glas in den Händen drehte. Der Beschlag befeuchtete meine Handflächen.

»Lupus ist eine Autoimmunkrankheit«, fuhr sie fort. »Sie ist unheilbar und kommt in Schüben. Was passiert, wenn die Symptome der jungen Frau nicht verschwinden?«

»Dann wird man sie wegen ihres mangelnden Glaubens aus der Gruppe werfen«, sagte ich. »Sie wird nach Hause zurückkehren, um bei ihren Eltern zu leben. Und Hector wird das vollkommen gleichgültig sein.«

»Hector ist der Einzige, um den ich mir hier Sorgen mache.«

»Natürlich«, erwiderte ich. Diese sture Kurzsichtigkeit würde sie nie ablegen. »Aber jedes Gruppenmitglied ist irgendjemandes Kind, und Hector schmeißt den Laden, also können deine Sorgen ruhig mal eine kleine Verschnaufpause einlegen. Er hat eine komplett neue Persönlichkeit angenommen. Ich würde sagen, das hat er von dir. Kann man ein Dasein als Sektenführer als Berufung betrachten? Denn das ist jetzt seine Karriere. Sein Traumjob. Du solltest stolz auf deinen Sohn sein.«

»Das ist nicht komisch«, entgegnete sie mit eisiger Ruhe.

»Siehst du mich lachen?«, fragte ich.

»Du denkst, das ist *meine* Schuld?«

»Habe ich das gesagt?«

»Ganz offensichtlich denkst du das.«

Ich nahm einen Schluck Wasser. Es schmeckte nach Schweiß und Blut, ein vertrautes, Übelkeit erregendes Zeug. Ich drehte mich um, spuckte ins Spülbecken und leerte das Glas aus. »Hat das Wasser hier immer schon so faulig geschmeckt?«

»Das Wasser ist völlig in Ordnung«, erwiderte sie. Reglos, mit geradem Rücken saß sie da, saß auf dem Stuhl, auf dem Hector immer gesessen hatte, auf dem Stuhl, der mit der Lehne zur Wand stand und dem Raum zugewandt war. »Es war immer in Ordnung.«

»Dann bin wohl ich das Problem«, sagte ich mit einer Schärfe, die ich unmöglich in Humor verpacken konnte.

Luz ging nicht weiter darauf ein, und plötzlich hatte

ich keinen Brennstoff mehr, um die Flammen zum Lodern zu bringen. Wir waren hin- und hergerissen, waren zu müde, um unseren Zorn aneinander auszulassen, und zu zornig, um uns von unserer Müdigkeit daran hindern zu lassen. Vor zehn Jahren wären wir uns spätestens jetzt an die Gurgel gegangen. Gottlob, dass wir älter geworden waren. Es war gut, ein Mindestmaß an zivilisiertem Frieden zu wahren.

»Ich habe gehört, du warst mit einer anderen im Bett«, sagte Luz. Das Moskito-Sirren in ihrer Stimme wurde verstärkt durch den voreingenommenen, beiläufigen Tonfall, den ich so gut kannte.

Sie war also nicht zu müde zum Streiten gewesen, sie hatte sich ihr Gift nur wie eine aufgerollte Schlange aufgehoben und biss nun zu.

»James hat doch versprochen …«

Sie erstrahlte in kaltem Triumph. »Natürlich hat er es Lisa erzählt. Was hast du erwartet? Alle wissen davon, Harry, und alle reden darüber. Und es klingt gar nicht gut. Vulgär und beleidigend, in meinen Ohren.«

»Mit dir hat das doch gar nichts zu tun«, sagte ich mit der festesten Stimme, die ich aufbringen konnte. »Ich habe mit einer anderen Frau geschlafen, und ich werde es wieder tun. Falls du es vergessen hast: Du hast mich rausgeworfen und mir gesagt, dass unsere Ehe vorbei ist. Wir lassen uns scheiden. Was kümmert's dich also?«

Wir starrten einander an.

»Und übrigens«, fuhr ich fort, »war es nicht Marion. Zu keinem Zeitpunkt. Wir sind einander nie nähergekommen. Nicht, dass dich das auch nur im mindesten kümmern würde und nicht, dass ich dir jemals wieder eine Erklärung schuldig bin. Ich muss los.«

Ich stellte mein Glas in die Spüle und ging zur Tür, um endlich die Treppe hinunter und nach draußen zu kommen, wo ich Dampf ablassen konnte, indem ich mich umgehend zu Marlenes Bar begab.

»Harry«, sagte Luz zu meinem sich entfernenden Rücken. »Warum hast du deine Meinung geändert?«

Voller zornigem Widerstreben blieb ich stehen und warf einen Blick über meine Schulter. »Worüber?«

»Über die Scheidung.«

Die Hände zu Fäusten geballt, drehte ich mich um. »Weil ich begriffen habe, dass ich gar nicht mehr zu dir zurückwill.«

»Und was hat dich das begreifen lassen?«

»Ich habe endlich kapiert, dass du ein kontrollsüchtiges, beschränktes, tödlich erbittertes Biest bist und dass nichts, was ich tue, dich je zufriedenstellen wird. Als ich mir vorgestellt habe, wie es wäre, zu dir zurückzukehren, hatte ich das Gefühl, zu ersticken, in einen Käfig zurückzukehren. Und da habe ich beschlossen, mich nicht mehr darauf einzulassen.« Ich zog eine Grimasse. »Ist deine Frage damit beantwortet?«

»Nein«, sagte sie. »Rede weiter. Ich will das hören.«

»Warum?«

»Darum.«

»Ist das wieder eine von Helens manipulativen Ideen?«

»Ich gehe nicht mehr zu ihr.«

»Hast du endlich geschnallt, was für ein Dreckstück sie ist?«

»Meine Therapie war beendet.«

Ich kratzte mich am Kopf. »Wirklich, Luz, ich habe dir nichts mehr zu sagen. Ich bin fertig mit dir. Du hast mir schon genug Schmerz und Leid zugefügt.«

»Ich dir?« Es klang fast wie ein Lachen, als sie nach Luft schnappte. »Ich habe *dir* Schmerz und Leid zugefügt?«

»Ja, das hast du«, entgegnete ich. Meine Worte klangen knapp, brüsk und nüchtern. »Ich konnte nicht gewinnen. Entweder war ich der distanzierte Ehebrecher oder ich war dir im Weg und du hast auf mir rumgetrampelt. Ich blieb nie dort, wo du mich haben wolltest, habe nie so funktioniert, wie ich sollte. Moralisch gesehen hattest du immer die Oberhand. Und ich war stets im Unrecht. Du bist in die Kirche gegangen, nach Hause gekommen und hast dich rechtschaffen gefühlt, mit Gott im Reinen, um mich dann im Sessel sitzend vorzufinden, durch und durch rüpelhaft, ordinär und atheistisch. Du hast mich mit einem vernichtenden Blick angesehen, exakt so, wie du mich jetzt ansiehst. Ablehnend, überlegen und vor Zorn brodelnd. Gegen deinen Zorn kann die Kirche nichts ausrichten. Er vergiftet dich, da kannst du noch so oft die Knie beugen oder dich mit Weihwasser benetzen. Auch mich hat er über Jahre vergiftet. Kein Wunder, dass ich Gedichte über andere Frauen schreiben musste.«

Ihr Zeh tippte gegen die Querstrebe ihres Stuhls. Ihre Lippen waren so fest zusammengepresst, dass sie ganz weiß wurden. »Rede weiter«, sagte sie, als ich innehielt.

»Mit Diane zusammen zu sein ist so einfach. Sie mag mich, und ich mag sie. Sie spricht mit mir von Mensch zu Mensch. Wann hast du das zum letzten Mal getan? Ich kann mich nicht erinnern.«

»Was?«, flüsterte sie. »Du bist verrückt. So war das nicht. Wir haben einander geliebt, Harry, ich habe dich nicht nur kritisiert.« Sie brach in Tränen aus. Kehlige, abgehackte Schluchzer entrangen sich ihrer Brust. »So war das nicht«, wiederholte sie mit seltsam verzerrtem Mund.

»Du wolltest, dass ich dir alles sage«, erinnerte ich sie. »Ich sollte dir sagen, warum ich die Papiere unterschrieben habe. Nun, weil du mich überzeugt hast. Es ist vorbei. Du hast gewonnen. Aber wie sich jetzt herausstellt, habe ich ebenfalls gewonnen.«

»Wir haben beide verloren.« Sie weinte noch eine Weile und verzog das Gesicht in dem Bemühen, aufzuhören und noch ein paar Worte hervorzustoßen. »Du hast aufgegeben, Harry.« Sie schien noch etwas hinzufügen zu wollen, besann sich dann aber eines Besseren.

»Typisch für dich, wolltest du sagen. Und dass es mir ähnlich sieht, aufzugeben. Aber ich habe nicht aufgegeben. Ich habe die Realität akzeptiert. Das tue ich immer. Ich gebe nicht auf, sondern ich analysiere die Umstände und reagiere entsprechend. Ich vertraue nicht in die Gebote irgendwelcher Heiligen Geister.«

»Vielleicht solltest du das mal versuchen.«

Ich stand immer noch auf der Schwelle der Küchentür. Meine geballten Fäuste hingen seitlich an mir herab. »Ja, vielleicht versuche ich das. Aber nicht mit dir!«

Tränenüberströmt und mit vom Weinen geschwollenen Augen sah sie mich an.

»Du willst dir also weismachen, dass ich ein passiver Trottel bin, elend gescheitert und nichts weiter als ein Schmierfink? Tu dir keinen Zwang an, sitz hier rum und rede dir das die ganze verfluchte Nacht lang ein, meinetwegen für den Rest deines verfluchten Lebens. Mir ist das scheißegal!«

»Das glaube ich dir nicht«, sagte sie aufschluchzend. »Du hast mir nie zugehört. Und wenn ich nach Hause gekommen bin, hast du mich nicht mal angesehen. Du hast mich nie gesehen. Wenn du wenigstens …«

»Zu spät«, sagte ich. »Zu spät. Du hast mich gebeten herzukommen, weil Lisa dir von Diane erzählt hat, richtig? Die Sache mit Hector hast du längst gewusst, das war also nicht der Grund. Du hast erfahren, dass ich eine andere Frau habe, und du hast mich herzitiert, damit du etwas darüber erfahren und mich wieder mal bestrafen kannst. Gib's zu! Als ich dich angefleht habe, zu dir zurückkommen zu dürfen, hast du kein Wort mit mir geredet. Aber jetzt natürlich schon, jetzt redest du mit mir, jetzt weinst du, jetzt bist du traurig.«

Sie erhob sich, kam zu mir herüber, schlang ihre Arme um meinen Hals, stellte sich auf die Zehenspitzen und legte ihren Kopf in meine Halsbeuge, um mir ins Hemd zu weinen, wie sie es schon Tausende Male zuvor getan hatte. Meine Hände blieben, wo sie waren. Ich sah aus wie eine Statue auf dem Platz vor einem Gerichtshof. Ich rückte ein Stück von ihr ab.

»Nein«, sagte ich. Ich löste ihre Arme von meinem Hals und schob sie ein Stück weg. »Hör auf, Luz, ich muss gehen.«

Mit tränennassem Gesicht blickte sie zu mir auf. »Ich weiß. Aber bitte lass mich dir erst etwas sagen.«

»Einverstanden«, erwiderte ich und verschränkte abwartend die Arme.

»Helen meinte, die Sache sei ganz einfach: Du würdest mich nicht mehr lieben, und es gäbe nichts, was ich dagegen tun könne, außer dich um die Scheidung zu bitten. Am Anfang habe ich ihr nicht geglaubt. Ich wollte glauben, dass du mich noch liebst, und ich wollte dich zurückgewinnen. Ich wollte, dass du unsere Ehe rettest.«

»Da habe ich mich wohl täuschen lassen«, sagte ich. »Als du mich rausgeworfen hast, hatte ich keinen Zweifel, dass es aus und vorbei ist. Du wolltest mir doch absolut keine Chance geben, unsere Ehe zu retten.«

Luz bedeutete mir, still zu sein. Jetzt war sie an der Reihe. »Aber weißt du was? Irgendwann habe ich begriffen, dass sie recht hatte. Du hast mich nicht mehr geliebt.

Das hat sich über die Jahre allmählich so ergeben. Mir ist wieder und wieder und wieder das Herz gebrochen. Ich habe dich bis zum Schluss geliebt, Harry. Du kannst so viel mit mir streiten, wie du willst, aber ich weiß, was ich empfinde. Du konntest unsere Ehe nicht retten, weil du nichts mehr für mich empfunden hast.«

»Ich konnte unsere Ehe nicht retten, weil du dich geweigert hast, mit mir zu sprechen«, erwiderte ich bissig und mit überdrüssiger Heiterkeit. »Und für mich ist das nun mal die Mindestvoraussetzung.«

Luz ignorierte meinen Einwand. »Ich war todunglücklich. Du hattest mich so schrecklich verletzt, dass ich dich auch verletzen wollte. Helen hat mir geholfen, auch das zu verstehen. Ich wollte dir zumindest einen Bruchteil des Schmerzes zufügen, den du mir bereitet hattest. Aber es war so schwer, deine Aufmerksamkeit zu erregen. Ich hatte keine Kraft mehr. Und mein Scheidungswunsch – der hat dann deine Aufmerksamkeit erregt.«

Ich lachte. Ein ärgerliches, protestierendes Bellen. Ich konnte nicht anders. »Ja«, sagte ich. »Schätze, als du mir nachgeschnüffelt, mein Buch vernichtet, mich aus dem Haus geworfen und meine beste Freundin in der ganzen Nachbarschaft verleumdet hast, hast du in der Tat meine Aufmerksamkeit erregt. Mir das Gesicht mit Säure zu verätzen hätte sicher auch geholfen. Mir eins meiner Eier abzuschneiden ebenfalls. Ich hoffe, du fühlst dich jetzt besser, denn das wäre das einzig Gute an dieser entsetzlichen Zeit, die du uns da beschert hast.«

»Nein«, entgegnete sie. »Ich habe mich überhaupt nicht besser gefühlt. Aber ich musste dich einfach verletzen. Das war alles, was ich tun konnte. Du warst bei einer anderen Frau, und ich war allein. Ich wollte, dass du leidest. Verstehst du das nicht? Es war das Einzige, was ich tun konnte.«

»Lassen wir die ›anderen Frauen‹ mal kurz beiseite«, sagte ich. »Du behauptest also, dieses ganze zerstörerische Psychodrama war eine Inszenierung von dir? Statt dass du mir einfach sagst, wie du dich fühlst? Statt zu versuchen, die Dinge wieder ins Lot zu bringen, und zu verstehen, was sich wirklich zwischen uns abgespielt hat, wolltest du mich gnadenlos verurteilen und hinrichten – ist es das, was du behauptest?«

»Ich habe zehn Jahre lang versucht, aus dir schlau zu werden.«

»Und wo war ich in diesen zehn Jahren?«

»Genau dort, wo du jetzt bist, die Arme auf die gleiche Weise verschränkt. Du hast dagestanden und darauf gewartet, dass ich mich beruhige, damit du wie immer ausgehen kannst.« Tränen liefen ihr über die Wangen, aber sie schluchzte nicht mehr.

»Du bist so gut darin, das Opfer zu spielen«, sagte ich. »Ein wahres Genie. Jahrelang hast du mich mit deinen Bedürfnissen, Rasereien und deiner Verletzlichkeit gefesselt. Du warst das faszinierendste, schönste Wesen, dem ich je begegnet war.«

»Und was ist dann passiert?«, fragte sie. »Sag's mir, ich will es wissen. Was hat sich verändert? Wie habe ich dich verloren?«

»Ich denke, wir waren uns nie über die Geschehnisse einig, und genau das ist auch jetzt das Problem«, sagte ich. »Ich kann hier stehen und reden, bis wir neunzig und verkalkt sind, und wir werden immer noch nicht wissen, was in all den Jahren passiert ist. Vielleicht ist es genau das: Wir haben dreißig Jahre zusammen unter einem Dach verbracht und betrachten diese Zeit von komplett unterschiedlichen Standpunkten aus.«

Ich starrte sie an. Meine Hände waren zu Fäusten geballt. Keiner von uns löste den Blick vom Gesicht des anderen. Minutenlang standen wir einfach nur da und dachten nach.

»Ja, vielleicht«, sagte sie schließlich.

Meine Fäuste öffneten sich. »Immerhin ein Punkt, in dem wir einer Meinung sind«, stellte ich fest.

»Endlich«, bestätigte sie mit einem freudlosen Lächeln.

»Ich habe dich wirklich geliebt«, sagte ich. »Mehr als je einen anderen Menschen.«

»Ich dich auch«, sagte sie.

Wieder schwiegen wir und blickten einander an. Zwischen uns blähte sich etwas auf, eine gewaltige, bedeutungsschwere Blase. Sie wuchs und wuchs, bis sie ihrem eigenen Gewicht nicht mehr standhalten konnte und in sich zusammensackte.

»Ich muss los«, sagte ich.

»Ich weiß«, sagte sie. »Leb wohl, Harry.«

Ich ließ sie in der Küche stehen, verließ unsere Wohnung, zog die Tür fest hinter mir ins Schloss, ging die Treppen hinunter und trat auf den Gehsteig, wo mich die feuchte, sonnige Abendluft wie ein guter Whisky aufrüttelte. Whisky. Genau das, was ich jetzt brauchte. Ich stand auf dem Gehsteig, sammelte mich und versuchte, meinen inneren Zustand zu ergründen.

Anstatt mein Fahrrad aufzuschließen und zu Marlenes Bar zu radeln, ließ ich es stehen und ging den belaubten Gehsteigtunnel der India Street zur Manhattan Avenue entlang. Dort bog ich links ab und wandte mich Richtung Newtown Creek. Vor mich hin kichernd und leichtfüßig, wie ich war, fühlte ich mich geistig fit und kerngesund. Ich passierte eine Frau mit Hund, einen Mann mit Hut und ein Kind mit einem roten, zornigen Gesicht. Mein Blick fiel auf mein Spiegelbild im Fenster eines Secondhandshops. Ich sah fröhlich aus, wie ein freier Mann.

Als ich an dem heruntergekommenen Hotel vorbeikam, in dem ich vor all den Monaten kurz gewohnt hatte, wollte ich plötzlich in einem Anfall überwältigender Traurigkeit auf die Knie fallen. Luz war ganz allein im Astral, oben in unserem Adlerhorst, in dem wir gewohnt hatten – damals, als junges Liebespaar, später, als wir Eltern wurden, und dann wieder allein zu zweit, nicht länger jung, nicht länger Liebende. Jetzt saß sie ganz allein an unserem alten Tisch und starrte weinend auf meine leere Tasse. Das war mehr, als ich ertragen konnte. Die Vorstellung machte mich derart unglücklich, dass ich am liebsten vor dem Eingang meiner ehemaligen Absteige zu Boden gesunken wäre und über diese Ungerechtigkeit geheult hätte.

Abgrundtief traurig schleppte ich mich mit krummen Schultern und hängendem Kopf zum Ende der Welt. Dort angekommen, blieb ich stehen und spähte durch den Maschendrahtzaun am Hunters Point. Der Kirchturm glänzte im schräg einfallenden Sonnenlicht, das sich in den Fenstern der Lagerhallen spiegelte und sie zu gleißend weißen Rechtecken werden ließ. Die Oberfläche des Newtown Creek bildete eine sich wellende Haut aus warmem Schaum und Öl.

Auf der anderen Seite des Zauns, ganz in meiner Nähe, auf der schräg abfallenden Betonmole bei der Lagerhalle, ließen zwei pummelige, braune Jungs ohne Hemden Schnüre in den Fluss baumeln. Neben ihnen stand eine kleine Kühlbox. In einem Netzsack daneben wanden sich ein paar Lebewesen, die ich nicht erkennen konnte.

»Was fangt ihr da?«, fragte ich.

»Krabben und Krebse«, antwortete einer der Jungs.

»Esst ihr die?«

»Ja«, erwiderte der andere enthusiastisch. »Die schmecken echt gut.«

»Was ist in der Kühlbox?«

»Hühnerfleisch. Als Köder.«

»Warum esst ihr das nicht einfach, anstatt euch die Mühe zu machen, Krebse und Krabben zu fangen?«

Statt zu antworten, lachten die beiden.

»Schwimmt ihr hier auch?«, fragte ich weiter.

»Manchmal«, sagte der erste. Offensichtlich handelte es sich um Brüder, die vom Alter her nicht weit auseinander waren. Sie schienen gute Jungs zu sein, unbekümmert und fröhlich, gelegentlich Schelme oder Lümmel, die im Großen und Ganzen zu aufrichtigen Bürgern heranwachsen würden.

»Und euch ist noch kein zweiter Kopf gewachsen?«, erkundigte ich mich.

Wieder lachten sie und setzten ihren Beutezug fort.

»Der Fluss ist voller übler Chemikalien und Gifte«, sagte ich, aber sie hörten mir schon nicht mehr zu, weil sie wieder eine Krabbe gefangen hatten und schwer damit beschäftigt waren, sie festzuhalten und zu den anderen zu sperren.

Das Glück im flüchtigen Leuchten des Augenblicks

Juha Itkonen

EIN FLÜCHTIGES LEUCHTEN

Roman

Esko Vuori ist Radiohändler mit Leib und Seele. Unterstützt von seiner geliebten Frau Liisa und seinen Söhnen, bringt er es im Laufe der 1960er und 70er Jahre in seiner finnischen Heimat zu großem beruflichem Erfolg. Er hält sich und seine Familie für unverwundbar, doch übersieht er die kleinen Warnzeichen: Liisa sehnt sich nach mehr Aufmerksamkeit, und sein Sohn Esa entwickelt eigene Lebenspläne, die nicht denen des Vaters entsprechen. Nach und nach scheint all das zu zerbrechen, was Esko sein Leben lang aufgebaut hat …

DROEMER

Twan Eng Tan

DER GARTEN DER ABENDNEBEL

Roman

Die angesehene Richterin Teoh Yun Ling, deren Erinnerungskraft schwindet, setzt alles daran, das festzuhalten, was ihr das Wichtigste ist: ihre Vergangenheit. 1951 arbeitet sie, die einzige Überlebende eines japanischen Internierungslagers, als Anwältin für ein Tribunal, das japanische Kriegsverbrecher verurteilt. Doch der Tod ihrer Schwester lässt sie nicht zur Ruhe kommen. Sie will für diese, eine Liebhaberin der japanischen Gartenkunst, eine Grabstätte schaffen. Trotz ihres Hasses auf die Japaner versucht Yun Ling den japanischen Gärtner Aritomo zu engagieren. Der geheimnisvolle Mann bietet ihr an, sie als Lehrling in seine Kunst einzuweisen, so dass sie selbst den Garten anlegen könnte. Yun Ling lässt sich auf die Ausbildung ein – und nähert sich nicht nur Aritomo, sondern auch ihrem eigenen dunkelsten Geheimnis.

DROEMER

Nathan Filer

NACHRUF AUF DEN MOND

Roman

Matthew Homes ist ein begnadeter Erzähler – und Patient der Psychiatrischen Klinik in Bristol. Um dort dem trostlosen Alltag zu entfliehen, schreibt er seine Geschichte auf – und die seines Bruders Simon, der im Alter von elf Jahren während des Campingurlaubs in Cornwall starb. Selbst nach zehn Jahren gibt sich Matthew immer noch die Schuld am Unfalltod seines Bruders. Doch eigentlich ist Simon für ihn gar nicht tot – und Matthew auch kein gewöhnlicher 19-Jähriger. Matthew leidet an Schizophrenie …

»Nathan Filer hat ein Gespür
für die dunkle Komödie des Lebens.«
The Observer

»Nathan Filer tritt in die Fußstapfen von
Mark Haddons *Supergute Tage*. Sie werden
Nachruf auf den Mond einfach lieben.«
Daily Mail

»Authentisch, lustig und unendlich traurig.«
The Sunday Times

»Eine bewegende und erheiternde Lektüre …
mit Passagen, die einfach Poesie sind.«
The Guardian

DROEMER